狮子洋上

SHI ZI YANG SHANG

黄建东 著

作家出版社

图书在版编目（CIP）数据

狮子洋上 / 黄建东著 .—北京：作家出版社，2022.3

ISBN 978-7-5212-1729-2

Ⅰ.①狮…　Ⅱ.①黄…　Ⅲ.①长篇小说—中国—当代
Ⅳ.①I247.5

中国版本图书馆 CIP 数据核字（2021）第 275564 号

狮子洋上

作　　者：黄建东

责任编辑：韩　星

封面设计：牛毅书装

出版发行：作家出版社有限公司

社　　址：北京农展馆南里 10 号　　　邮　　编：100125

电话传真：86-10-65067186（发行中心及邮购部）

　　　　　86-10-65004079（总编室）

E-mail:zuojia @ zuojia.net.cn

http://www.zuojiachubanshe.com

印　　刷：唐山嘉德印刷有限公司

成品尺寸：152×230

字　　数：375 千

印　　张：26.5

版　　次：2022 年 3 月第 1 版

印　　次：2022 年 3 月第 1 次印刷

ISBN 978-7-5212-1729-2

定　　价：52.00 元

狮子洋上 ──

目录

狮子洋上——

目录

狮子洋上 ———

目录

第一章

丁财两旺

1

丁守正别名叫"水流柴"。

初识丁守正的人都会觉得滑稽，他仪表堂堂怎会有这样一个低贱的别名？事出必有因。丁守正原籍顺德，顺德地处狮子洋南岸番禺的东南方。养鱼、种桑、养蚕、缫丝是顺德人最擅长的生计。抗日战争时期，陆路交通中断，水路交通劫匪横行。塘鱼、蚕丝运不去省城，换不了银票；域外的米油盐等生活必需品运不进顺德，造成全域性的饥荒，民不聊生，逃荒就是那一时期顺德人最主要的生存状态。

狮子洋北岸的东莞土地肥沃，历史上以水稻种植为主，加上种植着香蕉、甘蔗、花生这些农作物，在战乱环境中，人们还是能有半口饭吃。相对于顺德这类非主粮区，便是天堂般的生活。因此，东莞成了顺德人逃荒的目的地。丁守正也就在那个时候，被父母塞进逃荒的船只。逃荒船沿着沙湾水道顺流而下，往西转向莲花山水道，横过狮子洋，到了狮子洋北岸的永盛村。

正是晨曦时分，逃荒者饥肠辘辘，闻着船主煮早饭时飘出的米饭香，睁着饿狼似的双眼，射出绿幽幽的目光。干瞪着船家吃早饭，随着船家吃饭时发出的"吧唧"嚼饭响声忍不住干咽口水。

这天，永盛村的人共领养了四个人，三个是成年女人，一个是孩子。女人们被村上穷得娶不起老婆的汉子领了做老婆；领养丁守正的是一户没儿女的人家。这对夫妇见丁守正生得天庭饱满，眉目传神，膊头敦厚，腰圆腿壮，认定了是个传宗接代的好苗子。就这样，丁守正被厄运抛上了永盛村。从此，"水流柴"这别名就像古代的流放犯人额头上的烙印，成了与丁守正如影随形的身份原证。

眨眼间几十年过去了……

2

天上的雨云是由一大堆、一小堆白色、深灰色、黑色的云块糅合而成，铺天盖地的云层坠向地面，但地面的强风横雨荡涤，云层在强风横雨的顶撑中压不下去，只好在离地不远的上空像无数条怒不可遏的龙，凌空翻滚，腾挪蹿跳。"噼里啪啦……轰！"尖脆、沉重的响雷交替着，似在远方轰鸣，又似在头顶炸响。大雨滂沱，当地人管这种情状下的强风暴雨叫"倾缸大雨"。永盛市场里的人们或许惊悚于这种罕见的自然景象，哄嚷喧哗的农贸市场处于一种令人心悸的失声状态，市场内暗淡无光，犹如深夜的荒郊。若非苦楝果子般大的雨点把商店伸出的雨篷打得"啪啪"作响，以及不时传来家禽的惊叫声，这种无声暗黑的环境就更显得恐怖和诡异了。

上午，瓢泼大雨使天空变得阴沉灰暗。驾着电动三轮车行驶在大雨中的萧美兰没戴手表，没有太阳在空中做参照，她分不清大概是几点。端午龙舟节后，大都是鱼塘收捕渔获的季节。丈夫傍晚时分在鱼塘捕鱼后，把活鱼贮存在网箱里，翌日凌晨把活鱼从网箱转运到鱼艇，载到永盛市场摆卖。卖完了回家，午饭后往下沙围的鱼塘去，待黄昏临近时再张网捕鱼。但今天有所不同，三天前已有"美人鱼"台风将在今晚登陆外伶仃洋的消息。

　　昨晚丈夫吩咐了，今早不要去收购废水泥袋，待在家里，十一点煮好饭等他回家吃。饭后赶回鱼塘，做好防台风准备。可美兰舍不得丢空这一大早的时间，收购满三轮车厢的废水泥袋后才往家里赶，到家时已是十一点了。

　　她除掉雨衣，顾不上换衣服，忙着淘米、洗菜、切肉。四十分钟后，饭已做好。往日十二点前，丈夫把鱼卖完就回家了，可现在还不见他。美兰心中有疑问，焦急便来了，生怕丈夫有什么不测，急忙驾车赶往永盛市场看个究竟。

　　正常情况下，十一点丁守正的鱼已卖完，可今早这场大雨下了足有一个多小时。人们惊恐于大得吓人的雨势和响雷，站着不敢乱走动。这可苦了丁守正，预先准备好的一桶水已用完，外面雨大雷响，不敢到河里挑水。鱼开始出现缺氧迹象，他急中生智，把鱼槽移出到雨篷的边沿处，接着黄豆般大的雨水。鱼卖完后他驾艇回到家，却不见老婆美兰。他急着赶回下沙围的鱼塘，等不及老婆回来，拿起铝饭盆装上饭菜，坐上小机艇往下沙围方向驶去。

3

　　永盛村下沙围这口水面面积近三十亩的鱼塘，承包期是五年。丁守正投取后，在空旷的荒地上种了近一人高的非洲鱼草，在鱼塘边建起一排猪舍。今年是第三年，经过前两年的经营，他摸索出一套高产的养鱼技术。鱼养得肥大光滑，比别人贵五角钱一斤，顾客也愿意光顾他。所以，他盘算着，比起前两年，今年这鱼塘能多赚百分之二十的钱。每当这样一想，心里就甜丝丝的，精神倍增。

　　下午两点，阴暗的天空时断时续地下起小雨，间或露出点阳光。东江河面风平浪静，天气却让人感觉憋气闷热。即使没有天气预报，看见这种反常的天气现象，上了年纪的人都知道，台风很有可能要来。

　　光着背脊、穿条牛头短裤的丁守正，驾驶着小鱼艇到了鱼塘岸边，把锚链捆在粗壮的苦楝树桩上，然后拿起鱼兜、木桶、秤盘走上岸。他双手提着一桶猪食，走到猪舍前，把猪食一瓢瓢地倒进猪舍的食槽。这批猪有三十多头，可以出栏了。他联系了猪贩，若不是台风来临，猪贩今天就来收购。喂完了猪，丁守正拿起镰刀，割着非洲鱼草丢进鱼塘。鲩鱼成群地浮出水面，争吃非洲鱼草时发出清脆的"唼喋"声。他坐在鱼塘边，卷起烟，看见水中恣意浮游的鱼儿，想着台风过后卖掉那三十多头大肥猪，心里高兴。不知不觉，儿女们长成了大汉子、大姑娘，接下来要操心他们的新房了。建一栋三层小楼要多少钱，娶一个媳妇要多少钱，丁守正早跟老婆商议过了。这虽是一笔不小的开销，但以他们存折里的数字来看，应付起来还是绰绰有余。他想着想着，脸上泛起了笑意。

丁守正儿时印象最深的是走进永盛村后的第一年，他爹领着个盲眼摸骨相师进屋。这相师把他的头颅、肩膀、手脚、前胸后背、屁股，甚至那条小鸡鸡，抚摸一遍。临了，跟他爹说："恭喜你呀！这可是个丁财两旺之相啊！"

丁守正生了五男二女。他养父母在世时，看见儿孙遍地，笑得合不拢嘴。去世时跟丁守正说："儿呀！你虽不是我亲生，可我从未薄待过你。你调皮时候，教训你也舍不得打重点；你母亲更甚，待你如珠如宝。所以，我俩死后，你不能忘恩负义，离开我这家，回你老家去。若那样，我做鬼也不会放过你的！"其实，丁守正养父这担心实属多余。丁守正到了东莞水乡这一方宝地落籍，犹如死后返生，怎舍得抛弃！

不过，还有一件事令丁守正耿耿于怀，就是记忆中盲眼摸骨相师那句话：自己有丁财两旺之相。前一句应验了，生了五男二女，但后一句呢？承包这口鱼塘是赚了点钱，可这跟"财旺"还差十万八千里。几十年来，摸骨相师那句话时刻萦绕在心头。想到自己终究能发达，当然高兴，但搜肠刮肚也找不到一丁点能发达的迹象，便又感到心灰意冷。

4

天空阴沉，飘荡着若有若无的烧焦味。狮子洋上空一团接一团的黑云直压海面，随着大风向丁守正的鱼塘翻卷过来。鱼塘里的水面倒映着漫天乌云，更加恐怖。台风对于鱼塘，最要命的是决堤。若真如此，大半年的心血便随汹涌的潮水一去不返。

近十年来，珠江口内都未遇十级以上的台风。所以，这一次电视上不停地提醒着人们，做好防风抗风的准备。在丁守正看来，这次台风，极有可能跟以往一样：雷声大，雨点小。下午四点，黑云像压在了头顶，伴着"飕飕"的风声，翻滚的黑云偶尔露出的罅隙透出了阳光。经历过台风的人都知道，黑云罅隙透出的这种阳光，加上空气中弥漫着的那种烧焦味，是台风来临前最明确的先兆。

改革开放初期，农民最大的受益就是丢下锄头、镰刀进城赚钱。所谓进城赚钱，其实大都是去深圳当建筑泥水工。丁守正觉得做泥水工又脏又累，自己四十多岁了，干不了多少年。于是，就走了这条传统的与众不同的发财路——承包鱼塘。这口鱼塘赚到了七个儿女读书生活的费用，还积攒了一笔可观的存款。在丁守正的心里，按今年涨起的鱼价，存折上的数字增加一倍是肯定的。他抬头张望天空，漫天乌云里露出的几缕阳光已消失，让人感觉不到究竟是白天还是黑夜。

人丁是旺了，钱财也赚到了，难道这叫财旺了吗？近几年赚的这些钱不算多，与所谓"财旺"的意思远不相称。除了这鱼塘，还有哪几条能令自己真正地兴旺发达的财路？想到这儿，心灰意冷的心绪又冒了出来。

美兰来了，见面就说："村里的广播说，这场台风极有可能正面袭击东莞，你知道吗？"

"你出来干吗！"

"看外面那势头，天像要塌下来了！你以为还会像以往，转了方向吹往别处？我怕你有什么不测，来这里好歹也有个照应！"

"塌下来也没办法啊，这么大一个土围，单是我们准备得了吗？"

外面下起了小雨，"呼呼"的风声变成"砰砰"的撞击声。那风像是一块块、一堆堆地撞击过来。碰上人，人被吹倒，碰到大树或楼房屋舍的阻挡，会义无反顾地猛撞上去，因而发出"砰砰"的击打声。即使风与风的相遇，云堆与云堆的碰撞，都会发出比以往更猛烈的砰砰声。

"我用不用回家？"美兰没好气地说。

"坐下啦！"丁守正打开饭桌，揭开盛菜的饭盆，"陪我喝点酒！"

"什么时候了，还喝酒！"

"功夫做足了，不喝酒干什么！"

"啪啦……轰！"随着雷声响过，天空闪出无数条火龙，咆哮着窜出厚重的云层，向着广袤的大地扑去。宽大的香蕉叶在台风的蹂躏下无助地呻吟，狂风中没人听得见它的声音。隔壁猪舍里传来猪惊恐的"嗷嗷"叫声，鱼塘的水面被台风掀起了波浪。

"看，这次的台风真的要刮到了！"美兰不无忧心地说。

"管它呢，该做的准备都做了。只要不决堤，多大的台风也伤不着我，上楼去歇歇！"

丁守正抬手又喝了一口酒，拉上妻子踏着竹梯上了阁楼。阁楼上只有一床单被和做枕头的一块红砖，还有一盏煤油灯。

"前几天，村东头的肖芹托媒人捎话给我，问财儿找了对象没有。"

"财儿有没有对象，你知道吗？"

"咱俩虽然不知道，但儿女们都长大了，要为他们建新房了。要不，有人来相亲，连新房也没有，怎好意思跟人家谈！"

"我也明白。要建现在也没空，待到年底吧。那时候，塘里的鱼卖完了，钱也充裕，又没到放鱼苗的时候，最有空闲。"

草棚外狂风呼啸。

草棚内悄声细语。

"啪啦啦……啦啦……轰！"这是拉长了轰鸣声的巨响，在苍穹的深处响起，从宇宙的末端传来，又似从地底下冒出。一团火光似滚到了丁守正夫妻俩身边，紧接着，"轰"，像一颗炮弹炸响，把耳朵震得疼痛。"呀！"美兰失声喊叫，随着雷声丁守正也不由得惊恐万分。紧接着一阵呛鼻的焦香味从隔壁飘来，"砰砰……呜……砰砰……"其中还夹杂着毒蛇吐舌似的"嗞嗞"的恐怖响声。忽然，摇晃着的棚顶毫无征兆地被狂风掀掉，眨眼间不见了踪影。只剩下惊惶不知所措的丁守正夫妻俩。"噼啪"又一声巨响，闪电把没了棚顶的阁楼照得通亮。丁守正连忙抱紧妻子，美兰下意识地抱紧丈夫。衣服湿透了，闪电中像是看见两条美人鱼似的。

丁守正大声说："下楼吧！楼下还安全些！""什么？"美兰的耳朵被响雷震得"嗡嗡"作响。丁守正凑在她耳边重复喊叫，她才让丈夫扶着，借着骤明骤暗的闪电，找到竹梯口，一同下了阁楼，栖身在灶台边的一处角落。

台风肆虐了大半个晚上，雨开始下大了。"下起大雨，风快停了！"丁守正说道。自从闪过了那团火球，棚顶被掀翻，隔壁猪舍的猪就叫个不停。丁守正下楼后就想去看个究竟，但风雨太大，怕出到外面被狂风吹倒。现在雨虽然越下越大，但风势缓和了许多。他挣脱妻子的手，冒雨走到猪舍，一看惊呆了：靠近竹棚这边的两栏猪舍里面，八头肥猪全被雷电击死，全身焦黑。丁守正这才明白，不久前滚落身旁的那团火球，是雷电造成的。万幸的是击中了猪舍，若击中竹棚，焦黑的便是他们夫妻俩了。他惊恐地走回竹棚，不敢向妻子说出这情景，只是无言地抱紧妻子，心有余悸，全身抖个不停。"你怎么啦？很冷？"面对妻子的疑问，他哆嗦着，回答不了。

风势减弱许多了，雨却是越下越大，"哗哗"的雨声把其他声音掩盖。放眼前望，白色的雨帘挂在眼前，挡住视野。大半个晚上衣服都是湿透的，丁守正夫妇又冻又怕，蜷缩着身体，抱作一团。不过，他们头脑还算清醒，只要不决堤，鱼塘没有损失，就算万幸。丁守正看看手表，凌晨五点，再过一个钟天就亮了，他如释重负地吁了口气。俩人继续依偎着，谁也没话说。这期间，风雨声响个不停，但总觉得有种奇怪的响声夹杂其中，却又想不起是什么声音。随着这声音越发明显，丁守正心里无端地不安起来："你待在这儿，我到外面看看！"

"这么大的雨，有什么好看的？"

"不看心里不踏实！"丁守正出去了不到五分钟，惊声大叫，"哎呀！败！败！这次惨了！"美兰以为丈夫遭遇了不测，急忙冲出去看。原来，洪水漫过了堤坝顶，瀑布般挂在堤坝顶上，向鱼塘倾泻。

洪水漫过堤坝顶，可是从未见过。然而，丁守正不知道的还有，这场台风达到了十三级，是本地区有台风登陆记录以来的最高级别。风大，雨大，洪水也大。不出半个钟，下沙围将被洪水淹没。下沙围方圆堤围有十公里长，十公里长的堤围被洪水漫顶，想象一下这是多么恐怖的景观。鲮鱼喜好逆流而行，所以，鱼塘靠近东江河这边几十米长的堤坝被洪水漫顶时所形成的白色水帘，布满了浮游跳跃着的鲮鱼，形成了一道蔚为壮观难得一见的奇异画面：白色的洪水瀑布中，白色的鲮鱼凌空跳跃，溅出白色的水花，恍似光着屁股的顽童在水中嬉戏，热闹而又欢快。

"唉……没了！"此刻，平日里盘算着这口鱼塘有多少钱收入而沾沾自喜的丁守正，头埋在妻子胸前，近似哀号地长叹一声！

很快，洪水从四面八方漫过鱼塘四周低矮的小堤坝，奔涌进鱼塘。鱼塘里的鳙鱼、鳊鱼、鲩鱼、鲮鱼还有鲢鱼、罗非鱼……在丁守正的脚边乱窜，他闭眼也能分辨得出这些鱼类争先恐后地逆流而上，游向四周漆黑一片漫无边际的稻田。

台风中没了轰隆隆的雷声，只剩下呜呜的风声和哗哗的洪水奔流声。丁守正知道台风过去了，可这于他而言已毫无意义。他望着微明的晨光中被淹没的鱼塘和大片稻田，想象着那些肥大的鱼儿在这片汪洋中恣意游窜，想着到手的财富硬是从紧握的手中逃离，他万念俱灰，一头栽倒在美兰身上。美兰虽是女人，可她似乎比丈夫看得开，头脑更清醒。丈夫倒在自己身上，洪水漫上了小腿，她也不知如何是好。过了十来分钟，丁守正醒过来了。两人正要爬上阁楼躲避洪水，这时候镇里派出的十多艘摩托艇在被淹的下沙围四处巡逻，寻找被困的人，他们发现了丁守正。

丁守正一生中最惊险难忘的这一夜，画上了句号。

庄稼人的一生平坦而又平凡，有这样的遭遇，或许称得上惊天动地的了！

5

躺在医院处于严重昏迷之中的丁守正，脑子里一片空白，似是钻出娘胎的那一刻，毫无意识。可是，那一夜鱼塘惊魂却如鱼钩倒刺留在脑中，砸不烂，摘不掉，惊恐、无奈、沮丧的情绪无时无刻不纠缠着他。

昏迷之际的人，不会只剩下一种记忆。丁守正之所以只保留一种记忆，因为那晚鱼塘惊魂是他有生以来遇到的最惊险的一幕，其他平淡无奇的遭遇被其掩盖，倏忽间产生一种空白……

台风和洪水击破了丁守正的发达梦，可他最终没有被击倒，他坚信自己命中还有"一旺"，命运还没有兑现给他。丁守正很快振作起来，重拾"财旺"这一信念给他提供了源源不绝的动力。当他得知东莞糖厂燃料科的蜂窝煤车间有一台报废了的煤球机时，顿时双目放光。直觉告诉他，好运又眷顾自己了！他立即赶到东莞糖厂燃料科去接洽。副科长是永盛村人，以废品的价钱把那台蜂窝煤机卖给了他。

这是1983年，农民大都把稻田改种更能赚钱的香蕉，家里的炉灶没了稻柴，丁守正意识到千家万户对煤球的需求是多么巨大。乡政府支持他创业致富，免地租提供东江岸边一块水陆交通便利的地块让他使用，免费为他搭好竹棚。他们还以乡政府名义，联系东莞糖厂派出师傅，为他修理安装了煤球机。知道他资金不足，联系银行为他提供免息贷款。在乡政府的大力支持下，丁守正从有了建厂计划到煤球生产，用时不足两月。

贩卖煤球又脏又辛苦，愿意干这一行的人很少，丁守正只找到四个年逾五十的销售人员，费了半天力气只销售了日产量的一半。无奈之下，他只好购买一艘半旧的小机船，雇请了两个生产工人，自己驾着小机船，送货上门销售。这一改变，能够销售掉蜂窝煤机百分之八十的产量。扣除雇请两个人的工资，也比先前的销售利润要高，此时丁守正心里踏实了许多。

从横跨东江的江南大桥至横跨榕江的中堂桥，这一段107国道的两旁到处是小食店、大排档、士多店。不管白天还是夜晚，全国各地开往深圳的大巴络绎不绝。每一间小食店、大排档、士多店都有各自交好的大巴司机。司机把大巴车停在店门前，车上的乘客纷纷下车，奔向士多店，抢买着矿泉水、盐焗蛋、饼干、鸭脖、咸鸡脚之类的小食品。士多店门前放着两个煤炉日夜燃烧，小食店、大排档的煤炉更多，有五六个。士多店的煤炉只是单个宽，码三层高；小食店、大排档的煤炉是三个甚至五个宽，码了五层高。丁守正此时的衣食父母，就是江南大桥至中堂桥这段三公里长路段的老板。

交完货，丁守正和阿添坐在一个熟人开的小食店门前，点了一个炒牛肉和一个清蒸鲩鱼。已是夜晚八点多，劳累了整天，俩人饿极了。阿添狼吞虎咽地吃着，丁守正叫了二两米酒，慢吞吞地喝，脑里总萦绕着一个念头，这些小食店、小商店通宵营业，很辛苦，他们能赚多少钱？他们赚得会比我多吗？他边喝边想。隔行如隔山，丁守正怎能想得透别人赚多少钱。

"陈海！"见食店老板稍有空闲，丁守正叫道。"怎么啦，柴记？"陈海答道。丁守正这名字，同辈中早没人叫了。"生意很好呀！""还行吧，有时忙得手脚也不够用，有时闲得很无聊。""那些士多店生意多好，都忙不过来。开士多店还好！"

"生意做不完的，看你开工厂多赚钱，难道我又去开工厂！""一年能赚多少？"

"十元八块一盘菜，赚不了多少！哪像你，煤机一响，黄金万两！"

"哈哈！"丁守正被陈海的话逗得忍不住大笑，又连忙摇头道，"不要说我，我辛苦命！包鱼塘辛苦，打煤球又累又脏，没意思！"

"能赚钱辛苦也不怕！你还有晚上时间休息，我们这生意二十四小时不停地转，那种累能跟你说吗？"

"喂，我问你，那些小商店，一两米宽的店面，一个冰箱、几箱矿泉水、几个西瓜、两煤炉鸡蛋。卖这么一点东西，也能维持得下去？"

"柴记，不要小看他们。有些顾客买一瓶水，有些顾客买西瓜，有的买饼干、买雪糕……一大袋东西，平均一个顾客赚他一元吧，一百个顾客就赚一百元了。他们通宵营业，一天下来没五百也有三百个顾客。你算算，他们能赚多少！况且，顾客买一大袋的物品，老板怎会只赚他一元？"

夜色深沉。107国道正进行单向双车道扩宽到单向四车道的施工，灰尘铺天盖地。昏黄的灯影下筑路工人把身一抖，散发出土黄色的尘埃。路面凹凸不平，坑洼遍布，车走得摇摇晃晃。那时候车内没有空调，只有车顶几部小风扇拼命地转动，但在高温、汗味、人体冒出热气的车厢内，只是摆设，毫无意义。汽车刚停稳，乘客争先恐后地逃离这烘炉似的车厢，向路边的士多店奔去，都在买水喝。陈海的小食店内摆放着十多张饭桌，只有两张饭桌有客人在吃饭，店面显得冷清。陈海似乎并不为自己店内的冷清而显得不耐烦，反而流露出对士多店热闹不屑的眼神。

"老板，九点多，该走了！"阿添提醒道。丁守正有意在小食店多待些时间，要看看正在吃饭的这两桌客人在埋单时吃了多少钱。他看清楚了，一桌吃了二百多元，另一桌吃了近四百元。丁守正走的时候，又进来了五个顾客。

"士多店也好，小食店也好，都能够赚钱！"小机艇返航途中，丁守正蹲在艇头，一直想着这问题。回到家，丁守正习惯拿起冷水壶，把壶嘴插进嘴里，几秒钟便喝饱了水。

在公路旁边待的那两个小时，对于丁守正而言太有价值了。在这之前，他看不起铺面簸箕般大小的士多店，陈海无意中一句实话，让他醒悟到自己承包鱼塘求发达的想法和做法，一开始就错了！他甚至怀疑开煤球厂是否也是错！

就算没遇上那场台风，扣除了承包款和鱼苗款，鱼塘的利润估计不超过六万元。八十年代初，一年有五六万元的纯收入也不算少。但是士多店、小食店的利润更高，他粗略估算一下，按陈海说的一天有四百人光顾，一个顾客赚一元，一天下来有四百元赚，一个月一万二，一年就是十四万。况且，顾客每次购一大袋食物，哪止一元的利润！"真是隔行如隔山啊！"丁守正右拳紧握，狠狠地击打着左手掌心。陈海那小食店，一桌二百多，另一桌近四百，合起来六百，打个四折也二百多利润……这只是不到三个小时的生意。他深深地自责，埋怨自己目光短浅，只盯着家乡永盛村这偏僻的地方。

美兰焗热了饭端上桌面，见一向面色凝重的丈夫，此刻却是和颜悦色，还透着隐隐的笑意，不禁问道："你怎么啦，捡着宝了？"

"把旺财他们都叫回来，不要打工了！我们在江南大桥那路段，找地方开店！"

"他们去深圳本是你的主意，怎么又不好？"

"那是两年前的主意，打工看不到有出头之日。今晚在公路边我看明白了，先开士多店，不用犹豫！"

没多久，丁守正的四个儿子，旺财、旺祖、旺强、旺明在107国道旁连开两间士多店。丁守正继续经营着煤球厂。

士多店开张后第三天，旺财回家对父亲说："爸，说件事给你听！"丁守正问："什么事？""那些士多店的矿泉水，原来都是去广州买冒牌的空瓶回来，再灌装自来水，拿出去卖！""是这样？！""是呀，我们都看见！""矿泉水的瓶盖、封口怎么弄？""买台封瓶机就行啦！"

公路旁的士多店百分之七十的利润靠卖矿泉水，如果这么干都能行，矿泉水的利润便翻几倍了！

"爸！我们怎么办？"

丁守正似乎没回过神来。在他的脑袋里，自小就形成诚实做人、踏实做事的观念，父母、身边的亲戚朋友及生意伙伴莫不如此，他从来没有骗人的想法。曾有人向他建议，购买便宜的煤炭作原料，成本能降低百分之三十。煤球质量虽差了些，但也能烧着，火势弱一点罢了，是很划算的事。丁守正不为所动，依旧用最好的山西阳泉煤与山西烟煤混搭着，制出的煤球既有明火又耐烧。别人家质量差的煤球低价售卖，丁守正家的煤球质量好却不能提价，只得咬牙硬挺着。买主是明眼人，两相比较后都买他家的煤球。生意好了，赢利也水涨船高。现今面对儿子这问题，是否也用煤球厂的做法？一时间，他有点拿不准主意。

旺财说："爸！别人作假，我们不作假很吃亏的！"丁守正淡淡地说："只是赚少点钱，再没其他吃亏了吧？"旺财摇摇头说："其他倒没有！"

"做生意还是不要骗人！"顿了顿，丁守正继续说，"或许顾客知道我们是正宗矿泉水，回头客也会多点！"旺财叫道："那些顾客下车买了东西又上车去深圳，不知哪一天才经过，回什么头！""骗人终究不好，做不了不做也罢！"丁守正最后想明白，立定了心意。

不过，丁守正没想到的是，儿子们表面上听他的话，可回到店里，便学起其他小商店，去广州买了空水瓶和封瓶机回来，接上水龙头灌装后，拿出去售卖了。

不多久，附近一些村庄陆续开了四五家煤球厂，煤球的销售压力很快显现，生存状况一天天变得恶劣。自从儿子的士多店成功后，丁守正就打算卖掉煤球厂，到镇里开饭店。如今，这个想法便变得顺理成章。

丁守正把大女儿福齐叫回来，在江东镇新开张一间小食店。他做梦也想不到，没两年会有老板上门找他商议开制衣厂；没过多久，有人找他开水泥厂……筹备开工厂的老板大都要筹资，他们看见丁守正生意做得早，应该有本钱，乐意找他入股。

时势造英雄，丁守正也认准了要赚大钱就要开工厂。他干脆转让了儿子们那两间士多店，加入工厂股份。那时候的工厂真能赚钱，半年分红就赚回了投资，年底又分到与投资额相等的股利。

翌年，春节刚过，丁守正用工厂的股份分红在小食店原址建了一座"柴记大酒楼"。几年的时间，家庭就形成了百万年收入的生意规模。不明就里的人，还以为是天上掉了一大捆人民币，刚巧砸中了丁守正。要不，哪来这么多的钱财！在这五六年间，儿子们的新房也建成了。接着是娶媳妇、嫁女，就剩下小女儿福兴和还在读大学的小儿旺贵没有成家……

养儿育女既是生活压力，也是生活动力。一个男人结婚后看着一个接一个冒出来的儿女，人会变得格外勤奋。这时候，只想着把孩儿抚养长大，读书成才，无暇设想孩儿成人后建房结婚的庞大开支。

作为父亲，丁守正对财富的欲望随着儿女的长大倍加强烈；强烈的发财欲又促使他想方设法削尖脑袋去寻找发财的机会，家庭财富也就这样随着孩儿的长大而不断增加。丁守正记忆中摸骨相师判定他是"丁财两旺"的命，那并不是什么高明的预言，却老早给他预设了激励目标——"丁旺"。

那时候，只要男人肯在床上出力，生五六个孩子平常事。若说摸骨相师高明，他的高明之处在于深谙当地人对财富和多子多福欲望的强烈追求。几年前，丁守正目睹鱼塘决堤后鱼儿逆水游动，整个下沙围一片汪洋，那种沮丧无助、心灰意冷的感觉刻骨铭心；现在他有了一座大酒楼，还有几家工厂的股份，且人丁兴旺。此刻，他对记忆中那个身穿黄色长袍、走路似岸边杨柳摇摇摆摆的摸骨相师佩服不已，不管是真是假，他的人生经历验证了摸骨相师的预言。

6

然而，一件令丁守正猝不及防的事情，硬生生地扭转了他的人生航向。

年底，丁守正循例到水泥厂参加股东会，听取厂长有关本年度经营运作的汇报，审议今年利润分成的预案。水泥厂的利润大大高于股东们的预期，晚饭时丁守正高兴得喝了个半醉。外面寒风细雨，丁守正不回家了，他用草帽扇了扇办公桌上的灰尘，收拾了一下上面的东西，拿了一床棉被，找了块红砖当枕头，倒头就睡下了。离天亮还有五六个小时，怎么样都能对付过去。

似醉非醉的丁守正很快进入梦乡，梦中出现了他童年时被养父从逃荒船领上岸的情景。这情景在脑海中消失很久了，此刻无端而至，令他感慨万千，那次逃荒对于他是一次命运的大转折。如果不是养父母收留了自己，今天他会是什么样的人生……

丁守正庆幸着，高兴着，感恩着……感恩谁？父母，养父母，逃荒还是改革开放？没有父母的孕育，自己生不成大富的命格；没有那次逃荒，就没有踏上东莞这片富裕土地的机会；没有养父养母，自己也无缘"丁财两旺"的运情；没有改革开放，没有创业之初乡政府的鼎力扶持，自己纵有通天本领，也成就不了今天这滚滚财源……跟随着财运，还有桃花运。貌美如花的女人仰慕自己，争着享受自己的宠爱；有美女伴床，实在是人生一大乐事。多么舒服！多么惬意！这才是快乐人生！

啊……随着一声难抑的咆哮……完事后，醒过来时，却发现真有个女人睡在身旁，和自己正在……

这女人原来是砖厂的"煮饭婆"，半夜里爬上丁守正的"床"！是梦？又不是梦！

看见身旁真有个女人，丁守正晕沉沉的脑袋顿时清醒了很多，霍地起身离开办公桌，忙叫那煮饭婆快点走。原以为深更半夜，煮饭婆上床只待了一阵子，神不知鬼不觉。岂料吃早餐时，感觉到厂长还有出纳，都对他表现出异样神态。煮饭婆把白粥、糕点端上饭桌，丁守正下意识地不敢正眼看她；而她跟往常一样，笑口吟吟，但脸色潮红，眼睛里掩饰不住兴奋，浑身上下散发出勃勃的快乐意味。

"芳姐，拾到钱吗？这么高兴！"出纳操着广式普通话揶揄道。

"除了发工资，你管得着吗？"

早餐的气氛有点尴尬，这两人的对话一出，顿时变得轻松。丁守正临走前本想找煮饭婆骂一顿，质问她是何动机。又一想错已铸成，骂有何用？在回家路上，丁守正想着昨晚的"梦境"，不胜感慨，没想到自己一直以来恪守本分，竟会以这种方式偷了女人，亏欠了老婆！

回到家看见老婆，丁守正心里不由得忐忑不安。"分了多少钱？"回答老婆这问话时，丁守正也觉得自己的语速不流畅。"你作死吗？说话吞吞吐吐？"丁守正立即觉醒，连忙斟了杯热茶，烫了烫口腔，方才镇住了不由自主的心慌。

两天后，大儿媳秀芬清早杀了一只老母鸡，炖西洋参和三七，告诉家公家婆中午到她家吃饭。柴记大酒楼由大女儿福齐主理，丁守正偶尔去几家参股的工厂逛逛，平日里空闲。十一点不到，他带上小女到了大儿家中。孙儿丁家辉爷爷前爷爷后叫得丁守正心欢，已十二点了，还没见美兰来。丁守正嘀咕着，无端一阵心慌，忙起身道："我回去看看，她干什么。"

美兰瘫躺在床上，头发散乱，面容失色。丁守正见老婆这模样，吃惊问："你怎么啦，生病了？快去医院！"说罢，把妻子扶起。美兰用力挣扎，又躺在床上，对丁守正不理不睬。"到底怎么啦？"美兰依旧不加理睬。"你到底怎么啦？"问了几遍美兰就是不答话。过了好一阵，她才一字一顿有气无力地说道："我拼命干活赚钱，拼命节俭储钱，十年也舍不得添一件新衣服，为你劳累大半生。你现在有钱了竟去泡女人……"美兰悲伤得说不下去。丁守正如雷轰顶，老婆还是知道了！

美兰说得没错，丁守正也明白。前年年底，丁守正对老婆说，马上春节了，该去买件新衣服啦。那件桃红色麻花大襟衫美兰只舍得在春节穿几天，春节一过又放回衣柜。丁守正叹气说："好像家里穷得揭不开锅，这是在丢儿子儿媳的脸，也不知亲家怎么看你！"美兰反驳道："大襟衫不知有多美！刚有几个钱便学人家臭美，低调点嘛！本来别人就爱说我们怎样有钱，而我又穿得花花绿绿，更易授人话柄，遭人忌妒！"想到此，丁守正不禁羞愧万分。在丁守正看来，那晚上他喝多了，被人陷害情有可原。于是，他就原原本本地将那丑事说了出来。

美兰听后一言不发，神情木然，两行清泪淌至两腮。此刻，丁守正多想老婆指着自己大吵大闹，狠劲地拧着自己耳朵，甚至拿起剪刀威胁要剪掉他那惹事的家伙。可美兰既没有发怒，也没有詈骂，那双灵光闪烁的眼睛死鱼目似的。丁守正看着心里倏地一沉，硬着头皮说："秀芬做了好菜，叫咱俩去吃饭。一起去吧！"

美兰沉默良久，先摇头，然后无力答道："我没脸去！"

美兰的话像一把铁锤往丁守正胸膛上猛力一击，他低头无语，压抑住心头的内疚。平复了一下情绪后，他辩解道："我睡着了，正做着梦。醒来后才知道她睡在身旁……"丁守正还没说完，美兰摆摆手打断他的话，转身背向他。任凭丁守正如何解释开导，美兰再不搭理他了。

丁守正无奈，只好独自一人再去大儿子家。

7

在永盛村，丁守正是出了名的能谋善断，他却料不到这天下午，老婆会悬梁上吊！

丁守正回家见房门反锁，原本不安的心顿生慌乱。他一脚踢开门，看见吊在防盗网上的美兰，惊得张大嘴巴合不起来。他中午在大儿家吃饭，饭后带小女去江东镇买衣服，傍晚回来时以为妻子会像往常一样煮好饭，炖好汤，摆好了饭桌，排好了碗筷，候他回家吃饭……

这一切不会再有了……老婆的音容笑貌、唠叨絮语、体味鼻息……不会再有了，这种灾难性的后果都起因于自己一次毫无缘由的艳遇！

翌日清晨，永盛村沸腾了，萧美兰竟然上吊自杀。丁守正泡女人导致老婆上吊的猎艳猎奇传闻一夜之间演绎出各种版本，让人难辨真假。在萧美兰出殡的地塘上聚集了全村的人，大家围拢在出殡地周围，嘲笑、戏谑、叹息、责骂、悲伤、痛惜……各种各样的神情和话语笼罩着这片地塘，人们都觉得萧美兰上吊不值。丁守正站在棺材旁，无泪无声，脑际一片空白。儿子、媳妇、孙儿好像对美兰的死还没反应过来，既不哭也不闹。

道士神婆含混恐怖的招魂诵经声回荡着。十一点的太阳渐显炙热，出殡仪式还没举行，似乎在等待着什么。临近十二点，围拢着的人群一阵哄嚷，只见一位英俊青年跑了进来，看见出殡情景，走近丁守正旁边，大声质问：“爸，我妈是怎么死的？！”

他是丁守正的小儿丁旺贵，今早接到大哥旺财的电话，从广州赶了回来。他不明白，前天还跟母亲通过电话，她的兴奋快乐溢于言表，怎会说上吊就上吊？当大哥在电话中把近日有关父亲的闲言告诉他，他想不到父亲会有这种无耻行为。他的悲痛化成对父亲的怨恨，心急如焚地责问父亲，这愤怒的责问声把现场积蓄已久的火药桶般悲愤的情绪给引爆了。

“哇……妈呀！”丁守正的弱智小女丁福兴的哭声，犹如宁静的深夜传来一声撕心裂肺的哀号，接着是一阵阵女人呼天抢地的号哭。丁旺贵在此起彼伏的哭声催动下，没娘的凄凉感瞬间涌上心头，泪水奔涌而出，抑制不住的哭喊冲破哽咽的喉咙。他一手抓起丁守正胸前的衣服，嘶吼着问：“是你逼死妈的？是不是？”他扬起右手正要一巴掌揎去，旺财挡住他的手，把他半推半拖地拽到母亲灵前，让他跪下。

“妈呀！”旺贵失声痛哭。几位儿媳妇中哭得最凄凉、最动情的是二儿媳许淑兰，福兴则如小孩找不着妈妈撒娇似的哭闹。儿子中最伤心的是旺贵了，男人的哭声粗犷沙哑，恍如饿狼嚎叫，震撼着人们的心弦。

这一年，萧美兰六十一岁。这是摆脱了对儿女抚养的义务，拿了退休金，刚进入享福的年龄。围观者中有人对萧美兰命中无福深感痛惜，也有人责怪萧美兰怎会这么笨，轻易地去死，还有人说这正中丁守正下怀，不出一个月，他就会娶一个更年轻的老婆了。

"爸呀……"福兴扑进父亲怀中，她的哭喊声凄凉无助，惊恐彷徨。这个弱智的女孩似乎恢复了正常人的思维，明白没娘的孩子未来的日子将会是多么悲苦。丁守正望着小女，听着亲人们震耳的哭号，周围人鄙夷、谴责、谩骂的声浪此起彼伏，他真希望地上突然露出一条裂缝，自己好钻进去，眼不见耳不闻，摆脱这无地自容比死还难受的环境。

丁守正浑浑噩噩地挤出人群，神色木然地骑上单车，毫无目的地沿着路双脚猛蹬。江东镇通往莞城的公路又在扩建，右半边的公路正在铺砌石头，坑坑洼洼，满眼烟尘。前面一段铺着沥青，散发出的热气在强烈的阳光下袅袅升腾，味道刺鼻。左半边的公路凹凸不平，车辆左摇右晃爬行似的在行驶。一阵南风吹来，吹走了沥青味儿，吹来了滚滚黄尘。

丁守正踩着单车在左半边公路的边缘骑行，稍有不慎，轻则擦伤，重则跌断手脚，甚至有生命危险。此刻的丁守正，脑子里只剩一个念头：赶快逃离亲朋好友的圈子，逃离永盛村，去一个没人认识自己的地方……

丁守正觉得无颜面对儿孙，是自己让他们失去母亲和奶奶，悔恨和内疚心绞痛似的攫紧他的心脏……他骑的单车左摇右晃，这时一辆加长货柜车从身边驶过，似有一股气浪把丁守正往车底里吸。他难以自控地朝货柜车侧了侧身，车厢凑巧往丁守正这边晃了晃，他的脑袋狠狠地撞了上去……

8

丁守正重新有了意识的时候，身体却不听使唤，甚至连眼皮也眨动不了。他平生最讨厌医院里的药味儿，此刻从鼻腔灌进，进入大脑。他似乎能分辨出儿孙们的声音，这是在医院……

他朦胧地意识到自己也许时日无多。也好，反正无颜面对儿孙，早点变鬼跟老婆相见赔个不是。"爸，你有什么话要说？"旺财见父亲嘴角翕动，问道。丁守正的思绪被儿子打断了，可这段往事断了，另一段往事又浮起。承包鱼塘时他跟老婆说，等赚够钱，为儿子建了新房，娶了媳妇，他们便退休。这里走走，那里逛逛，清闲自在，过上点神仙般的生活！

"啊！"他恍然醒悟，自己这岂不是一语成谶！人只有死后才能当神仙……原来这早已是命中注定。既然是命中注定，任谁也无能为力的了。潜意识里丁守正为自己找理由开脱，可他能带着平静的心态离开吗？

他实在不甘心就这样走，脑子里过老电影一样断断续续回忆起自己的一生。逃荒被领养，娶妻生子，承包鱼塘，开蜂窝煤厂、小食店，稀里糊涂赚到七位数字的财富。他的运气一直都很好，别人主动提携他，甚至是送钱上门，好像只有柴记大酒楼是靠他自己运筹努力赚取的财富。

"发家致富"的时代洪流裹挟着他前行，想不发达都不行！可惜，他空有发达的命，却没有享福的命。因多喝了几杯酒，上帝便在他得意之时伸脚绊了一下，他糊里糊涂地跌了一跤，命运便陡然发生了改变。

他在这世界上只停留了六十三年便销声匿迹，可他还没有踏出过东莞周遭半步，还没见识过祖国的壮丽景色，还没去过天安门，还有那么多的山珍海味没有吃过。空有巨额财产没享受过，真不甘心哪！

这时候，美兰在前面向他招手，丁守正高兴了，没有比找回妻子更令他高兴的事了，他奔跑着上前……

第 二 章
遗 产 风 波

9

　　医生告诉丁旺财，他父亲严重脑震荡，脑电波越来越弱，情况不乐观。

　　母亲已故，父亲落残，都是几天内的变故。丁旺财除了对母亲表示哀痛、对父亲病况担忧外，还有件让他揪心的事情。父亲留下那么大一盘生意，自己是老大，命运将自己推上家族生意的舞台，他一时不知如何是好。

　　如何继承和运作家族的生意，父亲没有一言半语的交代，如果由他出面经营管理，弟妹们会是什么态度？这些都是需要弄清楚的问题。在这么短的时间里，旺财还真适应不了代替父亲这一角色，他脑子里一团乱麻，拿不出一个明确的思路来。一连几天，他都备受犹豫不决的煎熬。

　　"都叫他们过来了？"老婆秀芬问。"都叫了！"旺财说。

　　秀芬边嗑瓜子边说："旺祖全听他老婆指使，福齐的老公好食懒做，旺明一分钱也不肯吃亏，旺强酒鬼一个，福兴半傻半痴，旺贵还在读大学。跟他们商量，只有吵架收场！"

"不管怎样，还是要听听他们的意见，再做考虑！"

"我跟你讲，对着这样一群无尾飞砣的人，你应该要有所担当才对。若谁都打自己的小算盘，各说各的理，没人镇得住，父亲的生意，便成了烫手山芋！"

旺财的弟妹确如秀芬所言，除了大妹福齐和小弟旺贵有点头脑，没有一个是正经些的。老婆的话很有道理，但生意是父亲的遗产，不跟他们商量，会让他们说自己独断专行，甚至抱怨自己妄自私为，到时水洗不清。有抱怨就有怀疑，有怀疑就会捕风捉影，矛盾累积到爆发的临界点，或许连兄弟姐妹都会反目成仇。旺财心里明白，这类事是天底下最难处理的事。每当想到这些，旺财就埋怨父母太不负责任，留下这样一本糊涂账为难自己。

旺贵在广州上大学，母亲尸骨未寒，他要等母亲过完头七才回学校。他拉着福兴的手，一起来到大哥家。旺财见众人到齐了，说道："父母的事情，谁错谁对是他俩的命，我们做儿女的不要去议论了。以前，除了酒楼由福齐打理，几家工厂的股份都是父亲一手包办。直到昨天，我进入他房间，找到他的生意账本，才对他这盘生意和财务有了大概的了解。"

"哦，大舅你这样是不妥的！"福齐的丈夫吴景富叼着一支烟说，"守正叔的生意是你们兄弟姐妹共享的，查看守正叔的账本，应该大家都在场！"气氛顿显别扭，秀芬说道："什么意思？你怀疑旺财有私心？"吴景富阴阳怪气地说："没这么严重，但他那举动难免不令人起疑心！"

秀芬又问："大姑你怎么看？"福齐说："不要理睬他，他的本事就是嚼舌头！"

"这不是嚼舌头，守正叔的生意是大家的，这不对吗？独自查看守正叔账本难道是对的？我是为大家好，为大舅好。好心当狗肺！"景富一副得理不饶人的样子，说罢起身要走。

"景富，回来！"旺财高声道，"你说得对，我接受。这是父亲的账本，各家工厂的股份分红，酒楼的盈利，都在这儿，大家看吧！"

在丁守正这一生中，除了那件荒唐事让他愧疚，还有两个女儿让他挂心惦念。福齐聪明能干，却有眼无珠嫁了个大懒汉。想当初，丁守正看透吴景富懒散为人，极力反对；可福齐就是喜欢他，未婚先孕。婚后，吴景富不再装正经了，露出了好吃懒做的本来面目。开始，福齐还心存希望，借着自己的真情、年轻和有钱，最终能感化丈夫。但是，懒汉根本就没有真情，只有喜欢。真情是内心的所在，喜欢是眼中的烟云。

至于年轻，生了孩子的女人，就不会说自己年轻了。其实，懒汉的骨子里本没有感情、没有年轻、没有为人准则这一类的想法，他眼睛里只有钱。有一次夫妻俩吵架，吴景富说："如果不是你父亲有钱，我这么美的青年怎会看上你这丑八怪？"这话虽有戏谑的意味，却也气得福齐有泪没处流。仔细想，当初自己确实是因为他漂亮的外表而动了真情，更因他的甜言蜜语而义无反顾。她曾规定他每月的零用钱，但当他的限额用完了，就真的是"穷鬼不如饿鬼恶"了。他纠缠老婆要钱的花样很多，甜言、戏语、扮傻、钻胯下等，就差没有动粗。总之，他像知道她每月的收入似的，直到把她每月的工资花完才肯罢休。不过，吴景富闲逛散荡，喝酒抽烟，打麻将、斗三公，就是不喜欢嫖女人。就因这点，福齐还有点贴心感。想来想去，最终容得下他。

"有没搞错，上半年的股份没有利润，只有酒楼赚的钱？"旺明疑惑道。

旺财解释说："盛强摩托配件厂生意好，赚得多，粤味食品和粤华日化、中兴造船都赚得不多；金鱼水泥厂和联利水泥制品厂亏损大。金鱼和联利是我们的股份大头，与赚钱的厂两相抵消，所以没利润，只剩酒楼的利润！"

"能查一查各厂的账吗？"旺明又问。

"查什么账，老爸信任人家，从不去查账。我们刚接手就去查，怎好意思！"旺强不满地答。

"你怎知老爸从不查账？"旺明不依不饶。

"老爸很早教导了，疑人莫用，用人莫疑！"旺强答。

吴景富阴声怪气地说："要看什么时候。老爸对他的朋友信得过，不等于我们对他的朋友也信得过！"

"你这是什么意思？"旺强走近景富，拍了拍桌子，大声问，"什么意思？"

"什么意思？你有你的意思，我有我的意思，怎么啦？"景富也大声说。

旺财说道："这样不成的！你说这样，他说那样，吵到天亮也没完。大家既然到齐了，择日不如撞日，今天我主持，选一位负责的人，好不？"

"我同意！"旺强表了态，旺贵带着福兴也表了态。福齐正开口要表示赞同，吴景富抢先说"不"。旺祖望着老婆，不敢说；旺明不说话。

"怎样？没意见现在就选！"旺财又问。

"我有意见！"旺明答。

"什么意见？"

"今年的基建和纺织市道是差，但不至于亏这么多钱！我觉得金鱼和联利这两家厂好像串通一起搞事。其实，人家有心骗咱们，咱们也拿他们没办法。所以，我觉得还是退股吧。把各家工厂的股金拿回来，再把资金分回各人手中，各走各的阳关道。自己手上有钱，还怕没生意可做？总之，钱还是自己攥着踏实！"

"我赞成。拿回股金分掉，各顾各，不贪便宜不吃亏，免掉吵架！更不用选这选那！"吴景富立即举手赞同。

"不成，把钱分回来，不用一年就让你败光了！"福齐反对老公。"家里我说了算，反对无效！"吴景富更加大声。"那怎么分法？"秀芬一直没出声。"还怎么分，五男二女，七份分呗！"许淑兰的反应特快。

"当然按人头分！"旺明反驳道。众人纷纷道："对！按人头！"

"你们岂不是欺负我和小叔、小姑！"许淑兰争辩道。

"谁欺负你，你可以生嘛，鬼叫你生不出！"秀芬平时已讨厌这位二婶，话不由得说得刻薄。

"你……"许淑兰被气得说不出话。

"不要争了!"旺财站起来,继续说,"股份不能退。我是老大,这事我说了算!现在选举负责的人。"说罢,旺财拿着纸和笔递到弟妹们手上,"不投票当弃权,不得反悔!"

"选等于没选!"吴景富说得阴声怪气。旺财皱眉问:"这是什么意思?"

"你肯定选赢!"

"那不好吗?难道选你这条大懒虫才对?"

"我懒,关你鬼事!"

丁旺贵插话,大声道:"不要闹了!看看我们,像兄弟姐妹吗?妈还在看着我们的,还在闹!"

"大哥,不要跟他嚼舌头!"旺强说完转身走近吴景富,继续说,"这是我们兄妹的事,与你这外人无关,也轮不到你投票,给我闭嘴。要不看我揍你!"虎背熊腰的旺强上前揪着吴景富的衣领,吴景富大声抗议:"这是我们夫妻俩的事,跟你没关!"旺强一巴掌掴去,问:"有关还是没关?"

吴景富被掴得眼冒金星,转身要走,倏又回头道:"打呀!干吗不打!有本事把我打趴地上,才有种!"旺强一个箭步跨上前扬手要打,旁边的旺贵闪进他俩中间,劝说道:"你俩都是没脑的!"吴景富还在说:"我拜师学了几套拳的。念你是小辈,让你一次!"说罢抽出烟,还笑着递一支给旺强。旺强怒道:"你这打靶鬼,正是人死口不死!"吴景富燃着烟,哼着小调,扬长而去。

旺财没理睬这场闹剧,问旺明:"旺明,你怎看?"他深知这小弟脾性,心思缜密,对钱看得非常重,容不得别人占他便宜,但也不占别人便宜。因而难以入群,自顾自地过日子。旺明很干脆地回答:"好兄弟,勤算账!我还是主张退股,分股份!""分掉股份,你又怎样?"旺财又问。"把分来的钱存银行,吃利息,也比钱让人攥着踏实!"听了旺明的回答,旺财又问:"旺祖,你呢?"旺祖支支吾吾,旺财索性叫道:"二嫂,你说!""支持三叔!"许淑兰更加干脆。福齐再一次表态："分多少钱也不够那条懒虫拿去输光吃光，我支持大哥！"

旺财明白了弟妹们的态度，点着了烟，吸了几口说："三弟，你的担忧我也想过，在改革开放前，这种小富即安的想法或许是对的。可现在不同了，几百万资金做不了多大的生意。如果退股，分到每人手上有多少？我估算不超过两百万！两百万做得了什么生意？开个一百平方米的商店也不够！像你说的存银行吃利息？但现在的物价跟去年比是怎样？你那点利息抵得上物价的涨幅？钱，不但要保值，还要增值。记得父亲说过，他真正能赚大钱，是从咱们兄弟出来工作那时候才开始。咱们都在一艘大船上，父亲也是靠着这艘大船才发达起来。分家产绝对不是父亲愿意看见的，要想发达，还是要靠着这艘大船才有希望。弄沉这艘大船，大家别想还能赚钱，更别说发达！"

"我不想发达行不行？"旺明这话，倒把旺财难住了片刻。他答道："可以！但我们兄弟大多数不赞成分家产，就不能分。待我们手上有几百万资金把你家的份额收购了，那时候，你才可以分出去！"

旺明气鼓着脸，许淑兰想要说话，最终没说。

"大哥说得对！这时候，即使有几百万元资金，也不能忙着分家产。要考虑把我们的生意扩大，开发新的财路。"福齐为大哥争辩。

"新的财路？肯定赚，不会亏的吗？万一亏钱了怎么办！"旺明又问。

旺财听后，有点不耐烦，好一阵才答："这问题你应早点问老爸。按你这思路，父亲当初就不该做生意，应在村里种田才对！"众人没出声。旺贵问道："三哥，你怎么会有这个想法，莫非你要做个守财奴，守着老爸留给你的这些钱过完下半辈子？"一会儿，旺财又说："也好，你愿做守财奴也行，成全你。商议个价钱，我接你的股份。我现在没那么多现金，分期三年还清给你，按银行三年定期付息给你，但分红没你的份儿，行不？"

旺明沉吟了好一阵，才答："这样吧，父亲留下的股份不退了，但父亲生意以外的投资，我不参与，与我无关！"说完，旺明拿出一包烟丝，卷起了他的卷烟。

"行！"旺财说完，目光转向旺祖。没等他发问，许淑兰就表态了：

"我跟明叔！"

"那好吧！老爸生意营运上谁都可以提建议，但今后不得再提分家产。旺祖和旺明的分红以父亲留下的生意为界限。之前的分红有份，之后的生意分红没有份。还有，福兴今后住我家，由我照料她！"众人心里都明白，福兴是个烫手山芋，大哥连这也包揽了，真的是没话可说了。

"父亲在医院怎么办？"当众人要离开的时候，旺贵说起了父亲。旺财答："花钱请人照顾他，直到他康复！""天知道父亲什么时候醒来！"旺明又道。"你什么意思？"旺贵质问旺明。旺财也对旺明不满："旺明，他是我们父亲啊！他在医院花钱也是花他自己的钱。你这时候埋怨父亲，是不对的！"

旺明不再说话，起身离去。福齐、旺贵等也先后离去。

10

很多事情都是这样，矛盾公开之前最让人犯愁，一旦把矛盾摆上桌面，公开了的矛盾反而会促成事情有了明确的方向。

旺财吩咐旺贵，回家把福兴的衣服拿过来，自己上一楼把杂物房清理干净，然后打电话给家具城上门为房间订购合适的床铺家具。完了，才跟老婆说："秀芬，没办法了，只能辛苦你啦！"

秀芬答道："照料她可以，只要你的弟妹不嚼舌头，捕风捉影地说我们拿了她的分红，就托赖了！"

"管不了闲话，身正不怕影子斜！"忙完了，旺财才坐了下来，喝茶抽烟。连日来的烦恼在今天有了结果，另一个心事也接踵而来，如何让父亲的生意在自己手上发展壮大？

"你是老大了，怎么打算？"妻子坐在旁边笑问。"暂时还没有，就顺着现在这模式走着瞧吧。"旺财缓缓地答着。

旺财从父亲生意的布局上能想象到他缔造家族企业的良苦用心，就是一个字"稳"。他入股的工厂每个行业都有。从微观的经济环境去衡量，每个行业都有它的盛衰周期。父亲投资的工厂涉及基建、交通、运输、食品、日用五大行业。近两年基建行业亏损，运输行业平平，食品和日用品还可以，摩托车配件生意红火。虽然基建因是大股份而导致整体上没赢利，也没出现亏损，整体上算是平衡。比起一些因经营环境欠佳而骤然亏损的单向性企业，父亲的生意布局是有先见之明的。做生意总是要赚钱的，不是平衡。在父亲这个稳健型的投资组合中，完全没有暴利的机会。

在旺财看来，很多老板因为敢作敢为获得了暴富的机会，追上父亲先行一步的生意。时至今日，作为父亲的长子，亟须在原有生意的基础上大胆主动出击，获取暴利。在合适的时候剥离父亲的生意，逐步建立由自己掌控的企业。选择什么行业进入？哪里寻找暴利生意？他没有明确的答案。他想到小弟旺贵，他是大学生，思路和境界应与常人不同，听听他的意见，于是便给旺贵打电话。

旺贵听完大哥请教的问题，笑答道："大哥，我还没毕业，没有社会经验。要说暴利应是股市吧！"旺财听了摇摇头，感觉等于没说。像旺财这样瞪大双眼捕捉机会的人，何止千万个！蛰伏着，瞪着猫捉老鼠眼睛的人何止千万个！机会既靠等，也要讲点运气。不过，这类在旁观者看来既简单又浅显的道理，当事者往往是领悟不到的。所以，旺财继续寻找投资的机会。

这阵子，旺财因寻找无功而犯愁。秀芬看出丈夫的烦恼，劝说道："你也是的，急什么！这些事急不来的。以前爸爸办事多冷静，多稳健。哪像你，急成这样子！就算没有机会，守着现成的生意，不也很好吗？"

秀芬的话有她的道理。旺财答道："你有所不知，老爸除了稳健，也是去寻找生意的。记得他说过，洪水淹鱼塘后，他骑单车到处找生意门道，最终让他发现东莞糖厂有台报废的煤球机。煤球厂虽然赚不了多少钱，但它最大的价值是让他发现开小商店、小食店这类更好赚的生意。所以，还是要学老爸，去莞城、虎门甚至到深圳逛，去寻找商机。"

旺财四处活动，苦苦寻觅，依然没发现适合自己做的暴利生意。毫无头绪的他，也只能听妻子的话，蛰伏家中，等！

第 三 章

人弃我取

11

江西的三百山、福建的武夷山、广东的南岭,这三大山脉的交会处就在江西省赣州市的安远县。这里方圆八百亩原始森林,汇集着雨水、露滴、雾气、湿滞的气温,千溪潺流,为东江提供着源源不绝的源头之水,直奔地处东江出海口的永盛村。这个唯一的坐落东江出海口的村庄,见证着东江水与珠江水的潮汐互换,风雨交集,浪涛与平静;也见证了北上的珠江、东上的东江,各自的轮回与变迁。

狮子洋北岸与东江口东岸的交会处所形成的夹角之地,是永盛村。广州黄埔港新沙二期建设正在狮子洋北岸、紧邻永盛村的滩涂上进行。几百米长的喷沙筒从江心向岸边的滩涂延伸,喷着灰黑色的沙泥浆。与永盛村隔江相望的黄埔新港,向码头蠕动着的巨轮,五六艘半自动化作业的挖沙船,锚泊着几艘轮候的运沙船,距东江口不远处耸立着十座新楼盘……目之所及,无不显示出经济建设的繁荣。

在永盛村西面临江大道上无聊漫步的旺财,看着这一切,想着这么繁荣的经济建设怎么就没有适合自己的生意,心里很不是滋味。他不知不觉走到村东面，这里是另一番景象，电子厂、洗水厂、五金厂、制衣厂……这些厂的广告牌以各自不同的抢眼形式来表现自己。

旺财在向莞城、长安、虎门这几大经济发展重镇寻找机会的过程中，触目所见，到处人头涌动，任何时间段公共汽车内都挤满操着各地口音的乘客。除了工厂还是工厂！他自问自己不具备经营工厂的财力和能力。

"大哥，这么得闲？"打招呼的是旺财的亲房兄弟树朋。夫妻俩经营一条半机械化的挖沙船，他拎着一大罐柴油，正要走下泊在岸边的小机艇。

"是啊，无所事事！"

"你可快活，难为小弟我，白天黑夜忙个没完！"

"生意很好吗？"

"是很好！不过那条挖沙船产量小，累到透不过气了也赚不了多少钱！"

树朋递了支烟给旺财，点着了，又说："你看，我全身油渍，手脚脏黑，都是辛苦命。你父亲有本事，提携你们兄弟们享清福！"

旺财笑答："看起来倒像。其实，只是酒楼赚了点，其他地方都没赚！"

"大哥，跟你说实话，你看！"树朋指向江心，那是一条十多吨的水泥船，改装成半机械化的挖沙船。所谓半机械化，不过是借助几个滑轮而减轻点劳动强度罢了，其实全是人力所为。"我那条破烂挖沙船，工人请不起，都是夫妻俩在干。有个伤风凉热就开不了工，真正的手停口停。我计划造一艘大型的全机械化的吸沙船，到狮子洋海面吸沙，才能摆脱辛苦劳碌命。你看我，腰也累成半驼！"

旺财听后，稍作思索，才答："哦！好呀！河沙市道怎样？"

"我挖了十二年河沙，这市道稍有风吹草动我都感觉得到！"

"现在基建行业不景气，难道河沙市道还行？"

"说实话，不行，河沙价格也低贱！但现在造一艘三百吨的吸沙船，跟五年前相比，足足便宜一半！"

"市道差，又扩大产能，这不合常理！"

树朋笑答："隔行如隔山，你不会明白。行外人的常理，其实不是道理。现在的经济经过几年的调控整固，停滞不前。基建行业更不行，几乎到了窒息的地步。这是否谷底，谁也不敢说。"

"那你凭什么敢造新船扩产？"旺财问。

"说不上，但感觉给了我扩产的底气。就一句话，人弃我取，搏一次！"

见旺财不说话，树朋又说："重要的是现在新船造价低，加上经济处在谷底，这时候投资扩产，风险最小。风险最小时候的投资已是成功的一半了。若市道稍有好转，利润就很可观。人人能赚钱的时候才去投资，新船造价翻倍，市道也随时有从高位回落的风险！"

"你干吗还不动手？"

"这几个月，我都在找人合股造新船。可那些老板见我周身劳碌命，不相信我对市道的看法。比如……"树朋顿了顿接着说，"比如你，相信我吗？"

"要给时间我想想才行！"

树朋苦笑着，随即正色道："我现在建议你投资吸沙船，等于把钱往你口袋里装，信吗？不过，你还是不相信我的。人微言轻，没办法！"说罢，拎起油罐走下小机艇，拿起摇臂甩了几下，拉上离合器，机艇向江心驶去。

站在岸边的旺财，看着机艇后面的浪花和江面上繁忙的船舶，树朋说的话还在耳边回响。树朋的想法是不合常理，既是常理，应是人人能懂的道理。人人能懂的事情，人人都能去做，这是什么样的机会？所谓机会，不就是别人没发现却让你发现了呀！

江面风起扬波，树叶沙沙作响。旺财继续着他的思路，若自己接受树朋的投资建议，旺祖、旺明还有景富，他们肯定反对。哪有没反对意见的投资方案，关键是树朋的建议是否成立。其实，瞅准机会就要果断出击。自己找不着机会时总在埋怨，现在机会来了，又前怕狼后怕虎。树朋小本生意都敢投资造新船，若失败，他可是倾家荡产，而自己有这么多生意作后盾……杂乱无章的思路在旺财脑海中横冲直撞。

"树朋是对的！"

傍晚时分，旺财用冷水洗了脸，走上三楼阳台，点着了烟，远眺西天夕阳下的黄埔新港。涨潮了，在东江口河面上抛锚停泊的货船纷纷起锚。有的沿着珠江北上广州，有的沿着东江驶向新塘、石龙。夕阳下，河水泛着暗红色的光，旺财眯着眼睛，似乎看见树朋夫妻俩正在挖沙船上辛劳。他回忆起父亲创业时那种果断，为了腾出资金认购水泥厂股份，连正在盈利着的两家士多店也果断关闭。而现在，家族生意有现金在手，难得的机会近在眼前，自己反而踌躇犹豫，毫无父亲的决断和果敢……

他心里终于说出了"树朋是对的"这句话。

旺财和树朋落实了投资意向和计划后的第二天，树朋便把那艘经营了十几年的破旧挖沙船卖掉，到造船厂订购了一艘三百吨位的吸沙船。那时候，树朋的挖沙船只是把两块成直角的薄铁皮用铁丝拧成一个铁斗，利用杠杆、铁索和滑轮组成一组半机械化的采沙设备。把铁斗放进水里，人在踏板上踩，踏板卷动铁索经过滑轮带起水中的铁斗把河沙捞起。吸沙船是把直径几十公分的长铁筒直插海底，利用抽空原理把河沙与海水一起吸上来，再经水沙分离处理，输送给运沙船。两种取沙设备的产量没有可比性。

签订购船合同第五天，吴景富最先知道了旺财的投资举措，叫上了旺祖和旺明三人一起到旺财家，强烈表示他们三人不认可这项投资。并声言若有亏损他们不认账。"盈利呢？"旺财反问。"我们不承认，就是不管盈利亏损，都与我们无关！"旺财说："旺祖、旺明，我正要找你俩核实呢，先前你俩说了，父亲生意以外的投资你们不参加，这是真的吗？""真的！"两人异口同声表态！"好！今天你俩签个声明，以免日后吸沙船赚钱了你们反悔。景富，这儿没你的事！"很快，旺财拟好一份声明，旺祖、旺明看了没意见，便各自签字摁了手印，离去了。吴景富一脸无趣，既想上前和旺财说话，又觉得说也是白说，最终悻悻离去。

在旺明看来，这时候投资吸沙船，无异于是往火坑里跳。人人都明白"买涨不买跌"的道理，水泥厂亏损，水泥制件厂亏损，同属基建行业的吸沙船有何理由赚钱！实际上，经营吸沙船也好，运沙船也罢，这两年间就只赚了一个"干"字。

在旺明心里，做生意赚了钱，再把赚的钱扩大生意规模，水到渠成，这才是正确的事；但在市道低迷阶段扩产，扩大的便不是生意，而是亏损，甚至把原来赚的钱也会亏掉。这种事并不少见。大哥没看到还是……

旺明左思右想，也想不透大哥凭什么要在这么低迷的市道中投资吸沙船，这无异于把钱撒往狮子洋。不过，自己签署了不参与父亲生意以外的投资声明，想到这儿，他心里泛起了先见之明的得意。

12

时间是无情的，它不顾人们的任何感受依然故我地嘀嗒前行；时间也是有情的，它帮助人们记录着各自的精彩，吸取成败得失的经验。

时间进入了1992年，元旦刚过去没几天。

"旺财，吃饭了！"听见喊声，旺财百无聊赖地从上铺床跳下，打个呵欠，伸伸懒腰，走到饭桌前，说："又到中午了！"

树朋明白旺财的无趣，开解道："你这是第一次亲力亲为做生意，生意差些，是有点难受。可我习惯了，并不难受。其实也不用难受，咱这船还有点小利润。比起那些破旧小船，好多了！"

"他们赚钱吗？"

树朋看着索然无趣的旺财，答道："他们就算有点小利润，也不够维修费用！"

"在这大海风吹浪涌，又没钱赚……"

"都是这样坚持的！像你的水泥厂，也没钱赚，难道关闭了它！"

"哎哟！我可真没这耐性！"

"你以前在父亲的庇护下生活，怎知亲力亲为做生意的艰难！"

一艘万吨巨轮驶过，掀起的不是浪涛，是小山丘似的浪涌。波浪拍打船舷溅起很高的浪花，看上去很可怕，但推不动船舶；浪涌没有浪花，看起来很平静，却会把整艘船托起来。旺财不习惯，被这浪涌颠得头晕目眩。好在不到一分钟，海面又恢复了平静。吃完午饭，旺财习惯性地打开收音机，听到了"邓小平南方视察"的重大新闻。听完后，他若有所思地低头不语。突然，他叫道："树朋，我上岸一趟！"

树朋应声而答："干吗，这么急？"

"邓小平南方视察！我回去找报纸，看详细点！"

"南方视察就南方视察呗，干吗要上岸看仔细？"

"回来我跟你说明白！"看见旺财短时间内变得这么兴奋，树朋虽然不明就里，但在旺财喜悦心情的感召下，他和员工们的心情似乎也受到感染。茫茫大海中，整艘船也好似散发出与众不同的跃跃欲试的活力。

旺财乘摩托快艇驶到虎门码头上岸，叫了辆摩托车直奔售报亭，买了份《南方日报》，头版头条登载"邓小平南方视察"的消息。读完报纸，旺财对投资吸沙船的种种疑惑，对基建市场的悲观与无奈，这些消极情绪此刻一扫而光。

这条新闻像是给旺财打了鸡血，他变得斗志昂扬。因平时爱读报，他或多或少懂得点儿政治与经济的关系。他本打算回家一趟，但此刻心中有一个很明确的念头冒出，什么叫发达机会？这就是！自己寻找这么长时间毫无所获的发达机会，就这样悄悄地猝不及防来到自己跟前。他搭乘摩托快艇回到吸沙船，拉着树朋走到船头，把自己这一去一回之间的想法告诉树朋，然后说："我建议到造船厂再签一艘新船订单！"

树朋却苦笑着说："上次是我提议，这次换成你，可惜我再没钱了！"

"造新船投资大，买艘半新的也行，既节约本钱，投入营运也快！"旺财语气有些急速。显然，他兴奋得似乎按捺不住。

"我没办法了，你找别的老板合股吧！"

看见树朋一脸无奈的神态，旺财不再勉强，过了好一会儿，他说："我现在回家！"

"太阳下水了，回到家天也黑，明早回吧。"

"不，今晚赶回去！"旺财刻不容缓地走下摩托快艇。上岸后叫了辆出租车，回到家里时，夜幕已挂起。

13

二十世纪八九十年代的水乡，没有了以前的鸡飞鸭鸣，柴火烟熏；没有了集体性的开工收工，人们的劳动强度减轻了，日子反显得平淡无奇。人们有空便在家里看电视，再不像以前稍有空闲便赶往街头巷尾，聊说是非，村里因此而冷清。秀芬过惯了日夜有丈夫陪伴的日子，近几个月丈夫去了吸沙船，独自一人的日子说来就来，心里总觉得有种难言的不适。到村前，碰见熟人只打一声招呼，或略一点头，便擦身而过。想找婶婶们聊天，可没一个能聊得来。每当这个时候，就对丈夫特别地想念，她突然觉得老公原是这么重要。门铃响了，她走下楼，打开门一看，哟，是老公！老公比自己的意念来得还快。她双手圈上了老公的脖子，鼻子使劲地吮吸，多么熟悉的气味，但比以前多了点机油味儿。

"我还未进屋！"

"没你在家，我快闷疯了！"

旺财掰开秀芬的双手，把门关好，走进大厅，放下背包，笑道："我不在家，真的很闷？"

"唉，没老公在家，难受死了。你不要下船了，赚多少钱也不值。如果非要你下船干活，把股份退给树朋算了。"

这一晚，旺财夫妇俩都睡得特别香甜。

旺财睡到太阳照进窗户才醒，这时候，秀芬已熬好了白粥，蒸熟了红豆糕，端上饭桌。

秀芬神采飞扬，红光满面。旺财看见，不禁笑道："女人没了男人真是不行！"

"是又怎么样？男没女不行，女没男也不行！"

"哎哎！"旺财打断秀芬的话说道，"应该是女没男更不行！"

"更不行就更不行呗，又怎样！"

夫妻俩逗着笑着，秀芬的开心当然是久旱逢甘雨，旺财开心是舒爽的春宵一刻，最让他开心的还是寻到了发财的机会，有了新的计划。时间快十点了，秀芬和旺财一起去买菜。两人并肩走在街道上，快到街口时，看见旺明骑着摩托在街口前横穿过去。秀芬说："三叔新开了一间制衣厂，听说有三十台机，几十个工人！"旺财不言语，沉默许久，才答道："几十台机有什么用，景气一年才赚它十来万，不景气赚点下脚料的钱，小家子气！他也只能干这类生意，不过总比老二、老四强！"想起自己心中的计划，旺财对三弟这小打小闹的生意现出明显的不屑神色。

走出街口，旺财说："你去买菜吧，我去酒楼一趟，找福齐商量点事！"说完，告别了秀芬，朝酒楼走去。

14

丁福齐从最初的大排档到现在的大酒楼，一直没离开过餐饮，她把酒楼打理得有声有色。现在，酒楼被打造成集餐饮、住宿、写字楼、休闲娱乐于一体的综合性商业大楼了。虽然她老公不争气，但她经营酒楼的成绩有目共睹，在亲朋好友中的威信并不因她老公的无能而失色，反而更显得精明能干。旺财对新计划虽有信心，但要顺利实施，也要得到这位妹妹的支持。旺财穿过嘈杂喧闹的酒楼大堂，乘电梯上到三楼总经理室。推开门，只见福齐坐在电视机对面，周围有七台电视，是各个楼层的监控录像。

"哥！什么时候回来？"福齐中等身材，精瘦，眼睛像她父亲，炯炯有神，言行之间让人感到她的麻利与干练。

"昨晚回的。楼下忙得很，你倒清闲！"

"哥，你以为还是十年前一家大小忙个不停的生意吗？现在最有价值的是雇请工人，每天花几十元雇请一位，可工人为你干了多少事情，为你创造多大价值。你也不要亲自下船干了，雇个工人，腾出手来去干更值得自己干的事情！"

"不说横话了，今天来是与你商量我的新计划，咱们兄妹出资买一条半新旧的吸沙船！"

"哦！河沙生意很好吗？"福齐颇感意外。

"现在生意还不好，不过，你看报纸！"说话间，旺财拿出报纸，把有关"邓小平南方视察"的头版报道放在福齐面前。

"这跟我们有什么关系？"福齐浏览一遍，不解问道。

"你不明白的。我的直觉是，咱们的发财机会来了！不光是我们，大家的发财机会来了，就看能不能把握住这个机会！"

"你讲实际点的东西才是！"

"'邓小平南方视察'就是最实际的东西，他向人们发出了最强烈的发展经济的信号。不但基建行业，各行各业都因这而受益，每个想做生意的人这时候就是最好的进场机会。你要支持，咱们兄妹一起干！不支持的话，我找其他的老板合伙干！"

"老二和老三他俩是什么意思？"

"他俩都签了声明，不用去管！老四、老五和福兴肯定支持。只要你支持，就行了！"

"大哥，你放心！多添一艘吸沙船也是对的，我看好它跟你的原因不同，我是从生意角度去考虑。树朋说得有道理，市道低迷了好几年，吸沙船价格这么便宜，即使造一艘放着不动，两三年后也会升值不少！"

"那就行！"

"造新船还是买旧船？"

"买旧船资金压力轻，投入营运快，但现在市道还没真正好起来，早投入营运，效益也不怎样好；造新船资金压力大些，需半年多时间才能投入营运，但到了那时候，市道有可能会好转，刚好赶上好行情！"

"大哥，这形势好像是你在操控！"福齐不禁笑道。

"我是这么有信心的！在我看来，市道就这么走！"

"买旧船资金还够，造新船就不够了！"丁守正留下的这盘生意，福齐一向都兼着会计。福齐知道上一艘吸沙船用了多少钱，所以她不用盘算就知道造新船资金不足。

"找银行！我们这么大的家族生意，银行会支持的！"

"老爸叮嘱过，不能借钱做生意。多大的头戴多大的帽，是最稳妥的。你忘记了？"

"怎会忘记！福齐呀，机会是圆的，会动的，我们也要顺着变化走才行的。老抱着父亲那套老皇历，不求变通，不行的！"

"是，有道理！那么，你去操弄吧！总之，我支持就是了。"

"好的！你尽管放心。我对这计划信心十足，百分之百会成功的！"

"你凭什么能这样信心爆棚啊？"

"就凭'邓小平南方视察'！你看报纸，看他的讲话！"

福齐说："你看报纸多，或许是对的。十二点多，吃了饭回去吧！"旺财打电话给秀芬，告诉她不回家吃饭。秀芬不依，说："你有多久没在家吃饭？回来吃！"

没等旺财答应，福齐便叫员工上了几道菜。兄妹俩面对面地吃饭，相谈甚欢。话题有意无意地聊到了吴景富，旺财感觉到大妹的神情有异，气氛顿显滞重。这时候，秀芬又来电催他回去。

"就这样吧！饭后要去银行一趟，能谈妥的。尽快去船厂！"旺财说完起身告辞。

第四章

肥水不流别人田

15

自从上次被秀芬咒骂"鬼叫你生不出",过去近两个月的时间了,许淑兰的心情就没有舒畅过。秀芬所言是事实,无法辩驳,许淑兰很是不甘心。秀芬骂她时那种蔑视的眼神像把刀似的,切割得她血肉模糊,痛彻肺腑,又像时隐时现的顽疾,不根除就寝食难安。

许淑兰一米七高的身材,偏瘦,走路病恹恹的,那若隐若现的忧郁眼神,触动着某类男人的心弦;她一说话,那清脆略带沙哑的声音,像抚摸着男人的听觉神经,让人记忆尤深。她其少有笑容,即使听见令人捧腹大笑的事情,也只是嘴角轻抿,笑不露齿。

丈夫旺祖对她百依百顺,即使结婚近十年了还没有怀上,也从没说过一句怨言。家公有本事,每年有两次分红,夫妻俩不用干活也花不完。优厚的经济条件和深爱着自己的老公,老天对许淑兰不薄,偏偏这肚子不争气,使她在人前自觉矮人三分。这又能怪谁呢?老公,自己,还是祖宗?什么都怪过,但又似乎从没怪过谁。每当她看见挺着肚子前行的女人,看见奔跑玩耍的孩童,就不禁生出重重的感叹:若能怀上的话，孩儿该有这个或那个的那么高了！

以前，她更多的是怨自己，怨老公无能，也怨祖宗福薄。但都是怨而已，没想过什么改变的方法。有人向她提议，先领养一个，随后就会陆续有孩子，可丈夫不愿意；也有人向她提议到医院检查，丈夫还是不愿去。旺祖觉得验出谁有问题又怎样，什么都改变不了，心里反会因此多了根刺，并无益处。生得出也好，生不出也罢，顺其自然吧。很多时候，夫妻俩都是这样互相安慰。被秀芬辱骂后，心里那根刺越扎越深，那种怨恨愈加深重。

"兰，半夜了，还不睡？"旺祖一觉醒来，望了望时钟，看见妻子还瞪着眼睛没睡，问道。

"睡不着！一想起她骂我那句话，心里就难受！"

旺祖知道妻子指的是谁，便劝道："人都是这样，好事有人讲，坏事也有人讲，堵不住别人的口！"

许淑兰睡不着，蛔虫似的在床上辗转反侧。旺祖不耐烦："你不睡便不睡，不要翻来转去，好不？弄得我也睡不着！"许淑兰把他的脸扳了过来说："不要睡了，说说话！"旺祖揉了揉双眼，心不在焉地答道："说吧，说什么？""开个玩笑，跟你说，你出外找女人，我出外找男人，不就知道谁有毛病了吗？""呸！无端端说这没来由的话！不睬你！"旺祖说罢，把头缩进被窝里。

许淑兰不死心，继续地想着这事。村里村外的，熟悉陌生的，老实轻浮的，各种男人恍恍惚惚在眼前走来走去。她还想象着该用什么样的手段取得男人的好感……如此犯贱的想法，在以前她觉得是有罪的，亵渎神灵的。而此刻，许淑兰觉得这些与自己遭受的深入骨髓的羞辱感比较起来，显得微不足道了。"不管你怎么想，我一定要生个娃出来！"许淑兰咬咬牙，对蒙头睡觉的旺祖说道。

早晨起床，许淑兰例行在观音像前、祖宗牌位前、地主牌位前逐个添油，点灯，燃香。她在观世音菩萨面前念念有词、诚心祈祷，祈求观音娘娘赐子添福；祈求祖先庇佑丁旺祖一家平平安安，一帆风顺。拜的神多自有神庇佑，许淑兰自从嫁入丁家，自始至今，每天清晨添油点香，诚心跪拜，却依然打动不了观世音菩萨的慈善心肠。她对神灵曾产生过责怪和怀疑，但这只是一瞬间的闪念。

秀芬刺激她的那句话，不但激起她压抑在心底的愤懑，也激起她对神灵的愤懑。面对供奉多年的菩萨，她的心再也虔诚不起来。此刻，她手上拿着神香，口中念着吉利的话语，心里却想着昨晚和丈夫商量过的那件事情——去外面找个男人播种。许淑兰当然明白这事情会酿成可怕的恶果，有这想法都是莫大的罪过。但是，为了传宗接代，延续香火，为了能在人前挺直腰杆，理直气壮，付出任何代价她都在所不惜。

淑兰拜完神，吃了早餐，义无反顾地朝吴景富家走去。

16

许淑兰到来时，正是九点多，吴景富还没起床。听见门外一句"姑丈，早晨好呀！"吴景富觉得纳闷，想不起是哪位舅母。淑兰连叫几声，他才听出是二舅母。连忙起床，匆匆用水泼湿脸面，用干毛巾抹了抹，高声回答："来了，来了！"开门看见许淑兰，忙说："二舅母，什么风把你往我这里吹？"

许淑兰穿件红黄双色的撞色旗袍，她比以前稍肥，因还没生育过，腰肢苗条，全身散发出惹人的性感气息。"听你口吻，不大欢迎我啊！"许淑兰满面笑容地问。"哪会，进来坐！不过，地方很脏，不要嫌弃！"吴景富望着许淑兰那满面笑容，心里不禁嘀咕："莫非她转了性，一脸好笑容！""脏是脏了一点儿，姑妈还是有点懒！我觉得他们兄妹都懒。我家旺祖让他拖拖地板比登天还难，更不用说煮饭洗衫那些活儿！"吴景富答道："懒又怎样，勤快又怎样，不都是过日子，不碍事的。哪像舅母你，到了这个年纪还是如此美丽！"

一阵阵的邋遢味儿，衣服久放不晒的霉变味儿飘来，许淑兰下意识地用手指顶了顶鼻翼，虽感不习惯，可吴景富的赞美令她心里舒服。她来这里的企图怎么说也不光彩，心里涌起一股负罪感，使她犹豫再三，太难堪了！

她瞥了吴景富一眼，他一本正经地吸烟、弹烟灰。虽嘴上夸她，他却没有表现出欣赏或是淫邪的神情，许淑兰颇感诧异，甚为不解。其实，坏人也不都是五毒俱全，"吃喝赌骗"吴景富无所不为，他唯独不喜欢嫖。除此之外，他没有一样正派男人应有的品行。

吴景富也是有底线的，那就是忠诚于老婆，这成了福齐安慰自己的精神鸦片。嫁了个懒惰无能的老公，要说福齐没有不快和抱怨，没有懊悔和烦恼，那是骗人的。在酒楼里，她见多了有本事的男人，自然想到自己老公的不争气，怨气毫无来由地往上蹿。然而一回到家，吴景富不等她洗澡就猴急地剥光她的衣服做爱，她在老公的猛烈撞击下，一会儿像从猛烈的阳光里走进树荫，一会儿又像置身于欲火熊熊的熔炉……天底下没有什么比这更令她蚀骨销魂的事了。这时候，福齐心里的怨气、悔恨、恼怒及恨铁不成钢都如风吹过。

这些私密之事许淑兰又怎么知道，屋里乱七八糟的摆设让她觉得和睦的家庭不该是这样的，应该是干净整洁、温馨舒适。记得她和老公吵了架，心里憋着气，什么都不放在心上，就像连干了几天的重活，身心俱疲连动也懒得动。睡在床上，天塌下来也无所谓，什么事也不愿意干，饭懒得煮，更别说打扫卫生，一连几天都是这种心态。大姑妈屋内乱成这样子，说明他们夫妻俩的感情好不了，她的不良企图死灰复燃。

"用不着这样吧，在赶我走吗？"

"不是赶你走，是怕你不习惯我屋里的邋遢！"

"大伯爷又要造一艘新吸沙船了，你知道吗？"

"真的还是假的？"

"我也是听说！"

"旺明知道吗？"

"不晓得！我听闻后第一个来告诉你！"

"我去找旺明，你坐吧！"

吴景富说走就走。许淑兰原以为说出这事能博得他共鸣，能有共同话题拉近双方的距离而渐生好感，没料到事与愿违。她顿感懊悔，悻悻地走了。

17

旺明的制衣厂开在父亲那间一百多平方米的旧宅。母亲走了，父亲在医院生死未卜，小妹去了大哥家，这屋子变得空荡荡。旺明的小算盘打得响，他如此这般地说服了大哥。于是，把父亲的杂物全搬上三楼，把一楼的几个房间拆掉，又把一百多平方米的前院用槽钢和星铁瓦搭建起来，连起来就成了个二百多平方米的厂房。旺明购置了两组机器，共三十台。自己渠道的货源充足时，做自己的货；不充足，便去大型的制衣厂接些散货回来做。他没有固定的工人，也不包工人的食宿。有货做，电话通知工头，工头立即拉上工人来上班，做完这批货又离厂。这种模式工价会高一些，但省去了吃住的麻烦，也没有管理费用，怎么算都还是占些便宜。加上不用厂房租金，旺明这间作坊小厂，一年能有二十万左右的利润。像旺明这样不求大富只求稳当，日复一日、积少成多的致富方式，在当地很普遍。

吴景富把旺财新增投资吸沙船的消息告诉了旺明。在旺明的意识里，大哥走他的阳关道，自己走自己的独木桥，互不干涉。制衣厂加上父亲生意的分红，不贪不谋，稳妥累积，年收入几十万他也满足了。虽然嚷过要分家产，但现在看来，维持家族生意确实比分掉家产后各自经营回报丰厚。因制衣厂保持了稳定的利润，他对家族生意的利益不像先前盯得那么紧，对吴景富传递给他的信息便全不在意。况且，他和旺祖一起签了声明，管不了大哥的投资。

"这与我无关的了！"

"他挪用父亲生意的分红去投资，这也没有关系？"

"去年年底没少分呀！现在才半年多，说这没意思！"

"如果真挪用了，吸沙船又亏了钱，拿不出钱分给你，到那时才知道错了。"

旺明停下手上的工作，卷起烟丝。停了好一会儿，问道："你想怎样？"上次提出分家产得到姐夫响应，旺明觉得很舒服。不过，他明白吴景富支持分家产的目的与他不尽相同，更明白懒惰之人不中用的小计谋最多。

"找上旺祖，一起阻止他！"

"大哥又不是没分红，凭什么不让人家做生意，你有脑没有？"

"不是阻止他造新吸沙船，是向他声明不能挪用分红的钱！"

"景富，你管那么多事干吗？你拿镜子照照自己，就算你很有道理，也没人相信你。找份正经工作，这才是你最需要的。"

吴景富却哈哈大笑，说："我是怕他败光了咱们的钱财！"

"你把家姐的钱吃光赌光了就不怕？"

"罢了，就让旺财把你们的钱贪了去。到那一天，你们才明白我的苦心！"

旺明听罢，不禁心生厌恶。心想，真是"懒人多辩驳"！

吴景富又说："几百万造一艘新船，单单在采购材料的价格上动手脚，贪上几十万也毫无察觉。你仔细想想，对不？"

旺明却道："你平白无故说大哥是非很不对。况且，他怎样投资跟我和二哥没有关系！"

"你不要以为事不关己……算啦！我走！"

晚上，吴景富跟妻子说起造新船这回事。福齐不禁诧异，说："你这条懒虫，消息倒灵通啊！""以为你老公白吃的。我分分钟盯着你大哥，他一有不轨行为我都会知道！""疑神疑鬼，不放心别人干，你自己去干呀！"吴景富不以为然，又道："就算你大哥是正人君子，可他老婆厉害。你就会埋头苦干，什么也不懂！""你生那么多是非干吗？更让人憎厌！""我不怕他们憎厌，视他们为无形！你不憎厌我就行啦！""嫁了你这条大懒虫我后悔死了，还说我不憎厌你。莫非很爱你不成！""哈哈哈！又说爱了，你又说爱了！这叫言不由衷……"

不知不觉，几小时后又是清晨。福齐按例天未亮出门，吴景富依旧睡得香甜。十点多，正是他回笼觉睡得最为香甜之际，一阵阵敲门声传来，持续不断吵醒了他。

"谁呀！"他有点恼怒的语气。

"是我呀！大姑丈！"

吴景富心里惊诧！二舅母昨天来过，今天又来，是何目的？老婆不在家，女人到访会惹人口舌，但又不能不开门。他开了门，有意显出一脸不高兴。许淑兰读懂了大姑丈的意思，可她不介意。

"你干吗，又来？"

"不能来吗？"许淑兰笑嘻嘻地答，微翘的嘴角和挑逗的眼神流露出一种不羁的狂野。女人的狂野最能燃烧起男人的欲望，传统男人在这种女人面前难免心思飘荡；吝啬男人则会把他视若生命的钱财解囊献送。

"什么事情，你说吧！"吴景富有些不耐烦。面对许淑兰惹火的眼神，苗条起伏有致的身材，吴景富真有些把持不住了。许淑兰转身把门关严，走近吴景富，坐了下来。怎样向吴景富表达非分之想，怎样迂回，怎样讨好传情，怎样投其所好，怎样倾诉无爱婚姻对她造成的伤害等，她想了好几种话题。昨天的经历告诉她，跟眼前这男人谈情说爱根本打动不了他，干脆用最原始动物本能去色诱。她三下五除二脱去衣服，吴景富惊得目瞪口呆，做梦也猜不透许淑兰演的是哪一出。他嗓子冒火，嘴里发干，有点艰涩地吞咽着口水，望着这极具挑逗和惹火的胴体，瓮声问道："你想怎样？"

"你知道不，旺祖那东西不行的。"其实，她在这事情上撒了谎，"我是想为旺祖存点血脉，又不想肥水流去别人田，就想到了你。就这么简单！"

吴景富又干咽了一口口水。

任由吴景富怎样想象，也料不到会有这样的艳遇。二舅结婚多年没有生育，谁都清楚这对夫妻有生理问题。二舅母如此疯狂的举动岂不是把自己往沼泽里拽，事情败露将如何收场？怎么办？他自问道。

许淑兰扑进他怀里，右手紧握他那钢钎般的器官挑逗。女人诱人的体香沁入肺腑，他触碰着怀中女人娇嫩的肌肤。"不成！这种便宜不能占！"吴景富心里默默地说。

"不能占！不能占！"吴景富像是念经一样重复这句话。他把许淑兰的双手掰开，再慢慢把她的身体推挪开。霍地站起，头也不回快步走到门口。打开门，快步离去。

再待几分钟，多说几句话，吴景富觉得自己肯定把持不住。他走到一棵大榕树下坐着，不禁长长地吁出一口气。

太阳渐显灼热，树荫下吴景富眼前浮动着许淑兰的裸体，仍禁不住心猿意马。

他掏出香烟，连抽了三支，心情才逐渐平复了下来。吴景富只是懒，可并不蠢。二舅母找人播种的想法是饥不择食，肥水不流别人田的想法更是荒唐。表面看二舅母这行为令人不齿，可联想到她遭受的屈辱似乎又情有可原。吴景富对二舅母泛起了同情心。不管怎样，他都不愿在二舅母这块田地上播种。

绝对不能！他心里暗道。

第 五 章
饱暖生闲心

当人们无所事事，周边环境毫无变化，日复一日地你遇见我、我遇见你，时间就像关了闸门的河水，缓慢地流淌；但当人群中出现一个大能人，或是一个大恶人，时间也随着人们情绪的变化像湍急的流水，冲刷着现实的河岸。

邓小平南方视察半年后，中国经济的列车再次启动。尤其是建材行业出现了"井喷"，钢筋、水泥、红砖、河沙都供不应求。旺财投资新建的吸沙船半年后交货，生逢其时地投入了营运。

这时候的永盛村，没有人不对旺财竖起大拇指。旺财看见狮子洋海面上每艘吸沙船周围都停泊着五六艘排队等候的自卸沙船，想起去年这里冷冷清清，不禁一番感慨！他投资的新船因为造价低，一年就收回投资了。现在，"买涨不买跌"的人纷纷订造新船，但东莞市只有五六家船厂，一下子涌来这么多订单，交货的时间就延长了。原本半年可交货，现在则要一年。旺财和树朋每天都悠闲自在，一日三餐都在柴记大酒楼吃。每天都是财源广进，心里滋生出一种压抑不住的挥霍欲，就像树朋说的"一天不花掉几百块，心里怪难受"。

金钱像吹进屋里的风，像打开水龙头的水，源源不断。生意顺利，心情舒畅，没有不顺眼的东西，也没有不好吃的食物；但有不够呛的美酒，不如意的女人。公路上车来车往，街道上人流如织。卖香蕉、蔬菜和各种小商品的小贩占道经营，突然传来一阵声响，他们像听到军令似的收起物品四处散去，几个穿着城管制服的人手拿警棍走过。不一会儿，城管消失了，摊贩不知从哪里冒了出来。街上这种猫捉老鼠的游戏从天亮到天黑，不知上演多少回。

站在柴记大酒楼六楼包间"龙凤苑"窗边的旺财，看着为了小生意在烈日下劳碌奔忙着的人群，讨价还价的顾客，为做成一元几角的生意笑面相迎的小摊贩。"树朋，过来！"树朋应声上前。旺财指着楼下街道说："看他们，越忙个不停，越赚不到钱……我忽然觉得，命运对我们不薄了！"

"第一次和你商谈买吸沙船的时候，我说是往你口袋里装钱，现在应验了吧？"

"是的，是你在提携我。要不，我与这财运只能擦身而过，今天我请！"

"这才对！其实，你天天请我也花不了你多少钱。我只是半艘船的股东，你财大气粗。你父亲的生意不算，你也比我多了另一艘船的收益。你还说大街上的人怎么样，我怎么也比不上你呀！"

"我们这艘船，一半利润你独吞，我分的一半利润要七兄妹们平分。至于我家族那艘，我也只是七分之一的股份。其实，我还比不上你！"

"不是说五个人的股份吗？"

"旺祖和旺明是声明来着，老爸生意以外的投资不参与。不过，吸沙船又不是没钱赚，算上他们两股，只是分得少点。今世有兄弟做，下世又不知做什么，无所谓啦！"

"对了，吴景富会没意见？"

"懒虫一条，谁去理睬他！"

"你老婆，旺强老婆，都看得开？"

"女人心胸是窄了点儿，今年不单吸沙船收益大，我老爸投资的水泥厂和水泥制品厂，也赚了很多。所以，吸沙船只是分薄了一点儿，没事的！"

房门开了，走进两个描眉画眼的艳俗女郎。她们的年纪看上去二十出头，但出道应有好几年了。见多了男人，看惯了风流，习惯了风月场所。每天都在不同男人的怀里，察言观色，顺着不同男人的脾性，改变着自己的神情、眼色、语气、声调，还有身体的柔软和硬度。

她们曲意迎合，神情从尴尬生硬练成了水到渠成，言语从羞涩沉默练成了妙语连珠。社会像是一个大熔炉，把一些纯情青涩、天真烂漫的少女冶炼成轻薄自贱、妖艳性感的女郎。她们无度地挥霍青春，仔细看脂粉下神衰色暗、皮皱肤黄；因长期浸染在情色行业的染缸里，除了性感轻佻，她们身上散发出职业女人特有的衰败倦容。

"怎会又是你？"树朋对着其中的一位女郎说，有点不满。

"几天没见你啦！"人随声至，有点刺鼻的劣质香水味扑鼻而来。树朋怀里的女郎扭捏发嗲，他要换个新人的意识随即消失了。旺财说有点事出去一趟，另一个女郎听后既想走又不愿走。"你待会儿吧，我很快回的！"旺财对这女郎说。

旺财在一楼刚巧碰上福齐，稍感尴尬。福齐却毫不介怀地和大哥点点头。她知道大哥在酒楼吃饭泡女的事，已见怪不怪，社会风气变成这样，赚了钱的男人无不如此。一些赚不到钱的男人也来吃饭泡女，只是来的次数少罢了。她老公虽懒惰无能，但不拈花惹草，不涉足风月场所。福齐见多了男人这种无聊的嗜好，因而对老公这唯一的优点甚感欣慰。

旺财说道："我去医院看过父亲了，他还在昏迷，医生说他一些生理指标有所好转，希望有奇迹出现吧！"福齐说："医生吩咐让亲人多陪伴他，对康复有益！""是的，我跟弟兄们说了，让他们有空就上医院陪老爸！""大哥，你也要常回家，多花点时间陪大嫂。这种地方开始有点新奇，时间长了，也都没啥意思啦！"福齐小声道。"嗯！"旺财明白妹妹的意思，点头应允。回到了龙凤苑，旺财见树朋正在兴头上，不禁怦然心动，等候他的那个女郎把手圈上他的脖子，刚才的愧疚感随即抛之脑后。

这晚，旺财比平时早了点回家。看见老婆脸带愠色，不敢乱说，除去衣服正要上床。秀芬怒道："你一身鸡臭，不要上床！"旺财自知理亏，忙笑脸相迎："老婆，你不让我上床，难道要我睡地上！""去龙凤苑呀！"听了这话，旺财再也无语。

"以后，我也不会让你上我的床！你问一下良心，若我在外面泡男人，你知道了会怎样感受？还能和我共睡一床！想想你母亲，不就因爸爸泡女寻了短见。可我没那么笨，不学你母亲。你垫高枕头想想！"

"老婆，你说这些我都明白，但男人就是如此犯贱！以前一天二十四小时在家对着你也不烦闷的，因为父亲分红下来的钱不多，要看着它过日子。可现在，我们一天就有上万元收入，我都不知怎么弄的，待在家陪着你就觉得憋闷！"

这是旺财在老婆面前的掏心话。他觉得既然瞒不过去了，索性坦白，求得老婆的原谅，进而理解并宽容自己这种荒唐！

"你把钱扔进水里还会'咚'一声响，你现在是买罪受，把性病买上身，想想这些就恶心！"

旺财笑着。其实，他什么都明白，利弊也会权衡。但是，他的意识、生理却是随着财富的增加而变化着。他觉得老婆不让自己上床这举动太可笑，说句心里话，他还巴不得老婆把他往外赶呢。老婆就是老婆，自己的财运、家运、儿女的运气，都与她紧密相关。他却没办法摆脱心魔的把控，选择了放任自流。

"秀芬，一个人发达了，真的会变！"旺财搬了张靠背椅，坐在床边，看见依然一脸愠怒的妻子。他能想象到妻子内心的愤懑和失落，却为自己的不轨行为辩解，自我原谅。他问过树朋，也问了几个发达后不沾家的老板，他们都说没办法坐在家里与"黄脸婆"朝夕相对。一天不花几百甚至一千，周身不舒服！他们把这称作"发达后遗症"，这或许是男人的托词吧。想到这儿，旺财瞥了妻子一眼，知道她正压抑着愤怒，等着他的下文。

"'发达后遗症'你听说过吗？"

"发达你的死人头，骗鬼食豆腐，去死吧！"秀芬再也按捺不住，拿起棉花枕头扔向旺财，想想还不解恨，又拿起旺财的竹枕头扔过去，砸中旺财的头。旺财被砸痛了，用手搓了搓，笑道："解恨了吧！"

"不解！"

"你们这些女人，专做让自己吃亏的事，这不是把你老公往外赶吗！"

"你还不认错，罢了！往外赶就往外赶吧！但你要明白，有机会我在外泡男人时你可要大方啊！"

旺财笑嘻嘻地走近，坐在床沿，说："不要这样，坦白说，白天是没法对着你的，可晚上我不是回来了？有的老板白天黑夜都不回家，那又怎样？"

"你很伟大，是吗？我也坦白跟你说，每当想象着你在外面睡女人，我便作呕，怎么能跟你睡一床！你还是毫无悔意，走吧！臭男人！"

此番情景之下，旺财也觉得没意思，真走了。这时，秀芬忽又觉得，自己一点也不希望他走。

19

旺财不再回柴记大酒楼。之前选择自家的酒楼作活动场所，是想着"肥水不流别人田"，他和树朋每天近两千元的消费还是让自家酒楼赚好。然而，这样做弊大于利，他的如何活动会有人告诉老婆，没有一点隐私等同透明，闹得夫妻失和。他改变主意，到狮子洋北岸的"珠江休闲中心"享乐。从永盛村驱车前往约一个钟头，远离闹市，环境优美，僻静清幽。

农历十五前后，皓月当空，繁星点点。夜幕下的狮子洋，海风清柔，波光粼粼。灰白色的雾霭飘荡在海面上空，岸边的"珠江休闲中心"几个闪光大字，被白纱幔帐般的浓雾包裹着，宛如虚无缥缈的海市蜃楼，时隐时现。涛声阵阵，给人宁静、沉实的感觉。

"这真是个世外桃源啊！"车刚停下，旺财松开安全带，走出小车，仰头张望着感叹道。这幢十多层高、钢化玻璃幕墙在月色中发出幽幽蓝光的建筑，昂然屹立在广袤的田野上，诱惑着寻芳猎艳的男人。

双脚刚迈进大门，旺财就被大厅里高昂的气势吸引住了，大门口立着一块大理石雕塑"龙凤呈祥"，一对全裸的俊男美女相拥缠绵，那种缱绻难舍的表情惟妙惟肖，雕塑得太逼真了！房顶悬着一盏"花开富贵"的吊灯，需把头抬高才能看见。离地一米的花槽里，相间种植了兰花、玫瑰、蝴蝶兰等花卉。

大理石雕塑的后面是一株硕大的夹竹桃，花蕊不大，开得密集。桃花盛开，热烈奔放，给进门的客人一种喜庆快活的暗示。旺财跟随一位款款而行的服务员，走进一间名叫"快活谷"的房间。甫一进入，一种令人舒适无比的香水味，从房中间那盆冒着白烟的电动火炉中飘出。三块粉色、绿色、橙色布幔围住一张宽大的木床，他好奇地用手拨开粉色布幔的一角，倏地血往上涌，心跳加快，喉头干涩。一个穿着近乎透明的白纱旗袍裙的漂亮女人，右手支颐，侧卧在粉红色的席梦思床上，恍似一只银狐蜷缩在鲜花丛中。那种妖气媚味，那种柔情蚀骨，直把人往她身上吸！

近一年，旺财见识了不少女人，其中不乏娇柔美艳的，但像眼前这种魅力四射、吸人魂魄的女人却从未见过。这女人见有人探头窥视，娇躯微挪，薄如蝉翼的旗袍从右面滑落左面，头上一盏红、白、蓝三色吊灯把女子照得色彩斑斓，既像仙女又像魔女。她脉脉含情的眼眸有意无意地扫向旺财，那欲语还羞的目光，玲珑曼妙的身材，使旺财神魂颠倒，连程序、价钱都来不及问，就用手势把服务员赶出去。此刻，旺财从意识到生理已抑制不住，升腾起熊熊欲火，女人恰到好处地嫣然一笑……旺财扑到女人身上，脸埋上她的脖子与胸部之间，贪婪地吮吸着女人身上的味道。

女人颔首不语，做腼腆状。旺财突感欲火攻心，两手抓住女人蝉翼般的衫尾往两边用力一掀，一具欲透如水的胴体映入眼帘。他猛地一扯，纱衣落地……

"嗯！"一声嘤然软语，旺财顿感身心都融化了，化成了水，化成了一缕鬼气，游走在身体各处。他脑子里蓦地冒出了"杨贵妃"这名字，墙上悬着一幅"贵妃出浴图"。他贴了上去，女子嫩滑如脂的肌肤吸盘似的把他吸住。

或许港片看多了，旺财猛一抬头，想辨别她是人还是狐妖。就在这当儿，手机响了，他极不情愿地拿起来接听，是福齐。她说，水泥制品厂的半年报告刚发到邮箱，上半年的市道比去年下半年更好，但同期利润却没有增长，这不对头！还有一笔数额很大的奖金，这不合程序，明天早上到她办公室商议对策。

福齐的电话像是镇定剂，他想起最近懒于公司事务，与老婆发生矛盾，愧疚之情油然而生。女子见旺财突然坐起发呆，起身走近。一个站着，一个坐着，女人的器官刚好靠上旺财的口鼻，他像是猛吸了毒品，血脉偾张，心跳加速，不顾一切地和女子滚到床上……

20

联利水泥制品厂的产品技术含量很低，几台水泥搅拌机、各种规格的管子、桩模具、简易厂房，这些就是厂子的全部固定资产。当年，钟庆良倡议成立这家水泥厂时，手头没多少资金。水泥制品厂投资少，效益好，钟庆良抓住时机游说了几位股东，成立了联利水泥制品厂。庆良资金少，股份最少；丁守正投资多，占了百分之四十的股份。头几年，厂子买卖兴旺，随着国家宏观调控政策实施，生意也跟随着基建行业一道陷入低迷状态。现在，基建行业如火如荼，水泥制品摆脱颓势，呈现出兴旺的市道。

这次经济腾飞是全方位的，各个行业都受益。深圳特区、广州新城区、各地新开发区等都少不了庞大的管网建设。水泥制品厂生意红火，产品供不应求。任何一种产品出现供不应求的紧俏局面，就会脱离正常的盈利比率，进入到坐地起价的虚高状况。只要供不应求存在一天，都会维持超高利润。旺财虽没有参与厂子的管理，但对经营状况还是有所了解的。他一听福齐说联利今年上半年的盈利状况，就判断管理层出现了问题。至于那张报表，看了也是白费劲，因为报表是人做出来的。

庆良当年拉丁守正入伙，是看上了他的财力。他认为联利厂最大的功臣是自己，最辛苦的是自己，分红最少的却是自己。前几年生意不好甚至亏损，股份少亏得也少，但他是厂长，拿全厂最高工资，心里当然舒服；但去年下半年以来，生意好，利润高，大部分利润让丁守正拿了去，庆良心里就难免抵触，不好受。今年的生意比去年下半年还要好，产品脱销，利润更高。为了增加产量，厂里增加工人，实行三班制，二十四小时不间断生产。想到自己如此辛苦却分红最少，继续吃亏，庆良心理愈加不平衡。加之丁守正昏迷不醒，他儿女中除了旺财有点出息，其他都是无能之辈。因丁家一盘散沙，庆良萌生了侵占其正当权益的歪念。

临近端午节，远处传来了龙舟操练的锣鼓声。上午十点多，头顶已是烈日炎炎，旺财和福齐来到联利水泥制品厂。厂子里水泥搅拌机隆隆地转动着，工人们汗流浃背地灌注、浇注，拿着振动棒插入制件内……他们搭在肩上的汗巾都湿透了。

兄妹俩经过生产场地，然后走进库存车间。车间有几百平方米，旺财记得前年来时，这里堆满了滞销的制成品。因管理层不肯停产，不得已把成品堆放在其他空旷的地方，在上面铺上稻草，避免日晒雨淋。现在，库存场地空荡荡的，南风吹过，卷起漫天灰尘。生产场地的制成品一到合格的时间周期，便被客户拉走了，根本不用进库存车间。看到这一番景象，旺财心中底气十足，十拿九稳地认定厂子管理层在作假账骗他。

庆良比丁守正小五岁，比旺财大十七岁，俩人并不陌生。丁家是大股东，大股东到厂里，谁都会给点面子。刚落座，旺财开门见山地问："良叔，今年上半年的利润跟去年下半年差不多，我不明白。今早来，是找你了解，这是怎么回事！"

庆良虽比旺财大了十多岁，但看上去并不显老。他若有所思，好一阵才答道："是这样，今年行情好是事实，但原料也涨价了。而且，若非管理层绞尽脑汁，没日没夜地为提高产量和利润去拼搏，上半年的利润有可能比不上去年……"庆良打着埋伏不再往下说，这是他的策略，你有来言，我有去语。

"良叔，生意好，利润高，赢利反比不上去年，这说不通吧！"旺财反驳道。

"你看到的，办公室总共六个人，只剩我一人在，其他人全都忙活去了。为了激励他们的斗志，我截留了三百万，用作奖励他们的奖金！"

其实，联利厂的管理人员三日一小宴，十日一大宴。每月每人轮着旅游一次，这些在账面上都有显示，还有些莫名其妙的支出出现账上。至于管理人员如何忙于工作，旺财不用想也知道个大概。水泥制品厂的原材料简单，不外乎是水泥、碎石、钢筋，与供应厂商签了合约，就不用再奔波了。在这么火热的基建市道中，买家会自动上门联系供货。至于庆良说如何忙、如何辛苦，旺财懒得和他争论。现在行情好，赚钱容易，多进出茶楼也无所谓。但截留现金作奖金，怎么说都是不行的。虽然这笔钱报表上有说明，可旺财觉得即使这样，厂里上半年利润也不会与去年下半年持平。虽然他对联利厂的具体运作较为陌生，无法找到能证明这一推断的证据，但他对水泥制品的原料价格还是了解的。旺财说："良叔，原料价格只是略升了点，不足以把整个厂的利润拉低这么多。还有，那三百万奖金应该在股东会议上讨论商议，你说对不？"

"原料价格升幅不大，那只是表面现象。我们厂对水泥、沙石的采购不但要质优，还要优先供应。行情好，原料供应紧缺，不提高价钱是采购不到的！"

"这怎么可能？量大优惠多，谁都明白这道理！"

"这只是市道低迷期的行规，市道好，每天都有新客户去他们厂询价洽谈，若你不出高点价钱，厂家会答应你保质保量供应吗？总之，有报表让你看，你不相信可以去调查，甚至去供应厂家核实也行的！"

旺财一时无语，庆良说得无可挑剔。

"不过，那三百万奖金连我都不知情，这是违规的！"

"作为厂长，我有这个权力！"

"哪里写明你有这权力？"

"是没有写，但也没有写我没有这个权力！"

旺财生气道："良叔，你这叫捉字眼，打横来！"

"当年若不是我关照你父亲，你们有今日吗？你是大股东，三百万摊分到你头上不过一百万，好好想想这些年我为你们赚了多少钱！你连这一百万都看不开，那真没办法了！"庆良显得很委屈。

"你糊涂了，良叔！我父亲若没有资金，你会关照他吗？为股东赚钱不是管理层的责任吗？你这么说倒有点好笑了！"

"那你认为该怎样？"

"那三百万肯定要还回给股东，还用问吗？"

"厂长有权灵活处理厂里的大小事务！"

"大资金你没权处理！"

"你干吗不早说？我已决定了，钱也分下去了，这是没法改变的了！要改，就从现在改吧！我执行！"

"开玩笑！三百万怎么能你说算了就算了，这岂不是抢钱！"

"随你怎么说，这决定是没法收回了！"

空气随即凝固，双方都感觉到了对立和敌意。

"良叔，你太过分了！因为股东们相信你，才没写明你有什么权力。现在你利用股东们对你的信任，做出了伤害股东利益的行为！"福齐忍不住说道。

"单这上半年我为你家赚了几百万，连这点小钱也不愿奖给我们？"

旺财说："这不是愿不愿意，是原则问题。你若提议召开股东会研究这件事，股东们会同意的，这也是好事。可你超越权限还理直气壮，不承认错误，是不对的！至于你说我们看不开，更是强词夺理。前几年厂里亏本，管理层就不拿工资了吗？我们照样垫资出来发工资，这又如何说呢？"

"良叔，你把老板和工人混为一谈了！"福齐好言相劝。

"随你怎么说，我认为管理层每人拿几十万奖金受之无愧！"

似是无话可说了，再说便是吵架。旺财瞅了一眼庆良，他摆出一副你能奈我何的表情。旺财明白没法让庆良把"奖金"退回来，因为对厂长的任命只是口头上的，他们没有制定任何关于厂长责权利的规章制度。他对厂里上半年业绩提出怀疑，却没证据支持。

"我只有诉诸法律了！"旺财明确地说。

其实，庆良应多谢丁守正才是。当年他拿着这个新项目到处找老板入伙，没人相信他。和丁守正一说，隔了两天，丁守正找上门，答应投资十万元！按庆良的投资计划，水泥制品厂除了水泥搅拌机和必需的模具，一切从简。估算下来，整个投资预算四五十万。一些老板见丁守正入股，纷纷上门要求入股，最后确定了六个股份。庆良投资最少，只有两万元！虽然只有两万元，但好歹也是老板，兼当厂长。

若没有丁守正支持，他连小老板、厂长也没机会当。人天生有红眼病，他看着丁守正一家不用操劳，财富却在自己的努力下一天天膨胀，而他这个小股东只能啃点骨头。道理他当然明白，但平衡不了这巨大的收入差距。这上半年更厉害，来厂里订购水泥管道、水泥桩头的客户发疯似的，有货供应就行，不管价格高低，利润高到连想也不敢想。他觉得公司赚这么多钱全是自己功劳，便串通会计、出纳两人，截留了部分利润三人私分，并擅自决定拿出三百万奖励管理层，既能掩耳盗铃，又获得管理层对自己的好感。

庆良把对旺财的气愤带回了家。老婆容桂看见每天心情极佳的丈夫今天变了样，忙问怎么回事，庆良没将贪污厂里利润的实情跟老婆说，只拿三百万奖金说事："旺财知道他小弟正和红艳谈恋爱，这么小的面子也不给我，在厂里拆我台！"

容桂嗔怪道："你擅作主张，是不对，可你不要连累女儿啊！"

"都是吝啬财主，有什么好！"庆良不以为然，答道。

"难道找个穷女婿好吗？"

面对老婆的反问，庆良说："要紧的是自己有钱！"说完，开门要走，又回头说，"晚饭不吃了，约了朋友！"

21

周六、周日两天，读初中的儿子家辉回家度周末，旺财便赶回来吃饭，想跟儿子聊聊。午饭吃完不久，旺贵来了。旺贵比家辉大八岁，叔侄特别聊得来。以往旺贵一进屋便拉上家辉到外面玩。这次，旺贵拿了张小木凳坐到大哥跟前，似有心事，却又欲言又止。

"大学快毕业了，有什么打算？"旺财问。

"工作上没什么头绪，不过爱情上倒有收获！"

听小弟说收获了爱情，旺财高兴，忙问是谁家的女儿。当听说是庆良的女儿红艳，旺财脸上掠过一丝不快。

"别人介绍的？"

"不，读初中就和她好上了！"

"哦！"

"几天前你和良叔的争吵，红艳和我说起了……其实，他也有他的道理！"

"这么快就偏帮他了。说说，他有什么道理。"

"我觉得，可能是上半年的利润高得太出乎意料了。一般人都有红眼病，你不在厂里，感觉不出。他天天到厂里，为了平复下属的红眼病心态，也为了下属更卖力工作，发放些奖金，也无可非议……当然，市道不好，发这些奖金肯定不合适。他之所以没跟股东沟通，或许他真以为这是厂长的职权吧！"

旺财稍作思索，答道："既然你这样说，就依你吧，让你在女朋友面前好交代。不过，有很多事情，你刚入社会，还不懂。"旺财本想把联利厂管理层的其他猫腻告诉小弟，可自己拿不出证据。小弟正处热恋中，肯定不会相信未来的岳父黑丁家的钱。于是，便卖个人情给小弟，让他在女友面前倍有面子。

"大哥！你可以以大股东的身份召开会议，明确规定厂里各种职务的权力和责任，今后这类事情就不会发生了！"

"也对！小弟行，思路比我清晰多了！"

家辉走了过来，拉上小叔往外走。

这件事最终以旺财的妥协而告终，但庆良在旺财心中留下了不好的印象，庆良对旺财也是牢骚满腹。因无法放下成见，两人的隔阂越来越深。他俩互不理睬，心有疙瘩，甚至相仇；若双方都能大方些，拉下脸面先打第一声招呼，矛盾就不会愈演愈烈了。

第六章

心邪怨恨多

22

丁守正终于醒过来，却失忆了！

据医生说，这叫"全盘性失忆症"，是因脑部受严重损伤所致的最严重的失忆症。丁守正昏睡这么久身体没有大毛病，也属奇迹。至于他的记忆能否恢复，要视他个人的意志及家人的态度。药要吃，只能延缓和阻止失忆向严重的方向发展。亲人们多些时间陪伴他，时刻感受到亲情关爱的滋养，是唤醒和恢复他体内原始记忆功能最重要的因素。

旺财为了照顾父亲，做了如下安排：父亲五个儿女（旺贵、福兴未成家，不算），每家照顾父亲一个星期。另外，请了一个保姆，福兴和保姆一道陪伴父亲，照顾他的日常起居饮食，带父亲逛街散步。开始弟妹们还能自觉执行，轮到自己了便去照顾父亲。两个月后，先是吴景富偷懒，时去时不去。后来，旺祖、旺明也三天打鱼，两天晒网。实际陪伴丁守正最多的是旺财、福齐、旺强和福兴。旺财深知吴景富的懒惰和旺祖、旺明的自私，也懒得训导他们。"久病床前无孝子"，时间久了，旺财、福齐、旺强去的次数也逐渐减少。实际陪伴和照顾丁守正的只是福兴和那位五十多岁的保姆。

保姆是广西人，他们都叫她广西大姐。她烧的菜很合丁守正口味，旺财吩咐说，每天中午给丁守正喝一两茅台酒。丁守正吃饱了便上床睡午觉。丁守正的旧屋被旺明改成制衣厂后，旺财买了一块宅基地，建了幢三层楼房让父亲、福兴和广西大姐住。广西大姐的工作轻松，有新楼房居住，工资也比别人高，她为遇上一个好主人暗自高兴。因此，服侍丁守正十分周到，不久干脆和丁守正睡上一床了。乡里邻舍都说，丁守正车祸不死，能活一百岁。大家交口称赞他有儿孙福，生了一群有本事又有孝心的儿女。

广西大姐在厨房还没把饭碗洗完，丁守正走到门口拍打大门，嚷着要去外面溜达。广西大姐颇感意外，中午他怎么不睡觉了？她赶快洗完碗，带着他往街上走。丁守正的脚步比平常加快，旁人打招呼也不搭理。他很快走到旺祖屋前，使劲地拍打大门。广西大姐不知道这是丁守正二儿子的屋子，觉得他行为怪异，便打电话通知旺财。旺财来到后，见父亲还在拍打大门，嚷着要开门。旺财掏出手机打给旺祖，这时候，门开了，许淑兰站在门口，稍露笑意地问道："这么吵吵，有什么事？"丁守正径直走进大厅，坐了下来，时不时东张西望。

"老爸这是怎么啦？"旺财问道，可没有人答得上。好一阵后，旺祖回来了，问明原委，也觉不解。不过，知道父亲还认得自己的屋子，还认得来的路，说明他的病情有了好转，兄弟俩为此高兴。旺祖还提议，全家到酒楼吃顿饭，庆祝父亲病情好转，旺财立表赞同。

旺祖家平日里人丁稀少，冷清无趣。今天多了几个人，气氛难得热闹。旺祖高兴地忙着冲茶，许淑兰开始还强露欢颜，但很快便流露出一脸的不高兴。旺财见状便说不喝茶了，扶着父亲往外走。旺祖拦住大哥，道："哥！坐一会儿吧！我结婚以来，父亲来我家这是第三次。咱们和父亲喝茶，聊聊天！"旺财不愿拂了旺祖好意，硬着头皮坐了近半个小时，便和丁守正走了。可丁守正不愿离开，依然在左望右望，口中嘟哝着不知说些什么。

旺财几人刚出大门，旺祖反身走进大厅，恼怒道："我父亲和大哥得罪你什么？凶神恶煞地给他们看脸色！"

"你管不着！"许淑兰丝毫不惧。

看见老婆这副恶相，旺祖的恼怒顿时蔫了。许淑兰伸手掎住旺祖的耳朵，旺祖躲不及。他也伸出手，不是还击，而是捂着被掎的耳朵一个劲地"疼呀，疼呀"地喊。老公怕老婆，却是人世间某些人的不治之症。

"出来吧，没事的！"许淑兰一声喊叫，从房间走出一位高大帅气的男人，他高出旺祖一截头。旺祖想发怒却不敢，反倒像武大郎在西门庆面前还有点发怵。他又不想显得太窝囊，便对着老婆作怒目而视。

"你不能怪我！我这样做，也是为你们丁家留后着想！"许淑兰口气非常地硬。她本想说"肥水不流别人田，打算找姑丈来的"，想想还是算了，给他留一点最后的尊严吧。

那男人走后，旺祖一把抱住老婆，哭着说道："兰，我心里难受！你不要这样损我了，好不？我……我……"

其实，许淑兰此刻也不好受，她也有羞耻心。刚才跟那个男人快活完，现在又被老公搂抱，跟妓女有什么两样。许淑兰心里对红杏出墙的女人极度讨厌，可她眼下正干着犯众憎、遭唾弃的丑事。不过，她马上就找到了遮羞布，她这么做的动机像珍珠那么真——都是为了给丁家留后，她不是那种有意给老公戴绿帽子的坏女人。看着旺祖一副伤心欲绝的模样，许淑兰心里明白，老婆和别的男人上床，老公知道了能不难受吗？

许淑兰有所触动，说出了心里话："我也没办法！凡事有主有次，咱们什么都不愁，就愁没有儿女！你难受，我更难受。不孝有三，无后为大，我们要忍辱负重！"许淑兰的语气慢慢软了下来。

"我不需要儿女，只需要你！现在不是很好吗？何必那么勉强，自己找难受！"这是旺祖一向的观点。许淑兰却恶狠狠地回答："不，我不甘心！你受得了那臭女人看小挖苦，我可受不了！臭女人那个眼神，我这一生都忘不了！记死她！"

秀芬当时真没想那么多，她只是图一时口舌之快。不想，话从口出，入了别人的耳，对于自尊心极强的许淑兰而言，便如利刃剜心，唾面自干，这种屈辱和怨恨一刻都不能消停。

"罢了！你不能在家里搞，到外面去！"旺祖说罢，噔噔噔走了。

丈夫愤然离去，许淑兰毫不在意，她起身抓了三炷香，点燃了，分别插在观音、祖宗、地主的牌位上，口中念念有词：天神可鉴，我此举全无半点情欲之念，一心一意为丁家留后。祈求大慈大悲的观音娘娘，护佑善良的丁旺祖一家得偿所愿，共享人伦之乐！

香烟袅袅，屋里原本洁白的乳胶漆墙面都因香火鼎盛而变成暗灰色。

我心至诚，善心一片，观音娘娘，你快点送个儿子给我呀！

许淑兰站在观音像前，跪在祖宗和地主的牌位前，双眼微闭，双手合十，拜完后叩头，心中念着那几句不知重复了多少遍的话语……

23

旺财陪父亲回家，路上细心地观察父亲的举动，他觉得奇怪，父亲还是那副弱智的神态，怎么会突然认得去旺祖家的路？回家后，他问广西大姐，父亲最近是否有什么异常行为。广西大姐一五一十如实相告，并无异常，旺财觉得很不可思议，父亲这行为背后肯定有原因。

"爸！"旺财大叫一声，丁守正对着电视毫无反应。坐父亲旁边的福兴不满地望着她大哥。广西大姐哈哈笑道："他什么都不主动，就是晚上跟我睡觉的时候才主动！"旺财打量着父亲，他被广西大姐服侍得精神妥当。头发往上梳起，还喷了点发胶，衣服干净整齐，没有老年人那特有的味道。他拿出一千元递给广西大姐，说："多谢你，大姐！不是你，我父亲没这么好过！"广西大姐笑眯眯地接过钱，答道："都跟他睡觉了，还有什么服侍不周到的！""是的，多谢你了！"说完，旺财往外走去。

旺财上了车正要启动，突然犹豫了起来，往左拐弯是回家方向，往右拐弯是往珠江休闲中心方向。他潜意识里不愿回家，但总是去鬼混与几十年来耳濡目染的传统道德观念相违背，似乎有一根无形的鞭子抽打和谴责着他。

回到家，对着老婆，她粗糙的皮肤，眼角犁沟似的鱼尾纹，让旺财提不起一点儿兴趣。两人有一搭无一搭地说话，味同嚼蜡，毫无情致。他扪心自问，真的堕落了吗？为何在家心不在焉，魂牵梦绕的是狮子洋岸边玲珑娇俏、肤如凝脂、双目传情、温言悄语的美人儿。

他记得母亲悲剧的原因，曾发誓自己一定要堵上这股红颜祸水。谁知他也没能抵御住诱惑，莫说堵，他是主动猎艳，任凭情欲之水泛滥，哪怕是水漫金山。事后，他无限内疚。

都是金钱惹的祸，若非父亲留下这么大的生意基础，若非自己投资了吸沙船的生意，估计每天上茶楼饮茶的条件都没有，更不用说上休闲中心这销金窝。饱食思淫欲！很多时候，旺财都是这样自我安慰、自我解嘲地说。

旺财望了望仪表盘上的时刻表，中午十二点。这个时候，老婆是不会给自己打电话的，或许自己在她心中已死了。正是午饭时候，那个美人儿呢，正常情况下她不见自己来，是会打电话询问的，到现在也不见她的电话，旺财心里突然一阵慌乱。他不再犹豫，松手刹，打右转，踩油门，往狮子洋方向驶去……

24

珠江休闲中心的建筑造型像一艘航行中的巨轮。夜晚，整座建筑泛着幽蓝的光晕，楼顶两只探照灯射出纤细的白光，轮番在夜空中挥舞，划破迷雾。站在东莞市虎门炮台对面的大虎山向广州方向眺望，珠江休闲中心则更像一艘搁浅在狮子洋北岸等待着修理或救援的船舶。这座大厦是花入各眼，褒贬不一。

它外面园林式的布局宛如在风平浪静的海面上一艘随风逐浪的帆船，里面是连帝王都咋舌赞叹的富丽堂皇，不管是硬件（设计、装饰、摆设）的奢侈华贵，还是软件（服务、女色）的活色生香，都是常人难以想象的。谁也不知道，这个"吞金兽"一天吞食多少金钱！

晚饭后，旺财和树朋带着各自的女人，漫步在临海而建的走廊上。万吨巨轮缓缓驶过，掀起的浪涛涌向岸边。拍岸而起的浪花溅上走廊，两位美女的裙裾被打湿，娇媚微嗔，借机撒了一把娇。

大虎山附近的海面光如白昼，与三年前相比，吸沙船的数量多了近十倍。看到这片繁忙的海上夜景，旺财心满意足，树朋也高兴。作为经营海沙十多年的元老级人物，树朋敏锐地嗅出了繁荣的海沙行业背后隐藏着的萧条信号。生意兴旺时怎么干都能赚钱，生意萧条时则要讲究规模、服务和运作模式。他把自己对行业的忧虑向旺财提出，提议要先人一步创建吸沙、运输、码头（包括洗沙、贮存、销售）一条龙产业链的运作模式。

旺财听后，沉默不言，继续在走廊上踱步。走到走廊尽头了，他才答道："好是好，但我和你只有一条船，另一条船是家族的，这该怎么办？""这很容易，咱们的船供应不了客户，优先购买你家族船的沙，价格当然随行就市。或者你们家族也搞一条龙模式，也行的！""短时间没法答复你。两天后我父亲七十岁生日，操办完父亲的生日宴再答复你吧！"

海面上的吸沙船通宵达旦地作业，每条吸沙船四周停靠着四五艘自卸沙船在排队等候。旺财说："树朋你看，那些船生意多好！你是不是有点过敏，杞人忧天！"一阵海风吹过，把其中一位美女的裙摆吹高，她雪白的大腿在夜色中格外诱人。树朋不大在意，答道："市道每次转势前我都有预感，随后的走势也应验了，我信自己的预感！"

深夜，狮子洋海面上繁忙，新沙港的吊机也是繁忙，休闲中心更加繁忙。沉睡着的是无边无际的黑夜。一行四人不约而同地走回休闲中心，里面的空气飘荡着令人心旌摇动的柠檬香，还有那些泛着幽幽微光的房间，带有某种暗示的壁画，擦身而过穿着性感的女服务员。不知从何处冒出的音乐声，轻言细诉，暧昧缱绻……

25

丁守正七十寿辰这天，旺财及众弟妹在柴记大酒楼为父亲摆酒祝寿。这天晨早，丁福齐上班时特地兜远点，去了大嫂秀芬家。秀芬习惯早起，正准备出去晨运，看见大姑颇感意外，问是何事。福齐知道大哥寻欢作乐，与大嫂失和。今天父亲寿宴，亲朋好友众多，她担心大嫂在寿宴上冷落大哥，令他难堪，在众人面前扫他的面子。所以，她先带大嫂到楼上自己的办公室，打开六楼"青婉沐足阁"的监控录像，让大嫂看看男人都是什么德行。

录像中，每天都有不同面孔的男人进出。有以前同在生产队一起劳动的同辈，有亲戚如老表之类的，也有亲人。猛然，她看到沓啬的三叔旺明的身影，心里一阵颤动，他也踏足沐足阁？她不想再往下看了，坐在椅子上一声不吭。

"大嫂，算啦！男人就是这副贱骨头！讲个笑话给你听，隔壁村有位富豪的老爸，七十多岁死了老婆，不到一个星期，便找了个五十岁的女人陪他睡觉了。亲人们劝他，到这个岁数了，要克制自己。如此放纵，儿孙们会有样学样，带坏后辈，不值得。你猜他怎回答？"见秀芬没答话，福齐又道，"他说身边没有女人睡不着觉的，你说气不气人！"顿了顿，她接着说，"所以，我们做女人的，和老公太较真，吃亏的只能是自己！"

"那他在外鬼混到何时？"秀芬很无奈地说。

"不要想太多！提起精神，面带笑容，给足他面子。平时炖些补品让他补补身子，有食面皮光，无食面皮黄呀，他会感受到你的好的。女人到了咱这时候，都是人老珠黄，若又把脸拉得苦瓜似的，更让他讨厌！对不？"

在福齐的开导下，秀芬的思想转过了弯。她满脸笑容地走进宴席里，心安理得地坐在旺财和儿子中间。这样看上去，倒真的是乐融融的一家子。

十一点，客人们陆陆续续地来到，宴席坐了一大半。旺贵带着女朋友钟红艳和她的父母一齐走了进来。钟庆良一入大门，直奔丁守正跟前，双手摇着他的肩膀，大声说道："老拍档，我是庆良啊！"丁守正只是"呵呵"地回应着。庆良对旺财说："当初找老拍档入股，那时候他办事多么果断。我刚说完投资计划，他便要出资十万元，把我吓着了，没想到他这么有钱。整个厂的投资才几十万元，他出了十万元。说实话，多亏他看上这项投资，不然水泥制品厂未必能建成。那时候能拿出一万元的家庭没多少个！"

联利水泥制品厂为管理人员发奖金一事过后，旺财牵头召集全体股东开会，订立了厂里各个职务的责权利。大家各司其职，各负其责。之后，再没发生过矛盾了。旺财知道庆良的女儿是自己的未来弟媳后，还不时约庆良喝上两杯。亲戚间发生矛盾，有一方肯吃点亏，矛盾容易化解；若双方寸土不让，火花也能成为大火，不可收拾。

宴会开始，首先是把订制的"百岁汤"端给丁守正喝。百岁汤由上等好料炖制。男女有别，男的主料以冬虫草、鹿尾羓等补肾生精的药材为主；女的以燕窝、鹿茸等补血美容的药材为主，每盅八百元！丁守正年虽七旬，除了脑子有问题，其他器官都健壮。每餐大鱼大肉，能吃两碗饭，他声如洪钟，脸皮渗出油似的。村里的人都说他老婆没吃完的那份粮倒让丁守正享用了。广西大姐把汤端给丁守正，他也不试试汤水烫不烫，一口气喝干了。广西大姐把冬虫草一条条地夹到他碗中，丁守正只嚼了一条便不吃了，旺财便叫广西大姐吃。广西大姐沾上丁守正的光，也吃得皮光肉滑。

丁守正虽没了认知能力，旺财还是按乡规习俗，让丁家的孙儿们轮着向他敬酒。率先敬酒的是长孙丁家辉，然后是丁旺强的儿子丁家华，旺明的女儿丁文静，丁福齐的儿子吴灿光。丁旺祖傻笑端坐着，许淑兰见这场面只觉无趣，索性去了卫生间。她站在卫生间望着镜子，恨透了自己。她与那个野男人好了一年，肚子依然没隆起。那男人跟老婆生了一个女儿，不久前又生了一个儿子，怎么就睡不大自己的肚子？很明显，是自己有问题。

许淑兰没勇气看着别人的孩子嘻嘻哈哈地向丁守正敬酒，快乐调皮地叽叽喳喳乱跳。她本不想来参加寿宴，可这是家公的七十大寿，没有理由不参加，硬着头皮来了……此刻，她躲在卫生间里，听着外面的喧哗，看着镜子里依然姣美的自己，脑海里不由自主地闪现着妯娌们舒心的笑靥，特别是秀芬开怀满足的神情，感到一种莫名恶意向她袭来！

"二婶！你干吗？不舒服吗？"秀芬跟了进来，看见许淑兰脸色阴沉，眼睛里闪动着愤恨，忙收敛了笑容。许淑兰心里充斥着深深的怨恨，大嫂的好意关心，在她看来是在向她炫耀、摆阔，嘲笑着自己。她心下一硬，右手用力一挥，秀芬不提防被打了跟跄，差点跌倒在地上。"神经！"秀芬嘟哝着走了出去。

一个人有钱了，发达了，说明他是个成功者，各种光环便会笼罩在他的身上。对于旺财便是如此，说是丁守正的寿宴，实际上成了人们向旺财巴结献殷勤的机会。什么目光远大、洞察力强、担当有为、有其父风范，在这一片赞扬声中，他的负面传言则显得微乎其微了。客人们争着向他敬酒，视旁边的弟妹们为无物。福齐、旺祖、旺明、旺强、旺贵他们倒没有计较，许淑兰因心理阴暗、过度自卑，觉得客人特地冷落她，妒火中烧。

客人们在夸赞旺财时，连带赞扬了秀芬和家辉，许淑兰见状更是恼怒，她咬牙极力忍耐着恨意……越忍越压抑、越难受，恨意也愈加浓重。"二叔，二婶！敬你们一杯！"侄子丁家辉走了过来，朗声说道。旺祖看见侄子一年比一年高，现在已长得跟自己一样高，很是高兴。

"哈哈！辉仔就快比我高了，好！告诉二叔，有女朋友了吗？"

"有啊！"

"是哪个村的？父母叫啥？说给叔听，看叔认识不！"

"很多呀！是班上的女朋友……"丁家辉做了个调皮相，走开了。

此刻，秀芬内心里虽然还恼怒着丈夫，可她懂得顾全大局。丈夫高兴，儿子开心，她也把笑容挂在脸上。福齐是聪明的，用给嫂子看监控录像的方法化解她心中的死结，告诉她男人都是馋猫，没有不吃荤腥的。

自从在六楼开了青婉沐足阁，福齐发现原来男人都是这么下贱，老公虽然懒惰毫无担当，可他一心一意地待自己，这真的难能可贵。如今，大嫂被铁的事实唤醒，神色开朗了，眼眸清澈了，不再自怨自艾。秀芬或许是感激大姑的好意，拿着一杯红酒向福齐敬酒。姑嫂两人一饮而尽！

秀芬喝完酒低下头一瞬间，眼睛的余光感受到许淑兰凌厉仇恨的眼神，她一阵悸动，顿觉寒意入骨。她从未接触过这么吓人的眼神，二婶怎么啦！善良的人毫不设防，丑陋的人机关重重。秀芬怎么会明白，她那句话在许淑兰心里打下了深深的烙印，酿成了无法挽回、不可饶恕的恶果。

一点钟左右，许淑兰拉着老公提早离场。刚回到家，许淑兰板起脸说："我想起你刚才那副猫样就烦！对丁家辉那么亲热，是你儿子吗？你把心掏给他吃，他也是别人的儿子！硬贴热脸，不知丑！"

"他是我亲侄子呀，怎么就硬贴热脸不知丑？"

"他是你那根玉棍里出的？"许淑兰恶声道。

对于妻子这句伤人的话，旺祖很不舒服。过了一会儿，他开解道："兰，不要这样！对于孩子，我抱着顺其自然的心态，不放在心上。连你给我戴了一年的绿帽子，我都忍了，还有什么不能忍的？你既然这么想要儿女，还是去医院吧！明天去广州的中山医学院检查，好吗？"

"我早说去医院检查，是你不愿去！"许淑兰埋怨道。

"到现在我也不愿去，都是为了迁就你，我才说去的！"

"罢了，既然你不在乎，就不去了！"许淑兰话虽如此，不久后她私自去了中山医学院检查。医生告诉她，她的输卵管狭窄，很难受孕。这是常见的妇科病，挺易治好的。她长时间不治疗，把病情耽误了。现在输卵管管壁增厚变硬，没了韧性，能否把它扩张成功很难说。不过，医院会尽力医治的。

这一刻，许淑兰沮丧极了！她坐在检查室外的椅子上，索然无趣地睁着双眼，久久不愿挪动双脚。北风从窗外吹进，寒意阵阵，一种从未有过的凄凉涌上心头，伤心绝望像潮水瞬间漫上了头顶……

第 七 章

无不散之筵席

26

在丁守正的生日宴会上，旺财跟庆良谈起旺贵与红艳恋爱的事，希望早日为他俩办喜酒。庆良答，女儿说不急着结婚，这都是旺贵的主意，他要等事业有成，不再靠父亲的生意供养，那时候才考虑结婚。

"现在的年轻人，又不是没房没钱，难道结了婚再发展事业就不对？"回到家，旺财给旺贵打电话。旺贵正在红艳家里，告诉大哥说话不方便，以后再说吧。

庆良和朋友对弈象棋，旺贵站在旁边观看，红艳和母亲忙着煮鸡蛋糖水。

庆良中炮开局，朋友中象；庆良巡河车，朋友卧槽马护着象炮，两人都是稳健布局。搏杀了十多个回合，旺贵突然叫道："良叔，这不行，他下一步马跳卧槽，就把你将死了！"庆良一听，急忙把棋子收起。"我一个人对你们父子俩，捉不赢你们的！""这么明显的一步臭棋！"旺贵笑道。朋友埋怨说："当局者迷，你这旁观者当然看得清！""哎呀！我走啦！要不，看明白又忍不住开口，让你责怪！"说罢，旺贵挽起红艳上了二楼，进了她的房间。

"你父亲的那个朋友以前没见过！"旺贵坐在床边问。

"我也不认识！"

"来谈生意的？"

"是呀，老爸计划新建一间水泥制品厂，你大哥没跟你说吗？"

"没有！"

"他们筹划一阵子了，就在这几天动工兴建。"

楼下传来瓷碗的碰撞声，红艳说："妈煮好鸡蛋糖水了，下去吃吧！"

"你去拿上来嘛，我不愿下去！"

"这也要我服侍你！"

旺贵逗道："我喜欢啊！"红艳娇嗔着下楼。很快，她端了两碗热腾腾的糖水上来。"看！你这碗里有两个蛋！"红艳特别地提醒。"那是当然！外母见女婿，笑得口水流成带。"旺贵故作自得地答道。

正值农历十三，这几天月亮特别圆，月光照得屋里亮堂。旺贵起身把电灯熄掉，红艳知道旺贵接下来想干什么，她也期待着他的毛手毛脚。旺贵凑近红艳耳边，低声道："这两个红鸡蛋，中间是红色，四周白色，像不像你胸前那……"

"你就会咸湿……"红艳霍地起身道。

"哎，哎！让我看看像不像……"

红艳被旺贵摸得痒痒得禁不住大笑，但又不敢笑出声。

俩人不言不语，背对背，肩靠肩，感觉不出时间的流动。"到外面去！"旺贵提议，红艳示意他看手表，这才知道已是深夜了。"哎呀，忘记了！刚才大哥来电吩咐，要我到他家一趟，该走啦！"旺贵说着，却没起身的意思。红艳笑道："你要说多少次才真的起身走！"

"这也让你看透？走啦，走啦！不睬你！"旺贵走到一楼，钟庆良对他说："旺贵，有件事请转告你大哥，联利厂我们不参与管理了，让你大哥明早到厂里做好接收的事！"旺贵怔了怔，问："你们开新厂没我大哥的股份？"庆良燃着烟，若无其事地答："我们为你家做了十年死牛，也该独立出去，为自己多赚点钱了！"旺贵不大明白，稍作沉思，似乎明白些许，答道："好的，我跟他说吧！"

旺贵走后，红艳禁不住问："爸，新厂没旺贵他们的股份？"

"我拼命地工作，厂里每赚一万元，他家就拿了四千多元。算算，这十年来为他们赚了多少钱，可他大哥毫不领情，还制订规则对我诸多限制，我受不了。还不信了，离开他我就没作为！旺财那么有本事，让他自己干，尝尝赚钱艰难的味道！"

容桂说："你甩掉旺财，旺贵不知怎么想！"

"能怎么想，我只是自己另谋财路。况且，也没道理让我为他打一世的工的，不找他合股，是因为不合谋嘛！这跟恋爱是两码事，如果连这么小小的考验也经受不住，这种爱情不要也罢！"

红艳心有所思地独自上楼，妈看着女儿的背影，转身对丈夫说道："你这不是在为难女儿嘛！"

"为难什么？恋爱是两个人的事。他真的爱红艳，我们打也打不散他们！"

27

第二天早上九点多钟，旺财、旺贵和福齐三兄妹来到了联利水泥制品厂。庆良早有准备，吩咐厨房做了两席好菜。六个股东、六个经营管理的人坐在一起，边吃边谈。多年的生意拍档，此刻已心知肚明，气氛明显地尴尬。

原来，庆良联合了联利厂的其他四个股东，单单甩掉旺财这股份，筹建另一家规模比联利大一倍的合兴水泥制品厂，还把在联利厂工作多年的六名管理人员带了过去。

旺财听庆良交代完工作，心里明白，这一计划应是蓄谋已久。这一刻，他感觉到庆良全身溢出的得意快乐。联利厂的其他股东不说话，显然他们被庆良说服，靠向了他。这样一来，联利厂已接近停摆。作为联利厂的大股东，丁家损失最严重。庆良极有可能志不在此，但除此之外，他还有什么企图？旺财心里在盘算。最悲观的估计是，他把丁家的四成股份吃掉，却不给好价位，大不了不把股份卖给他。这样想来，旺财心里坦然了些。

"旺财，怎样？"庆良追问道。

"都到了这地步，还能怎样，接受罢了！你这样干，明摆着是起我的底，不留情面。我哪里得罪你，对我下这样的狠手？"旺财不留情面地问。

"你想多了，怎么会是起你的底。这十年来，联利赚的钱你家拿了近一半，我们大家都在为丁家打工。我们跳出来，无非是想让股东们的股份平均点，大家都出力，都有差不多的收益，这样才有干劲！"

"不必说了，你妒忌我的分红！"

"你换位思考，你是我，贡献最大，收益最小，好受不？"

"怎能这样说，你当初干吗不出多点资金？当初我父亲不入股，你建得了联利？联利建不成，你连厂长也当不了，连这么小的收益也没有！假若联利亏损，损失最大的可是我家。这你想过吗？我的收益天公地道，有何不对？"

"当然想过，但我们想办法赚多点钱，这也没错呀！"

"你不该把所有人都带走，我没做过这行业，叫我怎么运作？"

"我没带他们走啊，是他们自愿跟我走的。你问他们是不是！"

"我们也没什么企图，庆良有能力，大家跟有能力的人合作，就这么简单。"一位股东答道。

"我们跟庆良合作惯啦，知根知底。留下来与新的厂长不熟悉，管理风格不同，很难开展工作。所以，希望你能体谅！"会计辩解道。

"咱们的股份还在，大家信任你，旺财！"其中一名股东说。

"总之，联利是股东，合兴也是股东！"另一名股东说。

一盘生意，利益攸关的当然是大股东，旺财心里明白。庆良向他敬酒，说道："你父亲当年不支持我，我是没有今天，在这点上我非常感激你父亲慧眼识人。说句知心话，不管在联利怎么努力，我也赚不了更多的钱。将心比心，你甘心吗？不甘心的嘛！你真的不要以为我起你的底，很卑劣，我只是不甘心，要为自己打算而已！"

庆良言辞恳切，说得在情在理。旺财想了想，说："事到如今，说什么也没意思。有一点事先声明，你干你的事，我没话可说，但你不能把联利的客户资源也挖过去。如果这样，老实说，我也不客气！"

"这我可控制不了，谁知道客户们心里怎想的。打个比方，联利的客户若去合兴进货，难道我不发货？这样的话，合兴的股东肯定对我不满！同样，合兴的客户去联利拿货，你不发货，联利的股东也会对你不满，对不？所以，旺财啊，生意上，见步行步才是，没那么死板的。总之，以后两家厂多少都会有利益冲突。作为股东，顺其自然就是了。我们坐在一起，手举酒杯，还是朋友，对吗？"

"那好！你说，什么时候交接？"

"厂里业务、财务等方面的明细交代都准备好了。什么时候交接，就看你啦！"

"好吧，一星期内通知你！"

说罢，旺财三兄妹离开了。

28

兄妹三人驱车回到酒楼，上到六楼经理室坐下，一时间相对无言。旺财的手机响起，他走出门外接听完，进来后问旺贵："小弟，你和红艳正谈恋爱，对这事怎么看？"

"我没想到良叔打这种主意。红艳怎么想我不知，可我不大好受！"旺贵闷闷不乐地说。

福齐气定神闲，面露不屑。她为兄弟俩斟上茶后，说道："讲句心里话，庆良为自己另谋出路，也有道理。以他在联利厂的那点股份，实在是没什么前途。我们也不该指望人家一辈子做你的经理人，为你赚钱。他发展自己的事业不应踩在损害联利厂的利益上去进行。庆良在这行业混了十几年，有他的经营能力和资源背景，可以说是游刃有余。我们在水泥制品这一行确实没优势可言，庆良清楚这一局势，所以他在我们面前有点放肆。不过，他忘记了一点，或许他还没有这种意识，现在做生意已进入到资本时代了，本大无输啊！他钟庆良有三头六臂好不？但他没有资本。若竞争起来，联利亏损三年五年咱也挺得住。他能吗？他这十年的股金分红，他的工资、奖金，再算上他贪污的，合起来有多少资金？如果他融资的话，更不成！即使不亏不赚他也顶不住融资利息。如果他还有什么坏主意，就打错算盘了。当然，他不损害联利的话另当别论。从他一开始连招呼也不打的姿态，必定会踩着联利的肩膀上去！"

"或许他背后有财气更粗的人支持呢！"旺贵说道。

"那是别人的事，别人能挺住不等于他能挺住。"

"也对，大姐看得透！"旺贵点头。

"旺贵，你接手联利吧！"旺财说。

"我行吗？不行，我什么都不懂！"

"不懂有不懂的方法，高薪招聘懂水泥制品业务的厂长，其他行政管理岗位的人也都聘请。现在的生意不是什么都要亲力亲为的，钟庆良以为他很懂业务，以为没他不行。我们请个比他更有水平的厂长，年薪十万，还有各种补贴、业绩奖金。看看没了他，联利是不是要倒闭！"旺财傲气地说。

"不过，我担心小弟和红艳，会不会受这影响！"福齐望着旺贵，不无担忧地说。

旺贵没答话。

"总之，他步步紧逼，我们也没办法。能让则让，没路退了，咱们只有反击！"旺财接上话题。

"大哥，庆良给我们敲响警钟了，你要经常到其他厂多走走、多看看，跟管理层拉好点关系，防止出现联利这么被动的情况！"福齐继续说。

旺财点头说："对，我会的！"

"小弟，你没什么吧？"

"其实，看在红艳分上，她爸应该算上咱们的股东！"旺贵很无趣地说。

"这事与红艳没关系的，不要把她扯进去！"

"不是把她扯进去，是觉得她爸太没情义！"旺贵生气道。

"管他呢，你和红艳有情义就行了！"旺财笑道。

"小弟不必太认真，现在重要的是尽快招聘一位懂业务的厂长和财务专家把联利接收过来。"

"对的，姐你放心！"旺贵答。

旺财起身要走时，福齐又道："二嫂昨天认抱了一个男婴，你们知道不？"

旺财答道："听说了，她为了怀孕去外面包了个男人，一年了都没怀上，这才想起抱养了。这也好，我们该为二弟高兴！"

旺贵要准备招聘事情，走了。旺财也要走，福齐叫住了他，劝说道："大哥，你风流这么久了，还不感到厌倦？你看大嫂，因为你面容憔悴。父亲生日那天我开导了她，似乎看开了些，脸上也红润了点，可现在精神又变差了！"

旺财霎时脸红，答道："她都不理睬我！"

"向老婆认一次错就那么难？本来就是你的错，难道要她讨好你才成？"

"是！好的，好的！"旺财无地自容地说，快步离去。

29

旺贵办妥了招聘事宜，回到家已是傍晚时分。大学毕业后，他在江东镇购买了一套住宅，把福兴接过来住，请了一个女佣打理家务杂事和照看福兴。本想把父亲接过来，但见他和那女佣生活得融洽，就作罢了。旺贵吃了饭，冲完凉，接着到红艳家，这已是例行之事。

"良叔！"旺贵入门见庆良坐着，叫道。

"啊！旺贵，过来这儿，坐！"旺贵上前坐下，庆良又道，"今早看你大哥，气不顺啊！"

"说实话，事出突然，短时间他还未转过弯。多些时间考虑，他想得明白的！"

庆良看旺贵并没出现自己料想的无措神色，这反令自己有些不安。不过，他随即恢复了自己原本的自信。而此时的旺贵，想到大哥和姐姐的计划，面对旁边这未来岳父那不自量力的举措，以及他的不良居心，心里不禁泛起了既是同情又有些厌烦的心情。以前看见他，非常地尊敬；而现在，没法尊敬起来。

"旺财接手联利吧？"

"不！是我！"

"哈哈！没想到！其实又想得到。你家兄弟就你和你大哥有点分寸。旺财不去，肯定你去啦！怎样，有信心把联利保持我在的时候那成绩吗？"

"那么简单的生意，搞好它易过借火！"

"哦，不简单！不愧是丁守正的儿子。在永盛村，我最佩服的人就是你父亲了。好！我女儿的眼光也不差。她在楼上，上去吧！"

"良叔，本大无输，我确实是有信心的！"旺贵旁敲侧击道。他真心希望这位未来岳父不要错判形势，挑起无谓的竞争。

旺贵上了楼，很快又拖着红艳的手下楼，跟庆良说要到外面走走。

庆良此刻，也听出未来女婿的弦外之音。在他看来，连这么简单的力量对比自己也掂量不出，还是联利的创始人吗？还是合兴的创始人吗？他不但想到财力的悬殊，还想到旺财接下来在联利的运营计划和步骤。他没把旺财家族的财力放在眼里。在他的计划里，旺财败给自己是肯定的，只是时间的问题。

"我担心我爸和你家反目成仇！"红艳依偎在旺贵怀中，忧心忡忡地说。旺贵说："这也不怎么样，生意是生意，亲情是亲情。况且合兴又不是你爸独资。你放心，能让他的我都让着他。希望他也体谅我，不要太计较，这才不会有大的冲突。"

夜色深沉，天空如幕。今晚，旺贵和红艳都因生意上的事情而兴味索然。不到十点，红艳便说要回家。旺贵陪她到了巷口，也不进屋去，就此告别。红艳站在巷口，看着消失在夜幕中的恋人背影，一缕若隐若现的不宁袭上心头。是哪方面的呢？红艳自问了多次，都弄不明这种不宁感觉所指何事。越弄不明越是沉重，越是沉重越显不宁。伴随这模糊的是另一种清晰：父亲和旺贵在生意场上的争夺！"商场无父子！"她心里暗道，"真的要如此？干吗不能合作呢！"按道理，做生意，合作比争斗利大于弊。此刻的她，以一个妙龄少女的简单和无邪，怎会明白男人心机的诡秘和秘不示人的野心！在她眼中，父亲是善良慈爱，恋人是英俊可爱。说谁的是非都难以容忍……边走边想，推开门，父母坐着，她也坐了下来。

"旺贵走了？"母亲问。

"走啦！"

"有心事？"

红艳点点头。

"他欺负你？"

"不！"

"傻女！你说嘛！让我们知道，说不定能为你排解呢！"父亲说话的口吻从来都这么粗暴，红艳习惯了并没不顺耳的感觉。但现在，却觉得父亲其实很霸道。

"爸！你办合兴怎不叫旺贵他哥入股？"红艳口吻透着不满。

庆良沉吟不语，点起烟，起身踱了几个来回，才答道："你叫我怎样回答你。表面看不找他入股，是不对；但入股做生意，物色人选第一考虑的是合得来。以前，人穷，找人合股只要有钱就行了，没那么多考虑。可现在有钱人满街都是，找生意伙伴肯定找气味相投的人啊！我对他大哥没好感，叫我怎能去找他呢？"

"我担心你和旺贵因生意有冲突！"

"我一生就你一个女儿，你俩结婚了，旺贵就是我儿子。多大的事，父子间都能化解。但人生路上不测的事太多，以后发生什么，福祸如何，谁人能料？我也有发达梦想的呀！更不能为他丁家打一世工的呀！投资合兴是很自然的事。至于合兴和联利有什么合作和冲突，我也不知，也懒得去想。想那么远干吗？想也是白想！所以你真的是傻女一个，无缘无故想这些事情。总之，有一点是明确的：旺贵是我女婿。早点去睡吧，女！"

父亲一席话，打消了红艳心头的顾虑。她走上二楼，很快睡着了。

第八章

仇恨暗种

30

一年二十四节气，周而复始；又分为四季，春雨、夏热、秋阳、冬寒。不管在哪一个时段回望，都觉得日子过得太快了；然而在展望未来的时候，却又觉得漫漫长路，无边无际。

许淑兰领养了一个几个月大的男婴，一年过去了，不会站立，不会哭笑，连最原始的咿呀学语也不会。她带男婴去医院检查，医生下了定论，这是个弱智婴儿。回到家，旺祖问许淑兰怎么回事，她一声不吭。望着每天添油点香虔诚跪拜的观音菩萨，许淑兰心中哀鸿一片。原以为抱养一个孩子也算是不圆满中的圆满，没想到他是个弱智孩儿，后悔当时没带他去医院检查！唉，想不到的事情太多了！此刻，她心里一遍遍地重复着："怎么办？"继续养他，麻烦不断，负担沉重；不要他，于神于己都是损德折寿的行为。明知询问老公也无济于事，苦无良策之时，听听他的想法，或许能缓解心里的压力和苦涩。

旺祖得知孩子是弱智，也很难受。他不像许淑兰那样怨天尤人，只是怨命！别人婚后有儿女自己却没有，别人领养的儿女一切正常，自己领养的却是弱智儿。这不是命是什么？他思索良久，说道："阿兰，不要怨这怨那了，咱俩命中注定无儿女，你却不信，偏要跟命运作对，抱一个回来却是傻子，现在信命了吧！"许淑兰听后，答道："现在怎么办呀？""还能怎么办，好歹都要把他养大，再作打算！"夫妻俩默然相对。

这栋三层高的水泥建筑门窗关闭，像是大山里的窑洞。外面的阳光、风雨，街上人们的吆喝声、吵闹声、长舌妇人叽喳声都传不进来，他们似乎与世隔绝。这对丧失了生育能力的夫妻，望着睡得深沉的弱智养儿，陷入了没有白天黑夜的梦境。他们躲在这里，看不见别人诧异蔑视的目光，看不见嬉戏玩闹的孩童，岁月静好，不受打扰。

婴孩的一声啼哭打断了他们的冥想，许淑兰说："他是饿了，你喂他吧！"旺祖起床，打开了灯，倒热水把奶粉调匀，抱起婴孩喂奶。他把奶嘴塞进孩子嘴里，但他继续哭闹，没有吮吸。旺祖无奈地说："你来吧！"许淑兰起床接过婴孩，说着哄小孩的话，可他依然哭闹不止。

许淑兰心情烦躁，右脚被左脚裤腿绊住，一个趔趄险些摔倒，无意间将摆在大厅正墙中间的神主牌位撞倒，"哗啦啦"散落一地。婴孩受此惊吓，哭声更大。许淑兰把婴孩往床上一丢，长叹一声："天啊，我前世做了什么孽，让我现世遭受如此的报应？我受不了，受不了呀！"旺祖大声喝道："喊什么，他可能不舒服了，带他去医院吧！"说罢，不顾许淑兰，独自抱上婴孩去医院。

旺祖抱着婴孩排队挂号，婴孩还在哭，声音都哭得沙哑了。一位六十岁上下的妇人走过来问："哭得这么厉害，他妈呢？"她说着把婴孩抱了过去，嘴里"啊哟哟……啊哟哟……"哼着哄小孩的调子，在走廊里来回踱步。见婴孩还是哭，老妇人坐在椅子上，把婴孩放在膝头，衣服往上撩，裸露出身体。然后，她从衣兜里取出一瓶万花油，倒在掌心里，双手使劲儿搓擦，把搓热的掌心放在婴孩的肚脐上。来回了几次，婴孩竟然不哭了。

旺祖挂了号走过来，连声多谢。妇人却道："他小肚子着凉了，小孩有一点点不舒服就会哭闹。他妈呢？现在当妈的，什么都不懂！我帮你抱着！这孩子圆头大耳，招人喜欢！啊哟……啊哟……"

直到看完病，婴孩都没哭。旺祖很高兴，买了一大袋食品送给老妇人。老妇人笑呵呵收下，问婴孩叫什么名字，旺祖说还没为婴孩取名字。老妇人笑道："一岁大了，还不取名字怎么行？这孩子一脸福相，取个匹配的名字，能助福运！"旺祖听了高兴，连忙说："阿姨，这孩子和你有缘，你为他起名吧！"妇人听了，对着婴孩左看右看，摸摸头、摸摸手脚，想了想说："小朋友，从今起，你的名字叫家兴！""好！家兴，兴仔！"旺祖高兴地笑得合不拢嘴，"阿姨，等我叫上家兴他妈，请你去柴记大酒楼吃顿饭！"

妇人谢了，说还有事要忙，改天有缘遇见再说。

许淑兰在家里心情郁结，闷闷不乐。旺祖春风满面地走进屋，笑呵呵将今天的奇遇告诉老婆，许淑兰不冷不热地说："我认抱了他，他当然有福，还用别人说！"见旺祖怔住，她又道："老太婆不傻你傻，咱家的钱财等着家兴享用，这不就是有福！"旺祖的兴致被一盆冷水兜头浇灭，心里别提有多沮丧。许淑兰抱怨说："傻子有福，可是咱们呢，没福呀！"

"你怎么啦，发神经吗？天天听你抱怨，当初抱兴仔回来的热情呢？"旺祖第一次在老婆面前发怒！许淑兰立即还以颜色："你噎着热饭吗？你叫他什么？兴仔？""是啊，为他取名字了，叫丁家兴！"

过了好一阵，许淑兰像是想通了，脸上露出笑容："家兴，家兴！好吧，就叫家兴吧！"她站起身去拿热水壶，给家兴冲奶粉。旺祖说："你要学习当好母亲的一些基本技能才行，比如兴仔哭闹，你对他抱怨发怒有什么用。我在医院遇见那个阿姨，把万花油倒在掌心搓热后，揾在兴仔的肚脐上，他就不哭了！"

"是吗，这么神奇！"许淑兰不由得来了兴致。

"作为父母，我们是不合格的。你回头想一下，我们总是在嫌弃家兴，讨厌家兴，从没真心地为他着想过。他本来就生性愚笨，可连父母都在说他笨，没说一句赞扬他的话，是不对的。兴仔虽然还不会说话，却能意识到我们讨厌他。假如你父母一味地嫌弃你、憎厌你，你会好受吗？兴仔是你抱养的，说明他跟你有缘！我们应该反省，把家兴当亲儿看待，这既是咱们的责任，也是咱们的义务！"旺祖动了感情，不知不觉说了一大堆话。

"医生说家兴……"

"别管医生，他能治的是病情，不是人情！"

"没想到你去了一趟医院，变得这么能说！"

"那位阿姨抱起兴仔的亲热模样，让我想起就觉得惭愧了。"

"既然这样，请那位阿姨过来带养他吧！"

旺祖喂完奶，学着那个阿姨的样子逗弄着家兴。"笑了！你看，家兴会笑了！"许淑兰凑上看，只见家兴正咧嘴笑着，禁不住用手指在家兴稚嫩的脸上轻轻地抚了几下，家兴又笑了，夫妻俩脸上露出难得一见的笑容。

31

早晨醒来，旺祖夫妻俩因整夜淅沥的雨声睡得不好，觉得昏沉疲倦；走出屋外，让带着雨雾的微风一吹，顿感神清目明。大道旁红艳艳的夹竹桃花让风雨吹打了一夜，歪歪斜斜的，细小的桃花因夜雨的洗刷显得鲜红脱俗。太阳出来了，歪斜的夹竹桃花像听谁在使唤似的，微微抖动着一点一点地挺起了枝身。

尽管家兴还是那个家兴，一夜风雨之后，旺祖夫妇像是脱胎换骨，一扫先前的自惭形秽，变得面带微笑、心平气和。他俩找到老妇人，除了感谢提醒点拨之恩，邀请她到家里照顾家兴，月薪三千元。当时工资水平约两千元，三千不算低了，老妇人却像是不感兴趣。她说自己有三女两男，都正处于生育期，一年增添一个甚至两个孙儿，哪有空闲去照顾家兴。旺祖点点头，连说理解。

临走时，老妇人忍不住又抱起家兴，一个劲地夸赞家兴。她中等身材，肩宽体胖，神色和善，给人一种安宁祥和之感。许淑兰觉得家兴的蠢笨弱智令人烦厌，老妇人却说家兴生就一副福相。一个人的福气与生俱来，有些人早些显露，有些人迟些显露。有福不怕迟，好事多磨！听了她对家兴的赞扬，许淑兰笑容满面。那妇人对家兴亲着说着。太阳升上半空了，许淑兰买了两大袋礼品回来送给她，她才把家兴交回到许淑兰手上。

回家路上，夫妻俩兴致勃勃，主动和别人打招呼。若在以前，别人向许淑兰笑着问好，她还以为别人在嘲笑自己，面露愠色以作回敬。经过柴记大酒楼前，许淑兰突然停步说："家兴入我们家有一年了，我们都没为他庆贺过什么。不如择个吉日，请上亲朋好友，到酒楼庆贺一番，作为对家兴的庆生宴，好不？"

"好！好！择日不如撞日，明天吧！"旺祖笑答。

"明天好日子吗？"

"家兴福大命大，百无禁忌，哪一天都是好日子！明天早上设宴，回去我写请柬，下午派发！"不知怎的，旺祖在这件事上表现得干脆利落，一改以前对老婆唯唯诺诺的软壳蟹形象。

一场喜宴就这样不期而至！

福齐接到旺祖要为儿子家兴庆生的通知，很高兴。作为大姑妈，对娘家的喜事她表现得比自家的喜事兴致更高。这天一早，她吩咐饮食部王经理，以最高级别的规格操办这次庆生宴。至于价格，她没问旺祖。她觉得都是一家人，怎么贵都值得！若二嫂嫌贵，就自己垫资，也无所谓！

最早到餐厅的是旺祖一家。福齐看见，忙过去抱家兴，逗笑起来。过了好一阵子，才把家兴还给许淑兰，然后向旺祖介绍了喜宴的菜式和价格。"不贵，不贵！高兴就行！"旺祖说道。看见旺财、旺贵带着父亲和福兴一起进来，旺祖连忙上前打招呼。庆良也到了，看见丁守正便快步上前，拍着丁守正的肩头。不管庆良怎样主动招呼，又说话又打手势，丁守正对他都毫无反应。

客人陆续进场，走到许淑兰跟前，逗弄着家兴，赞扬家兴如何敦厚、老实；进了旺祖家门，犹如含着金钥匙出世。许淑兰自知家兴天生弱智，也明白这一片赞扬声中没几句真话。对她而言，这种众星捧月似的场面还是头一次遇上，犹如泥塑鎏金，倍有面子，感觉很好。许淑兰想，真心如何，假意又如何，管他呢！她抱着家兴走到丁守正这一桌，这桌坐着旺财、福齐两对夫妇以及旺贵、红艳和福兴。许淑兰在丁守正面前爷爷前爷爷后地大献殷勤，丁守正"噢噢噢"瓮声傻笑。吴景富伸手摸摸家兴，例行赞扬了几句。此刻，许淑兰想起一年前与吴景富的那次接触，不觉脸上泛红；吴景富脑海里浮现出她裸体投怀送抱的那一幕，也觉尴尬，连忙无话找话地问旺贵联利水泥厂的事："细舅，水泥制品厂生意好吗？"

"好极了！没料到行情这么好！"

"红艳父亲的厂子呢？"

"打雷天下响，一样的行业背景下，大家都好！"

"同行如敌国，没什么矛盾吧？"

"姐夫，你开什么玩笑，大家的生意都忙不过来，能有什么矛盾！"

的确如此，产品加班加点都供不应求，双方哪来的矛盾？

当初庆良甩开联利另开新厂无可非议，他在联利的股份十分之一都没有，现在合兴厂六个股东的股份是均等的，红利均分，工作尽力，大家能发财，皆大欢喜，想找些矛盾也难。旺财三兄妹半年前设想的应对合兴厂的方案，也就不了了之了。

丁守正的两个男孙丁家辉和丁家华放学后欢天喜地来到酒楼吃饭。这时，庆生宴已开始了一阵子。许淑兰抱着家兴，看见家辉、家华走来，逗着家兴道："看看，两位哥哥放学了！"家辉走近，瞅了瞅家兴，脱口而出说："二婶，你有没有弄错，抱一块大泥砖回家，丑！""是吗，让我看看！"家华说着也凑上前说，"像，大泥砖一块！"

许淑兰倏地气黑了脸，旺祖也觉血往上涌，满脸通红。

"家辉！"旺财大声斥责，"你们两个鬼头仔，快滚！"说着，拿起筷子往两人的脑壳上用力敲了几下。"你……我做错什么？"家辉一边用手捂头，一边申辩道。旺财举手又敲了一下，家辉闪身躲开，站在一旁不服气地瞪着父亲。旺强也走过来把家华扯回到自己这一桌。"二婶，不要跟那两个鬼头仔犯气！"秀芬上前从许淑兰怀中抱起家兴，哼起哄婴孩的儿歌，这一桌走走，那一桌看看。旺强走过来，举杯道："二哥，祝你花开富贵，陆续有来！""无错，无错！记得请大家喝花灯酒啊！"众人也齐声附和。另一边的秀芬拿起背带，把家兴背在背上，一面"噢噢"地哄着，一面吃饭。

然而，许淑兰没解气。细心人看出，她不但气黑了脸，阴沉的目光里藏着直令人打战的险恶！

"童言无忌！"谁都没把家辉的话放心上，但对于极度自卑、心胸狭窄、睚眦必报的许淑兰来说，家辉这话无疑是让她当众出丑，故意让她难堪，她感觉在场的人都在暗暗讥讽嘲笑她。一直到散场了，许淑兰都没再说一句话。

宴会结束后，旺财一家三口一回到家，旺财便骂道："家辉你这衰仔，口多多，把二叔二婶都得罪了！"

秀芬为儿子争辩说："是二婶她小气，小孩口没遮拦，懂什么该不该讲！她这种态度，谁还再敢跟她一起吃饭，跟她说话！"

"算了，不要跟她计较！"旺财劝说着老婆，这事对也好，错也罢，不要放在心里。秀芬话题一转，道："你只会容忍迁就别人，就是不知道容忍迁就自己的老婆！老实说，到了我没法忍下去的时候，也不知道是什么后果的！"

"我回家你又不准我上床！"

"你戒掉外面的女人，到医院检查没病了，才让你上！"

旺财脸红了，但又辩解说："我曾极力抵制过，到目前为止还没成功！"

"你想清楚，别到了不可收拾的时候才悔改，迟了！"

这时候，旺财实在想上老婆的床，但秀芬拒绝了他。珠江休闲中心的环境、情调和女人，却在无声无息地诱惑着他。秀芬不明白自己是在往外推老公，这并非她的本意；旺财也希望浪子回头，老婆能容忍自己。一来二去，两人固执己见，本可能挽回的夫妻关系一步步走向决裂。

旺祖一家回到家，旺祖以为老婆要发脾气。但出乎意料，许淑兰坐下后，却是一言不发。旺祖拿起奶瓶冲奶粉喂家兴。完了，看见老婆还气呼呼的，便说："你这叫自寻烦恼，小孩的话也当真！"

"你懂什么，小孩的背后是大人！你大哥大嫂在家不知谈了我们多少是非。要不，你侄子怎么会一见家兴就说出那样的话。肯定是鹦鹉学舌，听大人说的！"

"你最擅长的就是乱猜，终日挖墙脚为自己的胡思乱想找借口。大哥连吸沙船的股份都还给我们了，怎会像你说的那样！"

"我不稀罕！有爸爸的股份，我们足够花了！"许淑兰高声道。由于过于激愤，她声音走调，面部扭曲，眼里露出寒光。旺祖从未见过老婆这种可怕的神态，随即又自我安慰，她本来就喜怒无常，管她作甚！旺祖把家兴放在床上说："你抱一会儿。"说罢，往屋外走去。

第九章

人算不如天算

旺贵接手联利水泥厂后，高价聘请了外地一位经验丰富的老厂长张发枝。除了会计由自己挑选，其他行政岗位由张发枝挑选决定。生产经营都在有条不紊地进行着，与合兴厂也没出现过竞争纠纷，各自按照自己的经营方式营运。

然而，祸从天降，市城建公司给联利发来一份预制水管的质量抽查报告，上面有三项数据低于合约标准。这份报告很快使联利陷入了死局，城建公司取消了与联利签订的各类型水泥制品的销售合约。跟着，其他的签约公司也纷纷解除合约，联利的生产不得不停顿下来。

张发枝觉得没有面目见旺贵，未发的工资也不要了，悄悄私自离开。旺贵、旺财、福齐坐在办公室里面，面对这从未见过的困局一筹莫展。

庆良和其他几位股东闻讯赶来，商议如何才能扭转败局。鉴于联利厂这种情况，唯一的办法就是重振客户的信心。想在短期内重振客户信心很难，没有灵丹妙药，要做的是重塑口碑。一个小时过去了，大家都拿不出一个好办法。正当众人惶然无计时，庆良说道："市道这么好，产品卖不出去，亏大了。事到如今，只剩一个办法，取缔联利品牌，把它并入合兴。联利作为合兴的分厂，产品贴上合兴的牌子，这才有生路可走！"

旺财答道："这办法可行，反正各有各的财务，只是产品换成合兴的品牌就是了！"

"不是这样的！"庆良摇摇头继续说，"要把联利的所有事务都纳入合兴，这样才能够运作得起来的。要不，换汤不换药，万一联利贴牌生产走漏风声，会把合兴也连累上！"

"照良叔这方案，岂不是让合兴吞并。不行，不行！"旺贵连声说不。

过了好一阵子，庆良又道："这是联利唯一能走的生路。我是不想联利倒闭才提出这个思路，并不是要吞并，说得这么难听。大家考虑吧！"

"对于你来说，当然行！现在市道这么好，我们怎舍得让你收购？"

"不这样，还有更好的办法吗？"

"我们的股份怎么办？"旺财问。

庆良没有回答。事情到这个份上，就像秃子头上的虱子，都是明摆着的。

"市道这么好，你们岂不是冷手执了个热煎饼！"旺财领会到庆良的意思。

庆良一副无可奈何的神情，说："难道就这样看着联利停产下去？不管谁占便宜、谁吃亏，这总算是一家便宜两家得益的解决方案！"

正是赛龙舟时节，远方传来铿锵有力的龙舟鼓声。一阵大风吹过，卷起漫天尘土，飘进办公室。众人抬手遮眼捂鼻，抱怨了一阵。"这样吧，我们回去商量，很快答复你！"旺财说罢，告别了庆良他们，和弟妹一道上车，向柴记大酒楼驶去。

陷入困境的联利，被收购是唯一的也是最好的出路。他们要考虑的是卖给谁、价格如何。从双方最有利的角度去衡量，合兴收购最合适不过。

"合兴收购联利，是冒很大风险的。对我们来说，两家厂都是切肉不离皮的关系，我们才会考虑收购。否则，合兴也不会冒这风险！"临别时庆良说道。

路上，福齐对质检不达标提出疑问，认为工人们一向都在按部就班地工作，从没出过质量上的差错，怎会无端端地冒出个质检不达标的事故？况且，这种近乎粗犷的生产流程，品料比例是留有很大余地的。还是福齐心细，看到了问题的症结，经她这么一提，旺财也警觉了，觉得怀疑合理。遂决定在不达标的那批水管重新采样，送到另一个地方的质检所检验。

第三日，结果出来了，样品全部达标，合格。

联想到张发枝不辞而别的举动，人为制造质量事故已露端倪。"莫非是庆良在指使，他志在收购联利？"福齐看了看质检报告，脱口而出。"没想到，真没想到！"旺财连声说道。

"现在怎么办？"旺贵问。

"以牙还牙！将检验结果公布，戳穿他的阴谋，让人知道他原是这副坏心肠！"旺财很气愤。

"不过，有第二次检测结果，也不能说第一次检测结果不对，现在没有庆良指使造成这次事故的证据。事故已成事实，还在为自己辩护，只会越辩越黑。因为我们是自辩，客户未必会相信。况且，争斗下去，会令旺贵和红艳很难相处。依我说索性假装什么也不知道，把联利卖给庆良。以咱们的生意规模，没了联利也不伤筋动骨！"福齐显得很平静。

"找人调查他，找证据！"旺财还是气不忿。

"你怎么看，小弟？"福齐问。

旺贵答道："找到张发枝，就清楚整件事情的来龙去脉了！"

福齐说："这时候市道火爆，把联利卖掉，是吃些亏，但我们可以开高价呀！至于找张发枝，估计找到也是白搭。他肯定是道歉认错，不会说出对我们有利的话的！"

"我不忿！"旺财道。

"小弟，你的意见呢？"福齐再次问。旺贵对未来岳父背后捅刀子的行为很反感，心里乱成一团。望着大哥和家姐，好一阵子，才说支持家姐的意见。旺财见小弟支持福齐，也不再坚持要跟庆良斗一番的主张，说："既然如此，看在红艳的分上，就卖给他吧！"福齐点点头："好的！就这样决定！"

33

这一轮的经济腾飞进行得如火如荼。需求虽持续增长，但随着供给规模跳跃式的扩大，其速度过快过猛，已远超城建规模和发展速度，市场疲软、供大于求的迹象已然显现。

水泥制品企业与几年前相比，规模扩大了近百倍，造成了城建需求放缓的假象。其实这只是暂时性的，局部需求不足，与经济发展全局并不矛盾，不管宏观经济还是微观经济，都遵循了呈周期式向前发展的规律。

收购联利水泥制品厂不到半年，庆良已感觉到若隐若现的销售压力。以前空旷得近乎荒芜的成品贮存库，堆放了些零零星星的大型水管。两年前，最先走出滞销市道的是大型水管；近几个月，最先出现销售压力的也是大型水管。作为老行尊，庆良看懂了这种销售先兆的风向。

庆良想，若预感属实，等于自己接了个烫手山芋，旺财则在市道高峰时把联利卖了个好价钱。表面上看合兴做大做强了，但他的压力却大了许多。往深处一想，庆良心里滋生出恐惧。收购联利的计划是蓄谋已久的，迟迟不实施是因为自己的资金捉襟见肘。直到合兴收回了投资，他才有条件和胆量吞并联利。两家厂收益还一家厂借款，既稳妥又轻松。如果市道疲软，产品滞销、资金紧张、威信受挫等压力他都需要承担，他经历过联利在疲软市道中的痛苦，那种即使亏本也不得不继续生产的无奈和沮丧心情，他不想再体验。以前自己股份小，无关痛痒。现在股份大了，单是利息支出就不是个小数目……想着这些，庆良的脸上不由自主地掠过难以觉察的懊悔。

34

基建市道的转势气味，旺财、树朋都嗅到了，但毫无怯意，因为吸沙船的利润早已数倍于投资，他们维持现状不再投入。他俩明白，市道高峰时投资，风险一来随时会把以前的利润亏吐出去。高峰期能延续多久无人能料，大投资与高风险是画等号。

月明星稀的夜晚，旺财和树朋站在珠江休闲中心岸边的栈桥上，凭栏遥望。狮子洋海面看上去像个不夜城，看着这没日没夜的繁忙景象，任谁都希望自己投资建造的新船快点下水，投入掘金似的营运当中，谁能觉察出隐藏着的投资风险？旺财和树朋不约而同地想起几年前建造吸沙船时，很多人对他们的投资举措表现出不解甚至不屑，不由会心一笑。他俩漫步继续前行，树朋说："庆良这次谋夺了联利，怕是赔了夫人又折兵！"

"哈哈！"旺财笑答，"老实说，他很有能耐，但他败在只算小，不算大。或许他只看到局部，忘记了全局；或许他根本就没有大局这个概念！"

一个浪涌扑来，浪花溅上栈桥，把俩人的裤腿打湿了。"话说回来，咱们也都没有大局观念。比如我们造船的时候，比如你卖掉联利的时候，考虑过全局吗？"

旺财点头认可，想了想随后说："我们还是有大局观的，造船时你说市道低迷了这么多年，情况或许反转；比如现在咱们隐忍不发，这都是全局的东西呀！"

"也对！哎，你的新楼房还未建成？"树朋转移了话题。旺财答道："快了，再过一个星期就搬进去！"

"说起全局，我又有一种新的想法！"树朋突然说道，"河沙市道发展到这一阶段，吸沙船数量是不少，但轮候的自卸沙船更多，吸沙船的速度太慢了！"

"你的意思是卖掉小吸沙船，造艘更大的？"旺财问，树朋不置可否，笑而不答。走到栈桥的尽头了，夜空晴朗，能看见远处海面上正在繁忙作业的船只，却听不见船只作业的声音。

俩人往回走的时候，都没有说话。回到大堂时，旺财说："上次你说投资建设采沙一条龙，我想过了。一条龙也好，建造更大吨位的吸沙船也好，现在投资风险都太大，还是先缓一缓吧！""那只是一些想法！市道已现疲软，要谨慎了！"树朋说完又问，"举办酒宴庆祝新居入伙吗？""办个小型的，叫上兄弟姐妹们，至亲的亲戚和你这样的好友！""好的，肯定到场的！"俩男人到了各自的房门口，扬了扬手。相知的男人，没有多余的话！

35

旺贵接手联利水泥制品厂后，原想大干一场。没想到庆良背后使坏，趁机收购了联利。看到未来岳父为了利益居心叵测、不择手段，旺贵深恶痛绝；因为牵扯到红艳，他心里生出一种难以名状的惆怅和失望。这阵子的心情不大舒畅，不愿看见庆良，去红艳家的次数便少了。红艳约他时才勉强去一次，见面也是心不在焉。不知怎的，他对爱情不再如饥似渴，内心不再为爱涌现激情。

庆良的卑劣行径淋熄了旺贵对红艳的爱火，他曾无数次劝说自己，这件事上，红艳既无辜又被动，迁怒于她是不公平的，凭什么要她承受父亲卑劣行径造成的后果？然而，这个心结旺贵却无力解开。

分手或许是早晚的事，旺贵对此深感惋惜和心痛，却不想去挽回。爱情消失就消失了吧，尽管红艳是那么无辜，可谁让她摊上那么个老爹呢？为了家族利益，为了与庆良切割，旺贵觉得他已无法主宰自己的情感和意识。他对红艳的爱恋和痴迷逐渐衰减，就像熄灭的篝火难以重燃。

"你这阵子怎么啦？像换了一个人似的！"每次约会都是红艳当主角，而旺贵态度不冷不热，话也不多说。红艳察觉出旺贵的变化，终于憋不住抱怨道："你有什么心事？最近也不去我家，要不是我约你，恐怕这个月我们都很难见面！""哦，我知道的！"旺贵心不在焉的口吻惹得红艳心里更加憋堵！

"我做错什么？"

"没有！"

"你有了新的意中人？"

"没有！"

"那你到底为什么这样待我？"

听得出，红艳憋着的这口怨气快把胸腔撑破了。旺贵沉默了好一会儿，问道："现在你心里是怎么想的？"

"看你变成这样，又不知是什么原因，我就是急，就是难受！"

"我也不知怎的，自从联利卖给你爸，我心里再也找不回以前和你在一起的感觉。"

红艳既委屈又惶惑，想说些开导旺贵的话，却又不知从何说起。她不知道造成这种局面的因由，旺贵知道却没有说。旺贵想过，告诉红艳她父亲的卑劣行径，可她能接受、能相信吗？因没有实锤证据，或许两人还会为此争吵一番。不如冷淡她，让她猜测、抱怨、生气，她父母见女儿情绪反常，自然会询问缘由。以庆良的老于世故，肯定会明白这一切都是因他而起，不得不给女儿一个说法。

"我转工了，父亲叫我到合兴二厂当会计！"

"这好啊！"旺贵一副事不关己的样子。

"你不要用这种口吻对我，好不？人家好难受的！"红艳又一次说出自己的感受。旺贵不为所动，依然表现得漫不经心。一对恋人，身体虽近在咫尺，心却远隔天涯。红艳对旺贵敷衍的态度既失望又无奈，这样的约会味同嚼蜡。

晚上回到家，母亲问红艳，这阵子怎么神不守舍的，是不是跟旺贵吵架来着。红艳说，自从卖了联利，旺贵便开始冷落自己。母亲听了茫然不解，庆良心里却跟明镜似的。他明白，丁家兄弟或许私下里调查了解他使用的那些小伎俩。此刻，庆良真的很后悔，费尽心思吞并了联利，不但没有效益，还影响了女儿未来的婚姻。

庆良之所以使用阴招收购联利，一是收购旧厂成本较低，二是马上就能产生经济效益。谁知市道变化如此之快，基建行业的中期调整已经来临，他这次收购是败笔。自己酿的苦酒自己偷喝，却不敢向股东们挑明危局。"人算不如天算！"庆良在心里悻悻地说。

庆良不动声色地说："女儿，人会变的！有的没结婚就变心，有的结婚后同床异梦。相比较而言，没结婚变心总比结婚后闹分手更好。"

"变什么？赚着钱的一家工厂没了，谁都心情不好！乱猜乱说！"红艳妈说。

过了好一阵子，红艳答道："旺贵也没说什么。"

庆良看着女儿索然无趣上楼的背影，鼻子禁不住一酸，脱口说道："让他们结婚吧！一天不结婚，都不要当真！"

"你发神经吗，净说些不吉利的话！"

这时的庆良，有说不出口的苦涩。他的苦涩除了连累女儿，也因高价收购了联利。旺财新居入伙喜宴请庆良，因胸无底气，他极不愿意去，可又没不去的理由。宴席上，丁家人表面上对庆良很热情，却明显有一种按捺不住的嘲弄和不屑。他匆匆吃了点菜，呷了两口酒，便借故离席。

旺财新建的住宅坐落在永盛村规划的新住宅区里，面向东江，别墅有两百平方米。屋前有花园，花园里有个两立方米的金鱼缸，十几条昂贵的各色金鱼悠然潜游。院里树木婆娑，花草丛丛，门口有一盏硕大的吊灯。屋里的装饰更是豪华气派，人们走进去犹如刘姥姥来到大观园。镀金的楼梯扶手，气派的复式大厅，屋顶悬着彩色的吊花灯。炫丽缤纷的色彩从灯管里溢出，烘托出温馨浪漫的气氛。屋里香气醉人，保持令人舒适的恒温，从装潢到家具尽显富丽堂皇。

树朋问旺财，建这房子花了多少钱。旺财笑而不答。为了营造新屋入伙的喜庆气氛，旺财让酒楼把烹饪好的菜肴送到新屋里吃。这样做别出心裁，的确比在酒楼吃喜庆宴热闹，效果也更好。

直到下午三点，客人才陆续散去。福齐和旺贵还没走，边喝茶边聊天。福齐笑道："看今天庆良那尴尬的神色，应该知道我们对他的怀疑了！"

"自联利被收购后，我不知怎的，再没办法像以前那么热情对待红艳了！我想，红艳向父母说起这事。庆良可能猜出，我们已知道他做的下三滥的事儿。"

"你不能这样，这跟红艳无关。况且，卖掉联利我们也不亏！"旺财劝道。

旺贵辩解说："哥，我明白这道理！我并不是因为卖掉了联利生气，是知道了庆良见利忘义，不齿与他打交道。他明知我和红艳正谈恋爱，仍然下得了黑手，可见有多卑劣无情。我不是刻意冷漠红艳，一想起她父亲的不良行径，心里就凉了，一点兴趣也提不起！"

"这样不行，不行！红艳是个好姑娘呀……"旺财劝说道。

"大哥，你也不用着急。合得来就谈，合不来就放手，小弟和红艳的事，走到哪儿算哪儿，不是我们能管的事！"福齐笑着劝道。

这时，家辉走到旺财旁边说："爸，去上学了，要拿钱！"

"你妈呢？"

"没见她！"

"拿多少？"

"一千吧！"

"上五天学，要拿一千元？"旺财望了望儿子问。

"学校要交活动费，还要交实验费！"

"哎，我这儿有，拿去！"旺贵掏出一千五百元，还问，"够不够？"

"谢谢小叔！"家辉接了钱，高兴地跑了出去。

旺财不满地说："这小子，整天贪玩，班主任说他近期成绩下降得很快！"

福齐说："家辉的成绩一向都是前三名，应该不用担心吧！"

"现在也就保持前十，波动反复很大！"

"我看他的眼珠闪烁不定，话也说得不太流畅，闪闪躲躲的，他以前不是这样的！"福齐提醒说。

"学生的情绪都像三伏天，鬼滑仔，哪像大人诚实！"旺贵说道。

"是的，越来越鬼滑！"旺财随口说。

第 十 章

苦涩的爱情

36

旺贵迷上了炒股，他对股市的兴趣源自读大四时宿舍里的钟不凡。

钟不凡床上放着好几种证券报纸、杂志，床头的收音机里播放的都是股评和财经消息。旺贵问钟不凡股市能不能赚钱，他不置可否地笑了笑。总之，钟不凡稍有空闲便摊开报纸，对着 K 线图左寻右对，拿起红蓝铅笔画这儿画那儿，旺贵就是在这种氛围中接触了股市。

不过，除了对股市有兴趣，他还有一个很不成熟的想法，家族企业都是传统的制造业，在经济全球化、信息化的今天，既落后又被动。以前的父亲，现在的大哥，他们因文化水平不高，格局小、视野窄，没有这种危机意识。作为丁家唯一的大学生，他有责任、有义务利用自己的知识为家族存续蹚出一条新的生意门路。

不料进入股市两年多，不但没赚到钱，还亏了不少。旺贵觉得，赚不到钱不是市场的错，是自己对股市的认识不够，交易技术不精。大哥和大姐则认为股市不是赚钱的地方，是个骗人的赌场，却不反对他玩股票，只是叮嘱他不要玩太大，小赌怡情罢了。旺贵认为金融投资行业在西方国家蓬勃发展，怎么能用一个"赌"字来形容呢。他和大哥大姐争辩时，大哥笑话他说："你炒了两年多股票，还说不精通，那要多长时间才能精通，才能赚钱？如果咱家的生意不行，靠你赚钱，麻烦就大了。"

旺贵哪肯轻易服输，他决定从头学起，买回了几何簿、三角尺、红蓝铅笔，把每天股市的开盘价、最高价、最低价、收市价，5天、10天、30天、60天均线组成的K线图都记录在几何簿上，画完一页撕下来，再画另一张纸。他把一张张K线图纸连起来贴在一张大的白纸上。这样，一张长长的股市K线图醒目、直观地立起墙壁上。如果获悉某某分析师在广州或深圳办培训班，他都赶去参加。最远的一次是去上海听课，授课的那位"大师"知道他从东莞赶来，很感动，特地请他吃了顿饭。告诫他，股市的成功是一次次的失败、一沓沓的人民币垫起来的。大师教的方法很复杂，什么周期共振，什么多指标同步，什么射击之星，仙人指路，顶底背驰……

大师教给的任何一种方法都能获利，但实盘交易中，却是输多赢少。为此他非常纳闷，怎样才能在股市赚钱？K线、平均线、MACD、KDJ，看上去不外如此，简单直接、一目了然，但就是难以盈利。更恼火的是花几万元买回来的三套操盘真经，毫无实用价值。无数次的交易失败，让他怀疑是否自己智力不够，还是股市在忽悠人。中午收市，旺贵复盘时面对已停止跳动的电脑屏幕，想着下午开市后还要面对瞬息万变的行情，屡屡失败使他心力交瘁，神情沮丧。

手机响了，是红艳打来的。沮丧的情绪主导着旺贵，他不想接听电话，此刻脑海已被股市让人头晕目眩的K线、平均线、MACD、BOLL、RSI……淹没了。红艳连着约了他三次，他都找各种理由推托。

盈利触手可及，却又似乎遥遥无期，炒股像是吸毒上瘾，欲罢不能。此时，辛苦挣来的真金白银变成了无关痛痒的数字。1天线、小时线、30分钟线、3分钟线，甚至分时线上不停跳跃着的点，都在拽扯着旺贵的每一根神经。与红艳的约会寡淡无味，哪有瞬息万变的股市行情牵动人心，红艳在旺贵心里已可有可无，他还没下定决心跟她分手。

　　每当想到要结束这段延续了十年之久的恋情，旺贵便生出不忍难舍之情，平心静气之时，红艳还是会浮现脑海，她只是暂时隐藏在心中的某个角落而已。钱财亏损，爱情流失，旺贵百无聊赖地倚靠在椅子里，双脚高高翘起放在电脑桌上。

　　突然，旺贵注视着显示屏，眼前一亮，他跟踪的那只股票有即将上涨的苗头，应该下买单，但又有些怕。因为大部分交易都是失败，他的手指犹豫了。MACD 即将死叉却没死叉，反而变成金叉，这是老鸭抬头，顶底背驰！股价连续三天站稳 30 天均线之上，剩下临近收市这一个多钟头的时间，走向有谁知道？

　　再看分时图，黄线始终以五度斜角缓慢上升。股价线二次跌破了黄线，很快又被拉起，之后再没跌破黄线，继续缓慢拉升。对，这是腾飞前最明显的迹象！旺贵的手指即将敲键盘时，心里又犹豫了，这会不会是诱多，在收市前悬崖式下跌？就在他胡思乱想之际，分时图上一个旱地拔葱式的拉升，瞬间升了 4 个点。跟不跟？他手指稍显迟顿，股价继续拉升，5%、7%、8%……收市前五分钟，竟然拉到了涨停！这时股价是十二元，他的资金可以买十万股！这五分钟，十万元的收益在他眼皮底下飘了过去！但是，若走势相反，则避免了十万元的亏损……他望着显示屏，心里却像打翻了五味瓶。

　　收市了，六楼大户室出奇地平静。旺贵疲惫地合上双眼，急速的心跳还没恢复常态。"买就跌，不买就涨"的规律依旧在循环，失败像难以消灭的病毒一样，不断地在自我克隆复制。有人敲门，旺贵懒洋洋地说："请进！"他的客户经理徐小姐走进来，看见显示屏上的分时图，问道："哇，你跟踪这只股？"旺贵心情不好，懒得搭理。

　　"你买了？"徐经理又问。她二十六七岁，是一个爽朗美丽的姑娘。见旺贵没回答，她便坐在旺贵旁边。见旺贵一副半死不活的样子，她咯咯笑了。她的笑声动听、甜美，让人很容易接近。她用手摸了摸旺贵的额头，戏谑道："头脑发热！"见旺财没回答，又说，"这么飘忽随意的走势，不管哪一个，都是很难把握的喔，何必放在心上！"旺贵听了这话，紧绷着的脸松弛了一点，心情似乎有所好转。

早前一段日子，旺贵感觉到徐经理在有意接近他，隐隐约约向他传递着某种只可意会不可言传的意思。因为有红艳，他装扮成不懂儿女私情的梁山伯，心无灵犀点不通。旺贵自视甚高，他大学毕业，靓仔白净，出入大户室，惹得靓女青睐是自然而然的事。

时至今日，对红艳情感上的寄托似已消失，跟大哥家姐见面就是谈生意，没了爹娘的嘘寒问暖，感觉孤苦伶仃。他真是想不通，一些人跟爹妈在一起不懂得珍惜，讨厌他们无聊唠叨，嫌弃他们多管闲事。殊不知，旺贵现在多么渴望回到家里，听听父母的唠叨絮语啊！

徐经理柔软细腻的小手像是触动了旺贵冰冷的内心，一种因自责而苦恼，想要找人倾诉的感觉油然而生，情感上的空窗期使他极度渴望亲情和抚慰。旺贵沮丧地说："犹豫了一下，那只股票就蹿上去了！"

"就算让你买在今早开盘的价位，也不能保证下次买在股价起飞前！按我的理解，这么随意交易的思路是不对头的！"

"你有好的交易方法？"

"我没有，可我知道股票操作是要有交易程序才能获利的！"

"我也是有程序指引的，只是跟不上它。是我错，不是程序错！"

"如果这程序不适合你操作交易，就是错！适合你，才是对的！"

"你介绍一个程序给我试试？"

"具体我不懂，程序的模式成百上千，要自己去研发，去试验，才能找到适合自己的交易程序。我不做股票，没有实操经验，只是理论上知道有交易程序这回事！"

旺贵的手机响了，一听是大哥约他去柴记大酒楼吃晚饭。"大哥请我吃晚饭，一起去吧？"旺贵笑道。"这怎么好意思？""你是我的客户经理呀，一起吃个饭有何不妥？""你大哥是谁？""丁旺财！""哦，他是大老板呀，早已听闻！也想过你和他的姓名一字之差，或许会是兄弟。原来真是兄弟，怪不得进得了大户室！""去吧！我大哥很随和的！"徐经理稍作思量，笑着答道："好的，见识一下大老板的风采也好！"

37

钟庆良牵头投资的合兴水泥制品厂投资近千万，五个股东都是永盛村这些年响当当的暴发户。合兴收购了联利厂，对外宣称它是合兴的分厂，但运作是独立的。每个股东派一个人参加管理，庆良让红艳出任会计，厂长由另一个股东易世耀的儿子易志浩担任。易世耀做生意比丁守正晚，因妹夫是市里的高官，他做的都是加油站、汽车4S店、公路承建这些平民百姓难以涉足的生意。

易世耀原本对水泥制品厂不屑一顾，但他是钟庆良的远房表亲，为了抱实他这棵大树，钟庆良极力拉他入股。股东们虽然等额出资，但易世耀的生意背景雄厚、坚硬，有权有势自然而然形成了让人仰慕的光环。尽管他力显低调，但财大气粗的自信在举手投足间便流露出来，那种豪气是藏掖不住的。他儿子易志浩是富二代，乖张放荡，肆无忌惮，生怕别人不知道他有钱。他学着港台明星打扮，留着长头发，穿着喇叭裤，戴着太阳镜。人走过时，长发飘飘，裤腿生风，目空一切，满脸倨傲。因他父亲的身份和地位，他放肆的行为举止却变成了有钱人的风范和自信，羡慕、巴结的大有人在。

易志浩和旺贵、红艳是校友，同级不同班。高中时期的红艳干瘦，谈不上一丁点儿的美态。女大十八变，现在的红艳出落成一个亭亭玉立的姣美姑娘，让易志浩相见恨晚！他怎么也想不到，这位远而又远的干巴远房表亲，几年不见长得如花似玉，如此引人注目，让他怦然心动。

红艳这阵子多么苦恼啊！旺贵毫无来由的"疏远"，对她简直是摧残、虐待。记不得有多少个夜晚，她站在窗边，望着银白色的月亮，微风中轻轻摇曳的枝叶，水墨画一样的美景她无心欣赏，却是满腹忧愁……唉，旺贵呀，我究竟做错了什么？她在心里近乎哀叹。拿出旺贵读大学时写给她的一封信，每读一遍，心里都会荡起一阵阵幸福的感觉。在她看来，这是旺贵写得最动人的一封信，因而特别地珍藏着。

"我的红！我的艳！我的红红加艳艳！"一读到这调皮而又抑制不

住的急切的开头，红艳就陶醉了，幸福得全身泛起了一种酸酸麻麻的感觉。"这时候，你肯定站在窗边吧？我也是站在窗边，还偷偷地吸着烟呢！你知道我为什么吸烟吗？我学会了吐烟圈，我要让微风把这烟圈飘过明亮的夜空，送到你的窗前，飘进你的蚊帐内。代我吻吻你的双唇，抚摸你柔软的披肩发，揉揉你的胸脯。还要进入你的鼻孔，钻入你心窝，看看你心里有没有我的存在。再飘回我的宿舍，我的上铺，告诉我！告诉我……"

每次看到这儿，红艳就把信纸贴在胸前。"衰鬼！除了咸湿，就没第二句！"柔情蜜意甜得她恨不能变成一缕烟、一缕风或一缕皎洁的月色，随风飘到他宿舍的上铺……

那时候，电话只能打到村委会。火柴盒大小的BP机刚刚问世，写信还是人们主要的沟通方式。信件不但是一种通信工具，更是一种记录，一段短暂的历史。此刻，红艳手捧这封信，感觉少了点什么。起码，那种幸福的触电般的酥麻感减弱了，就像打开瓶盖的酒，绵软醇厚的香气悄然消散。

易志浩追求红艳的方式与众不同，他舍得砸钱，喜欢感官刺激。看电影老土，过时了；月下散步，无聊落后。他邀请红艳去豪华歌厅唱歌、跳舞。易志浩开着那辆几十万的桑塔纳，载着红艳驱车六七十公里去广州，特地到广州酒家吃饭。红艳刚懂事时，常听大人说广州的陶陶居、广州酒家这些著名酒楼烹饪的菜品多么美味，去广州酒家吃饭是多么让人羡慕啊，哪怕能在梦中去一次。

现在广州说来就来，红艳在唱歌、跳舞、吃饭时，脑海里经常浮现出旺贵的影子。"我发了好几次短信给你，你干吗不理睬我？旺贵啊！你快来呀，我快把持不住了！"红艳心里挣扎着，犹豫着，抗拒着易志浩。

易志浩高超的追女技巧令红艳难以招架，他花钱如流水，在迁就和尊重她意愿的同时，经常做出一些出人意料的浪漫举动，说些幽默、调皮、搞笑的话，逗得她欢言笑语。让红艳意外的是，易志浩看上去虽轻浮孟浪，但跟她在一起时没有丝毫的咸湿语言和举止。旺贵呢，就是喜欢待在她狭小的阁楼里，除了咸湿的语言和动作，就是谈论股市和理想，似乎少了些有趣的话题。要不就是拉着她到旷野上数星星，唱粤语名曲《彩云追月》，或是凄怨得催人落泪的《卖花女》。

两相比较，和易志浩在一起，更多的是物质、感官上的享受，既奢华有趣还有快乐。事后回到家，恍恍惚惚就像在外面飘了一圈、玩了一宿，有种不真实的空虚感。跟旺贵在一起，平平淡淡似乎有点无聊，他还有点咸湿使坏，感觉却是踏实和贴心。命运很多时候特意捉弄人，在红艳和旺贵的恋情低潮期，它为红艳引见了易志浩。

"阿贵，你为什么不理睬我？"红艳不发短信，拨通了手机问。

"不是，近段时间股市很糟糕，没好心情！"旺贵没说谎话。除了庆良的原因，股市失利也是他无心赴约的原因。若在以前，他会首先找到红艳，倾诉自己的苦恼；现在，他失去了找红艳倾诉苦恼的迫切感。红艳不再像以前安慰他，赌气似的挂断了电话。

第十一章

缘尽方醒

38

旺财和福齐坐在酒楼的包厢"龙凤苑"里闲扯，看见旺贵和徐经理一起进入，稍觉惊讶。旺贵注意到他俩的神色，先行介绍道："这是我的业务经理徐小姐！"

"两位老板，久仰，久仰！"徐小姐上前主动伸手。

寒暄一番后，旺贵问道："哥，姐，有事吗？"

自从树朋向旺财提出投资新建吸沙、运沙、洗沙、销售一条龙产业链的建议，旺财便有了在基建市道火爆时卖掉家族没有前景的产业，转营有前途的新兴行业的念头。比如，他打算退出中兴造船厂、金鱼水泥厂的股份，卖掉粤华日化厂和粤味食品厂。厂子现在还有微利，如果市道变坏，这些打着父亲那个时代烙印的作坊式小厂，惨遭淘汰已是大势所趋。

旺财认为，必须以退为进，捕捉先机，集中资金投资兴建有行业周期性盈亏的企业。转型升级是对的，但如何转，转向哪些行业，是考验一个企业家预判力的关键一环。急流勇退说着容易，当这一刻来临的时候，才明白是何等艰难！

福齐却不像旺财这样优柔寡断有这么多选项，她的思路简单清晰，建造一座商业大厦。她去过香港，逛过"海港城"，也去过深圳的商厦和虎门镇的商业城龙泉广场。建造龙泉广场那样的大型商业城，丁家的资金和实力还不够；若建一座与江东镇相适应又超前的商业城，他们还是能拿下的。商业城以它特有的吸附效应把以前杂乱无章的小商铺、大排档、流动摊聚起来，既可出租又可以自己经营；既可以经营饮食住宿，也可以经营商场、娱乐场、写字楼等，全方位迎合消费者的各种需求。这种商场生意从早上兴旺到晚上，从年初兴旺到年底，管理简单，资金回笼快。

旺贵听了大姐的想法，点点头说："这是个不错的选项！"旺财却问："福齐，你是否走得太超前。这是江东镇，不是虎门镇，更不是深圳、香港。"福齐说："现在的江东镇是东莞发展最慢的镇区。你去莞城、长安、樟木头那些镇区看看，都是商业城的运作模式。这种模式其实是从香港辐射到深圳，再由深圳辐射到长安、虎门的。我们江东镇建造商业城，现在刚好承接着这种辐射效应。"旺贵接着说："大哥，赚着钱的生意说停就停，若新的投资不如预期收益，退出的生意依然在赚钱，会不会后悔？我们要有这种退一步的思想准备。""这点我有考虑，不过，商业城的方向无错。我们也要退一步想，江东镇毕竟还跟不上虎门镇的发展步伐，最要命的是人流稀少。若建成后客流不足，盈利不如预期，又怎么办？"旺财还是有所保留。

"不能看现在，要看潜在的利好因素。"福齐拿出镇里的《香飘四季》报，指着头版头条，读道，"'江东镇将以华阳湖湿地公园为核心打造国家 4A 级景区，打造珠三角全域旅游新城和全国知名岭南水乡名镇'。这就是我的信心！这条信息不够分量吗？还有，与江东镇一河之隔的洪梅镇将建成珠三角高铁、地铁的枢纽站，在江东镇漳朋村建设通用机场。全国著名的三大地产商陆续进驻江东镇，要在与洪梅镇隔海相望的沙仔海西岸打造近十万常住人口的水乡新城。横贯江东镇连接广州的东莞地铁 2 号线明年动工，这些足够分量了吧！"

旺贵说："大哥，不用怀疑了。原先我对建造商业城也有所保留，经家姐这么一说，我认准了，立即着手进行。先卖出父亲的工厂股份，再在江东新城区域物色地块！"

旺财哈哈大笑，说道："好！这次投资的第一功臣是齐妹！"福齐也跟着笑，说："你看看长安、虎门、厚街、松山湖那些镇区，现在多么繁荣兴旺，它们的现在就是江东镇不久的将来。不过，旺贵你要协助大哥才行！"

旺贵没答话，沉吟良久，脸色凝重地说："哥，姐，老爸和你们的生意都是传统的商业模式。我有一种预感，传统的商业模式将会有一个快速更新换代的过程。为什么？因为这些模式没有自己的核心技术作保护。谁都可以进入的生意，肯定是竞争白热化的生意。竞争白热化的生意，经营难度是最大的。早上有人开张，晚上就有人倒闭。我要为我们家族创造一个全新的生意领域，就是投资市场！"

"小弟，你说那么多，说那么复杂，不就是炒股票！"福齐笑着打断旺贵。

旺财也跟着说："说得这么深奥，我的生意能赚钱，你炒股在亏钱！"

"不能这样比。这个是境界高低的问题，是目光远近的问题。我也不跟你们争长短，但有一点是肯定的，大哥不要指望我出来协助你。我研究股市，只动用我的钱，不会用家族的钱！"旺贵很认真地说。

他们只顾说话，忽略了吃饭。菜凉了，福齐吩咐把菜热了再拿上来吃。饭间，旺财问道："徐经理，你发表一下对股市的看法？"

"丁老板，怎么说呢，我也不好回答！"徐经理笑道。

福齐问："旺贵，说点儿实在的，近期手顺了些吗？"

"不能用手顺不手顺去形容！"

"怎解？"

"股市是投资市场，不是赌场！赌场才用手顺不手顺这说法，股市是有它自身独特运行规律的，是与国民经济息息相关的正当行业！"旺贵一本正经地解释。

"这么长时间还赚不了钱，说什么都没意思啦！"旺财显得不耐烦。

其实也是的，一盘生意两年多赚不了钱，还亏损，从生意角度看，怎样的理由都不成理由。这时候，旺贵也觉得不耐烦，不愿多说。不赚钱，还亏钱，这种结果怎么解释也是枉然。过了好一阵，徐经理说话了："股市有牛市熊市，就像做生意，有高潮低潮一样，熊市大体上是赚不到钱，能不亏算是高手了。只有牛市才能赚钱，赚多赚少而已。股市又正好牛短熊长，即是赚钱的时间短，不赚钱的时间长。旺贵刚进入股市就遇上了大熊市，一直持续到现在，这两年的大熊市还看不见尽头，所以赚不了钱！"

"明知是大熊市，就退出来，不炒了嘛。不炒不行的吗？"旺财问道。

"老板，股市是没法往前看的，只能往后看才看得明白！"徐经理笑答。

"旺贵，我劝你不要再炒股了。费神、费力、费时间还要亏钱，这样的工你也有兴趣做下去？随便找份工作，每月也能赚两三千元，一年有几万元，不白浪费几年时间！"旺财责备的语气让旺贵很不舒服，他却没话可说。

一赚二平七亏损，这只能说明大多数投资者对股市一知半解。工人做工要技术，农民种田要技术，甚至摆摊卖蔬菜也要讲买卖技巧。分不清牛市、熊市，就学不到股市投资最基本的赚钱窍门。

"大哥！股市里的东西你不懂，我懂但还不精通。不过，我心里有数。亏掉的钱，我只是把它当成对股市投入的研发费用，就像公司开发新产品时需要投入的研发费用一样。你不用担心我！"

福齐说："研发费用，小弟你说得轻松，那些可是钱呀！你毕业后就没工作过，不知道赚钱的辛苦。大哥说得对，你不要再沉迷下去了！"

"这不是沉迷！"旺贵扒完一口饭，喝了口汤，继续说，"世界上每一项新发明，成功也好不成功也罢，都要经历一个过程。你们说的沉迷就是这个过程，要想获取成就，这种沉迷就一定要经历。到底成不成功，难料！要是成功了，就是巨大的收益，我认准这投资市场是个巨大的取之不尽的宝藏。大哥说'明知是大熊市就不去炒'这话说得对。大哥，你无意中的一句话，唤醒了我，以后就朝这个方向研究！"

旺财听后不禁笑道："是吗？我不过是随口说的！"

"当局者迷，旁观者清啊！"徐经理笑道。

"哥，姐！老爸那些生意表面看是很稳健，其实经不起风浪的。哥意识到了，要把老爸的生意转营，判断是对的，但还不够。现在的生意视野和格局要放大到全国甚至全球的行业背景上去思考。咱们的生意是家族式的，是一个整体，不是个体；既要布局实体生意，也要布局资本市场。互为犄角的两种生意格局，对一个整体来说是必不可少的，这才是比较完美的经营布局。这两年我是亏了钱，可这是食脑的赚钱技术，是发达的路径，不会那么轻易让你获得诀窍的。"旺贵的话说得有些急，语调有些凌乱。这两年他在股市上亏的钱不是小数目，怎么着都有些心虚！

"噢，原来你有这样的通盘考虑！"旺财抬头答道。

"听好几个老板说过，股市风险实在太大，亏钱后都离场了！"福齐说。

"不过，话又说回来，"旺财继续说，"老爸投资工厂没风险吗？我投资吸沙船没风险吗？拟定的投资商业城没风险吗？这跟投资股市的风险都是一回事。小弟，我支持你！从家族资金拿一部分给你使用，继续对股市进行研发！"

福齐笑着，没有说话。

"我觉得，旺贵已经有所彻悟了，正朝正确的方向进行研究，这是个好兆头呀！"徐经理笑道。

旺贵却说："大哥，不用了。怎么说股市都属高风险行业，我心里有数就行！你退出老爸的生意，我赞同，但连吸沙船生意也退出，就想不透了，毕竟还是很赚钱啊！况且，河沙是资源性行业，不会衰退的，你还是再考虑周详些好！"

"资源性行业？是，没错！这种资源的需求是跟随整个基建行业的起伏而起伏。说到底，它和父亲参股的工厂是一样的性质。齐妹提出的商贸城思路，我相信是比吸沙船更好的投资思路。"

好一会儿，旺贵又说："我的意见还是不应放弃吸沙船！它管理简单，营运简单，左手交钱，右手交货。自己又不用参与，其实是让别人为你赚钱，到哪里找这么简单的生意！"

旺财笑了，道："小弟，找个时间让树朋给你讲述河沙市道低迷时的惨况才行。若保留吸沙船，建商贸城的资金就会紧张！"

"不用争辩了！做生意不可能十全十美，大方向正确就行了！夜深了，就这样吧！"福齐起身道。

旺贵和徐经理走出酒楼已是晚上十点多，街上灯火渐稀，行人渐少。六层高的柴记大酒楼在空旷沉寂的大地上显得突兀而孤单，反衬出江东镇的落后景况。从空中俯视，江东镇周边高楼林立，华灯闪烁，耀眼的广告牌竞相争辉，有心者会觉得这块处女地蕴藏着巨大的发展机会。

"你大哥大姐都是能人，说话也与众不同！"徐经理称赞道。

"也不能说是能人，只是他们做惯了生意，说的都是行内话。不是做生意的，听了便显得与众不同罢了！"

"或许是吧！"徐经理点头赞许。

"怎么样，送你回家？"

"去唱卡拉OK吧，今晚认识你哥、你姐，很高兴！"

"也好，去中堂镇唱吧！"到了红绿灯路口，旺贵把方向盘往右一打，车朝中堂镇方向驶去。

同一个晚上，红艳和易志浩在莞城工人电影院包厢里观看电影《浴女》。

39

旺贵唱完歌回到家是凌晨一点多。妹妹福兴还在看电视，用人何姨在旁边陪坐。旺贵问："你们还未睡？"

"煮了鸡蛋莲子糖水，兴女说要等你回来一起吃，一等就等到现在。"

"哥！"福兴叫道。她近一米六的身高，很胖。"哎，不用等我，你们先吃，我还有紧要事做，做完了才吃！"旺贵说完，上楼打开电脑，复盘今日的股市。福兴端着糖水跟上楼，把糖水放在电脑桌旁。

尽管在股市里浸了两年多，面对电脑上的大盘或者个股的K线图，他仍然觉得一片茫然，这两年的收益真是惨不忍睹。要在股市获利，既要能把握大盘的涨跌节奏，更要把握得了个股的涨跌节奏。要想从几千只股中挑选出蓄势待发的龙头股真是很难，盘面的走势，F10 的信息，报纸报道的消息，道听途说的传闻，各种技术指标，盘中买卖信号，靠这些吗？真是天方夜谭。

万籁俱寂的深夜，电脑前的旺贵感到心力交瘁。晚餐时他还在大哥家姐面前信心十足地议论股市，此刻内心深处却有种难言的惆怅和无助。

"哥，糖水凉了！"福兴看着哥哥说。她不会分辨人的神态表情，只知道糖水凉了就要吃。旺贵一口气把糖水喝完。

看见旺贵喝完糖水，福兴才拿起碗下楼。她边走边喊："睡觉啊！""知道啦！"旺贵应道。

翌日早餐时，何姨笑眯眯地问："小叔，快点和红艳结婚啊！还缺些什么？"

何姨近五十岁了，和照顾丁守正的广西大姐差不多，精瘦，干活麻利干净。她把兄妹两人当孩子看待，早餐、午饭、晚饭、宵夜按时煮好，家具抹得锃亮，卧室绝无邋遢的衣服堆积。有人照顾的生活是舒服的，这完全是托父亲的福。旺贵心里明白。何姨这句话让旺贵记起，已有近两个月没去红艳家了。"快了，明年春天吧！到时叫你当大媒！""好！好！好的！"何姨满口应承。

旺贵吃完早餐，若有所思地走上楼，打开电脑。

盘面上，沪深两市大盘波澜不惊，在高低不超过 15 点的区域盘整。旺贵看着持有的几只股票，是制药行业的，上市后总跌幅近 30% 了。他买进其中一只的理由是，上市以来三次十送十分红，上市不久上涨到最高价一百二十元，三次分红后的除权价十五元。他是在十二元买的，现价是八元六角。从开市到收市，整条日 K 线瀑布般向下延伸。大盘也一样，继续着熊市的节奏。

这股市好像特地针对自己，要让自己亏本似的。入市两年了，看着瞬息万变却又千篇一律的盘面，旺贵真是一筹莫展，难以舒怀。

40

　　庆良夫妻俩坐在真皮沙发上看电视，见旺贵走进来，他们猝不及防呆住了。"良叔，桂婶，我找红艳！"旺贵如往常那样熟络地打过招呼直上二楼，却见易志浩和红艳对坐着。三人既难堪又尴尬，不知所措，空气凝固了似的。这种场面哪怕是一秒钟，都感到漫长得不可思议。没人说话，静得连各自的心跳声都恍然可闻。旺贵打破沉默，说道："红艳！咱们到外面谈谈，好吗？"红艳望了易志浩一眼，然后起身随着旺贵下楼。

　　俩人习惯成自然，像以前那样挨着前行，双方却明显能感觉到一种疏离感。沿途的景物别无二致，夜空繁星闪烁，月亮依然是那个月亮，柔和迷人。没有风，一切似乎是静止的。穿街过巷时，能听见电视里的歌声、哭声和欢笑声。旺贵感到有什么东西堵在喉头，心里一阵难受；红艳惴惴不安，心悬在半空。

　　到了经常约会的地方，那里有一棵需十多人联手才能圈抱的大榕树，已有五六对恋人树下卿卿我我。"怎么解释？"还没坐下，旺贵便质问起来。"你还问我，问问你自己吧！这阵子，哪次不是我约你，约你都不来！你想想，有多久没来我家了？如果不是你变心，会是这样的吗？"红艳很委屈，很痛心，一边说一边擦着眼泪。旺贵听罢，心里也觉歉疚，答道："我没有变心，只是联利卖给你父亲后，心情便一直不好，连约会都没有心思！""你一句心情不好就过去了，可我盼了一次又一次就是见不到你，是多么心痛，多么失望啊！一整夜在床上翻来覆去，双眼瞪到天亮。你以为就你会心情不好的吗？"红艳既委屈，又抱怨。旺贵没有感同身受红艳的痛苦，只是觉得自己疏忽了，沉迷股票冷落红艳，使她伤心失望，故意报复自己。他左手捋着红艳的披肩发，真诚地道歉："艳，是我不对！只顾自己任性，不考虑你的感受。经过这次教训，再不会犯同类的错误了！"

　　"还有以后吗？我都跟他上床了！"红艳摇摇头无奈地说。

　　旺贵愣了，说不上话。

这事覆水难收，就发生在不堪回首的昨晚……

遭受旺贵的一再爽约和冷落，红艳产生了怨妇情绪，脑子一时糊涂，还没弄清易志浩的真面目，就被他一下子霸占了。她想起来就愤怒和不甘。和旺贵恋爱了十年，他虽然常说些咸湿话语，也毛手毛脚的，但从不做越轨之事。和易志浩只是玩了几个月，感情还不深，更别说谈恋爱了，却被他乘虚而入得手，红艳别提有多气愤和懊悔。

下班后，红艳搭上易志浩的顺风车想回家。易志浩没往村子开，反而驶往莞城。路上，红艳叫嚷了几次要回家，他都不理睬，直接把车开到运河商场前面停下。那时，买得起小轿车的人很少。易志浩和红艳打开车门出来，立即吸引了附近人们惊奇羡慕的目光。

易志浩挽着红艳走进这家全东莞最豪华的商场，一层层地观赏。他不停地买买买，为红艳买金器，买翡翠玉石，买内外衣服，还为她父母买了参茸补品和茅台酒，结账时花了一万七千多元！红艳惊呆了，她一个月的工资才一千多元，易志浩眼都不眨一掷万金，他必有所图。红艳的心不由自主地"怦怦"狂跳，说："不买了，我受不起！""只有你才受得了这些礼物，给其他姑娘花十元我都舍不得！"这一刻，红艳心里很舒服。

买完东西，然后去东莞山庄吃晚饭。饭间，红艳不禁问道："一下花这么多钱，你父母不责怪吗？"

"这算什么钱，每个月都花几万元的啦！我父母最怕我不会花钱！"

"很多人一年也赚不到你今天花的钱！"

"我连父母怎样赚钱也懒得去问，有钱给我花就行了！"

饭后去工人电影院看电影，散场后又去宵夜。易志浩喝酒，红艳喝饮料。十二点钟的时候，红艳突觉全身涨热，头昏昏沉沉的，好像有种难以名状的渴望催促着她放纵一下似的。易志浩带她去了旅馆开房，她不反对反而有种期待感。一进房门看见咖啡色大床，白色床单，粉色被子，红艳难以名状的渴望更加迫切，燥热得难以忍受。意识迷迷糊糊的，她巴不得把衣服脱掉才凉快自在。

后来，她已辨不了天地南北，分不清白天黑夜，处在半梦半醒之间，总觉得有什么东西压在自己身上，却感觉非常舒服和受用。当她清醒以后，才发现易志浩和自己赤身裸体地紧抱一起。她感觉屁股下面湿润黏稠，推开了易志浩，发现是自己的处女血！她愤怒了，拿起衣服狠命地抽打易志浩。他不躲不闪，大声辩解："我也控制不了自己，是我不好！你打吧，打吧！"一边说一边翻身又把她扑倒在床上！

此前的易志浩，连咸湿笑话也不说一句，更没有过毛手毛脚的动作，红艳还觉得他是正人君子，因而放松了戒备心。怎么也没料到，自己一生最珍贵的东西，就这么轻易地失去……

红艳对着相恋十年的旺贵，这个自己心爱的男人，百感交集，一时无言以对。

事到如今，说什么都没意义。她十分不舍却又万分无奈地往回走，离开了旺贵，离开了让她伤透了心的恋人！

旺贵听蒙了，好久都没回过神来。望着红艳被街灯拽长的背影，他像是被人施了法术不能动弹。眼巴巴地看着红艳离他越来越远，她的背影不知不觉地消失在夜色里，消失的还有她的呼吸、她的体味、她的娇嗔笑语。

旺贵固执地认为，红艳是他的，不可能就这样离去。她像是生长了十年的树，已深深扎根在自己的心底里，跟自己骨肉相连，往外使劲一拽，便感到撕裂般的疼痛。旺贵幡然醒悟，红艳在自己心里几乎占据着全部领地。红艳的凄然离去，让他痛彻心扉地明白了，失去的才是最宝贵的！

明月西沉，天空灰蒙蒙。风儿吹过，落叶塞窣。红艳走过这条巷转过那条街，再拐过街角走进向西的小巷，再走五分钟就到她家了。她上了阁楼？那男人还在吗？肯定在，或许正搂抱着呢！一想到此，旺贵心里一阵绞痛。啊！都是怪自己，为何冷落她，不理睬人家呀！旺贵想起早前红艳三番五次打电话约自己，寻找慰藉和庇护，在她最需要抚慰的时候，自己却拒她于千里之外……

月移灯匣，人影寥寥。原先在树下的四五对恋人已走了，榕树下只剩旺贵一人。他形单影只，顿感格外孤寂与凄凉！

第十二章

世情薄人情恶

41

　　半年后，旺财完成了收回投资的计划。这时候，他还没下投资商贸城的最后决心。这毕竟是重大决策，关系着弟妹们今后几十年的收入和生活，不得不慎之又慎。他考虑了好几个转型预案，比如食品厂或日化厂扩大规模，注册自己的品牌。静下来深入一想，打造一个有口皆碑的品牌，不但要投入大量研发成本，更要投入巨大的广告资金。自己目前掌握的资金，说多不多，说少不少，但涉及品牌投入，自己还真不具备技术、资金的优势，一旦做了是吃不消的。

　　商贸城的优点是管理简单，资金一次性投入；缺点是目前的江东镇还没有充足的客流。建设一座十八层高的商贸城，九层及以上是住宅，单这十层住宅若能售罄，便能收回整幢楼宇的建设成本了。一楼是购物广场，二楼、三楼经营饮食，四楼是女人街，五楼经营小商品，六楼经营娱乐业，七楼、八楼是写字楼。地块坐落在江东新城，是父亲二十年前买下的。旺财请了精算师，把这个投资计划和自己的资金实力告诉他，做了可行性研究。从资金利用效率和营运管理成本等方面衡量考虑，都是可行的，关键是政府建设江东新城的决心和进度。旺财找到福齐，再三商量建商贸城的计划。福齐从建设中的华阳湖国家湿地公园及交通配套项目的进度推测，政府推进江东镇经济建设的决心很大，商贸城计划可行。于是，旺财不再犹豫，将商贸城的报建计划书递交给主管部门。一旦批复，立即动工。

树朋承接了旺财那半条吸沙船的股份，因为没了旺财的参与，他采沙一条龙的投资构想进行不了。虽然树朋已意识到河沙行业由盛转衰的临界点即将来临，但他自恃全资承接了旺财的股份，没有利息压力，兜里现金充裕，能应付得了淡季周期的到来。旺财的投资计划固然是好，自己却没加入他们家族生意的可能。

他觉得自己从一个摸牛屁股出身的穷小子，发展到拥有一千多万资产的船主，满足了，也有点成就感。这几年，人世间令人羡慕的生活他都享受过，没啥好遗憾的。虽然比不上旺财，没有他与时俱进的理想和勇气，抱着这条吸沙船，过完下半生，也不算委屈自己。

这天，树朋驾车从莞城回永盛村，经过中堂镇，发现旺财的儿子丁家辉和镇上几个出了名的二流子混在一起逛荡。他奇怪了，家辉不是在上中学吗？怎么会跟这些痞子混在一起？他第一反应是拿出手机告诉旺财，但转念一想自己是否过敏了点，若是小题大作，反而不好。此后，这事就没再放在心上。

42

好事一担挑，丑事一箩箩。人的命运，家族的命运，实在是难以触摸，很多时候让人猝然不及。这个晚上，旺财和树朋在珠江休闲中心吃饭。相识的老板都知道旺财套现了生意股份，计划着一个更大的投资项目。老板们有的佩服，有的不以为然，有的嗤之以鼻，觉得放弃唾手可得的利益去追逐难以预料的东西有些笨，唯独树朋对旺财心悦诚服。他深知分散资金没有优势，必须集中资金做大项目，才会有几倍于以前生意的收益。

"咱俩最终还是分手！"树朋稍显无奈地笑道。

"说实话，我欢迎你入股我的投资，但往深处一想，你不加入也是对的。谁都不知道往后会发生什么事，若真有事发生，咱们有可能成了仇人！"

"说到底我都要多谢你，不是你信任我，我就没有今天的好日子！"

"不是你拉我入股，我也少赚很多钱呀！"旺财说罢哈哈大笑。

狮子洋上空乌云密布，狂风呼啸。"横风斜雨说来就来！"树朋说道。"回去吧！"旺财说。紧挨着旺财的小姐明显是经过训练的，柔声细气地撒娇说："不嘛！看看大雨，看看大风，让雨淋透，很有趣的！"挨着树朋的那小姐则连声说："你去，你去！让大家看你淋成落汤鸡的衰模样！""好吧，咱俩一起去，淋成一对湿身鸳鸯！"旺财一把抱起女伴往外走。

雨势很大，这小姐在旺财怀中蠕动着，喊着说让雨点打得疼痛。里面的树朋俩人也觉好玩，便拉着手走进雨中。小姐的连衣裙薄如蝉翼，让黄豆般大的雨粒打中确是很疼。四人在雨中玩了一阵，疲劳了，走了回来。突然间四人顿感尴尬，想笑又强忍住。原来，淋湿后小姐的连衣裙紧贴在身上恍如裸体，胸前双峰、胯下黑影一目了然！两位小姐连忙缩肩抱手，快步向房间跑去。惹得走道上的旁人侧目偷看。"能干这行还有怕羞的！"树朋说着笑道。

这时，旺财裤袋里的手机响了，他拿起来听，瞬间如遭雷击！树朋看见大惊失色，还以为旺财是心肌梗死之类的病发作，忙上前扶住问："旺财！你怎么啦？哪里不舒服？快打120！"两位小姐走到半路听见喊声又折回来。这时，旺财像是缓过来，有气无力地说："不用啦，让我坐一阵！"两位小姐也顾不上难堪，帮忙扶着旺财坐下。"是什么事呀，你刚才差点把我吓死了！"树朋问。

"我儿子……他……他被派出所送去强制戒毒！"

"哦……"树朋知道了原因，不禁大吃一惊！

在树朋看来，旺财的儿子吸毒当然不是什么好消息，但总比旺财患上心肌梗死要好得多。"不用急，弄清楚到底是怎回事再想办法，有办法想的！"说罢示意两位小姐把旺财扶进房间。把旺财的湿衣服脱了，换上干的，又斟了杯热茶递到旺财唇边，让他喝下。树朋拿起手机打给旺强，问道："牛鬼强，家辉被抓去戒毒了，你知道吗？""现在什么情况？""牛鬼强你真是人头猪脑！你整天和那群烂打仔混在一起，请吃请喝，却连自己亲侄儿上道了也不知道！""我真的没收到风啊！你怎么知道的？""公安局跟你大哥通报的，已将家辉送去大朗园戒毒所了！"树朋见旺强暂没答话，又说，"牛鬼强，你现在要做的是把家辉上道的原因和途径找出来。连夜找，找出来再说！"手机那一头的旺强连声答应。树朋看见旺财的思绪如此混乱，便代他处理此事。

夜已深沉。

43

榕树下的旺贵此时还没有走，他极度疲乏，心里却如火灼一般，似痛非痛。憋在身体里难以排泄的坏情绪与疲惫不堪状态，使他有种溺水快要窒息的感觉。红艳怎么会跟了易志浩这样臭名远扬的花花公子？旺贵早就认识易志浩，他用各种手段欺骗相亲的女孩子，甚至用春药诱骗女孩失身，睡厌了扔一把钱就抛弃，这种风流传闻大家都知道。红艳是耳聋了，还是失明了，竟然这么轻率地跟他上床？

他回忆起跟红艳交往的一幕幕，她不是随便的姑娘，相反还有点保守。莫非易志浩施诡计给红艳下了药？想到这儿，旺贵霍地起身，气得七窍生烟，急火火地朝红艳家走去。下半夜的月亮悄然没入云层，大地漆黑一片。衰败狭窄的水乡小巷伸手不见五指，旺贵却不需要光亮，去红艳家轻车熟路，他熟得不能再熟，哪里有块凸石，哪儿有个小水凼，巷子拐角处有个斜坡，他都心中有数。

当他走到了红艳屋前，站在屋墙边往上望，二楼透出微弱的灯光。红艳怕黑，旺贵为她安装了一盏三伏的长夜灯。他突然记起读大学时写给红艳的信，其中有一封写自己吐出的烟圈随风飘到这窗棂，飘到红艳的床前。此刻，他心里又是一阵疼痛……

旺贵又疲又倦，靠着墙坐下，似梦非梦，似睡似醒，迷迷糊糊。失去了才知宝贵……他像是在嘴里念叨，又像是在心里忏悔。

突然，旺贵听见耳边有人在大声呵斥，他睁开眼才发现自己居然睡在红艳家楼下的角落里。

怒斥旺贵的是庆良。他习惯了晨早起床，出外跑一小时步，回来冲凉后吃早餐，再去合兴上班。他推开院门便见蜷缩在墙角的旺贵，边斥骂边赶旺贵走。

旺贵搓揉几下双眼，说道："良叔，用得着这么绝情吗？"

"绝情的是你！你早已丢淡红艳了，现在又想怎样？"

"你不知道易志浩的为人？红艳被他骗了，你知道吗？你信得过易志浩，将红艳交给他吗？"

"你是我们什么人？我们不用你来关心！"

"我要红艳重回我身边！"

这时，易志浩也走了出来，怒道："旺贵，今时不同往日，我与红艳在一起了。你说话要注意分寸！"

旺贵不理睬易志浩，喊道："红艳，你下来！我知道你被他骗了，我不介意！下来吧，咱们走！"

易志浩走近一巴掌甩过来，旺贵左手一扬，挡开他的手，右手顺势给了易志浩肋下一拳，痛得他双手捂住肋骨。庆良见状走上前，威胁道："旺贵，你要收手啊，我投诉你行凶伤人的！"

"红艳回我身边我才收手！"

庆良听罢说道："你真不知羞耻还是装作不知？回去看看你家发生什么事！我跟你说，你家堕落了，没救了！还能兴旺发达，沟渠也会翻波浪啦！还说要红艳回到你身边，想烂你的心！"

旺贵听完庆良这句话，心头一凛，脱口而出问："沟渠也能翻波浪，你凭什么这样小看我？"

"你回家看看吧，丁家这次完了！彻底玩完啦！"庆良大笑着。旺财退出制造业生意的举措，庆良早已知道；不过，他觉得旺财兄妹不和闹分家，再加上旺财的儿子进了戒毒所，丁家岂有不败之理？

"原来你是这样看我！"旺贵站立起身，冷冷地看着庆良，继续说，"你这句话，我记死你一世！"

这时候，旺贵还不知道侄子家辉染毒的事。拂晓时分，已有人在电话里告诉庆良，旺财儿子吸毒进了戒毒所。

"红艳，红艳！你下来，你不能跟他走！"旺贵高声呼喊。街坊们劝他走，庆良拿起扫把捧他。他不走，赖在墙角，头发蓬乱，衣衫不整，再加上不停地喊叫着红艳，看上去是个十足的"神经病"。庆良打电话给村治保会。很快，来了三个大汉，把旺贵架走。

第十三章

转　运

44

旺贵在庆良屋前吵架的时候，旺财正好回到家。

秀芬看见旺财被树朋扶着进屋，顿感愕然，心头掠过一丝不祥之感！

不光秀芬愕然，旺财也是。他第一次这样真切地看妻子，她犁沟外散的眼角，粗糙蜡黄的脸面，干枯黑白参半的头发，都明明白白地诉说着她的凄苦。尽管和妻子每日相见，旺财却有种恍似如隔三秋的重逢。蓦地，他落泪了。是心痛，愧疚，悔悟？他不知道该恨自己，恨金钱，还是恨那些美女！

树朋扶着旺财坐下，秀芬拿着扫把一脸冷漠也不搭腔，摆出一副你死你贱的神态。树朋无奈，说道："家辉被派出所送去大朗园戒毒所了！"

"真的？"秀芬不相信地瞪大了眼睛。

"真的！"

"大清早，你不要说不吉利的话！"

"这事能开玩笑吗！"

秀芬拿着的扫把掉落地上，神色木然！

树朋说："周末才可以探视！"

屋里没有人说话。时间就像池塘的水，凝滞不动。太阳升到能透过窗户照进厅堂的角度，隔壁的推门声、邻居的问好声此起彼落。"树朋，你回吧！多谢了！"旺财说道。树朋想了想，说："发现得还算早，首次吸的大都能戒掉，不用太悲观。有事喊我，我回啦！"看见旺财夫妻俩还算正常，树朋驾车离去。

旺财夫妻俩还是没说话。太阳照射的角度逐渐扩大，秀芬突然站起，拿起地上的扫把，挥舞着朝旺财身上边打边怒骂："你这个打靶佬！死衰佬！报应啦！去搵鸡呀，你现在死得甘心没，死得甘心没！不把儿子害了也不知道回头……"旺财动也不动，任秀芬打骂。扫把柄被秀芬打烂了，她把扫把丢掉，拉住旺财的左手往门外拖拽，把旺财拖到门外。拖得手没劲了才放下，又骂道："你死出去！死去鸡窝里！不要回！不要回来……"骂着骂着突然号啕大哭，一边哭一边用手捶打旺财。旺财也在流泪，四周街坊闻声过来围看。

旺贵被治安员拖到大街上的时候，清醒了。他记起庆良要他回家看看，觉得话中有话。他先到了大哥家，只见二哥、三哥在把大嫂拉开，把大哥扶入屋。这时，秀芬哭成了泪人，声音沙哑。兄弟们正不知如何劝说，手足无措之际，旺强急急冲进来，说道："查出来了！"说着，望了望旺祖。旺财好一阵才反应过来，问："到底是怎么回事？""是二嫂给了烂仔昌钱，指使他暗中在饮料里加了料给家辉，让他染上毒。"

"你说是淑兰？"旺祖问。

"是她，我把烂仔昌打得脸贴地，他才把真相讲出！"

"她好黑心啊！做得这么绝，我什么地方得罪了她啊！"

旁边的旺祖什么也没说，顿了顿脚，走了出去。

福齐在酒楼十多年，见多识广，对突发事情处理冷静许多。她说："事到如今，怎样抱怨、责骂都于事无益。现在最重要的是帮助家辉戒毒，其他一如往常。至于二嫂为什么对侄儿这么恶毒，还不知道。我想二哥对此不知情，他很快会有一个交代。大嫂，你如何悲伤，怎样哭骂，伤的都是自己；大哥，我早就劝你见好就收，你不听，非要头撞南墙才知痛、才醒觉。看，现在迟了！"

"是的，是我错了！老婆，我对不住你！在弟妹们面前我向你保证，彻底戒！不过，现在看来，家辉这事完全是二婶的恶意所为！"在致命打击面前，旺财理性还存，"这种结果对她有好处吗？"他似在唠叨自问又似是喃喃呓语。不光是他，屋内众人也都对许淑兰的所作所为百思不得其解。

"我真没做对不住她的事情啊，她怎么可以这样害我儿呀！天收了她吧！"秀芬声音沙哑，大家只能从她的只言片语和口型变化理解她的意思。

旺贵神情落寞地站在一旁，他和家辉感情极好，难过的程度一点不亚于旺财夫妻俩。他的脑电波时有时无，像是短路或者接触不良，一会儿想着红艳和易志浩在一起的画面，一会儿想丁家难道好运到头了，先是被庆良算计，接着自己被抛弃，然后是大哥家出事。庆良骂自己"沟渠翻不了波浪"，丁家再没有出头之日，难道他早知道家辉出事？

谁人染上毒瘾，对其家庭而言，都是倒霉的开始。所以，庆良才有骂自己"沟渠翻不了波浪"的底气。易志浩的父亲财雄势大，自家又厄运接连。红艳在易志浩的财势利诱下，在她父亲势利的影响下，被骗上床失了身……旺贵心情沉重，在危机四伏的现实面前，他的身体微微颤抖。

"小弟，你有心事吗？"福齐问。

"这个时候，谁没有心事？"旺贵反问道。

"现在谁也帮不上忙，就看他自己的意志了。他要是戒毒成功，出来了，我会照看着他，不让那些人接触他！"旺强说。

"他才读初三……二婶干吗要害我的辉儿？！"旺财自言自语着。跟昨天相比，他简直判若两人。昨天，他还挥斥方遒、信心满满，眼眸里闪烁着坚定和自豪的光芒，这些成功商人自然而然流露出的气质，如今荡然无存。旺贵没走出失恋的状态，侄儿的遭遇虽令他担忧，但两相比较，他心里的苦楚并不见得比大哥少，只是难与人言罢了。旺明本来就一副无关痛痒的态度，旺强虽嘴上爱吵吵却不靠谱。只有福齐比较冷静，她从大哥的遭遇想到更深一层的担忧，在家族转营这个节骨眼上，大哥能否经得起这次厄运的考验？若经不起，整个转营计划将难以实施。以前的生意退出了，新的计划进行不了，只剩下柴记大酒楼的盈利……或许这会变成家族由盛转衰的转折点。

45

旺祖听旺强说，是淑兰雇请坏人引诱家辉"上道"，他毫无疑问地相信了。以自己对老婆的了解，她早已变成歇斯底里、不可理喻的女人。他曾想过老婆是否会做出什么伤害自己的事，但想不到她做出伤害侄儿的行为！"不能原谅，绝不能原谅！"旺祖快步而行，心里一遍又一遍地说，"她即使往我大腿上插刀都能忍受，但伤害侄儿是无法忍受的！"他心里继续在说。父亲失忆以后，若不是大哥的努力和担当，咱们这群小弟小妹不会有今天这么优渥幸福的生活。

回到家，见许淑兰正在观音像前添油添香，跪拜神灵。旺祖伸腿横扫，地上的神灵牌位被扫得满地滚动。"你疯啦！"淑兰还不知道阴谋已泄露，大声斥责。

旺祖高声怒目："你滚出去！这里从此不再是你的家！"

"你干吗呀！"许淑兰还以颜色。

"你不是人，是畜牲，连猪狗也不如！我怎么能跟畜牲住一起。走，去离婚！"他们的儿子家兴生得圆头方脸，三岁多才会说话。他从未见过父母吵得这么凶，本能地说道："爸，妈，你们吵什么？不要吵好吗？"旺祖顾不上儿子，一个劲地把淑兰往屋外拽。"放开我！"淑兰挣脱出来，问道，"我哪里得罪你了？"旺祖怒道："你指使烂仔昌加害家辉！""你哪只眼看见是我干的？""烂仔昌作证是你指使的！""烂仔昌说我杀了人，你也信？"淑兰又用惯用的招数，边骂边拧旺祖的耳朵。

旺祖在以前都是任由她拧耳朵、踢屁股、捶胸膛，她甚至威胁要踢碎他的阴袋。在他眼中，淑兰手无缚鸡之力，骂也好，打也好，只不过在为自己搔痒。这次不同了，他的右手倏地往前推挡，淑兰一个不防瞬间倒地，跟着乘势躺在地上打滚哭闹。"你这个打靶丁旺祖，没好死丁旺祖，看看有哪一个男人像你这样打骂老婆、作践老婆！你这打靶老公，天都要让你绝后的，天啊！"许淑兰号哭起来。

福齐离开大哥家，正巧路过旺祖家，便走进来瞧瞧，见许淑兰咒骂旺祖，甚是不忿："旺祖娶了你才会绝后，真没想到你这么阴毒！丁家在哪里得罪了你，什么事对不住你？你大哥的楼房都是丁家出钱建的，你母亲生大病去广州住院几次花的都是丁家的钱，你竟然以怨报恩！看你哪一天病到掉光头发，丢光牙齿，没得好死！等着看下去吧！"福齐连珠炮似的骂了过去。许淑兰怎肯认输："你哪只狐狸眼看见我大哥花了丁家的钱，是花了我的钱，我的钱！明白吗？关你鬼事！"两个女人对骂之际，旺祖招来了出租车。他连拉带拽地把许淑兰推进车内，让司机往江东镇法庭方向开去。

法庭给了三个月的冷静期让他俩考虑。这期间，旺祖加了一把防盗门锁，带上儿子不知往哪里去住了。许淑兰开不了锁，进不了屋，索性躺在门口，旁人看着甚是凄凉。村委会的干部觉得不妥，派人把门锁撬开，让许淑兰得以进入。

三个月后，法庭判了旺祖、淑兰离婚。现有的财产三人对等分割，许淑兰争着要回儿子。旺祖知道她要的是儿子那份财产，并非如她说舍不得儿子。"罢了！"旺祖心里说道。十年夫妻一朝断，对这结局，自己心底里也觉不忍，但许淑兰的恶行彻底打碎她留在旺祖心里的形象。

许淑兰包了一年男人，说是要为丁家留后，旺祖原谅了她；平日里许淑兰对他呼来唤去，骂他没出息、假男人，他也忍了。旺祖能感觉到许淑兰对他的厌恶，明白她爱的不是他，是丁家的钱财，是钱维系着他俩没爱的婚姻。所有这些他都能忍，因为他真的是很爱很爱许淑兰，爱她的美貌，爱她的身体，甚至下贱地爱她对自己的怒目和厌恶。许淑兰对他毫无温柔体贴，将不能生育的焦虑怨气都发泄在他身上，他找出各种理由和借口说服自己包容谅解她。实在没想到，许淑兰居然对亲侄儿下毒手，这让他彻底认清她的歹毒邪恶本质，抛却一切幻想，痛下决心跟她离婚。

旺祖同意家兴归许淑兰抚养，把属于家兴的那份财产给了她，却不让儿子跟她生活。其实，许淑兰何止要了两份财产，家里所有的资金都是她控制，她绝不肯将到手的钱还给旺祖。旺祖事后静思，爱也爱过，绿帽子也戴过，各种屈辱也经历过，他还有什么看不开的，还在乎那些钱财吗？他最痛心疾首的是，对不起大哥，对不起家辉，如果不是他这样纵容恶妻，她敢如此猖狂……想到此，旺祖觉得自己无颜面对大哥，也无颜走上街头。他觉得街上的人都在骂他，指责他。

46

这天晚上，丁旺贵又来到庆良家门口，他知道这熟悉的大门总是虚掩着，用力一推，门开了，里面坐着庆良夫妇俩。他下意识地往楼上望，红艳的房间也像往常一样，亮着微黄的灯光。

"旺贵！"红艳妈容桂和气说道，"各有各的命，还是信命吧，不要强来了！"

旺贵却大声喊："红艳，下来，我有话跟你说！"

见没有动静，旺贵又喊："下来吧，我只是跟你说明白，这阵子我因为什么不愿赴约！"这时候，红艳才从二楼下来，说："说什么呢？"

"这阵子没心情见你，是因为他……你爸！他弄阴谋，收买了联利的厂长，收买了质检部门的人，捏造了一份联利产品不达标的质量鉴定证明，使厂子陷入困境，我大哥不得不把厂子卖给他。当我知道这个真相后，一想到你爸是这么卑鄙、阴险，就非常失望！我开始厌恶你爸，厌恶到不想见他的程度！"

"旺贵，你说这些话，可要负法律责任的！"庆良呵斥道。

"我哥我姐要不是看在我和红艳的分上，早把你告上法庭了！我爸有什么对不住你？他要不相信你，不支持你，你能有今天吗？我家遇上困难，你不知恩图报，还落井下石，还骂我家是'沟渠翻不起波浪'，这些是人话吗？现在可好了，我家冷手拾了个热煎饼，你也是千算万算不如天算。这是什么，就是报应！"

"爸，这是真的？"

庆良被旺贵气得满脸通红，脖子青筋凸露，叫道："你再无凭无据信口伤人，我上法庭告你！"

"好，巴不得你去告！还不止这些呢，你要红艳抛掉我，嫁给易志浩那个小混混，就是要攀上他父亲的财势！你太狠心了，为自己的私心，连红艳的幸福也不顾了！"

"我的婚姻与我爸没关系，是我自己惹的！"红艳为她父亲辩白。

"你知道易志浩以谈恋爱为名，玩了多少个女青年吗？我和你相好十年了，我尊重你，从没有冒犯过你，你不明白？你和他相处多久，他就祸害了你。你还不明白他的为人，还要一条黑道走到底？回头吧，我不计较！红艳，明白吗？我不计较！"

红艳哭着跑了出去！

"旺贵，你甘心罢了，姻缘是前世注定的……"容桂话音未落，旺贵也跑了出去。

屋里就剩下庆良夫妻俩，气氛顿时变得冷清，容桂问："旺贵说的是真的？"

"男人的事，女人不用管！"

"你这样算计丁家，太伤人了！看，到头来还是丁家得益你吃亏！"

"你有本事，你来管，行不？"庆良因收购联利偷鸡不成蚀把米，那股怨气窝在心里无处发泄，打掉牙齿只能往肚子里吞。刚才旺贵揭开他秘不示人的糗事，吃惊之余更是愤怒不已，却又发作不得。如今，老婆继续揭他的伤疤，他的怒气抑制不住倾泻而出，愤怒的声音震得人耳膜发麻，在屋内"嗡嗡"回响。

容桂是有良知和正义感的，旺贵说穿庆良的阴谋，又揭露易志浩玩弄女性、人品低下，她不禁愁云泛起，为他们父女担心。这时，易志浩走了进来，还是那副放荡不羁的打扮。不知怎的，容桂以前看易志浩这身装扮还能忍受，此刻看见，却很反感，甚至厌恶。

"她出去一趟，很快回来！"庆良答道。

"那好，我上楼等她！"

容桂看着志浩的背影，右眼皮无端跳动了几下，一种不祥之感浮上心头。

红艳走出巷子，站在村前大街发愣。农历廿三，是个没有月亮的日子。四周漆黑一片，只有村前那口鱼塘泛出唯一的亮白。红艳慢慢走近鱼塘……无路可走的念头突然涌起。她坐在一块长条形麻石上，躬身垂头，双手掩面，泪水淌出指缝。有一只手搭在她肩头，不用看，她知道是旺贵。

"说实话，我不该因为讨厌你爸而牵连到你。几天前，我才想明白，对你不冷不热，甚至冒犯你，是不对的，我要向你道歉。谁知到了你家，却发现你和那个混混在一起……"

"不要说了，我替我爸向你道歉，不想听你再解释。你走吧！以后咱各走各路，互不相干！"

"谁都会犯错！错不在你，是你爸，是我！回我身边吧，我不介意！真不介意！"

"可我介意！我不能因为自己一时犯错，让人一生看偏、蔑视。你走吧！"

"你真相信他会对你好吗？"

"我不听，不听！你走，你走！"红艳双手捂着耳朵，喊着。

至此，旺贵终于意识到，事情无可挽回了！

47

准予建设商贸城的批复文件返还好几天了，旺财却兴趣索然，瞥也不愿瞥它一眼。这日，福齐来到他家，看见满屋的乱七八糟，便拾掇起来。这阵子，旺财没出过屋，一日三餐都是酒楼送来的，其他日用品也是福齐买来。旺强、旺明隔三岔五便带上一家人过来坐坐，闲聊解闷。旺祖没来，他让福齐捎话给旺财，说自己没脸见大哥。

弟妹们的好意，旺财深知，他们主动跟他闲聊是怕他想不开。秀芬受到的打击更重，儿子比她的生命都重要，现在连声招呼也没打就被抓了进去，她觉得天都塌了，活着还有什么指望。

这是一幢六层楼房，现代化的装饰富丽堂皇，各种名牌家电应有尽有。没了儿子的欢笑声，没了儿子"噔噔噔"上楼梯的脚步声，这房子就像一座坟墓。秀芬感觉自己好像挤在一个空洞暗黑的洞穴里面，浑浑噩噩地活着，害怕再次受到伤害的恐惧感使她有些神经质。老公终于回家了，可这有什么意义，儿子才是她活下去的动力。可是，她有一个染上毒瘾的儿子，这辈子还有希望吗？

亲人们轮番开导她、安慰她，可她根本听不进去，他们说着千篇一律、无关痛痒的话，唾沫星子乱飞，都是在浪费时间。疥疮不长在自己头上，不知疥疮是如何痛痒难受。谁都无法走进自己心里，能走进心里安慰自己的只有儿子。

家辉是丁家的长孙，大哥的心头肉，福齐明白大哥的哀痛绝望不亚于大嫂，男人总归心胸开阔些，她还是要多劝导大嫂。将杂乱的屋子拾掇整齐后，福齐坐在秀芬旁边，轻声说道："大嫂，家辉只是无意中上了坏人的当。坏人有意骗你，诱你入套，谁都防不了。家辉本质是好的，当他明白了是坏人诱骗他走上这条邪路，必定会憎恨那些坏人，必定会下决心戒掉！不必太担心，我很相信家辉！"

福齐这番话不无道理，秀芬心里燃起一点希望。旺财却不信，他听说吸毒一旦上瘾，一辈子都很难戒掉，最终的结果是家破人亡。他纵情声色，疏于管教儿子，自己做了孽，报应在儿子身上，他是有罪的。

树朋走了进来，把凉了的茶水倒掉，换上新的茶叶，注入开水，叫了福齐他们围坐茶几旁边。他拿起那份批复下来的报建书，认真地看完，思索良久。树朋承接了旺财半条船的股份后，与他再无生意上的交往。河沙市道依然兴旺，树朋多赚了一倍的钱，心情很好。现在旺财家里遭遇突变，令他心情沉重。他深知此时的旺财需要亲朋的开解安慰。

旺财是何等聪明，什么都懂，他需要时间平复内心的创伤。他现在陷入自怨自艾的泥淖，意志消沉，对什么都提不起兴趣。因此，树朋前几次来访只是默默地陪伴，没说多余的话。

作为朋友，树朋不能看着旺财无所事事，这样消沉沦落下去。旺财几乎卖掉了丁家所有工厂的股份，眼下只剩柴记大酒楼有收益，如果商贸城拖泥带水还不建造，贻误了商机，损失会非常巨大。

树朋看完批复回来的报建书，语重心长地说："阿财，现在没有其他办法，只能积极应对。我看过一本《犯罪心理学》的书，书里说，家庭环境对犯错误的人影响很大，亲人坚强或软弱，心态积极或消极，都能影响到他改错的决心。你们想要家辉振作起来，重新做人，就要给他积极向上的信号，让他对未来的生活充满渴望。家辉是个好孩子，是遭人诱骗才吸了毒，你们要对他有信心。家辉要不了多久就会回家，你和秀芬这样消沉，给孩子什么感受？你们都伤心绝望了，觉得未来的生活一片黑暗，孩子还有信心回归社会和家庭吗？"

树朋这番话说到了点子上，让气氛活跃了许多。

"那个阴毒女人，找机会我要打断她的双腿，让她一世也走不了路！"旺强狠狠地说。

旺明说道："阿祖甩掉她，应是丁家好运情的开始！"

"物出主人形，心肠恶毒的女人怎么能生育，这就是报应啰！"旺明的老婆附和道。

一切如常的话，家辉此刻应该在学校进行中考前的复习；商贸城正紧锣密鼓地进行前期准备工作。现在，对于旺财来说，一切都反常，他全无斗志，好像连活着的乐趣都没有了。正当旺财感慨叨念的时候，酒楼送来了饭菜。不知不觉，又一个上午过去了。

"叫上旺祖、旺贵还有景富，过来一起吃吧！"旺财说道。"叫他们了，正在路上！"福齐答。

这顿饭是家辉出事后，丁家人最齐的一次聚餐。

第十四章

水性杨花

48

　　许淑兰离婚后，翌日便去镇里购买了新鸿花园 B 幢十三楼一套一百二十平方米的商住房。

　　离婚前，许淑兰掌握着家里的财政大权，旺祖连家里有多少钱、钱花在哪儿、有没有其他的投资，都毫不知情。除了他父亲建的房屋，什么都让许淑兰带走了。只是几天的时间，人生就改变了航向。曾经受法律保护最为安稳的一纸婚约，"咔吧"如柴枝般被折断，脆弱得令人难以置信。经营了十来年的婚姻说散就散，什么缘分，什么百年修得同船渡，千年修得共枕眠，全没意思。坐在弥漫着甲醛气味的全新环境里，许淑兰难以自禁地唏嘘抱怨着。她丝毫没有反省的意识，只是一味地抱怨命运的不公。

　　几年前，和旺祖漫步东江岸边，望着月色闪烁的东江河，心神激荡。和风轻拂，细雨飘洒。俩人相拥亲吻，一缕蜜甜从舌头甜到心头。初入情怀，初尝爱果，再没有比这更美好幸福的感受。坐在米黄色沙发上的许淑兰，脑海里重现着当年那温馨的感觉……

"呸！呸！呸！"许淑兰突然起身，口吐唾沫连声说道，"还想他干吗，不想他！"她一边对自己下着命令，一边拿起手机，拨通了老相好隔壁村洪耀坚的电话。

"喂，耀坚，你在哪儿？"

"哦，有事吗？"

"没什么，能有什么事。我在镇里买了新楼房，搬进去住了。有一年没见你了，过来坐坐，聊聊天！"

洪耀坚没立刻回答。这阵子，许淑兰毒害侄子的传闻早已传得沸沸扬扬，他不敢再和她接近，应付道："朋友请我去了龙门玩几天，改天吧！"

"去龙门？你把一个硬币看得比菜盘子还大，去龙门旅游？你骗我！"

"是朋友请客！"

"你这人还有朋友？骗鬼吃豆腐吧！快点过来。不然的话，把你当年赚了我两万多的事告诉你老婆！"

"当年说好了为对方保密，我才答应你，你不能反悔的！"

"来我屋里一趟怕我吃了你！"许淑兰怒道。

温柔狐媚、怒目圆睁、怨生怨死，是女人驾驭男人的三大法宝。当年财色双收的洪耀坚，尽管现在一百个不愿意和许淑兰见面，却不敢不来。他老婆可不是好惹的，要是许淑兰真将他们偷情之事告诉了老婆，他将永无宁日。

洪耀坚三十岁开始当门卫，深知没本事的男人不论在哪一种场合，都是抬不起头的。他叫了辆出租车，很快到了新鸿花园前。许淑兰下来迎接他上楼，看见这屋子富丽堂皇，他顿时泄气了。当门卫一个月才一千五百元，一辈子也买不起这楼房！许淑兰看见他自惭形秽的神态，说道："我看得起你，才让你来见识，先去冲凉！""我不能待太久！""你跟我会说谎，跟你老婆就不会说谎！"说着，拿出一千元，"啪"一声摔在锃亮照人的桌面上。洪耀坚每个月准时把工资交给老婆，老婆只剩一百元给他吃早餐。一千元对他的诱惑力太大了。他掏出手机到阳台上叽叽咕咕跟老婆说了半天，这才如释重负地去冲凉。

"我离婚了，你想什么时候来就什么时候来！"许淑兰说。

许淑兰控制欲很强，她需要的是没本事又贪钱的男人，只因这类男人最好驾驭。同时她又讨厌这类男人，玩起来实在太没趣了。有本事又听她使唤的男人太难找了，召唤洪耀坚来也属无奈，将就一下而已。洪耀坚从冲凉房出来，许淑兰就直接说要睡他。

洪耀坚擦干了头发，答道："兰姐，我是有老婆的，不能太放肆！"

"什么叫放肆？你想当婊子又要立牌坊，世间哪有这么得意的事！"

"我会尽量迁就你的，但你也要迁就我，这才会相安无事！"

许淑兰不耐烦地拿出两百元在洪耀坚面前晃了晃，道："你是迁就人民币，不是迁就我，懂吗？"一般人眼里，两百元就是一顿饭钱，洪耀坚看见这两百元，眼睛放着青光，上前搂住许淑兰。"唉，鬼叫自己没本事！""谁说你没本事？又赚钱又赚色，还说没本事？""对！在你面前有本事就行了！"说罢，把许淑兰的睡袍向上一掀……

云雨之欢，连时间也不知怎样过去。拂晓时分，听见楼下有人在吵闹。洪耀坚蒙眬中听出是老婆的声音，连忙推醒了许淑兰。许淑兰立即打电话给门卫，很快，门卫把洪耀坚的老婆请了出去，但她仍然在保安室外面骂。

许淑兰见状想，这怎么得了！她下楼随着保安到了保安室，骂道："你哪只狗眼看见你老公在我家？""不用看，就在你家！""我让你进屋搜，搜见你老公，我赔一万元给你；搜不出，你赔五千给我，行不？"许淑兰这番话，唬得那女人灰溜溜地走了。其实，女人明知自己的老公在里面，也想赚那一万元；但见这富婆如此自信笃定，怕万一进去搜不出老公，要倒贴五千元，这不行！赔五十元也不干。

财大气粗拼的是实力，许淑兰得意地燃着了烟叼在嘴上，她学会抽烟不久，那动作学得有模有样。刚才，她一掷万元跟洪耀坚的老婆打赌，那女人机关枪扫射般刺耳的声音顿时哑火，臊眉耷眼地溜走了。许淑兰心中生出一种从未有过的优越感和酸爽感。以前，她总觉得自己没有生育低人一等，谁要是瞅她一眼，或是低声耳语，她就认为那人在嘲笑、蔑视她……

回到屋里，面对着唯唯诺诺的洪耀坚，许淑兰有点泄气。周旋于这对低能夫妻之间，她的优越感有点廉价，太无趣，太委屈了。招之即来挥之即去的男人虽好驾驭，却味同嚼蜡，无法给她带来精神上的满足感，征服有挑战性的男人才能彰显她的魅力。她掐灭香烟，起身走到长方形的落地镜前，脱掉了衣服。她高挑的身材，白皙的胴体仍光滑如初。S形的体态，丰满坚挺的小山峰，修长光滑的双腿，无一处不美。许淑兰望着镜子里妩媚婀娜的自己，竟然有些着迷。

她突然觉得自己的发型不够新潮。"去广州，找个形象设计师，设计一个与我美貌相匹配的发型！"她心里暗说。女人有了要改变的动机，就是用汽车也拉不回头的。想当初，许淑兰虽然不大喜欢旺祖，可他父亲有钱，他自己还有一栋三层楼房。许淑兰家境不好，旺祖发疯一样追求她，她想嫁一个爱自己的有家产的男人，总比嫁一个穷光蛋强得多，用句俗话说这叫现实。

许淑兰嫁入丁家后，一心想做个相夫教子的好妻子、好母亲，一生何求！谁能想到，因怀不上孕被秀芬嘲笑，一点面子也不给；她更没想到自己幸福美满的婚姻如此短暂，居然被旺祖扫地出门。现在她手握几百万，曾经的人生理想、生活情趣、快乐与忧愁，全都改写了。

痛定思痛，许淑兰觉得女人之所以成为男人的附属品或奴婢，就在于失去了金钱的主导权。若角色变换，男人一定会比女人更下贱，更卑躬屈膝。除了金钱，女人并无其他所求；男人除了金钱，还有一样与生俱来的强烈需求——色与性！而她许淑兰既有钱也有色，臭男人别想逃出她的手掌心。

许淑兰又点了一根烟，走到阳台，望着街道上熙来攘往的男男女女，恍然望见丁家商贸城工地上的桩机和晃动的人影。她想，或许他们都在那里，旺财、旺祖或是福齐……这群兄妹曾经是她的亲人，现在已成陌路，或是仇人。前夫宽大容忍并没有换来许淑兰半点的感恩，她能成为身家百万的富婆，都是靠着自己的聪明才智抗争来的。对于前夫，她早已放下，却对引诱福齐老公未果而一直耿耿于怀。要是能折腾得福齐家鸡飞狗跳，那才好玩！她像是对吴景富又似对福齐自言自语说："看你还招架得多久！"

许淑兰摁灭了香烟，呷了口茶，换上新买的旗袍裙。这是一件淡蓝粉红的撞色旗袍，淡蓝意味着成熟，粉红意味着春心，配上她不卑不亢的笑意，她仪态万方地从轿车里钻出，头微仰起，再把额前的一缕头发往左轻轻一甩，一定倾国倾城。她对自己设计的这套招牌动作信心满满，是男人看见都会动心！

49

上午九点，许淑兰驾车去广州大名鼎鼎的"媛媛"发型设计室，花了五百多元换了个新发型。回到镇里已是下午三点多。她把车停在市场口，走进"肥佬"小食店，看见吴景富正和几个酒肉朋友喝酒。他们喷出的烟雾成团，秽臭的酒气连邻席也觉难闻。许淑兰特地走到他们旁边这桌坐下，要了一碗烧鹅米粉，故意吃出了声音。

"这靓女今非昔比！"

"无人能及！"

与吴景富同桌的几个男人看见许淑兰扭着屁股走路，纷纷对她评头论足。许淑兰并不觉得羞赧，反而愈加装模作样，她要的就是这种效果。她意在吴景富，想通过别的男人之口增加自己在吴景富心目中的分量。吴景富是聪明人，知道许淑兰"项庄舞剑意在沛公"，心领神会她的骚操作。

很多时候，女人对某个男人的厌恶是根深蒂固的，不会因他无故献殷勤或大胆表白转变态度，相反会认为男人心存歹念、图谋不轨，厌恶感会加重。男人讨厌一个女人，大不了视而不见，或是退避三舍，如果这女人死缠烂打、穷追不舍，男人会因感动或是虚荣心接纳女人，最终被她俘获。所以说，男追女隔座山，女追男隔层纱。

在保姆的打理下，许淑兰的家干净整洁，温馨舒适。尽管家里应有尽有，许淑兰内心的寂寞仍难以排遣。这时候，她会想起旺祖，他像个哈巴狗逗她开心，那么笨拙，那么白痴，一点都不会撩拨女人，回忆起来却显得那样真切有趣。人生是什么？不就是数不胜数的日常琐事、拌嘴唠叨、不肯认输的争辩、偶尔为之的恶作剧……这些都不会重来了。

许淑兰知道，这世上唯一真心爱她的男人是旺祖。习惯成自然，她经常会有意无意地喊一声"阿祖"，回味过来后，才醒悟他们已经离婚。如果不是家辉吸毒的事情败露，旺祖会跟自己白头到老的。许淑兰突然愤恨起来，假如不是秀芬母子俩嘲讽自己、奚落家兴，她怎会那么绝情！

想到这些，许淑兰心情顿时不好。她走到那套价值五万元的高保真音响前摁下播放键，邓丽君的《在水一方》、徐小凤的《顺流逆流》、梅艳芳的《夕阳之歌》、谭咏麟的《忘不了你》……或深情婉转，或浑厚低沉，或缠绵悱恻，通过震撼人心的低音炮，在屋里回荡着。

其实，许淑兰对音乐一窍不通，买套高档音响摆放在家里，无非是显摆自己有品位高雅，满足虚荣而已。没有情人却听情歌，她心烦意乱，越听越烦，啪一声关了音响。

空虚寂寞像是一把小刀，一寸寸地切割着许淑兰的心，她备受煎熬，坐卧不宁。她想给洪耀坚打电话，随即泄气地放弃了。和这种不会聊天、不会撩骚，没有情调、只会房事的男人交朋友，玷污了自己的身体不说，还自掉身价。

翌日早上，许淑兰穿得很漂亮，买了三瓶飞天茅台，瞅准福齐去了酒楼，驱车到吴景富家门口。转了两圈后，按响了吴景富家的门铃。吴景富正准备起床，听到门铃响，匆忙穿好衣服跑去开门，没想到又是许淑兰！板起脸正要撵她出去，许淑兰似乎料到他这招，鬼影似的一闪，径入正厅。吴景富打算出门不理睬她，可转念一想，这也不是办法，除非找人把她轰出去，却又有点于心不忍。于是折回身，进了正厅。

"我又不是鬼，干吗这么怕我！"许淑兰说着，拿出茅台酒，打开酒盖，倏地满屋酒香。不喝酒的人都被这香气吸引，更何况酒香钻进酒鬼的鼻孔，熏得他五迷三道。吴景富不客气了，匆忙刷牙漱口，急不可耐地到厨房拿出酒杯，端起酒瓶，斟满了一杯而尽。许淑兰又拿出早已准备好的鲅鱼罐头和一包花生米，放上桌面。鲅鱼罐头和花生米是最合味的下酒美食，吴景富的馋虫被勾了上来，一连喝了三杯，才吐了口酒气。

"你抵得住女色的诱惑，"许淑兰大胆直说，"却抵不住酒色的魅力，再来！"许淑兰接连劝酒。吴景富平时喝的都是十元、二十元一瓶的酒，茅台酒哪里喝得起，也就是偶尔闻闻罢了。三杯酒下肚，浑身通泰舒服，心思也活泛起来，他心知这女人找自己定有所图。的确如许淑兰所言，他能抵得住女色，却抵不住酒色的夹持进攻。

不觉间吴景富就喝完一瓶，他面色红润，眼神迷离。许淑兰存心要将他灌醉，又拿出一瓶茅台，然后转至吴景富背后。她脱掉了衣裤，双手抱着吴景富的双肩使劲扳过来，无所顾忌、放荡地说："这次你一定要尻我，你不尻就是天底下最无用的男人；我若引诱不了你，我也是天底下最无用的女人！干脆死掉算了！"说着，她一手直插吴景富的裤裆。

许淑兰的双乳抵在吴景富的脸上，弹力十足，温润可人。面对绝佳的酒色，即使得道高僧，也未必熄灭得了心中那团熊熊烈火。吴景富最后的防火线、最为人称道的德行——"绝不背叛老婆"，在酒色的轮番猛攻下灰飞烟灭。

50

世上没有不透风的墙。不出三天，福齐就知道此事了。街谈巷议中，连许淑兰要吴景富怎样尻她都传得有鼻子有眼，好像有人亲临现场似的。

或许福齐见过太多夫妻因风流韵事大吵大闹的场景，她非常理智冷静，不哭也不闹，但面色难看。吴景富心中有愧，底气全无，不时暗暗斜睨着福齐。这个晚上，俩人都睡不着。以前只要上了床，两人的身体就不由自主地靠近；如今，在床上躺了大半个夜晚，他俩谁也不理谁，好像他们中间存在着一个既柔软又坚硬的气团。"分手"那两个字，就看谁先说出口罢了!

"望什么望,十年同床还不及跟婊子一睡!"福齐不温不火地说了一句。

"我抵不住茅台的酒气。当时,即使有人说喝了茅台会死,我也会喝的!"

"男人的废话特别多,泡女后的废话更多!"

"阿齐,不是茅台,我绝对顶得住她的引诱!"吴景富这句话倒是真的,福齐双腿蜷起,使劲把吴景富蹬下了床。直到天亮,夫妻俩再也没说一句话。

第二天起,福齐吃住都在柴记大酒楼,再也不回家里过夜。

两个月后,吴景富来到酒楼福齐的房间。这次见面,两人都看到对方明显的变化,消瘦了。吴景富一脸懊悔莫及的愁容,想说又没说;福齐却视而不见,不闻不问。良久,吴景富细声细气道:"齐,回去吧!我是第一次负你,也是唯一的一次!"

"我的心里容得了你,可我的身体容不了你。"福齐说得很平淡,吴景富听起来却犹似雨前响雷。此时此刻,他真的害怕福齐率先说出那两个字!

"我是懒怠些,可比起一些男人,比如你哥……"

"说那么多废话干吗!你问问自己,我跟另一个男人睡了,你会怎样!"

"是的,你说得对!我等你,等到你消气为止!"说罢,吴景富走出去。

福齐在酒楼里见惯了男人在女人面前的媚态和犯贱。她表面上对客人们笑脸相迎,谦恭礼让,但心里对他们是鄙视的。同时又觉得男人或许天性如此,若对女人失去了兴趣,这世界不就乱套了吗?随着时间的推移,随着进出酒楼沐足阁的男人越来越多,她已见怪不怪,习以为常。

走进沐足阁一个钟、两个钟、三个钟,便要花好几百块。这些男人既要养家,又要到销金窝寻欢,还要跟老婆扯谎,也不容易啊!她也曾触景生情想过,若老公也去泡女人,自己会怎样。她摇摇头,嘴角泛起了笑意。之所以笑，是觉得自己的老公给他个瓷缸作胆，也不敢去泡女人。如今，老公真的去泡了女人，还是旺祖的前妻，她真的不能接受。在这事上，她一向看得开想得透，可身体和生理上却明显在抗拒老公，他的气息、他的体味闻了就作呕。

　　啪的一声，福齐摁熄了灯。她身心疲乏，顾不上外面生意的喧嚣，迷迷糊糊地睡着了。

第十五章

煎　熬

51

钟红艳要结婚了！

这个既在预料之中又在意料之外的消息，是大哥旺财传递给旺贵的。

这天，阳光灿烂，晒得人不敢仰望。旺财、旺祖和旺强都在工地上，他们戴着安全帽，巡看监测着打桩作业的进度和质量。五台桩机同时作业，金属之间的撞击声发散得特别远。十八层高的建筑在江东镇的建筑史上尚属首次。

工地上热火朝天，拆解水泥袋掀起的灰尘在风中弥漫飞扬，工人的脸上沾满水泥灰尘，让流下的汗水凝成条状。一辆小轿车开了过来，停稳后，庆良弯腰走出来，他是来送嫁女婚宴请柬的。

旺财接过请柬，既吃惊又痛惜。尽管他听闻红艳甩了旺贵，跟易志浩谈恋爱，可当红艳出嫁已成事实时，他心里仍然五味杂陈。红艳是个居家过日子的好姑娘，小弟深爱着她，弄到今天这种局面，是他不愿看到的。

出清了股份、儿子进戒毒所、旺贵失恋，旺财将这三件事联系在一起，觉得命运或许早已为自己设置好了框框。有得就有失，如果是以家辉和旺贵之失为代价，他宁愿不建这座商贸城。想到这儿，他心里一阵难受，唏嘘感叹了一番。

此刻，地基正在浇筑，施工计划正常推进。一年后，这片千百年来都是水田滩涂的土地上，将耸立起一座气势恢宏的"柴记商业城"。届时，江东镇的商业旺地将会围绕着这座水乡新城兴起。

一年后儿子会怎样，能彻底戒除毒瘾吗？旺贵能走出失恋的阴影，找个正经的事做吗？旺祖离婚后，一直郁郁寡欢，他能找到一个好老婆吗？作为丁家的长子，他重任在肩，感觉压力好大，活得好累。负面情绪一直笼罩着他，让他消沉、沮丧、无趣。他很想痛痛快快地发泄一下，可儿子还在戒毒所，他怎么能去纵情声色。

沉思片刻，旺财给小弟打了电话："阿贵，庆良嫁女，明晚在我们酒楼设婚宴。他送来了请柬，去不去随你了！"

此时是下午两点多，股市还未收市。坐在电脑前的旺贵心里咯噔一下，说不清是什么感觉。这种结果早有所料，真正传入耳中，心里还是难受。

股指绝情地跳水式下跌，丝毫不给人抛货的机会。总以为跌得这么急、这么深，会跌不下去了，该反弹了，可事与愿违。不肯止损，就没法解套。"跌吧，就不信能把我赚的全跌完！"旺贵心一横，关掉电脑。

红艳结婚的消息拂之不去，像一根肉刺隐隐作痛。原以为不看电脑就不心烦，没想到不看盘心里更烦，那可是真金白银啊！他又打开电脑，股指继续跳水。再看手中的资金，累计跌幅已近 40%。

2005 年开始的牛市直到半年前，旺贵一直看涨，也认同股评家说的向 8000 点进发！2007 年 3 月，他观察比较了海美股份和榕发科技，最终以八元多的价格全仓买进海美股份。没想到海美股份一个月了，都在八到九元区间徘徊，而榕发科技却是青云直上，他悔青了肠子。

近日，旺贵关注到粤华地产的 K 线形态、MACD 几个主流技术指标与榕发科技如出一辙。"卖掉海美，买进粤华地产"，他心里冒出这个念头。海美股份的技术指标也曾与榕发科技一模一样啊，为何榕发科技飙升而海美股份盘整？他心里又犹疑了。"换股！"他心里发狠道，一分钟内便完成了股份转换。然而，换股后的第三天，海美股价一个涨停，跟着连收两颗小阳十字星，第六天继续涨停。不到一个月，海美股价翻倍！粤华地产却依然在窄幅盘整。

这场失败的战斗令旺贵没齿难忘。有人说："人的一生，捕捉到一只大牛股，也算发达了！"旺贵在海美股份上唏嘘一番，他不相信错过了唯一的发达机会，股市瞬息万变，机会总是留给有准备的人。

旺贵觉得自从炒股以后，自己就开始走霉运。现在，他面对的是飞流直下三千尺的股指，原始资金 40% 的账面损失，还有初恋情人婚宴的消息……

时间太快了，马上临近收市。"怎么办？明天肯定低开！"旺贵自问自答。他有点自乱阵脚，一次次做出决断，一次次把决断推翻。手机又响了，大哥告诉他，家辉回家了！

"罢了，长线投资吧！"收市前两分钟，旺贵又一次关了电脑。

此刻，旺贵的心情坏透了。他用冷水洗了洗脸，把头发梳好，喷上点发胶。大姐打来电话，让他直接去酒楼大厅。

52

亲人们听说家辉回来了，福齐要在酒楼摆酒庆贺，都很高兴，五点不到便到齐了。旺贵到场第一眼看见的就是家辉，他瘦骨嶙峋，眼睛里都是怯懦和自卑，脸上是干巴巴、讨好人的笑，那未老先衰的神态令人心碎。谁都无法想象，半年前他还是个生龙活虎、奖状贴满墙壁的好学生。

旺贵打了个冷战，控制不了自己悲伤的情绪，连忙借故去厕所。厕所里面有几个人，他拉开裤链装作小便的样子，但尿不出来，眼泪却从眼眶里汩汩流淌。太可怕了，短短的几个月，就把一个天真活泼、阳光满面的少年郎，变成一个猥琐、胆怯、卑微的男人。一眼就能看出，他像是被掏空的没有灵魂的行尸走肉。

"侄儿呀，往后的生活你怎么过啊！"旺贵在心里哀叹。

"喂，旺贵！"有人喊他，他含糊不清地应答。他拉合了裤链，用水洗了脸，定定神。他仍觉得不够冷静，干脆把头伸在水龙头下面将头发淋湿，才稍觉清醒。旺贵在走廊里站了一会儿，才走回酒席，强忍着悲伤与沮丧，主动走到家辉身旁坐下。

"贵叔！"家辉怯怯地叫道，语调低沉，声音混浊。要在以前，家辉看到旺贵早就朗声呼喊"贵叔，贵叔"了。旺贵心里想着，口中答着，接着起身说："咱们一起为家辉的胜利干杯！"众人应声附和。

旺财是强颜欢笑，他对家辉的现状心知肚明。接到家辉戒毒成功可以回家的通知后，他找到戒毒所的陈所长，询问儿子的详情。陈所长说："在当今的医学科技面前，戒掉毒瘾并不难，难在戒掉心瘾。患者要有强大的内心，坚强的意志，帮他抵住毒瘾的诱惑，家人的关心、爱护和激励也至关重要。你儿子吸毒时间不长，戒毒相对容易些。"

陈所长的忠告言犹在耳，旺财没敢告诉老婆秀芬。家辉回到家，旺财表现得很高兴，内心却像吃了黄连般苦涩。家里及周边的环境根本就没办法跟戒毒所比，家辉只是生理脱毒，而非脱瘾。他在报纸上看到过这样一段话："戒毒是个终生无休的过程，开心、难过、分手、谈恋爱、结婚、生娃儿，人世间只要可以引起情绪变化的事情，都可以作为戒毒者复吸的理由。"

旺财记得小时候，弟弟或妹妹有个头疼脑热，母亲总是说："你的病全给妈了，今后再不会生病了。"这虽是哄骗小孩的谎言，却是母亲的真心话。如今他做了父亲，才真切体会到母亲对儿女的疼爱。此刻，他真希望能将儿子的毒瘾转移到自己身上，让他健康快乐地回归学校和社会。

最难堪的是旺祖，看见侄儿人不人鬼不鬼的模样，他心里说不出有多么难受和愧疚，还得强装高兴的样子。旺明则是另一种心态，他有点幸灾乐祸，一个大家族，不可能都出精英，肯定会出一个甚至两个败类。如今出了家辉，便减少了自己儿女出败类的概率……他嘻嘻哈哈附和着喝酒吃肉，没人知道他心里竟是这么龌龊。

十六岁的丁家辉，基本懂事了，他明白酒席上亲人们欢声笑语的背后，更多的是对自己走上邪路的难过和惋惜。他自知罪孽深重，但心里也觉得委屈憋气，他并没有主动去找烂仔昌吸毒，不知怎么就上了瘾。那天晚上，他喝了烂仔昌给的一瓶柠檬茶，回家后便感到浑身不自在。第二天晚上，家辉又去找烂仔昌，喝了他给的饮料，身上有了一种烧灼感……

暑假过后回校，家辉已离不开烂仔昌，整天就想跟他厮混在一起吃吃喝喝。一天不食烂仔昌给的料，他就浑身没劲，恶心想吐，哈欠连天，眼泪鼻涕一起流，心情烦躁……直到公安把他抓进戒毒所，才知道烂仔昌引诱他吸食了毒品。他恨透了烂仔昌，却又总想着烂仔昌；恨死了毒品，却又离不开毒品。

家辉在矛盾的情绪中备受煎熬，不知怎么，他身体里突然涌现出一点奇妙的冲动，似曾相识的快感瞬间掠过全身。他坐不住了，拉起旺贵的手，道："幺叔，咱们去玩！"

此时的家辉，再不像以前那样阳光开朗，而是躲躲藏藏满腹心事；旺贵在失恋和经济损失的双重打击下，也是郁郁寡欢。叔侄俩所谓的玩，也不过是在街边溜达、江边漫步罢了。重获自由的家辉，面对着最疼爱自己的幺叔，望着东江河上船来船往，听着远处轰隆隆的机器声，感觉到了生活的美好，他的心情突然好转，内心踏实了很多。

53

这晚上，旺贵又一次失眠。

计算机屏幕上，沪深指数的 K 线图，个股的 K 线图，日、周、月线图，短、中、长期平均线以及各种指标，无不显示出大空头的趋势，没有丝毫的见底迹象。旺贵全身一颤，自言自语："见鬼，去年 10 月份的时候怎么不卖掉！"

旺贵从 2005 年到 2007 年 9 月赚的利润，在去月 10 月至今这波下跌中亏光不说，连本金也亏了 40% 多。他每天都盯盘，看着钱没了，却不为所动,死扛着!这是什么交易行为?

他合上眼皮,却毫无睡意。眼前又出现红艳,明天她要结婚了……一想起她,就生出切肤之痛,内心升腾起一股火焰,大火烧着塑胶的浓烈焦臭味弥漫开来,呛眼、呛鼻、呛喉咙,胸腔里的浓烟使他快要窒息。说了多少次不去想她,但意识不是电器开关呀……

至于侄儿家辉,旺贵对他逐渐失望,心也逐渐变冷。家辉像是变了一个人,眼神古怪,疑神疑鬼;他神经质的笑容、莫名其妙的话语、不着调的举止,让旺贵如芒刺背、如鲠在喉,提醒纠正了他好多回,仍我行我素。这阵子和家辉相处时间较多,旺贵觉得自己似乎已不大正常,沾染上侄子那些怪毛病。此刻,红艳父亲那句"你能发达,沟渠也能翻波浪"又在耳边。丁家危机四伏,全靠着酒楼支撑,看不出何时能走出眼前的困境,一阵彷徨涌上心头。

拂晓前,旺贵终于睡着。一觉醒来,已是九点多。昨日当断不断,没把股票卖掉,今天开市怎样走?他早餐没吃,匆忙赶到证券部的大户室,刚巧碰上徐经理。她问:"怎么了,这么赶?"

"亏入肉了!这股票,真没法弄!"

"哎呀,哪能这么急。不能急的!"

"钱没亏在你身上,当然不急!"

徐经理没再搭腔,对这类抱怨的话,她听得太多了。公司规定员工不能买卖股票,自己算是局外人,对市场的看法不会像客户那么偏激,或叫旁观者清吧。以前看见旺贵进出大户室,后来知道旺财是他大哥,便有意接近旺贵。或许是这半年来丁家负面新闻太多,她主动疏远旺贵了。看着旺贵匆匆的身影,她暗自叹息道:"财不入急门啊!"她没有随旺贵进去,径自朝前面走去。

旺贵开启了电脑,打开交易软件,指数低开两个百分点,他的股票低开三个多百分点!"他妈的!"他恨得咬牙切齿,骂了一声!昨天斩掉就避开这三个百分点的损失了,干吗不斩!指数在盘整,但他手中这些低市盈率、低风险的股票却像断线的风筝……

"斩!"旺贵这次毫不犹豫,手指动了动,全部交易完成。心中一算，起步于 2005 年的这波牛市，最高峰时赚了不少，但时至今日亏了本金近 50%。他的心在淌血，他真想砸了电脑，大声咆哮。

指数悠然自得地继续向下，像是在向他挤眉弄眼，含羞欲语，又似在作弄他、嘲讽他。这时，他卖出的股票继续下跌，跌幅已超过六个百分点。刚才他还怒不可遏，现在见少亏了三个点，心里似乎舒服了些。想当初自己踌躇满志地走进股市，没想到在股票市场赚钱比摆地摊卖香蕉还难。

旺贵身心俱疲地斜躺在椅子上，想起今晚红艳的婚宴，他去还是不去……突然，他眼睛的余光被电脑吸引，只见屏幕上的分时图向上直线拉升。很快，收市时反比昨天升了一个多百分点。旺贵不知如何是好，追进去买吧，怕它再次下跌；不追吧，又怕它下午继续拉升。徐经理进了来，看见旺贵像斗败的公鸡那样低头垂尾，就知道一定是亏钱无疑。这种状况下，最好不要惹他。徐经理转身便走。

"喂！"旺贵喊住了她。

"怎么啦？"

"什么怎么啦？"

看见旺贵输红了眼，徐经理觉得很可笑。

"你们就不能提点好的建议给我们！"旺贵抱怨道。

徐经理看着这个曾令自己心仪的美男子，心如止水。在这个市场，亏钱跟赚钱都是司空见惯的事。市场成功的人士不管赚钱或亏损都表现出良好的不急不躁心态；失败者几乎都像旺贵这样气急败坏，亏得分不清白天黑夜……她暗自庆幸自己及时收手，没有和他深交下去。若真的追到手，倒不知该如何收场。

"去年初，公司就发出股指有可能转势的警示啦！"

"那种警示有鬼用！"

"难道要拿着你的手操作才有用吗？"

面对徐经理的诘问，旺贵无语了。他走出大户室，到了散户大厅，嘤嘤嗡嗡的嘈吵声吵得人头疼。有的人笑容满面，有的人低头打盹，有的人垂头丧气。旺贵走到大街上，进了一家西宁面馆。他喜欢大西北风味的面食，还有没有膻味儿吃多了也不腻滞的黄焖羊肉。要了二两酒，没想到几口就喝完了，一点也不过瘾，便又要了二两。高兴了喝酒，失意了喝酒；成功了喝酒，失败了喝酒。酒色财气，古往今来是男人的最爱。黄焖羊肉香酥软绵，鲜美异常，真是下酒好菜。不知不觉间，吃了一只羊腿肉，喝完了三杯酒。午市已开，旺贵亏得不敢直视盘面。

　　快到三点时，旺贵才磨磨蹭蹭走进散户大厅，里面的人欢声笑语。不用问，肯定是大盘升了。他走回大户室，荧屏上的分时图像一根竹竿竖起……他目瞪口呆！上午卖掉的股票比昨天涨了接近四个点，转到 K 线图看，一根大阳线吞掉近十个交易日的小阴线。这根大阳线是见底信号还是一步到位的反弹？股市就这么神秘莫测。

　　赚钱难吗？早上敢抄底就赚近十个点了；赚钱容易吗？自己确实在亏钱！股市令你筋疲力尽，又时刻在诱惑你，像个妩媚妖艳的女人，远在天边，又近在眼前。突然，旺贵眼睛放光，像发现了一张藏宝图似的死盯着荧屏。八天前，MACD 金叉后至今，尽管指数每日都在创新低，但 MACD 的黄白两线在这位置缠绕着不肯死叉。直到今日，红线终于比昨日高了点，白线和黄线将要死叉之时上翘了一点点，金叉了，这是明显的顶底背驰信号！自己连扛了半年多时间，却在今天扛不住，被甩了出来！

　　"全都是事后军师！"他心里咆哮道。啪一声，他怒得直接摁下电源开关，根本不依照电脑正常退出程序操作。

　　太阳西斜，黄昏的阳光柔美温馨。小商贩们纷纷推着小车，挑着蔬菜瓜果，到菱角街上摆卖。街边的大排档忙着打开饭桌，摆正椅子，迎接食客。水乡里一幢幢新建楼房，大都是靠这些不起眼的买卖，一天几十或者一百元积攒起来的。不管怎样，他们是赚钱的，而自己却躲在所谓的大户室里，干着每天都亏本的买卖，这不是滑天下之大稽吗？大学毕业至今，自己没赚过一分一毫。若非有父亲的生意供养，自己何以为生？夕阳下，旺贵边走边想。所谓的研发成本，其实就是自欺欺人、子虚乌有的东西。

　　旺贵继续在街上晃荡，太阳被西天的乌云盖住了。今天是红艳的婚宴，旺贵走到柴记大酒楼大门对面的街道，看见红艳披着婚纱，易志浩穿黑色西装、戴着红色领带，站在大门口，两旁是他俩的家人和伴郎、伴娘。在大门前那盏特大吊灯辉映下，新娘漂亮如花，新郎满面春风。旺贵似乎没有勇气走过这条街道，傻呆呆站在那里看着对面。直到夜幕降临，新郎新娘一干人等走进酒楼，旺贵才穿过街道走进酒楼，要了一间小房，自斟自饮。他给徐经理打电话，请她过来吃饭，遭到她的拒绝。

"你能发达，沟渠也能翻波浪！"红艳父亲这句话又回响在耳畔。尽管听着刺耳难受，但他说的是事实。大学毕业后，旺贵真没做过一件成功的事情。现在，就连徐经理都看不起他，在别人眼中他确实不是能做事的人啊！这两年，他在股市里踏准了"高买低卖"的失败节奏，却踏不准"低买高卖"的牛熊节奏……

此刻，旺贵虽然不在电脑旁，脑子里的 K 线图却依然清晰。婚宴大厅里喧哗热闹，他充耳不闻，独自喝着闷酒。

54

一楼是婚宴大厅，柔和悦耳的音乐不绝于耳，钟红艳与易志浩的结婚相集在乐曲声中投影在大厅正面的屏幕上。红艳拖着长长的婚纱，与易志浩手挽手走在红地毯上，来到主礼台。新郎新娘说了一番感恩的话，互相激吻……

中午半斤酒下肚，旺贵此刻又喝了两杯，头脑里胡思乱想。婚礼有什么意思，不过走个过场，一次又一次重复着虚假的甜言蜜语。生老病死，勾心斗角，同床异梦……世事轮回，逃得了谁？楼下传来一阵阵哄然笑声，旺贵突然意识到，自己独处于小房间里，太没志气了，去赴宴才对。于是，他乘着几分醉意，下楼走进婚宴大厅。

大凡宴会，早到迟到实属正常。然而很多人认识旺贵，知道他和红艳曾经谈过恋爱，看见他一反常态的神情，便觉有些惴惴不安。不过，旺贵虽手脚轻飘，并没有出格的行为。他找一桌有空位的酒席坐下，和邻座的人打了招呼。

　　这时候，台上的司仪继续说："饮交杯酒！"于是，红艳和易志浩拿着酒杯，左手勾着右手，各饮一杯。"热吻！"随着司仪的一声一字，易志浩双手捧着红艳的头，红艳搂紧易志浩的腰，热吻起来，直到司仪说"礼成"才松开了口。嘘声、呼哨声此起彼伏，有的人拿筷子敲起了碗碟，有的人用手拍起了桌子。有些人是真赞赏，有些人是瞎起哄。这种场合，不附和起哄便显另类，不拍响手掌便让人觉得不给主人面子。

　　这时候的旺贵却附和不起来，又不好意思离席，只能独自呆坐。他暗自责备自己实在不该来。好不容易熬到婚宴主人走到他这一桌酒席向客人敬酒致谢，他这才真切地感受到红艳的歉疚，易志浩逼人的傲气，庆良毫不收敛的蔑视。旺贵忍着怒气，没有跟新郎、新娘和庆良碰酒杯，心里赌气说："就不跟你们碰！"

　　终于熬到有人离席，旺贵迫不及待地走出大厅。驱车到了东江大堤，解开纽扣，迎着扑面的海风，长长地呼出了一口积蓄多时的闷气。

　　"徐经理吗？我是旺贵！我在东江大堤，出来逛逛吧，海风很凉爽！"

　　"夜深了，下次吧！"

　　"以前你多次邀我，我都顺着你的意！我现在邀你一次，也不给脸！"旺贵不快地说。

　　"哎呀，好啦！现在去！"

　　"算了！"旺贵愠怒道，"没意思！"

　　关了手机，旺贵一肚子气。天空电闪雷鸣，海面上涌起的"白头浪"扑上货船船头，被迎面劈开，飞溅两股雪白的浪花。很快，大雨滂沱，大风裹挟着雨向旺贵袭来。旺贵不躲也不避，迎着风雨，迎着海浪扑上堤岸溅起的浪花，眼望前方，像个驾驶室紧握方向舵的驾驶员，生怕稍一眨眼，船便会偏离航向被风浪横扫沉没。

　　经过近一个小时的风吹雨淋，旺贵焦灼躁动的心冷静下来。他把衣服长裤脱下拧干，钻进车里往回开。车灯划破黑夜，光线中雾气翻卷。"生什么气！"旺贵自言自语，"既成事实，再怎么不忿也于事无补！"

很多时候，人都明白事理，可一旦钻了牛角尖或陷入极端情绪，就有一种说不清道不明的东西跟理智闹别扭。旺贵喃喃地自我宽慰，始终没法接受浅显而平常的道理。

回到家，小妹和何姨在看电视。三个人住一栋三层楼房，很清静。旺贵冲完凉，坐在电脑桌前，想着今天遭遇的事情，虽说不上惊天动地，但对于个人而言，算得上是刻骨铭心。这时候，手机响了，是家姐的电话："不开心吗？""是的！"旺贵答得很诚实。"小弟，婚姻是讲缘分的。过去了的不要再计较，于己于人都无益。好了，不要想太多，睡觉了！"家姐的话他何尝不明白，就是一时转不过弯来。"好的！"旺贵说完，挂了手机，却毫无睡意。

他顺手打开电脑，点开股票软件，股指见了6000点后一路下跌，到了今天1800多点。这一年多的时间，股市下跌了4000多点，自己抱着低市盈率的蓝筹股，把在2005年赚的几百万全数跌回去，还倒亏了不少钱。看着瀑布般直挂眼前的日线图：5400多点不卖，4500点不卖，3800多点不卖，2800多点不卖，2300点不卖，到今天1800多点才卖，这是什么样的交易技术？

激流直泻的瀑布多么壮观，多么动人心魄！冲刷了数不清的财富，淹没了多少人的发财美梦，也包括自己。他记得，6000点时，人人都说这是新一轮牛市的起点，上证指数一定会加速冲向8000点……旺贵相信，心里怀揣这一宏伟目标，又怎舍得把股票清仓。

那一条条色彩斑斓的平均线，泰山压顶似的把K线图死死压着，恍然听见K线图的呻吟，呼哧呼哧的喘息声……忽然，旺贵心里毫无来由一阵悸动，跟着全身一沉。其实，这平均线一目了然，早已告诉他要清仓离场了。什么MACD，什么江恩理论，什么BOLL，去上海、杭州、深圳付费学习的各种各样的交易软件，全无实用价值。眼前这些平均线简单、直观、正确，跟着它们的指引，在股指跌破半年线卖掉，然后持币等待下一次股指向上突破半年线再买进，不就行了，多么简单的事情！

旺贵被自己这个新发现惊呆了，耳边回响起大哥说的"明知是熊市就不买股票"这句话。"哦，明白了！上证指数在120天均线上面就是牛市，在 120 天均线下面就是熊市。牛市持股熊市持币，原来交易是如此简单，赚钱就这么容易。太神奇了！"接着，他挑出一些股票按 30 日、60 日、90 日、120 日、250 日这几大均线对应的历史买卖点，统计其盈亏数据，全都赚钱，只是每条平均线的盈利幅度不同而已。他又按上证指数这几大均线对应的历史买卖点统计，也都有翻了几倍的利润。

风声呜呜，雨声沥沥；雨夜静谧，内心翻腾。人都是利益的奴隶，趋利避害是人的本能，但在股市里能看透这一点的人不多。今天倒霉到家了，旺贵困惑、懊悔、愤懑到极点，几乎要崩溃，可跟悟透了股市挣钱的法门相比，现在这些都不足挂齿。有了这个发现，千金散尽还复来；有了这个伟大发现，股票市场就是取之不尽的宝藏！旺贵兴奋起来，热血沸腾地在屋里来回踱步。

旺贵努力使心情平静下来，过了好一阵，他走到电脑桌前，重新审视着 K 线图。拿着资金，等待时机，待股指向上突破 120 天均线的机会来临时，再寻找向上突破 120 天均线的股票买进，待股价跌破 120 天均线后才卖出，就这么简单，这么清闲。其实，大盘指数或者个股动态，它们所有的基本面和技术面以及隐藏其中的利好利空，全都淋漓尽致地反映在了日、周、月的 K 线图上面。

旺贵重拾信心，重新确认自己那套"研发成本"的理论。"他妈的庆良，你见鬼去吧！"旺贵下意识地说出了这句话时，心里骤然一紧，兴奋的心情瞬间冷却，失去了红艳，没有心上人分享成功，赚多少的钱财都没有意义！

旺贵像个梦游症患者，身不由己悄无声息地走出屋子，驱车向着易志浩家的方向驶去。他把车停泊在易志浩新居大门前，此时已是午夜一点。广袤的夜空静谧而清凉，旺贵的胸间却如揣着一团熊熊燃烧的妖火，把他烤得如坐针毡、七窍生烟。易志浩家宅深门高，院里隐隐传出闹洞房的热闹声。旺贵走到院门口，灯光映照下，大红色的婚庆对联巨人似的居高临下俯视着他。

地上的爆竹纸屑厚得像铺了一块猩红地毯，空气中弥漫着的火药味儿，像无数微细的铁屑刺进他的鼻腔、气管、心肺，呛得他几乎窒息。旺贵怒气冲冲地上前伸手把左边的对联撕下来，院里传出的逗笑声震耳欲聋，深深刺激了他；他又走到右边把对联撕下来，揉成团捂住了两耳。旺贵蹲在墙角，瞪着充血的双眼，像是舔舐着伤口的野兽……

第十六章

晴天霹雳

55

夜已深，福齐仍没法入睡！

自从上次景富到酒楼向福齐认错，求她回家被她拒绝，已过去一个多月。可以想象一个生活正常的男人突然没了老婆相伴，过着鳏夫般的生活，日子该是多么煎熬。在常人看来，福齐拒绝老公的认错和求情，明摆着是把老公推往别的女人怀里。尽管她有理由或苦衷，但最后吃亏的还是她自己。

后来，许淑兰又去找吴景富。她没去他家，而是无所顾忌、明目张胆地到吴景富和狐朋狗友常聚的大排档里去找。菜市场人来人往，大排档坐满了人，都在喝酒瞎聊，喧哗、吆喝声嘈杂一片。许淑兰故作姿态地走到吴景富旁边，吴景富以为是等座位的客人，一点也没在意。他喝了两口酒，感觉不大对劲，扭身抬头一看，见是许淑兰，戒备之心顿起。这时，许淑兰不动声色地从购物袋拿出两瓶茅台，打开瓶盖，放在饭桌上。桌旁的人眼睛贼亮，深呼吸起酒香，邻近几桌的人也不禁惊叹四起。

吴景富起身要走，许淑兰道："干吗要走，陪靓姐我喝两杯不行吗？"

吴景富不答，身旁的人却问："靓姐！今天什么日子，请我们喝茅台？"

"我闷得慌，找人陪醉，行不？不行，我找别的人！"许淑兰说罢拿起茅台做迈步状。

吴景富旁边的人连忙按住茅台酒，道："不，不，不！我陪，这是茅台啊！不喝白不喝！"说罢，他自己斟满了酒杯，才为其他人斟满。

"我有点事，先走啦！"吴景富说着又要起身。旁边的人把他摁住，大声道："你这条大懒虫，除了吃和睡，能有什么事。莫非看见鬼，坐下！"

"难道我成了鬼！"说罢，许淑兰咯咯咯地笑个不停。这些酒鬼看见茅台便连父亲姓什么也不去想。许淑兰来之前他们已喝了半醉，如今四个人又把两瓶茅台喝完。很快，他们都醉了。

许淑兰毫不避忌菜市场人多是非多，把烂醉的吴景富扶上车，往自家方向开去。

福齐很快就知道这事情，但知道了又怎样，她早已没法跟吴景富同床共寝了。至于吴景富，老婆不管不闹，许淑兰这里环境好、吃得好，他也就醉生梦死得过且过了。他虽有绝不背叛福齐的意愿，但遭到福齐的冷落和漠视后，他破罐子破摔顺势投进许淑兰的怀抱。福齐也好，吴景富也好，夜深人静时，都在想着对方。他俩想着夫妻一场，想着还有儿子，想着恋爱时温馨惬意的时光，心里一阵怅然，一阵难过。他俩明白，走到今天这一步，彼此间已失去了默契和信任，不再有牵肠挂肚的惦念。

烂泥扶不上墙。对吴景富，福齐都懒得去抱怨。当初父母极不满意她嫁给景富，可她昏了头，满脑子都是爱情，爱到天翻地覆、黑白不分……如今落得这个下场，能怨谁？"睡觉！"福齐自言自语，脱衣上床。

突然，手机响了，是大哥打来的，要她即刻去他家一趟。大哥的语气紧张而焦虑，这么晚了还叫她去，事情一定很严重。福齐连忙下楼，叫上保安开摩托车载她奔向大哥家。

56

原来，丁家辉的毒瘾又犯了。

福齐急匆匆进屋，看见大哥、大嫂和旺贵均是一脸无奈恓惶。家辉被反锁在二楼的一个单间，里面不时传出咆哮声、哀求声、喘息声和头撞墙壁之声，最让人心惊肉跳和肝胆欲裂的是，家辉在野兽般地哀号，撕心裂肺地尖叫。

"这样的日子何时是尽头！"秀芬心情极为复杂，她像个垂死之人，既对生感到无望，又对生充满渴望；既对儿子吸毒深恶痛绝，又对儿子心疼难舍。那一声声头撞墙壁和木凳的声音，犹如一把铁锤狠狠敲打着她的胸膛。秀芬哭着说："阿财，我受不了了！给他一点吧，管不了那么多啦！"福齐见状也说："哥，是要给他一点的，否则撞成脑震荡更麻烦！"

旺财无奈，拿出一小包白色粉末。这是他从家辉身上搜出来的，原想扔进马桶冲掉，鬼使神差竟保存起来。打开门，只见家辉张大嘴巴像个哮喘病人急速呼吸着，口水鼻涕流得衣服半湿。他像条狗似的用舌头乱舔旺财的脚背、裤腿，又爬行到福齐跟前，舔她的脚背和裤腿。旺财扔下那包粉末，不忍再看，转身离去。

家辉撕开小包，粉末散落地上，他立即低头紧贴地面，狠命地吸食……福齐看侄儿斯文扫地、毫无廉耻，绝望得直摇头。旺贵悲从中来，更是心灰意冷，无话可说。这时，旺强闻讯赶来，看见侄儿的惨状，上前大声喊："家辉，侄儿！你该醒醒啊！"见自己的话毫无作用，旺强转身怒气冲冲地咆哮道："那个害人精，我不信治不了她！"

旺强随即下楼，说道："大哥，大嫂！我要打断那害人精的双腿！"秀芬却说："那又如何，我要我的儿子回来呀！"福齐走近旺财身旁，小声道："哥，这不是办法，还是给戒毒所打电话，把家辉接走，其他事以后再说！"

半个钟后，戒毒所把家辉带走了。

众人重返屋内，旺财神情颓废，像被宰杀前的老水牛，眼眶里汪着泪。他声音低沉地说："你们都回去睡吧！"语调貌似平静，实则是被折磨得麻木疲倦，只有福齐能明白这背后的凄苦和无助。阳光帅气的家辉和苟延残喘的家辉交替浮现在眼前，福齐黯然神伤，难以自制地抹起眼泪。

弟妹们走后，旺财扶起老婆走进房间，打了盆热水端进来，说道："芬，你几天没洗了，我明白你心里苦，我为你洗吧！"他先为老婆洗脸，为她脱掉衣服，用半湿的毛巾擦一遍，拧干毛巾后再擦干身上的水迹。然后为秀芬脱去裤子，先湿后干擦干净，最后把她的脚洗了，头发梳顺畅。

旺财看着老婆雪白细腻的胴体百感交集，以前总听人讲皮肤白净细腻的女人能生养出精乖伶俐的儿女，事实的确如此，可家辉吸毒后一切都变了……秀芬不再像人偶泥胎，她此时泪水涟涟。旺财平静地说："不要灰心，戒毒是个漫长的过程。辉儿只是让人算计，他本质是好的，等他彻底恢复后，会好好孝敬你的。"秀芬不为所动，更没听懂丈夫这话背后的隐意。

她眼前不断闪现儿子毒瘾发作时令人作呕的丑态，他精神崩溃脱得一丝不挂，满身是鸡皮疙瘩，像一只被拔光鸡毛等待屠宰的鸡。她的心何止是疼，更像被人活生生挖去心脏后，失去了灵魂，麻木得感受不到疼痛。丈夫安慰的话能否成真，她不敢想，但明白他的意思。做父母的一定要有信心，儿子感受到父母的信心，才能鼓起勇气跟毒瘾做斗争。秀芬握紧旺财的手，希望既能给自己信心，又能与丈夫相互鼓励，冥冥中把信心传递给戒毒所里的儿子。

"我去看看父亲！"旺财说罢，换衣出门，走进黎明前的黑夜里。

丁守正年近八旬了，红光满面，体重一百六七十斤，有点返老还童的迹象。他的失忆症不仅毫无改观，近来记忆严重衰退，刚做过的事或说过的话，像水过瓦背似的，很快就忘记了。他坐在电视机前，看见旺财进来，一个劲地傻笑。广西大姐说："老头子近一阵子的记忆差多了，以前还能刷牙洗脸，现在就是呆坐，一坐就是一整天。以前他能扒饭夹菜，现在要喂他才吃；以前睡觉总是对我毛手毛脚的，现在躺在床上像只大肥猪，很正经。用不用带他去医院一趟？"旺财没答话，坐在父亲旁边，拿起他的手握着，像是在告别。就这样，父子俩的手握了好几分钟，旺财才松开手，对广西大姐说："改天你找福齐商量。"说完，回家了。

儿子不在家，屋里连蚊子飞过的声音都能听见。每天都是度日如年，每个晚上都忧虑难安，彻夜无眠。漫漫长夜快将过去，旺财格外平静地对秀芬说："我上二楼辉儿的房间，把凌乱的东西拾掇好！"秀芬点点头。旺财拿起秀芬的手吻了吻，像是做着什么诀别仪式。

旺财走进儿子的房间，家辉毒瘾发作时不知廉耻的丑态历历在目。他痛苦地蹲下，双手蒙着脸，泪水从指缝流淌下来。

旺财虽悲苦难禁，但头脑清醒。他曾相信自己家族基因优秀，坚信儿子是个好人。帮儿子走出困境，给他动力和信心，营造温馨友爱的环境，塑造自强不息的强大内心，能做到这些的人，只能是他自己。凤凰只有涅槃才能浴火重生，他怎样才能使儿子斩断毒瘾获得新生呢？

窗外，传来行人的脚步声。天快亮了，人们又开始新一天的忙碌。旺财回想起这些年的生活，他曾抓住机遇日进斗金，也曾挥金如土风流快活，可不管他多成功、多风光，儿子成了任人唾弃的瘾君子，他走到哪里都被人指指点点，成功有何意义，挣再多的钱有何意义，活着有什么意思！

旺财走到窗前，见蛋黄似的太阳从天边升起，红霞普照，他觉得脸被霞光照得灼热。唉，家辉青春年少，正值人生中最美好的季节，他应该像这轮红日，朝气蓬勃，蒸蒸日上；可他却在戒毒所备受煎熬，生不如死。如果再戒不了毒瘾，他的人生还没开始就将悲惨地结束。

如果他能以死警醒儿子，让他彻底戒除毒瘾，痛定思痛获得重生，他还犹豫什么呢？然而，谁不恋生，谁愿意去死……

"我死后，我的红运一定会转到辉儿头上！"旺财自言自语道。

主意拿定，旺财义无反顾地走进儿子房间。他站在木凳上，面向半天红霞，拿出布条往上抛，套住了吊扇铁钩，缠紧自己的脖子，把木凳一脚踢开……

秀芬浑浑噩噩等到天亮，也不见旺财下楼。往常这个时候，旺财会拿着开水瓶过来，问她早餐吃什么。快八点了，丈夫一点动静也没有，秀芬觉得不对劲，无端一阵心慌，她连拖鞋都没穿，赤脚跑上二楼。

秀芬被眼前的一幕惊呆了，只见旺财脸色青紫地吊在吊扇下面。好一阵子，她才发出了凄厉的哭声："你抛下我，我怎么过呀！"秀芬抱着旺财的双腿，泣不成声！片刻之后，她倏地止住哭声，把凳子搬近，费劲地把旺财解下。

秀芬发疯一样呼喊着旺财，搓胸捶胸，做人工呼吸，旺财毫无反应……秀芬瘫软在地，过了好久，她才颤颤巍巍站起来，面如死灰、眼神空洞地站上木凳。她把那布条套上自己的脖子，正要把木凳踢掉……

突然，儿子的面容闪现出来。秀芬悲叹，儿呀儿！家辉刚没了爸，不能再没了妈，否则他怎么活？秀芬哭着松开绳套，下了木凳，望着丈夫的尸体，放声大哭。

57

福齐还没起床，就有人来电话告诉她，旺贵赖在易志浩家屋墙角打盹。她叹了一口气，打电话给旺强，让他立即去易志浩家门口把小弟拉回来。

福齐刚放下手机，旺明的电话就打了进来，他带着哭腔说："大哥……大哥自杀了……"

福齐傻了，好半天没有反应过来。好端端的，大哥怎么会自杀？她怀疑这是谁搞的恶作剧。福齐没洗脸、没刷牙，一溜小跑来到街上，拦了一辆摩的赶往大哥家。

大嫂悲伤过度，昏倒了，旺祖、旺明满脸悲戚地站着，不知所措。满身酒气、迷迷瞪瞪的旺贵被旺强连拉带拽地弄进来。他看见大哥的尸体，惊得连问怎么回事。福齐哭过后，冷静下来，拿起桌上旺财的遗书。

　　弟妹们，我走了，不必为我悲伤。商贸城暂停下来了，剩下的现金按八份（加父亲一份）分下去吧！以后，酒楼和家辉的事由福齐和旺贵负责。你们要吸取我的教训，不要再行差踏错了！

"哥——"旺贵失声痛哭。

风光无两的旺财竟是这种结局，谁也没料到。消息传开轰动一时，成了江东镇最大的新闻。遵照旺财的遗嘱，酒楼不分，商贸城的地皮不卖也不分，所有的现金，按八份分了下去。

办完旺财的后事，福齐叫来秀芬的妹妹，让她扶秀芬回家，这阵子照顾好秀芬。事情虽已过去，但丁家人悲痛难消，愤恨难平。特别是旺强，悲痛之余格外愤怒，他觉得丁家这么大一个家族让臭女人许淑兰欺负到头上却毫无办法，太丢脸了，太窝囊了！"让她欺负成这样子，没道理的！"旺强咆哮道。福齐看出他的心思，说："旺强，你不要胡来，我自有办法对付她！"旺强像头发怒的公牛，完全失态，说："你们忍得，我忍不得！"旺贵也怒了，说："强哥，对她就是要以蛮制蛮，不用讲道理！"旺明看见大哥一家让许淑兰害得家破人亡，早将大家族中既有精英也有败类的想法抛在脑后，起了同仇敌忾之心，激愤地说："旺强，需要我干啥请开口，我支持你！""明哥，对付那臭狗母，有我足够了！""旺祖，你是什么态度？""你干你的事，与我没关！"旺祖用从未有过的愤怒口吻说。"好的！"旺强点点头，率先离去。

"强弟！"福齐追上旺强，拉住他的手叮嘱道，"你不能胡来，千万别触犯法律。为这样的人渣把自己也搭上，不值得！"

"姐，你放心！我有分寸！"

福齐走回来，只见她眼珠充血，对众人说："钱已分给大家了，家族这存折再没现金了。希望大家要善用老爸这笔钱，不要大手大脚把它花光。酒楼半年分一次红，至于商贸城地块，大哥嘱咐要留着，待家辉将来接手把它建成。就这样吧，大家都累了，回家休息吧。"

天意也好，人为也好，丁守正一手缔造的家族企业，就这样被肢解，只剩下柴记大酒楼。

丁守正从改革开放初期创下的这份家业，至今存在了二十八年，凝聚着他一生的辛劳。丁守正为儿女前途幸福呕心沥血，想方设法奋斗出来的这份不菲家业，在他患病后短短几年的时间里，便消失了。尽管资金还在，可再也凝聚不起实力，人才也已凋零，重振的曙光，不知何时能现。

此时，旺贵似乎从失恋的伤痛中有所恢复。没了父亲和大哥，要靠自己和兄妹们重振家业，千难万难……他感到从未有过的压力和沉重，惘然若失不知何往。"哥！"小妹走近叫唤，他这才醒悟已和福兴一道回家。

"唉——大哥，你怎么会步妈的后尘呀！"福齐回到酒楼她的家，她一直硬挺着，做出坚强的姿态，现在终于撑不住崩溃，对大哥的挚爱思念裹挟着痛哭和眼泪一齐奔涌。自从家辉出事后，她能理解大哥的痛苦和悔恨，能感受到大哥的压力和绝望，能想象大哥心灰意冷的心境。千思万想，她也想不到大哥会步母亲的后尘，以破釜沉舟的方式去唤醒挽救他儿子。她不知道这是伟大的父爱，还是逃避现实的愚蠢。

福齐斜躺在椅子上，丝绸短袖衬衫在风扇的微风中滑落一边，露出半个肚皮。她无力顾及这个不雅细节，任凭泪水尽情流淌，任凭悲痛无情地捶打心胸，任凭思念在脑海里一幕幕闪现……此刻，除了难言的悲痛，还有大哥交给她的重托：帮助大嫂，照顾家辉。

时间在嘀嗒前行，不知白天何时变成黑夜，近乎失控的情绪并没随着时间的流逝而淡漠，反而变得更加肆无忌惮，像狂奔的野马。她考虑更多的是家辉，丁氏家族的长房长孙——家族事业的接班人，他回来后要用什么方式告诉他父亲的离世？他是继续读书呢，还是找一份工作？怎样才能让他远离毒贩和损友的引诱？如何让他彻底戒掉毒瘾？……一桩桩一件件都是迫在眉睫的事，需要她定夺。

身心俱疲的福齐把旺贵叫了来，跟他交底说："贵弟，你也看见了，老爸失忆，大哥身亡，侄儿病况难料。大哥要咱俩肩负重担，我要负责酒楼生意，老公又不生性，我苦啊！"

旺贵站着，看着满脸倦容的家姐，一时无话。见旺贵没答话，福齐又道："你忍心看着我日夜奔忙？你只是失恋，而我嫁个这样的老公就不心痛？其实，我也会沉沦，也会逃避……"旺贵伸手打断福齐的话："姐，不用讲了，我明白的！需要我做点什么，你说吧！"

其实，福齐不说，旺贵已然明白。家族遭遇重大危机，他因失去红艳觉得生活无趣，甚至活着也没意义。大哥自寻短见时的心情跟自己是何等相似，只是自己没有合适的理由和勇气罢了。他的痛苦犹如温水煮青蛙、钝刀子割肉，时间一长反而麻木了。现在看来，外表精明强干、笑容可掬的家姐，心里的苦比自己只多不少。不管自己心情如何沮丧，就算为了家姐，也要振作起来，与她分担家族的重担。

"我会振作的，姐你放心吧！"旺贵一字一句地说。

福齐说："你下到一楼，找几个喜欢吃的菜。拿瓶好酒，咱姐弟俩今晚喝点酒，商议一下事情。"

"好的。"说罢，旺贵下楼而去。

一会儿，旺贵和服务员一起把酒菜拿上来。福齐拧开酒瓶盖，斟满了酒，举杯道："小弟，希望你走出阴霾，干杯！"

"好！祝兄弟姐妹都走出这阵子的阴霾，与衰运永别，干杯！"

"贵弟，现在最费心、最迫切的是家辉。我和大朗园的陈所长通电话来着，他对家辉这次的治疗效果相当满意，家辉很快可以出来。所以，咱们要琢磨琢磨，想一个让家辉彻底戒掉毒瘾的办法！这是现在最迫切要做的事情。"

"戒毒所都没办法，难道咱们有办法？"旺贵听福齐说起侄儿的事，脑子里顿时出现家辉不可救药的吓人状态，脱口答道。

福齐没听见似的，继续说："我想过了，家辉不能再像上次那样接回家，那是不行的。我在想，他要彻底戒掉毒瘾，首先要换个全新的生活环境，远离毒贩和他的损友。几年以后，他的心瘾才能戒掉！"

"姐，戒掉心瘾，说得容易做到难。"

"难做也要做，这叫明知山有虎，偏向虎山行！事情还没开始就放弃，怎么对得住大哥！”

“你说吧，我支持！”

“陈所长说过，家辉要有一个强大的、能够激励他、鞭策他的东西，帮他抵挡心瘾的诱惑，只要拥有了强大的内心，他就能戒除心瘾。大哥为什么自尽，我猜他就是想留一颗强大的内心给家辉。他以命相抵，或许能产生无与伦比的震撼力量，激励和鞭策家辉获得新生。大哥仁至义尽，接下来就看咱们怎么做了！”

“接下来怎样？”旺贵没想太多，问道。

“如果换个生活环境这个思路是对的，事情就好办！”

“怎样好办？”

“你看，那么多外省人来广东工作、生活，咱们也可以到外省生活呀！带家辉去湖南、广西、四川、重庆都行，最好是到深山老林里生活几年再回来。只有杜绝与坏朋友接触，才谈得上把他的心瘾戒掉！”

旺贵如梦初醒：“姐，你太伟大了，竟能想出这样的点子！”

“现在还只是一种想法，要慢慢地考虑成熟！”

“这事要跟大嫂商议吗？”

“暂时不要跟她说。这事要成功，保密是最重要的。除了咱俩，不能有第三者知道！”

“好！到哪个省去？”

“不急！过几天，待我安排好酒楼的事情，咱俩先去粤北，再去湖南、广西、重庆等地探路。物色好村庄，租了屋，待家辉出来，直接带他去那里！”

“好！”旺贵兴奋地答道。

伴着酒兴，姐弟俩人谋划着走出悲伤的境地。

第十七章

懒汉的诺言

58

许淑兰指使烂仔昌引诱家辉吸毒，狠狠报复了秀芬，高兴了一段时间后，她觉得意犹未尽，又引诱景富，借此打击福齐。只有击垮丁氏家族，使其一蹶不振，才能解她心头之恨。原以为福齐会大吵大闹，甚至离婚，没想到人家却全不当一回事，这让许淑兰大失所望。唉，目的没达到，却为别人白养了半年老公，岂不亏大了！不过，旺财自寻短见，正中许淑兰下怀。丁家失去旺财，不管福齐多有能耐，也没有重振的可能了。因此，白吃白喝养着景富就没有任何意义了。

很多时候，许淑兰都在想，这样报复丁家，除了心理上舒服了点，毫无益处。况且，她能过上锦衣玉食的生活，都是拜丁家所赐。丁家至今忍气吞声，不大合乎常理。许淑兰强迫自己不要想这些，因为越想心里越觉得不安，她很讨厌这种不安。

吴景富在许淑兰这里吃得好、喝得好、玩得好，老婆还不闻不问，天底下真有这等美事。没想到好日子到头了，今早许淑兰告诉他，从明天开始，不要再和她来往了。

吴景富愕然问道："我哪里得罪你了？"

许淑兰冷冰冰说："不往来就不往来，没什么好说的。"

"又有新欢了？"

"也正常啊！"

吴景富愠怒道："你当我是什么？"

许淑兰怒道："你这人真的无赖，在我这儿只占便宜，从不吃亏。我就不能对你生厌吗？"

吴景富踱了几步，欲走又留，说道："你让我和老婆闹僵，把我害惨了，她不再给我钱。我现在身无分文，你得给点钱才行，要不我会饿死街头的。"

许淑兰恼道："因为你，我每天多花一百元。你白食了我半年，还想要钱？"

"不是你，我和老婆不会闹僵！"

"你若不贪心，会到我这里？还不走，我打电话给治安队，说你要入屋偷窃！"

吴景富要赖不成，不得不走。吴景富走后，许淑兰叫用人把被子、床席、椅子的坐垫，凡是他用过的东西全扔掉，全屋大扫除，扫扫晦气。吩咐完，许淑兰开车去莞城家具城选购床上用品。完了，又去"老莞家"酒店吃了晚饭。这时，天色已暗。用人来电说家具店的货送到了，她才驾车回家。

回家途中遇上堵车，又耽误了半个小时。从107国道拐进中江公路，八点钟，四周漆黑一片。从中江公路到新鸿花园，要经过一段还没修好的路段，坑坑洼洼。快到路口，前面有人推着单车横过公路。许淑兰按响喇叭，但那人在路上不温不火地慢走，她只好停车待他走过。就在这时，两个蒙面大汉从路旁的香蕉林跑出来，拿起木棍捅破车门玻璃，把手伸进车门内一拧，车门被打开。其中一人抓住许淑兰拉出车外，另一个人抱住她双腿……

蒙面男人举起木棍朝许淑兰的小腿狠狠砸去，她疼得大声惨叫，一双小腿生生被打断，痛昏过去……

醒来时，许淑兰已躺在医院的病床上。接着，她报了案！

这路段正在浇筑水泥路面，还没装路灯，也没有摄像头，是个治安盲点。黑夜里，许淑兰无法看清蒙面歹徒的真面目。所以，没有任何可供调查的线索。在她的笔录里，既怀疑是丁家人所为，又怀疑是吴景富找人干的。因为没有实锤证据，公安表态说，他们会继续跟进。

许淑兰早上赶走了吴景富，晚上就遭遇袭击，有人说这是报应。一年前她雇人诱使丁家辉吸毒，后来致使丁旺财自杀身亡，丁家厄运接二连三，由盛而衰。作为始作俑者，她得到了什么好处呢？躺在医院的病床上，许淑兰有的是时间回忆过去。十年前她嫁入家财万贯的丁家，过着衣来伸手饭来张口的日子，为生孩子干了多少荒唐事，丈夫宠溺她忍气吞声，十年后因阴谋败露被迫离婚。丁家人宅心仁厚，离婚时旺祖任由她勒索欺诈去大部分钱财，她还沾沾自喜，自鸣得意。有钱了，她更是挥金如土，风流快活，继续报复丁家，致使双腿被人打断。双腿致残后，难道她的余生要在牢笼般的屋子和日夜面壁而坐的孤寂日子中度过？有因就有果，她尝到的是苦涩的恶果。

医院浓重的药味儿钻鼻入胸，直透心扉。小腿的接驳手术完成了，麻药渐消，石膏包裹下的小腿隐约传来刮骨般的疼痛。没人来看望，没人来安慰，看见同室病友的亲戚朋友带着礼物探病，说些开导安慰病友的话，许淑兰多么期待有人能喊她的名字。她臭名远扬，众叛亲离，大哥、小妹知道了她加害家辉的事后，断绝了与她的来往。只要有钱，兄妹来不来往她根本就无所谓，完全是一种"我走我路关你鸟事"的心态。此刻，她真的很想有娘家人来探望。唉，不管是谁，能来她病床旁边站上片刻，无须说话，她都会感到无比亲切和温暖。

其实，丁旺祖正站在医院走廊里，透过许淑兰病房的窗户观察着。他早知道旺强要去报复许淑兰，也知道她受伤住院。看着病床上孤苦伶仃的许淑兰，他的心一软，想进去安慰几句，想了想还是作罢。这要是让姐弟们知道，非把他骂个狗血淋头不可，更不要说大嫂秀芬了。这时，手机响了，是许淑兰的电话。

许淑兰百无聊赖，下意识地拨打旺祖的电话，料想他不会接。打给他，有点恶作剧的心态。见旺祖不接电话，她又拨打派出所的电话，质问接电话的干警，凶手明显是丁家的人，为何还不抓人？

找不到证据……派出所的答复令许淑兰沮丧又无奈。她气恼地弓腰侧睡，用被子盖头，双腿动弹不得，说不出有多难受。一种从未有过的凄凉和恐惧漫上心头，犹如狮子洋中漂浮着一条小木艇，艇上只有她一个人，突然黑云压顶，暴风雨即将来临。经历过那种恶劣天气的人都想象得到，惊涛骇浪下人是多么渺小和无助，生命随时都有可能结束的绝望和惊恐令人窒息……

邻床病友的亲朋临走时，百般劝慰，千般叮咛，浓浓情意溢于言表，传入许淑兰耳中格外刺激，越发衬托出她的悲凉和凄苦。她不得不承认，旺财家破人亡她难辞其咎，上天给了她报应。随即，她又为自己辩解，有谁知道秀芬母子的话对她造成的伤害有多么严重！她做得是有点过分，可他们犯错在先。报复心谁都会有，这是人之常情。现在扯平了，她不是也让丁家人报复了吗？

一天中午，有个病友问许淑兰："你进来几天了，怎么不见亲人亲戚来探望你？"许淑兰心中有气，正想说："我没有亲人亲戚，都死光了！"她转念一想，说这话无损他人，其实是让自己出丑！她笑了笑，没答话。

住了几天的医院，除了内心的煎熬，许淑兰也反思了自己的人生。她没想到自己混到这个份上，人缘这么差，表面上风光靓丽，有房有车，可住院后形单影只，竟然没有一个人来探望，凄惶又无助。家人的陪伴，亲人的相助，是多少金钱都买不来的。她报复丁家的同时，也反噬了自己。

59

吴景富从许淑兰家走出来，确是身无分文。老婆在酒楼，儿子也去她那儿住了。家里没有人的气味，没有烟熏火燎，显得颓败荒芜。走进去，犹如走进荒郊野外的庙宇，到处散发出一阵阵木头的腐朽味、衣服的霉变味，白色墙壁因潮湿出现灰黄色的斑块。上次那顿饭后，洗碗池里堆放的碗筷上残留着的饭菜发霉变硬，让人恶心。"这怎么能住啊！"吴景富嘀咕了一句，走出门口，"嘭"一声关了门。他掏出手机给几个酒肉朋友打了一通电话，便往菜市场旁边那家大排档走去。

喝酒聊天，几个小时很快过去。景富等人直到夜幕降临才散席，各自回家。其中一人问景富，今晚怎样过。他昂首答道："岳父大酒楼！"别人称"柴记大酒楼"，他却称"岳父大酒楼"，他喜欢这样的称呼。

景富走进柴记大酒楼，上到三楼福齐的办公室，谁知门锁着。他找服务员询问，才知道福齐和儿子住在六楼的一个房间里。

景富找到那间屋子，摁了门铃。福齐开门见是吴景富，惊讶地问："来干吗？"

吴景富笑嘻嘻说："找你！没了你，我没屋住，没饭吃，没钱花，像个鬼！""你不是有人管吃、管住、管睡吗？"

景富笑着没答话，抬腿迈过门槛，却被福齐挡住，说道："不准进！"景富停住脚步，干脆抱起福齐走了进去。他把福齐放在床上，然后把门关上，在床边坐下说："我是男人啊，到手的便宜不捡，还是男人吗？况且，那时候你又不跟我睡，你也有错！"

"是我的错？"

"一半一半吧！"

福齐一骨碌坐起，大声怒斥："你马上出去！不认错，还在狡辩，你简直是人渣！滚出去！"

"你是我老婆，我在这儿是应分的！"说罢，景富猛地把福齐扑倒在床上，要脱她的裤子。论身量，景富只是高些，远没福齐肥胖。她挣扎反抗，反把景富扳倒在床上，双手卡住他的喉咙，怒道："不发怒当我是病猫，怎样！"说着双手用力。景富被掐得张大嘴巴，干咳起来。福齐松开手，景富边咳边说："谋杀亲夫！谋杀亲夫！我投诉你！"

景富不咳了，双膝跪下说："是我的错，我错了！刚才那话是逗你的，你又当真！家里那么久没人烟，不打扫干净是没法住的。你不让我住这里，就忍心让我睡街边吗？"福齐见状，心里说："又出那招！"

这是吴景富惯用的哄老婆的招数。福齐虽然看透吴景富这招数背后的企图，却又不得不承认，当吴景富跪在膝前，吻她的脚背，她感觉很受用，很舒服，心里霎时软了下来。

景富觉察到福齐渐渐软化了，便不失时机地往上吻。他掀起福齐的衣服，吻她的肚脐、腹部、双乳。这时候，福齐全身酥软了。景富小心翼翼，既快又轻地为她脱去衣裤……正当他要进入的一刹那，福齐脑子里倏地浮现他跟许淑兰上床的画面，忙一个侧身，景富扑了空。他又要重来，福齐一把将他推开，说道："不行！"

"为什么？"

"你知道的！"

福齐穿上衣服，打了个电话，然后对景富说："你去 625 房，有人在门口等你！明天你回去打扫，以后睡不睡街边是你的事！"

"老婆，我怎么做你才肯原谅我啊！"

"你去酒楼停车场当保安，能坚持半年以上，不再与她来往，就恢复以前的关系！"

"好，说话算数！我明早回家搞清洁，后天一早上班！"说完，吴景富走了出去。他立即打电话给那几个酒肉朋友，请他们明天到家里帮忙，进行大清洁。翌日，吴景富精神百倍地和朋友们一起把家里打扫得干净整洁。晚上，打电话给福齐，诉说他如何腰酸腿痛。第二天早上景富六点上班，直到傍晚六点下班。且不说上班时阳光猛烈，单是连续十二个小时的值班，对于平日睡到九点多才起床的他，疲劳是可想而知的。

这天晚上，吴景富又到了福齐这里，见面就说："老婆，你不会是想折磨死我吧！"福齐望着装得满眼可怜的他，一脸严肃，说道："今天是第几天？"吴景富躺在床上，又说："我不走了！"

"要让我重新相信你，你就要言行一致。一个说到做不到的人，问问你自己，你会相信他吗？"

吴景富躺了一阵，只好拖着疲惫的身躯，回家去了。

第五天，骄阳如火。值班室的风扇吹来的风都是热的，外面不时飘来一阵阵的南风，倒显得清凉些许。室外太阳猛烈，若非有车辆出入，吴景富绝不会踏出保安室一步。忽然，耀眼的天空无端端下起一场大雨，十来分钟下完了。这时候，树梢动也不动。吴景富热得坐又不是，站又不是，走一圈骂一句老天爷。他拼命饮水，饮水多了出汗也多，出汗多了身体更加疲乏。和他同班的老王看了，笑着说道："景富，你不要急，心静自然凉嘛！"吴景富反驳道："心静，心静，怎么能静得下来！他妈的，不干啦！"说罢，把身上的制服脱掉，赤背短裤。景富说："这才凉快许多！"老王戏谑道："老板娘的老公看车场，委屈点！"景富干脆连值班的鞋也脱了，拿上自己的衣服，赤脚离去！

　　景富走进酒楼大堂享受着空调，进进出出的人有的认识他，有的不认识他。不管认识或不认识，看见如此另类的他，都不约而同地露出戏谑的笑意。他叫了一只烧鹅、一瓶特醇米酒，没用一个小时便把烧鹅吃掉。完了，叫大堂经理过来，吩咐道："叫老板娘埋单！"说罢，把衣服搭在肩上，扬长而去。

　　吴景富在大堂的一举一动，福齐在办公室的录像中看得清楚。她太清楚景富的懒惰本性了，工作对于一个懒汉而言比死还难受。所以，对这一结果丝毫不觉得意外。她给吴景富定下和好条件，只是为了给他一个台阶，好让他离去。若找人撵他出去，于他于己都是丢人的事。这种不闹不分、不离不和的状态延续到何时，接下来的路怎么走，福齐也感到茫然。

　　谈恋爱时对吴景富痴情的感觉再也不会重现，若能找个互相欣赏、互相体谅、相互迁就的伴侣固然是好，找不到也不强求。在酒楼，她见过太多寻欢作乐的男人，连大哥不也寻花问柳吗，她对男人渐渐失去了信心。她能容忍吴景富的背叛不和他离婚，与她对男人"好色"本质的清醒认识有莫大的关系。

　　吴景富回到家里，忙不迭地打开空调。连续几天没睡午觉，日晒雨淋，疲劳至极。此时更是浑身无力，头重脚轻，眼睛刺痛，倒头便睡。零时左右，咳嗽使他从昏睡中醒过来。侧了侧头，顿觉天旋地转。剧烈的咳嗽使他不得不坐起，却是眼冒金星。伴随晕眩的是呕吐，胃里还未消化完的烧鹅吐得满地。他下意识地手摸额头，烫得厉害。他明白，是发烧感冒了。

吴景富拿起手机正要拨给福齐，但想了想，还是拨通了医院的电话，院方派了一辆急救车过来。经医生诊断，吴景富患了重症感冒伴发急性肺炎，需立即住院治疗。护士推着吴景富进了住院病房，打针时问他叫什么名字，他回答得有气无力。护士没听清，让他大点声。"吴景富！"这次回答声音够大。旁边的病人转过身，原来是许淑兰！

吴景富烧得迷迷糊糊，意识已不大清楚。

这是许淑兰入院后的第七天，她的小腿依然时隐时现地疼痛。是凑巧还是天意，把吴景富安排在她病床旁边？不管怎样，对她来说是件好事，终于有个伴了！

第十八章

盲拳打死老师傅

60

　　易志浩六层高的新婚大屋坐落在东江河畔。洋洋洒洒的微雨轻纱似的黏在河面上，被湍急的流水冲撞，迸散起无数雾状的小雨点。远远望去，宛如一层薄薄的雾飘浮在河面上，风吹不散，浪打不开。

　　红艳父母的家是一栋狭小的两层小屋，藏伏在古老的村宅之中。自懂事起，她就在那低矮的二楼住了二十年。父亲的一个呵欠、一声喷嚏，甚至和母亲的悄声絮语，听起来都是那么亲切。当她走进属于自己的新婚大宅，伴郎伴娘们嬉闹洞房散场之后，这宅子就显得格外空荡且寂寥。他俩住在这六层高的楼房中，犹似一对渺小的动物藏匿在巨大洞穴的一个角落里。红艳感觉不到父母家里的那种安宁和踏实，一阵阵幽森空洞的寒意袭来。她不由得伏在丈夫胸前，易志浩体形高瘦，没有宽大的胸膛让她依靠，她脑海中竟然浮现出旺贵的面容，不安和寒意愈加浓重。

　　"你怎么啦？"志浩似乎有所觉察，问道。

　　"没什么！"红艳答道。

崭新锃亮的电器家私，新潮的复式结构，层层不同的装饰风格，悠扬轻荡的催眠似的音乐，还有散发着男人气味让自己依偎的丈夫，她还有什么不满足？易志浩或许是倦了，没有安慰她就沉沉睡去。她起身走到音响前面，想换一首邓丽君的《在水一方》，又怕吵醒了丈夫，便坐在沙发上，凝望沉沉大睡的男人。她没有新婚宴尔的幸福感，感受到的却是空洞和冷清。

"怎会是这样？"红艳自问道。都说"春宵一刻值千金"，为何自己的新婚之夜如此冷场和沉闷，甚至是无聊，还渗进了一种若隐若现的悔意。既非抛弃旺贵而后悔，也非嫁给志浩有悔意，她后悔的是当初为何轻易让易志浩破了身，弄得新婚之夜已非完璧，丈夫不再稀罕。尽管易志浩深爱着她，这种悔意和遗憾却时常浮上心头，难以名状的情绪左右着她，特别不舒服。

新婚之夜毫无激情，连接吻都没有，红艳倍感失落。婚房在第三层，空间宽敞，装饰大气，枣红、粉红相间的大床衬托出醉人的温馨氛围。大床靠左临窗这边是用玻璃间隔成的沐浴室，紧挨大床右边的梳妆台精致玲珑，楼顶镶嵌一盏彩色吊灯。其他的空间让一大一小两个衣橱、音响、电视、电脑，还有一个小酒柜占领着。

红艳左右手上各戴了十只金手镯，脖子上挂了六个金颈圈。她把首饰一一摘下来，却又犯了愁，不知将这些黄金饰品放哪儿才好。她并无睡意，慢慢把新婚礼服一件件地脱下。她的肚子微微隆起，已怀孕两月有余，她算是奉子成婚。新婚之夜，一般夫妻都会如胶似漆行鱼水之欢，她身体里突然涌起了泡沫般的欲望。可丈夫睡得深沉，她怎好厚着脸皮求欢，便有些无奈地走进了浴室。

其实，易志浩对红艳怀孕始料不及。他对红艳一开始就动机不纯，抱着玩玩的心态，原打算像对其他姑娘那样，玩腻了就找借口抛弃。正当他想找借口分手时，红艳说她怀孕了，易志浩顿觉麻烦缠身，大失所望。他曾以各种理由哄骗红艳去打胎，但红艳死活不肯。不知怎的这事传进了父母的耳朵里，耳提面命催他跟红艳结婚。尤其是父亲，态度坚决，没有一点商量的余地。易志浩没辙，很不情愿地把婚事办了。

易志浩似睡未睡，他被哗哗的水声弄醒。玻璃浴室里水汽朦胧，红艳娇美白皙的身体似乎给了他全新的视觉感受。他是第一次在沐浴时看见红艳微隆的腹部，因怀孕而鼓胀的双乳，随着她身体的扭动散发出强烈的性感气息，这是他之前的性幻想或性行为中未曾有过的。色欲熏心的新奇感油然而生，易志浩体内的欲望像气球一样迅速膨胀，马上占有这具香艳肉体的念头主宰了他……

翌日清早，手机音乐把俩人都闹醒了。红艳拿起手机听了几句便递给志浩，道："听不懂，给你！"志浩接过听了片刻，说："真的？好，放吧！我待阵子过去！"他兴奋地下床，边穿衣服边兴奋地说："我第一次娶老婆，第一次赚了钱，双喜临门。值得庆贺！值得庆贺！"红艳瞪大眼睛，问："什么？第一次娶老婆？""不，不，不！说错了！"易志浩连忙纠正。洗完脸，穿好衣服，他给了红艳一个吻，道声再见要走。

"喂！"红艳把易志浩喊了回来，问道，"你说什么，炒楼？"

原来，前阵子易志浩的父亲给了他八十万元，让他去炒楼。对炒楼，他毫不懂行，既然是父亲给的钱，盈亏都无所谓。他在城区买了一套一百三十平方米的房子，没想到不久后有人出高价要买他的房。前后不到两个月，一买一卖，易志浩赚了五万元。

"是啊，没听说过吧！以后房子就像常用的东西一样，可以自由买卖！"

易志浩说起炒楼买卖，红艳一点也不懂，她想起旺贵曾炒股票。一夜缠绵，红艳此时对旺贵的印象似乎模糊了，也不愿去想。住着六层的楼房，家公腰缠万贯，丈夫在性事上对自己如痴如醉，还会炒楼赚钱，她还有什么不满意的……先前的失落和空虚说没就没了，红艳慵懒地趴在被子上，嘴角流露出幸福满足的笑意。

易志浩刚出去不久，红艳妈就来了。自从女儿决定嫁给易志浩，她一直担心女儿受委屈。看见女儿的幸福神态，她的心安了下来。最近一阵子水泥制品的价格发疯似的往下跌，庆良阴沉着脸，不忿的心情有增无减。红艳妈对丈夫很担忧，她就是操心的命。

"爸怎么不来？"

"厂里的生意亏损了，他心情不好！"

"志浩做起了炒楼生意，没用两个月赚了五万元，不错啊！"红艳道。

"厂里都亏钱，哪有本钱炒楼！"

"把厂卖掉，不就行啦！"

"如果炒楼不行，又咋办？"

"这要问志浩了。妈，你回去叫爸来吃晚饭，我告诉志浩，爸要来吃饭的事。让爸问问志浩，有没好的办法！"

晚餐很丰盛，庆良的心思全在炒楼上，他一连串问了女婿诸多问题。易志浩尴尬地笑着，却回答不出。

"你什么都不懂，就敢去炒楼？"庆良问。

"我干吗不敢？"易志浩反问道，"钱是父亲的，就冲着不怕亏这点去把楼房买了。哎，还真有人跟着我买！"

"你想过没有，若失败亏钱了，你不觉得肉痛？"庆良又问。

"没有啊，亏钱会肉痛的吗？"

面对女婿的反问，庆良哭笑不得。红艳妈说道："庆良，你相信浩儿就想办法筹钱，跟他一起炒。若没信心，不做就是了。难道要像你，什么都弄懂了才做决定！"

"我才不管那么多，别人都敢炒，我怕什么？看好位置和户型买就是了，从没想过会亏钱！"

庆良半信半疑地听着，不管他怎么想，女婿两个月不到便赚了五万元，而自己的工厂这两个月一直都在亏本。自己凡事计划周详，女婿并无章法，躺着就把钱赚了，到哪里说理去，真是人算不如天算。不过，在他的意识里，女婿这样做生意是没法让人放心的，也不知他父亲有何想法。想起亲家翁，庆良不禁眉头一皱，他们虽结了亲，但关系并不亲厚，要见上亲家翁一面也非易事。

"志浩，找机会去拜访你父亲。你帮我约个时间，好吗？"

庆良对水泥制品厂的逆境束手无策，感到无力扭转，希望借助亲家的人脉资源为厂里揽些订单。

"好！我转告他。他有空了，再通知您，好吗？"

庆良点点头。

易志浩的手机响了，他接听后，说道："良叔，良婶，房产经纪约我出去一趟，你们慢慢吃，慢慢聊。"说罢，走了出去。庆良第一次到女婿家做客，对女婿怠慢自己心有不快。然而，想到亲家雄厚的经济实力，看见满屋现代化的装饰摆设、女儿幸福满满的神气，也只能把内心的不快化作脸上的笑容。

"爸，你怎么不问问志浩对合兴厂有没有好的办法？"

"看这情形，他说不出什么的，还是与他父亲见面时再说吧！"

61

易志浩刚才接的电话是父亲打来的，要他过去一趟。他正好有个投资计划要告诉父亲，希望获得他资金上更大的支持。

易世耀一米七几的身高，腰圆膀阔，方脸大耳，目光沉稳。他听完儿子的陈述，说道："不管怎样，你开始能有这成绩，是一个好兆头。我是看好房地产行业的后续发展，才给钱让你去接触房产生意，希望你在这个将要起飞的行业干一番属于自己的事业。你知道吗，我们现在的生意全有赖于你姑丈的关照；我们这一辈终会老去，到了表亲那一代，亲情就会淡薄了。到那时候，你就真正要靠自己了！"

"我经营房地产生意的方法，您觉得可行吗？"志浩把赚了五万元买卖的事儿告诉父亲，易世耀听后答道："可行，但不够成熟。不够成熟就不够稳健，生意最讲究的是稳健。这样吧，你先用手上这笔钱继续运作，一年后再看效果怎样，我再考虑。"

"爸，一年时间会丧失很多机会的！"

"不会的，不会的！财不进急门，急什么！"

看见父亲胸有成竹的神态，志浩很无奈，很不服气。他觉得父亲太谨慎，始终不相信自己。他心想，赚钱了也不相信我，若把这笔钱亏掉了，岂不是更算不了什么！离开父亲家，他闷闷不乐地走进车里，无所适从不知去哪儿才好。回家吧，除了老婆的身体，其他没一样提得起兴趣。去娱乐城唱歌跳舞，可自己结婚了……

想起父亲在婚前告诫他：婚前有婚前的生活，婚后有婚后的生活。现在，你有了老婆，快当父亲了，是一家之长，办事情就要考虑老婆的感受。遇事要和她商量，再不能像以前那样花天酒地。

当时听了父亲这番话，心里不以为然，觉得父亲没资格训他。他读初一的时候，每周回家都听见父母吵架，半明半白地知道，父亲在外面拈花惹草，母亲生气抱怨。后来，不知什么原因，母亲与父亲离婚了。从此，父亲对他比以前更好，可谓关怀备至，可他心里再也感觉不到家里的温暖了，因为心无所系。上梁不正下梁歪，现在父亲对他大谈婚前婚后的生活规矩，他感觉有点搞笑。尽管他明白父亲是在关心自己，可他心中所想与父亲截然不同。不管怎样，婚姻对他生活的羁绊和约束，确是愈来愈明显。办什么事情都要和老婆商量，可她什么都不懂，又硬要发表自己的意见，烦！更烦的是一想起老婆，就感觉头上有个紧箍咒，顾忌就无所不在。比如现在非常想去娱乐城，又怕让人取笑自己新婚期间还去鬼混。回家吧，却毫无新意，他埋怨自己不小心让红艳怀了孕！

把楼房卖掉后，负责这桩合约的陆小姐给他打了几次电话，询问续签合约的事。这时，他心里一动，拨通了陆小姐的电话："陆小姐，你好！"

"易先生好！怎么样，你考虑好了吗？"

"还没啊！"

"干吗？抓住时机啊！"

"我想了解清楚点，你能过来详细谈谈吗？"

"好啊，到哪儿？"

"我在沙田娱乐城！"

"我不习惯那种地方，去柴记大酒楼喝夜茶吧？"

"陆小姐，我们都是年轻人，还去那么老土的地方谈生意，不去！你想谈就来娱乐城！"

过好一阵，陆小姐才回答："也好！"

易志浩听得出陆小姐有些犹豫和勉强。他驾车去了沙田娱乐城，还开了一间房。他打电话给红艳，说今晚商谈房产生意，要晚些回去。

沙田娱乐城紧邻珠江休闲中心，完全依照香港歌舞厅的格局经营。正面是歌台，中间是舞场，四周是三排一到三座的厢座。客人品茶听歌，欣赏舞蹈，也可上场唱歌跳舞。

陆小姐到场时，易志浩正在台上唱《今夜你会不会来》。看见陆小姐后，他扬了扬手。唱完歌，易志浩走回厢座，对陆小姐连声说欢迎。见她不大自然，他问道："很生疏吗？"陆小姐点点头。"这舞场嘈杂，进房吧！"说罢起身，陆小姐犹疑片刻，还是跟了上去。

"其实也没什么，娱乐城对常来的顾客都免费提供休息的房间！"易志浩撒了个谎，继续说，"这阵子我咨询了四家房产公司，都没见回访。你始终关注我，你很敬业！"

"敬业是应该的。易先生，根据我们公司对经济形势和房地产行业最新的研究，如果用股市术语来形容，房地产发展现在只是大牛市的第一升浪，远未到结束时候。你的房子这么快赚了五万元，是很有力的证明！"

"是不是凑巧？"易志浩面带轻佻地微笑着问。

"与去年相比，现在的房价普遍都有了百分之十的涨幅，怎能是凑巧！我关注你，是觉得你是我们公司高质量的客户。所以，建议你加大资金投入。可以讲，现在还是原始股的股价！"

"我不懂股市，对房地产也不懂！"易志浩这话是真的。若不是父亲在背后支持他，就是异想天开，他也想不到投资房地产业。

"你父亲懂就行了！"陆小姐微笑道。笑意、口吻、神态都让人感到舒服。

"你认识我父亲？"

"凡是咨询过我们公司的客户，公司都会对客户跟进摸底。现在，公司对你和你父亲都非常了解，所以派我关注、跟踪你，挖掘、培养你这个大客户！"

"怪不得了！你这么看紧我，背后原有这么大的企图！"

"公司当然是以赢利为目的，可公司对待客户的态度是双赢的。失去这个前提，公司也就没法生存下去！"

"你不怕我转投其他公司？"易志浩笑得有点诡异。

"我们只关注自己对客户的服务做得到不到位，当然，也尊重客户自己的选择！"

"你怎样做算到位？"

"接下来，我们会向你解释说明房地产行业的发展潜力，具体的楼房买卖的炒作方法，楼房炒作过程中如何利用银行贷款使自有资金的使用效率最大化。还有你们对这个行业的所有疑问，我们都有很到位的跟进服务。"

投资房地产赚钱与否，易志浩兴趣并不大，他请陆小姐来房间小坐另有目的。陆小姐夸夸其谈，他根本就没听进去，脑子有点走神，下意识地环视了一下房间。

客房装饰摆设都很简单，就是一张双人床、两张靠背椅和一个卫生间。

易志浩沉吟片刻，一语双关地说："我把生意放在你公司，不但你公司赚钱，你也赚钱！"陆小姐笑了笑说："重要的是你通过我们的服务和诚意，赚了大钱！"

"我跟其他房产公司的售楼小姐做生意，一样可以赚大钱的啊！"

"我们的跟进服务能让你发现好的发财机会，这才是真正的诚意！"

易志浩起身走进卫生间，将门留了一条缝，故意将尿撒在马桶正中有水的地方，绵长的哗哗声传出来，很有挑逗意味。陆小姐听见了，感到有点尴尬，却没有领会易志浩传递的性暗示。她很少来风月场所，不大懂客户夜晚邀约的潜规则。

易志浩走出卫生间，见陆小姐在全神贯注地翻看资料，眉头微皱。陆小姐抬起头说："易先生，你跟你父亲商量一下吧！如果需要我们跟你父亲沟通，我们也乐意前去。夜深了，我要走了！"见陆小姐要离开，易志浩突然道："你还不够诚意！""是吗，我们哪方面做得不够？"陆小姐回头问。

"不是你们公司不够诚意，是你不够诚意。你会因做我的生意平白赚很多的销售提成，若我跟其他售楼小姐合作，你就会少了这部分提成。我凭什么一定要跟你合作呢？所以，你不表示出一点诚意，我何必跟你合作呢！"

话说到这个份上，陆小姐反应再迟钝也明白了易志浩所指的"诚意"是什么。

她重新坐回椅子上，若有所思地答道："易先生，你把事情的本质混淆了！"

"什么混淆？你一点诚意都没有给我，我干吗无故把赚大钱的机会给你？谁对我有诚意，我就把赚大钱的机会给谁。"志浩一副得理不饶人的腔调和神态。

陆小姐不卑不亢地说："我们公司做生意靠的是实力，靠的是口碑，靠的是给客户提供最优质的服务。跟客户合作的是公司，不是我。客户赚不赚钱、赚多少钱，靠的是公司的服务。至于我个人，只是领着公司薪酬的一名员工而已。易先生，话已至此，你自己考虑吧！"

陆小姐说完，告辞而去。易志浩望着消失在走廊尽头陆小姐的背影，心里一阵不快。他走到歌厅，高歌一曲《忘不了你》，唱得有模有样，情真意切，获得阵阵掌声。直到深夜，易志浩才最后一个离开。

62

第二天早起，易志浩带上红艳，去父亲家里。昨夜陆小姐虽令他不开心，他也并非一无所获，他获得了不少房地产生意方面的知识和市场信息，他自信满满，更加坚定了说服父亲加大投资的决心。他之所以带上红艳，是要增加自己在父亲心中的分量。

见到儿子儿媳一起来到，易世耀夫妻俩非常高兴。

"爷爷，奶奶，早晨好！"红艳笑吟吟地向家公家婆问好。

"吃早餐吧！"秋榕是易志浩的继母，她边说边把白粥拿到媳妇跟前。"在家吃了！"红艳答道。秋榕笑着说："吃了也吃点吧！"易世耀也说："吃吧，白粥不饱肚子的！"电视机正播放晨间新闻，报道东莞市新的购房入户政策。看完了，易志浩说道："爸，你看，政府新的购房入户政策不也在鼓励大家买房吗？"

"是呀，怎么样？"

"应该加大炒房资金！"

过了一会儿，易世耀答道："浩儿，我明白你的心思，可是心急吃不了热饭。同一种环境下，涨也好跌也好，都有赚钱亏钱的人。关键是一个人的经验和心态。大资金赚得多，小资金赚得少不是必然。一年有多久，很快就过去。连一年的时间也熬不住，这本身就是不成熟的投资心态，我怎么能把大资金投放给你！"

易志浩把昨晚陆小姐对房地产行业宏观、微观、政策、市场几方面的论述在父亲面前复述了一遍，说道："爸，你听说过'盲拳打死老师傅'这句俗话吗？我第一单投资在什么都不懂的情况下也能成功，经过这阵子的学习，你不觉得我在进步吗？你给了我八十万，即使翻倍，也只是一百六十万，但你给我五百万，同样的时间和精力，却能赚回五百万，你叫我怎么熬得住这一年时间，我能不心急吗？"

易世耀笑了，答道："这市场不是你开的，会变的！"

"是啊，会变。现在是变好，而且还是变好的初始阶段。我刚才的解释还不够说服力吗？"

"世耀，我也觉得浩儿说得在理！"秋榕帮着易志浩说话。易世耀的原配跟他离婚后，不到一年，就娶了比他年轻十岁的秋榕。或许是当老师的明事理吧，很多时候，秋榕对易志浩的态度比易世耀还好。

易世耀站起身踱了几个来回，说："你们都没尝过失败的滋味！"易志浩赌气道："那我就把八十万亏掉，尝尝失败的滋味好了！"

"你这样赌气，更证明你一点也不成熟！做生意能赌气吗？能让你意气用事吗？赌气能赌出利润来吗？跟你说，没经历过失败的锤炼，即使成功，也只是侥幸的，最终会遭遇更大的失败！"

"爸，你有无搞错啊？照你这说法，我不经历失败就不能扩大生意？可我一签合约就有人买，有钱赚，这明摆着的。我想失败也没失败的门道，这咋办？其实，不知道这赚钱门道的当然不着急，可我知道啊！也成功了啊！怎能不急呢？"

红艳在一旁没有说话。新婚没多久，在公公这里她既感到陌生又感到熟悉。看着丈夫父子俩在争拗，心里也不好受，可自己又不懂，只能看着他父子俩谁都不愿先认错！

还是秋榕打圆场，说道："我提个建议，在原先的资金上加一倍吧，好不？"秋榕话音未落，易志浩就连声说好。加一倍，就是一百六十万了！

易世耀依然不为所动。

"这样吧，不用管你爸，从我的账户划八十万给你！"秋榕笑道。易世耀依然是一副严肃的神情。

"好，一百六十万能交五套房的首期。过两个月卖出，按我第一单生意的利润来看，就有二十五万利润了，做什么生意都没这来钱快！商机就在眼前，就老爸你不着急，你还比不上妈有生意头脑！"

易世耀听见儿子这般说法，心里也不由一动。其实，他不是不知道这行情。正因为知道，才给儿子资金去学习炒楼。他更知道，志浩的生母自小把儿子宠爱成只会花天酒地、全无生活技能的空心柱子。他只知道没钱了伸手要，不知道钱是怎么赚来的。加大资金有可能在害他，若非秋榕已答应，他怎么都不会多给志浩钱。

"告诉你，这一百多万是要还的！"易世耀口吻很严肃，"赚了钱不要狂，要低调！"

"妈，现在去转账吗！"易志浩不再理会他父亲，左手搭上秋榕的肩头。

"好！"

易志浩、红艳和秋榕出去后，易世耀觉得有些憋闷，呼吸不大顺畅。他呷了口茶，打开音乐，做起了老年保健操。尽管对儿子毫无章法的做派不放心，但他在自己眼皮底下做事，估计也不会太出格。即便是儿子亏了钱，就当为他交学费吧。

收到秋榕的转账后，易志浩把后妈和老婆各自送回家，便驱车来到柴记大酒楼。

易志浩坐下后，给陆小姐电话，要她来柴记大酒楼吃饭。"易先生，昨晚说得很详细了，我们公司的实力、服务、诚信你是知道的，你想发达就到我们公司来！"易志浩听完心里很不舒服，他突然发现自己有点喜欢这个靓妹，特别是她的屁股在走路时左摆右扭煞是好看，真恨不得伸手在她屁股尖捏一下。他想多找几家房产公司接触，不再跟陆小姐签合约。然而他对其他公司并不熟悉，摸熟对方的经营状况需要花费一阵子时间。他又不愿浪费时间错过机会，思来想去很无奈地去了陆小姐的公司，签了五套房的购买合约。

第十九章

世外桃源

这天下午，福齐接到戒毒所的电话，说丁家辉戒毒成功，可以回家了。她和旺贵商量后，一早驱车前往戒毒所。半年时间没见侄儿，重逢时的问候自然少不了。旺贵开车，福齐拿早餐给家辉吃。吃完后，福齐将一封信递给家辉。

家辉接过信，心里"咯噔"一下，有种不祥的预感。姑妈说，这封信是他父亲写给他的。"辉儿"这声亲切的呼唤，包含着旺财对儿子的疼爱、不舍与无奈，传递出浓浓的舐犊之情。

辉儿：

　　你爷爷原籍顺德，解放前被他父母送上开往东莞逃荒的木船，随船一路乞讨到永盛村，被姓丁的人家领养，此后便繁衍了我们这一家族。

　　你爷爷有志气，怀抱造福家人的理想，寻找赚钱发达的门道。他很坚强，无论遇到多大困难，都是自己靠自己解决；

他很正直，既没有说过伤害别人的话，更没有做过伤害别人的事。正因为你爷爷的正道人品，不管什么时候，我们家的生活总比别人过得滋润，我继承了你爷爷的这些好人品、好家风。

当你爷爷遭遇车祸失忆之后，我便暗下决心，一定要将爷爷辛苦打拼、赚来的这份家业发展壮大。我做到了！这几年间，我们家族的生意比以前翻了一倍！我的兄弟姐妹，你这一辈的兄弟姐妹，大家血管里流淌着丁家的血脉，带着爷爷的优秀基因。

正当家族事业处于转型期的关键时刻，你被许淑兰雇人诱骗染上毒瘾，学业荒废，活得犹如行尸走肉。这事对我和你妈是多么沉重的打击啊，你是我们唯一的儿子，是我们全部的希望……

儿啊，你在家毒瘾再次发作时，哭天喊地，打滚撞墙，人不人鬼不鬼，我和你妈心如刀割，恨不得替你去受罪。说实话，那一刻我痛不欲生，觉得活着没一点意思。我建造商贸城的雄心壮志被你的毒瘾浇灭了，我陷入了深深的自责和内疚，几乎得了抑郁症。我强迫自己振作起来，可一想到你的毒瘾那么大，我做的事业再成功，纵使赚上亿万家财，若唤不回我的儿子戒除毒瘾重回正道，到头来还是一场空，又有什么意思！

儿啊，你知道我的感受吗？每天万箭穿心，心痛得失去了知觉，像被推进黑暗寒冷的冰窟，整个人慢慢地缩小，直到身体变成冰汽，只剩下一缕未出窍的魂魄……那样的感受比死更痛苦啊！儿呀……

"爸爸啊……"看到这里，家辉痛哭失声！

车在往东开，车内空调冷风强劲，外面的噪声穿不透高科技的封闭技术。家辉极力克制忍耐着情绪，可他的啜泣声仍隐约可闻。东边耀眼的阳光透过车前的玻璃射进来，车内有了烘热的感觉。

> 谁人不怕死？可我现在就真的不怕死了！如果我的死能使我儿彻底戒除毒瘾，换来我儿的新生，我这一死，就有了价值！辉儿，你要记住你爸的模样啊！更要记住，你是丁家的长孙，有着优秀的基因，身上流淌着和爷爷、爸爸一样的热血……

"爸啊……"家辉用力捶打着座椅背，"我妈呢？"

坐在旁边的福齐，也禁不住哽咽啜泣。过了良久，她才答道："你妈在家里，整天不出屋，回家可以见到她！"

"妈呀……"

嘎一声，一个急刹车，福齐和家辉被抛了抛。一辆面包车突然在右侧变线，若非旺贵下意识地猛踩刹车，那辆面包车就被撞翻了。旺贵好雅量，一句脱口的脏话都没有，继续前行。

"侄仔！过去的事，都已过去了。你要记住，父亲为你付出了生命的代价，你一定要把毒瘾彻底戒除，他就瞑目了。我和你么叔商量来着，现在回你家拜祭父亲，然后直接去靠近湖南的粤北山区。我们联系好了，么叔陪你在云州生活，待你把心瘾彻底戒掉，再回来做生意！"

"不用去云州，会连累么叔的，在家我也能把毒瘾戒掉！"家辉用手擦了擦眼泪，发誓般地抬头说道。

福齐没有回答侄儿这话，而是说："你上次出来时，我和你父亲咨询过戒毒所的领导，他说你要彻底戒掉毒瘾，最有效的办法是去陌生的环境里生活。全新的环境没有诱因，又能让你彻底摆脱身边的损友，这是最重要的！"

一路无语，很快回到家辉的家里。母子俩抱头痛哭，只听见家辉的抽泣声。至于秀芬，或许是眼泪哭干，嗓子哭哑，没办法发声。

带家辉去云州生活的计划，福齐还是和大嫂商量了。不让秀芬同往的原因是，怕她控制不住情绪，于事无益。秀芬也理解，丈夫嘱托福齐和旺贵负责管教家辉，自然有他的道理。所以，她赞同福齐的主意。

福齐让家辉祭拜父亲，他们不约而同地想起，旺财不久前还在眼前走来走在、有说有笑，现在却躺在坟墓里。人鬼相隔，各自的感慨不尽相同。秀芬悲痛最深，儿子回来，一家人团圆，却少了一个最不应缺席的人，绝望早已把她蹂躏得近乎麻木。家辉想到父亲因自己而撒手人寰，悲痛之中，毅然决然之气油然而生。福齐把秀芬母子分开，带着家辉上车，直奔云州方向。

家辉仍然沉浸在悲伤之中。自从染上毒瘾，得知是二婶使坏，他激起心底潜藏的复仇心理。他发誓，一定要把毒瘾戒掉，回击恶毒的许淑兰，让父母和亲人重拾对自己的信心。然而，在毒瘾发作之际，多坚强的誓言都不堪一击！

他无数次默念誓言，却无数次屈服于毒瘾的诱惑……难啊！当毒瘾过后，他又在心中发誓，同时也发出狼嚎般的哀叹！心灵一次又一次地挣扎、屈服，一次又一次地雄起、沉沦。这一次，当他跪在父亲坟前，痛彻心扉地再次发誓时，一个阴影掠过心头，他心有余悸……这种反反复复的心理变化，常人是难以想象的。

小车以一百二十公里的时速前行。家辉抬起头，看着车窗外快速后移的景物，父亲的模样浮现出来。他极力还原着对父亲最原始的记忆，小时候，他跟人学脏话，对父亲爆了一句粗口。父亲怒了，拿起一根竹枝要打他。他也不笨，见状连忙拔腿就跑。父亲气愤不过追着他打，跑了几条街巷，眼见只有两三米的距离就要追上了，他闪电般钻进一条狭窄的小巷里。

乡村的"小巷"，是屋与屋之间三十公分宽的间距。旺财身躯高大无法进入，家辉看见父亲站在小巷外干着急，不禁偷笑，慢慢地向对面的巷口挪移。旺财弯腰拾起一块小石头，大声道："你再走，我用石头打破你的头！"家辉不敢再动了。旺财又喝道："快往回走，要不饶不了你！"家辉不敢往回走，蹲下身，用手圈护着脑袋，做好承受父亲投掷石头的准备。爷爷闻讯赶来，拿着一根竹枝要打父亲。父亲无奈，嘴里嘀咕着走开了。家辉这才起身走出小巷，和爷爷一道回家。遇上节日宰鸡、鸭，父亲把最好吃的两个鸡腿留给自己吃……和父亲的交集一幕幕地浮现。

家辉怎么也没想到，父亲为了自己戒除毒瘾，连生命也舍得付出。长这么大，他为父亲付出过什么呢？家辉低下头，眼泪又止不住地流淌。旁边的福齐见家辉难抑悲痛，正欲递纸巾过去让他擦泪，转念一想，让他哭个够。对父亲的思念越深，对自己的责备越切，他戒除毒瘾的决心和动力也越大。

旺贵边开车边鼓励说："侄仔，你父亲希望你是一个坚强的男子汉，一个能干的男人，一个干得了大事的丁家辉。"

这类词儿家辉听得太多了，他也试图成为坚强、有担当的男子汉，可他更知道，毒瘾一旦发作，就身不由己，什么礼义廉耻，全都抛在脑后。

64

傍晚时分，福齐一行到达云州市的云洞镇。深山里残阳将暮，光线依然明亮，落在皮肤上的阳光柔和暖目。伴着徐徐山风，让人觉得落日的余晖相比晨间的朝霞，另有一番别样的景致。

云洞镇的仙女峡，有一条流淌于崇山峻岭之间的小河。河道狭窄，水流清澈，两岸崖壁奇异。传说古时天上的七位仙女，一路仙游，见这群山之中若隐若现着一条长长的闪着珠光宝气的彩练，顿觉好奇，翩然降临。玩耍之间，一阵怪风吹来，卷走了六个仙女，剩下最小的一个，坐在江边一直在哭着寻找姐姐。小仙女的泪水落入江中，江水变得更加清冽。从此，这段的江面就成了"仙女峡"。仙女峡的南面石壁上突兀出一块形似龙头的巨石，村子坐落在这巨石的后面，故名龙角村。

龙角村约六百人，都是历史上因躲避仇家、躲避追债、躲避饥荒从四面八方逃进深山的人。他们无奈地进入深山大岭，意外发现深山里珍珠般明亮的仙女峡，有山有水，就能养活人。零零散散不断有人进来，慢慢就有了人气。龙角村山货、水产富足，俨然一个世外桃源。

三个月前，旺贵在龙角村前建了一栋一百多平方米的三层楼房。本不打算请保姆，可这里请人太便宜了，三百元就能请到一个健壮勤劳的村妇，厨艺不差，里里外外都弄得极妥当。所以，旺贵三人来到时，保姆好姐很快将饭菜弄好了。

一出车门，福齐和家辉都被这儿美丽景色所陶醉。仙女峡两岸千仞壁立，一条犹如人工雕凿的水渠一路西行。夕阳穿过山隘照在波澜不惊的水面，银光闪烁，几艘小渔艇在撒网捕鱼，山上飘散着黄昏的氤氲，笼罩在山头。水秀山清，云雾缭绕，不要说家辉，连来过两次的福齐也禁不住赞叹。

有山有水，树木婆娑，熏风微吹，夕阳斜照。黄昏中的景致如此美妙，谁都会为之陶醉！

"来了，来了。刚好，饭也快煮好了！"好姐走出来迎接，笑容满面地说。

"这么巧，你知道我们要来？"家辉好奇地问。

"老板今早给我电话，说好这时间要来吃晚饭！"

旺贵先进屋，家辉还在欣赏着黄昏美景。太阳沉没，西天出现了一圈圈、一片片的火烧云。

"辉仔，进屋先冲个凉吧！"

"好的！"家辉应着福齐的叫唤，说道，"这里太美了！呼吸了这里的空气，不但心里清凉，整个身子也格外清凉！"

地处深山腹地的龙角村，面对潺潺流淌的仙女峡，空气中负氧离子含量比起永盛村，起码高出上百倍。这里的河水山色极美，毫无污染的空气、水源、食物，对于家辉来说，是很好的疗养所在。他因染上毒瘾患了焦虑症，精神空虚，思维混乱，这里的环境像是一个过滤净化器，使他烦躁不安的心宁静下来。

听见家辉对环境的赞美，福齐和旺贵相视而笑。

夜色渐浓，虫鸣四起。低矮的窗户透出灯泡昏黄的光线，屋旁的树梢纹丝不动。无风的秋夜，没有东莞水乡闷热的感觉。仙女峡汩汩的湍流声，是那么优美动听，使这晴朗的夜空更显静谧。月亮爬上来了，仙女峡银光一片……

"小弟，我都不愿回去了。在这儿建座房子，过完下半世，多好……"

丁福齐有一个哥哥、四个弟弟和一个弱智妹妹。母亲过世，父亲失忆，大哥新丧，老公懒惰背叛。家族的重担和压力骤然集于她一身，不管多苦多难，她都要咬牙硬挺着。

人穷的时候，所有的想法和努力都朝着一个目标而去——赚钱。当积累了一定的财富后，赚钱不再是唯一目标，以前被掩盖住的各种矛盾就逐渐浮现出来，慢慢改变着人的感情和意趣，人际关系变得更世俗、更功利。福齐表面上精明强干、工于心计，让人敬畏，可她内心的柔弱和痛苦，只有她自己知晓。

在繁杂喧哗的地方待久了，突然置身世外桃源，虽没有晨钟暮鼓的禅境，但在幽静祥和的仙女峡谷，听虫鸣，赏月色，洗心低吟，任谁都会生出归隐之意。

第二十章

心中的观世音

65

在龙角村住了两个晚上，福齐乘早上十点云州至东莞的班车返回。回到酒楼已是下午三点多。吴景富就像在福齐身上安装了一个追踪器，福齐下了出租车刚走了十来步，吴景富就"老婆，老婆"地追着叫。

"你又想怎样？"福齐皱眉问。

"不想怎样，就想钱！"吴景富直接说道。

"你那女人呢？"

"她是老情，你是老婆。老情是临时的，老婆才是长久的。嘿嘿！"他笑道。

福齐不再搭理吴景富，继续前行。

自从上次吴景富在医院遇上许淑兰，俩人又重归于好；但许淑兰不像以前那样任他花钱，每天只给他十元。吴景富心生不满，索性破罐破摔，看见亲戚朋友就开口借钱，说福齐可为他还钱。如此度过了几个月。

吴景富追着福齐喊："家里的钱我也有份，你怎能一点零花钱也不给我！"

"谁说你有份？"福齐驻足问道。

"不是吗，就是离婚，也是对半分的！"

"那就去离吧！"

"打死我也不离婚！我吴景富一生只有一个老婆，就是你！"吴景富信誓旦旦地说着。如今的福齐，再不会被他的甜言蜜语打动。

吴景富继续说："我发誓，重回你身边，再也不碰其他女人啦！"

"信你的话不是人，是鬼了！"

"我怎么做你才相信？"

"工作，去干活。连续干上半年！"

"叫我工作，不如叫我去死！"

"工作比死还难？"

"死不过是一瞬间的事，而工作是天亮干到天黑。太难受了！"

福齐哭笑不得。记得十八九岁时，她找男朋友的条件是既要靓仔又要爱情，没把男人是否懒惰作为择偶条件，而她偏偏选了一个大懒汉。这么多年过去了，再想这些也是徒劳。她昂首阔步，懒得理睬吴景富。

回到酒楼三楼的办公室，福齐刚把行李放下，旺明来了。原来，永盛村水泥厂增资扩产，向村民高息募资，月息十五厘。旺明见有利可图，把从家族分得的三百万元全贷给了水泥厂。他的算盘打得挺响，投一万元一个月有一百五十元利息，投三百万元是四万五千元。如果一年有五十四万元的利息收入，做什么生意都不如它。钱是投进去了，收了三个月的利息。不过，他心里时不时感到有点慌乱，又说不上是什么原因。前天找福齐，酒楼经理说她外出几天。越是找不着福齐心里愈加焦急，这两天他都待在酒楼喝早茶、吃饭，等着福齐回来。所以，福齐一进酒楼就让他看见了。十分钟后，他上三楼找福齐。

福齐一听这回事，忙问："水泥厂要募多少资金？"

"不知道，他们说有多少收多少！"

"这不对头！你用脑子想想，单是你这三百万，一个月要付四万五千元的利息。现在水泥行业市道一般，就算有钱赚，利润给你还是给他们自己？如果是我，肯定不贪这种便宜。就算投，也只投二三十万元！"

"可我收了三个月息了！"

"那你还慌什么？"

"有利息收又不踏实，心里拿不准，才找你商量。"

"尽快把钱收回来，你心里就踏实了！"

"一个月四万多的利息收入啊！"旺明很不甘心。

"你问我，我就这态度！你自己看着办就是了！"

旺明如此重财，怎舍得每月几万元的收入。在他的意识中，水泥厂是村集体企业，怎么说也是有保障。可不知什么原因，他却焦虑不安。原以为大姐会帮他分析利弊，帮他消除不安，没想到却叫他收回这笔投资。按他做人的逻辑，眼前亏是不会吃的。

"据我了解，投资进去的人不少，本村的、外村的都有。"

福齐看着旺明，说："你不愿放弃，自然找理由支持自己。我是从安全的角度去想，未必对。几百万资金是你的全部身家，安全是第一位的！"

这时候，酒楼总经理进了来。旺明知道他要谈工作，便告辞了。福齐不在的这几天，"盈福大酒店"在江东镇开张营业。

"这家酒店抢走了我们一些高端客户！"总经理汇报说，"老板，盈福大酒店装修豪华，极尽排场，号称'五星级'。柴记大酒楼再不升级改造，就跟不上潮流了！"

总经理三十多岁，在"柴记"干了上十年。有件事他没说，"盈福"给他开出比"柴记"高一千元的工资，请他去当经理。他是明白人，知道"盈福"高薪挖他的目的，如果只图眼前利益，跳槽对他有害无益，他当即就拒绝了。此事说明"盈福"是有备而来，两家餐饮业的竞争有可能会白热化。

"他们有没有高薪请你？"福齐胸有成竹地问。

"有的！"他只好坦白。

福齐没再多问，换了个话题，说道："他们来势凶猛是肯定的。不用管，按酒楼一贯的经营策略去做。价格不变，每道菜加点分量，再看情势怎样！"

"从明天起？"

"对，明天起！"

总经理走后，福齐这才感觉口干舌燥。在龙角村时，半天没喝水也不觉得口干。龙角村清新静寂的山脉和藏匿在深山峡谷之中的河水，又浮现在眼前。回来不到一小时，各种各样的事情纷至沓来，片刻也不让她安宁。她真想把酒楼转让了，带上不菲的钱财，到龙角村隐世生活。避开这里的扰攘，避开私利的争夺，避开老公的纠缠；但避不开家族的责任，避不开儿子的血缘，避不开父亲、弟妹对她的依赖和大哥的重托。

月夜下坐在仙女峡河岸，吹着山风，看明月白云在相互追逐，月色下在河面上捕鱼捉虾的老汉……"唉，没办法！"她心中喟然叹道，"对得住自己又对不住别人，为别人谋取了利益，却牺牲了本属自己的享受。"她没想到去了一趟龙角村，便有了这么多似是而非、归隐遁世的想法。

66

被福齐甩开的吴景富像只流浪的猫狗，在街上溜达着，四顾茫然。上次打扫干净的家，现在又有了蜘蛛网。福齐拒绝了他，许淑兰每天只给他十元。他无法预料自己的人生会怎样走下去，也不知道接下来的这顿晚餐吃点什么。其实，他明白人生的路应该怎么走，解决晚餐也并非难事。但他就是不想劳动，不愿付出。

只要在街上找个活儿，踏踏实实干上半年，老婆便会原谅他。实在不想吃苦，就把摩托车开到街上兜客，随随便便也能解决吃饭问题。赚钱的机会俯首可拾……可几十年来的懒惰恶习像魔鬼似的操纵着他，找工作像是下地狱，看见烈日像是要下油锅。饥饿的滋味不好受，饥肠辘辘时哪怕多喝些开水，都比烈日下备受煎熬强得多，当保安期间那种心焦脑裂的痛楚令他恐惧。

吴景富走进一间大排档，酒香伴着食物的美味飘来，他忙不迭地深深吸了一口。吞了一口口水，舌头舔了舔上颚。啊，啊，真香！他心里连声赞叹！他突然快步离开，向柴记大酒楼走去。

福齐吃了晚饭，盥洗一番，早早地上床入睡。龙角村的环境虽令她向往，但陌生的房屋、睡床、被单甚至卫生间，都使她难以入眠。睡在自己的"狗窝"里，很快进入梦乡了。

突然，手机铃声吵醒了她。经理告诉她，吴景富在大堂吵着要见她。"给他一百元吧！"说罢一个转身，沉沉睡去。她像是做梦了，梦中有人在催债……

吴景富拿了一百元，风似的飘了出去。很快，他到了刚才那家大排档，叫了瓶廉价酒，点了他最爱的下酒菜炒山坑螺和半只白切鸡。这时候，他光顾着吃，光顾着喝，天塌下来他都当被盖……

月亮钻进厚厚的云层，暗淡无光。零点时分，整个大排档只剩下吴景富一人。老板上前，好言说道："先生，店铺打烊了，请埋单吧！"桌上还有半瓶酒、小半碟白切鸡，吴景富道："老板，看不见吗，还没吃完！""现在零点啦，我们要关门了！""我没钱给你吗？""有！""这就行了，赚钱这么轻松吗？"老板摇摇头，奈何他不得。

路上行人已绝，除了为躲避交警检查超载而在半夜作业的运泥车，大街上空空荡荡。又过了半个小时，老板忍无可忍地走过来说："你结账，我们不陪你了！""你是在赚钱，不是在陪我！"老板不由分说，拿起桌上的剩菜剩饭就走。吴景富急了，说道："我没吃完你收了去，有像你这样做生意的！也罢，我不给你钱了！"老板见吴景富要走，仰了仰头，上前两步，抓住他的衣领，说："要赖账是不？""不，是你不让我吃东西！"老板扬手正要打过去，吴景富腰身挺直迎上，说："要打就打死我，要不，我会秋后算账的！"老板把怒气硬生生地压下，用力一推，说道："算我倒霉，以后再不做你的生意！"吴景富被推得一个趔趄。"没摔倒就行！"他心中暗道，心情愉快地走出了大排档。

上街不到一刻钟，吴景富不知往哪个方向走才好。老婆不要他，情人厌恶他，家如坟墓。刚刚因占了点便宜而沾沾自喜的好心情，荡然散去。他在街上踯躅犹豫，思量再三，最终还是朝着许淑兰家的方向走去。

67

许淑兰的双腿拆掉了石膏，在别人的搀扶下渐渐能下地走路了。不过，医生嘱咐，不能迈大步，不要上楼梯，坐下起立时要轻缓。更不要驾车，因为踩刹车时小腿用力会影响骨头愈合。

与吴景富重归于好后，他背着许淑兰上下楼、进出小区去医院检查换药。家里洗衣、煮饭、熬粥，甚至她洗澡、洗脸、上厕所，所有家务都由吴景富做。

这天晚上，吴景富向许淑兰提条件了："我就是条狗，你也不能只给十元啊！"

"狗哪用给钱！"

吴景富不再绕弯，愠色道："你看我是怎样服侍你的，一天五十元。要不，我什么也不干了！"

许淑兰定睛看吴景富，过了好一阵，笑道："好吧，不要绷着脸啦。瞧，多难看！"

再过几日是黄旗山观音诞，许淑兰觉得自己双腿顺利康复，或许与观音娘娘护佑有关。转而又觉得好笑，因为自从离婚后就不曾拜过观音。她本来要在大厅正中设个观音神像，想起嫁给丁旺祖十年，拜了观音十年，观音却毫不领情，屁都不放一个给她闻，更别说显灵了。"拜得神多自得神护佑"这句话她曾笃信无疑，晨早上香，晚上跪拜。结果如何？还不是夫离子散！

在这间新屋里，许淑兰没再摆设任何迷信的东西。念在自己双腿康复得快，管观音显不显灵，去黄旗山祭拜了也不会吃亏，就当补上祭拜也好，事后还神也罢，还是去一趟吧！

这天早上，太阳升起还不到一杆高，许淑兰叫上吴景富，开车前往黄旗山观音庙祭拜观音。

八点未到，观音庙内香烟袅袅，人头攒动。大门旁有个捐赠箱，旁边坐着一个僧人守着。许淑兰看着几十级台阶上的祭拜大殿，脸露难色。正常人也要挤迫得气喘吁吁才能走到上面，自己这断腿尚未完全康复，肯定没法上去。她把手上的檀香递给吴景富，说："上面有个大香炉，你上去代我把檀香献上。我站在这儿祭拜就行了！""这行吗？"吴景富问。"行，不行也得行！""这不够虔诚的！""我心里虔诚就行了！"说完，双掌合十，双目微闭，嘴唇翕动，有模有样地念着祈福的话语。

吴景富走上大殿，模仿别人把檀香呈上后回来，看见许淑兰旁若无人地仍在祭拜，就差没跪在地上。四周游人见她如此祭拜，有的好奇打量，有的咧嘴暗笑，有的一脸不屑。"淑兰！"吴景富连叫几声，她毫无反应，像入定的僧人般旁若无人。吴景富把带来的小矮凳放在许淑兰屁股下面，左手抱她的腰，右手抱她的屁股，道："注意你双腿！"

人声如潮，一浪接一浪涌来。许淑兰坐在小矮凳上，慢慢地缓过神来。"这么入神，祈祷什么？"吴景富问道。许淑兰没有回答，眼皮又合上。吴景富见状又道："你祈祷有半个钟了，坐在路中间，碍着别人走路！"淑兰这才睁大双眼，过了好一阵，说道："景富，你不去上炷香，祈祷观音护佑你？"吴景富大笑，答道："我这懒惰之人，求观音护佑我什么？护佑我懒人有懒福吗？可观音都是护佑好人的啊，会护佑衰人的吗？"听见吴景富如此说法，许淑兰面色一沉。"走吧！"说完，便起身朝庙外缓步走去。

"害人精！你也来拜观音，你求观音护佑什么？护佑你继续行恶害人吗？你照照镜子，看看你那衰样，配不配来这观音庙！"人群中响起一阵骂声，众人惊讶地都往这边看，只见秀芬拧眉怒目，咒骂许淑兰。许淑兰不甘示弱，回骂道："你死了老公是你的事，不反省自己是克夫命，还把责任推给别人，你又好到哪里？"秀芬穿过密密的人流，走到许淑兰身边，忽地举起手上的香烛往许淑兰头上打。"打死你这害人精！打死你，打死你！害人精！"许淑兰行动不便，只能双手护住头。吴景富连忙拉开秀芬，护着许淑兰离开。

自儿子去了粤北深山生活后，秀芬每逢农历的初一、十五都来黄旗山观音庙拜观音。她相信"拜得神多自有神护佑"这句话，更相信丁家平日并无作歹之事，也无作歹之心，经营正道，赚钱清正，会得到观音娘娘护佑的。她想不到竟然在这里遇见许淑兰，难忍怒火，上前就是一场骂战。

吴景富扶着许淑兰上车后一路无语，很快回到许淑兰家中。坐在沙发上，品着香茗，客厅二十三度的恒温，宜人舒适。落地窗的窗帘印着各种图案，有红色的夹竹桃花、白色的米兰、绿色的青竹、鲜艳的玫瑰，还有天真可爱的熊猫，一片一片地重叠着遮盖了落地窗的玻璃。

许淑兰自从在观音庙被秀芬打骂一番后就面色阴沉，直到现在一言不发。

"怎的？观音有什么启示给你？"吴景富逗笑道。

"不说话没人说你是哑巴！"许淑兰无好气地说。

看见许淑兰心情如此低落，吴景富暗自发笑。自己这句话虽戳到她的痛处，却是大实话，并无不妥。他走到窗前，用手指挑开一片窗帘，天空无云，阳光火辣。这让吴景富想起了前些时候当保安，被太阳晒得中暑生病，那种难受劲儿比死都可怕。他回身见许淑兰还是脸无笑意，戏谑道："淑兰，食得咸鱼抵得渴。其实，按照观音菩萨的旨意，我们都不是她要护佑的那类人！"

"人头汹涌地去拜祭，难道里面全都是好人吗？"

"管不了别人，自己问自己，心中的观音娘娘是否都在指责自己的丑行。我知道自己的毛病，可改不了。所以不去求观音，我厌恶那种虚伪！"

"像你这想法，世间没坏人了。开饭！"

"是啊！我只是不干活，但不干坏事！至于我是好人还是坏人，相信观音分得清楚。像你，这边做坏事，那边求观音护佑，这不是天大的笑话吗？"

"你……我做什么坏事？"许淑兰怒了，或许她心中有鬼，却又怒不起来。

吴景富没回答她。他下楼去厨房，看着女用人炒菜。女用人炒完最后一道菜，朝楼上喊道："兰姐，下楼吃饭喽！"

午饭还没吃完，牌友就来了，急不可耐地嚷着，嗔怪许淑兰午饭吃得太迟。许淑兰却道："我不打了！"

"干吗？"

"没心情！"

"景富，你得罪她啦？"

"或许是吧，反正有我陪你们，行了吧？"

麻将声响起，许淑兰却连观看的心情也没有。她走进房间，关上房门，把光管开亮。她有个习惯，就是亮灯睡觉，这习惯始于离婚之初。离婚前，她习惯了让旺祖搂着睡。虽然洪耀坚和吴景富时常陪伴，但这两人跟旺祖完全不一样，他们对她只有欲没有爱。洪耀坚不敢跟她过夜，景富跟她的时间长，可他搂抱她时毫不理会她的感受和心情。有兴趣就陪她聊天，没兴趣便呼呼大睡。旺祖搂抱时很贴心，抚摸时手法的轻重缓急，说话时的大声细气，都顺着她心情的变化和即时的感受变换着不同的节奏，生怕误会她的意思、忽略她的某些感受令她不舒服或是不开心。她心里始终觉得，旺祖的细心和体贴，没人代替得了。没了他的夜晚，惶惑甚至惊惧常袭上心头，唯一能减轻这种不安感的便是把光管全开亮。除了前夫，耀眼的灯光更有陪伴感。

然而，今早去黄旗山观音庙，除了让秀芬打骂一顿不说，吴景富有意无意的那番话更让她郁闷不已。

自己是好人还是坏人，许淑兰心里早已想过。她觉得这世上谁都是好人，也都是坏人，就看他人是否侵害了自己的利益。人不为己天诛地灭，别人伤害了她，不是坏人？她报复了别人，就成了坏人？这次住院，她看清了人情，看透了冷漠。即便自己在人间消失了，这世上也没人会为她悲伤，为她痛惜。自己如同天上的飞鸟，夜晚的流星，海上涌起的一朵浪花，来来往往无声无息。

"这边干坏事，那边祈求观音护佑。"吴景富这句话让许淑兰陷入深思，难道干了坏事或心怀不轨的人就不能拜祭观音，就不能做忏悔做善事？如果这样的话，观音庙或许会冷清许多了。

观音庙潮水般的人群中，谁比我好，谁比我坏……若每一个人都在自觉地行善积德，不因恶念伤害别人，安安分分地工作生活，心安理得，那还用得着去拜祭观音娘娘吗？

有谁不是因行为不端，心存歹念自觉终日慌乱，心境难平，才会想到去拜祭观音娘娘？上香烧纸钱给娘娘，希望娘娘暗中放自己一马。"不是吗？"许淑兰心中不停地自问。她下意识地咧嘴一笑，观音娘娘会接受贿赂的吗？

客厅传来"噼里啪啦"的麻将声和输钱赢钱的叫嚷声，窗外是此起彼伏的汽笛声。许淑兰起身把门关严，回到睡房，开了空调，掀起棉被兜头盖得严密。如此，扰攘的声音没了，变得深夜般宁静。然而，外面的扰攘有办法避免，但内心的扰攘却束手无策！

旺祖走了进来……

养儿家兴浮现眼前……

父母兄妹神色漠然……

旺财厉鬼似的横眉立目……

家辉被毒品折磨得形销骨立……

秀芬恨得咬牙切齿……

往事——排着队走进她的心中……

以前，许淑兰总觉得秀芬蔑视、羞辱自己，指使儿子当众戏弄、嘲笑家兴，自己对他们进行报复，是再正常不过的行为。丁家指使人打断自己的双腿，也属正常。然而，谁胜谁负，就看谁笑到最后。

想方设法搞垮丁家才是保护自己最有效的策略和措施。以自己的财力和条件，无法跟丁家正面交手，对吴景富下手间接打击丁家掌门人福齐，便是自己的最佳策略。

许淑兰没想到丁福齐并没有上门寻仇吵闹，与吴景富大打出手。她像什么事都没有发生，气定神闲地照旧过日子；反倒是自己因计划失败而常常变得焦虑不安。另外，她清楚自己当下"坐吃山空"的处境。这次看病和日常支出，半年花了近十万元，尽管她有几百万的银行定期利息能抵销这笔开销，可她没有赚钱的手段和能力，根本就不是福齐的对手，再这么干下去真的没意思了。

其实，人的骨子里是存有善念的。经过内心的发酵、反思、比较，循环往复地思索、咀嚼，在心中的观音娘娘那双慧眼的注视下，善念便会涟漪般泛起。

怨恨什么？仇恨什么？始作俑者是自己。有多少风流便有多少苦难受。

能嫁给旺祖，这才是自己一生中最大的福气。是自己亲手葬送了到手的福气，这怪不得别人。如今落得恶名远扬、众叛亲离的下场，也是上天的报应。

人的善念一旦涌上来，整个人的行为举止、谈吐想法，都会发生截然不同的变化。此时此刻的许淑兰心生愧疚，隐隐觉得对不起福齐和丁家，不应该再和吴景富继续纠缠下去了。她想敞开心扉跟吴景富展开一次推心置腹的谈话……

外面是狂风暴雨，尽管门窗紧闭，窗帘拉着不留缝隙，轻微的风雨声仍穿透了墙壁和玻璃进入屋内。虽是白天，屋内却像被黑暗笼罩，深沉静寂，让人感觉阴森森。

许淑兰不知道门外麻将声何时消失，也不知道吴景富何时走了进来，躺在她身旁呼呼大睡。只觉得要找他说话时，才感觉到他的存在。

许淑兰推醒了身旁的吴景富。"不要动，我累了！"吴景富不满地说。

"起来，有事和你商量！"

吴景富极不情愿地起来，走进卫生间用水洗了洗脸，去冲了杯茶，问道："什么事？"

"景富，我们不能再在一起了！"

吴景富听后，笑道："怎的，又赶我走？"

"咱们都明白，不用'画公仔画出肠'了。"

"我真不明白啊！"

"不说以前的事了，就说眼前的吧，你要回到你老婆那边。我也不能老让别人认为，我是一个破坏别人家庭的坏人！"

"你的腿康复了，不需要我了，一脚踢开了！"

"不要想得那么复杂。把你归还给福齐，这是我真实的想法！"

"明知她不要我，你还说归还！"

"福齐要你工作，是希望你好，是对的！男人不能太懒惰，要改了！"

"让我干什么都行，就是不想去工作。干工作比死还难受，我受不了！"

许淑兰沉默良久，才说："这是你的事，从明天开始，你离开我家，不要再来。至于以后如何，那是你的事，我不管！"

"真这么狠心？"

"不是狠心，是善心！"

"不想我花你的钱才是真！"

"懒得跟你争辩！"

"好吧，你要给点钱我才行！"

"可以，给你五千！"

俩人再无言语。黑夜不知道什么时候降临的，直至第二天早上，女用人买菜回来，吴景富还没有走。许淑兰问："怎么还不走？""你还没给钱！我出去吃西北风吗？"许淑兰哭笑不得。真是"一样米养百样人"，她心里嘀咕着，拿出五千元递给吴景富。

第 二 十 一 章

同 床 异 梦

68

　　几年前便开始繁荣的房地产市场，发展到今天，若用股票语言去说明，它从低位拉升到一定区间，在这个区间横盘了两年多时间，终于在2006年中旬，再次向上拐头！

　　这一年，政府出台了如购房入户等利好政策鼓励人们买房；东莞的经济形势在改革开放的大环境中，承接了深圳强大的制造业转型外溢，吸引了嗅觉灵敏的产业资金和五湖四海的经商、技术人才进入。楼房价格虽然上拐，但还未出现明显的上涨势头。一方面，因产业资金、经商、技术人才大量涌入，对房产有刚性需求；另一方面，地产商因判断不了政府对房地产市场的调控力度，还在观望，不敢大举进入地产市场。这就形成了本地楼市渐显扩大的隐性供需缺口。

　　若率先发现这个缺口，叫"眼光独到"！

　　若在不知不觉中撞正这个缺口，则是常人所言的"行了好运"！

　　易志浩拿着父亲给的资金几年前进入房地产市场，一路走来，并无败绩。不知底细的人都说他有眼光、有能力，在地产市场的复苏期就赚取了第一桶金，实情是他父亲易世耀的眼光独到。他从深圳房地产市场率先复苏、火热，联想到东莞市这些年的经济都是让深圳牵引着前行，深圳的经济模式在东莞复制一定也会成功。

易世耀嗅到了东莞潜藏的赚钱机会，出资支持儿子参与到地产行业的投资。易志浩用父亲给的一百多万元资金在地产市场滚雪球般越滚越大，这是事实，大家莫不交口称赞，佩服他年轻有为。真实的情况是，易志浩的成功与能力的确毫无关系，他在父亲的点拨下，正好赶上房地产从复苏走向火爆这个阶段。越是无知，越是胆大，越能成功。易志浩的第一桶金就是这么简单地赚取。

婚后不久，红艳生了个女儿。老婆、女儿、金钱一起涌来，易志浩有点猝不及防的感觉。自从上次在沙田娱乐城和陆小姐不欢而散后，他最终还是和陆小姐的公司签了购买五套楼房的合同。三个月后，他这五套楼房顺利售出，获利不菲。

易志浩连战告捷，在本地地产市场小有名气。地产市道刚刚转好，大部分投资者正逐渐醒悟，楼市还处在买方市场。各家地产商的售楼员纷纷向易志浩施展花样翻新的销售手法，推销自家的楼盘。最早与他合作的陆小姐，现已升任销售经理。她给易志浩打电话，邀他到公司交流商谈。"你在找生意，干吗要我找你！"易志浩没去，说要谈就来盈福大酒店816房谈。陆小姐无奈，只好来到盈福大酒店816房，摁响了门铃。

来之前，陆小姐有意换上一身旧工作服。经过上次沙田娱乐城的事，她打听了一下，知道易志浩是个花花公子，是一只色狼。虽然人品不行，但他炒楼"稳准狠"，的确很有一套。看他这势头，生意会越滚越大，放弃他实在太可惜。为了业绩，她只好硬着头皮来到816房。

易志浩开门看见陆小姐一身素装，眼睛一亮。打扮时髦的艳丽女人，他见得太多，有点腻了。在他眼中，陆小姐这身朴素的衣着，落落大方，不事雕琢，反显出自然质朴的美，像一朵没有污染的纯洁雪莲花，正等待着他采摘。

陆小姐有意打扮得老土，好让易志浩打消歪心思，但哪里知道易志浩换了口味，反倒对她这素装更加着迷，真是始料不及。

"陆经理，坐吧！"易志浩笑道。

陆小姐绷脸点点头："好的！"

易志浩热情地冲茶。陆小姐明知这个男人心术不正，却抵御不了利益的诱惑。她忐忑不安地坐着，接过易志浩递过的茶水很快喝完。"很口渴吗？"易志浩说着又递了一杯，"再来一杯。"

易志浩曾想使惯用的手法——在茶里下药，转念一想，这位陆小姐乃见过世面的人，万一她发觉后去告发自己，那可是要坐牢的，因而作罢。

"说吧，找我有什么事？"易志浩直截了当地问。

陆小姐也开门见山："想了解你接下来的投资计划！"

"这次要买十套，发挥资金的最大效益。一套一个月的供楼款是三千元，十套是三万元，预计三个月内脱手。所以，预留了十万元的供楼款！"

陆小姐目不转睛地注视易志浩，这个二十多岁的小伙子，长发飘飘，看上去轻佻浮躁，说话做事一点也不踏实，可他几年间就赚了多少人劳苦一生都赚不到的钱，不可思议。从他对自己步步为营的手段看，姓易的绝不简单，是个心思缜密的情场老手。他捏住自己刚升职想冲业绩的死穴，不紧不慢地逼着自己咬钩，自己明知诱饵有毒，却是无力挣脱。

"你盯着我干吗？"易志浩笑问。

"你勇气可嘉，令人佩服！你投入这么大一笔钱，不怕房价回落吗？"作为房产销售经理，陆小姐对当前房价走势了然于胸。如此问，不外乎是想听听他的见解，跟常人有何异同。

"不怕的，怕什么？我已赚了上百万，最多亏回去！就算把钱全亏了也不怕，钱是老爸给的。不过，有这可能吗？除非房价回到五年前。你对这些最清楚，莫非是在考我？"

陆小姐心里虽有答案，但职业守则告诫她：不能对顾客的投资取向做是或否的定向表态，只能顺着他的思路，谈点似是而非的引导话题。

目的就是一个，既要做成生意又要让顾客觉得这是他自己做的决定，与别人无关。

"你真行，打算哪一天去公司签约？"

"这要看你呀？"

陆小姐明白易志浩话中有话，脸上掠过几丝红晕。她没有回答。

"上次卖的那五套房，我不管你有多少提成。但是，你这个销售经理是我推你上去的。现在这十套房的生意全给你做，至于你的收益……我不知道！"

陆小姐一时不知如何是好。其中的利害关系双方心知肚明，任何说辞都苍白无力。她只好沉默。对这种场面易志浩驾轻就熟，明白这时候女人的沉默就是默认。他先用手捋捋陆小姐的头发，见她没有用手挡他；再行抚摸她的脸面，她没有侧身避让；再行抚摸她的胸部，仍没有愠怒的神色，忙抓紧时机把嘴贴上她的两片嘴唇……

陆小姐生硬而被动，但不反抗。易志浩不由分说，更进一步，脱去陆小姐的衣服，看见她白净润滑的胴体，不禁想起上次遭她拒绝后，她扭着翘臀离去的身影，勾人魂魄。此刻，他下意识地在陆小姐光滑的屁股尖上狠捏了一把！"哎哟！你干吗！"陆小姐毫无防备之下被捏痛了，喊道。

"哈哈哈……哈哈哈……"

69

"志浩吗？你看一下时间，零点了！谈什么生意，谈到这么晚？"

"什么生意，你懂吗？"

"今晚又不回家了？"

"难说，要顺着客人的意思，迁就人家。几十万的生意啊，容易答应吗？"

红艳无奈地放下手机，怅然若失地看着被窝里的女儿。

男人的风光总是伴随着事业的成功，女人相夫教子，只需丈夫对她宠爱和坚守，就感到莫大的幸福。红艳嫁给易志浩后，看得最多的是他的喜怒无常，婚前那些甜言蜜语早已随风飘逝。这时候，所谓的幸福与甜蜜、开心与快乐，都要从与旺贵相处的记忆里去找。于是，她特别恨旺贵，恨他对自己毫无来由的冷落，让易志浩乘虚而入。

婚后不久，红艳就觉察到丈夫花心，虽然只是猜测，但她相信自己的直觉。生了女儿，坐月子期间不跟她同床情有可原。女儿满月后，丈夫依然在外面留宿，白天也很少回家，只是偶尔回来吃饭。红艳故意面露不满，希望他知道自己不快适可而止，可他却装作不懂，毫不理会。这天晚上，红艳再也忍不住，决定问问他，为何总不着家。女儿似乎感应到母亲的坏心情，晚上特别爱哭。

红艳又拿起手机，拨通后问道："今晚回吗？"

"你催促我有什么用……"

又是这句话，易志浩还没讲完，红艳便挂了。她越想越生气，近来一阵满肚子都是怨气。丈夫不回家，带女儿累得难以入眠，却没人安慰，思前想后感到一种从未有过的伤感。她拿起手机拨给易世耀，说女儿生病，志浩不在，要他过来帮忙。

易世耀夫妇很快驾车来到，见红艳正给女儿喂奶，忙问什么病。"她没病！""没病干吗半夜三更叫我们来？""你不觉得这屋里少了个人吗？你儿子白天黑夜在外面花天酒地，我一人在家没睡过一晚好觉！"红艳没好气地诉说着，因委屈难受声音颤抖。

易世耀相信红艳的话，知道是儿子不对。他打儿子的手机，竟然关机了。他对老婆说："你留下帮帮家嫂，待天亮她妈来了，你再回去休息吧。我去找志浩，训他一顿！"说罢，走出屋外，上了小车。

江东镇附近的酒店老板易世耀大都认识，他首先拨通珠江休闲中心前台的电话，请她查一下今晚有没有一位叫易志浩的客人。很快，前台回电说没有。他又去电盈福大酒店，前台回答易志浩有入住。易世耀想发怒，但很快平复下来。怪谁呢？自己年轻时也曾风流成性，难道要求儿子修身养性，谨守本分？

易志浩此刻正在盈福大酒店与陆小姐在一起。窗外，夜雾凝滞不散，光线经过浓雾的过滤反射出紫红相间的光晕。十点钟的时候，陆小姐要走，志浩不让她走，怎样也要过一个晚上。陆小姐无奈，对也好，错也罢，已成事实，只好耐着性子留了下来。

易志浩搂着陆小姐呼呼大睡，她却睁眼难眠。行业内的潜规则早有所闻，她曾暗自发誓绝不屈服于潜规则，但最终还是食言。潜规则就像个等候着自己上当的陷阱，掉下去是迟早的事。来之前种种的抵触情绪，在利益面前淡化得烟消云散；什么万恶淫为首、男女授受不亲、贞洁烈妇等传统观念筑造的堡垒，在金钱名利的进攻下土崩瓦解。

"嘭嘭！嘭嘭嘭！"急促的敲门声惊呆了陆小姐，她慌了，不知所措。好一阵后，才想起弄醒易志浩。易志浩揉着双眼还没明白是怎么回事，房门就被打开了。易世耀满脸怒气地站在门口，旁边是神情尴尬的服务员。

原来易世耀来到酒店前台亮明身份，知道儿子在 816 号房。他要求前台小姐给门钥匙，那小姐说，公司规定除了客人以外，不允许给他人房间钥匙，老板也不例外。易世耀懒得听她解释，干脆自己走进电梯，前台小姐急得也跟了进去。易世耀出了电梯，直奔 816 房，对着门使劲拍打起来。前台小姐怕影响其他客人休息，只好开了房门。

易志浩连忙起床穿衣服，陆小姐右手拉起身上的被单，左手拿起衣服走进厕所。陆小姐穿好衣服后，一脸尴尬地急忙跑了出去。

易世耀看着儿子，打他吗？骂他吗？他想起自己以前泡女被老婆知道，不管老婆骂也好，哭也好，自己是那种不为所动的心态。那时不仅不为所动，还因为老婆的责骂而赌气破罐子破摔，摆出一副你奈我何的劲头。估计易志浩也是这种心态，他低头耷脑坐在床沿上，后来索性掀起被子蒙上头，连父亲什么时候离去也不知道。他一直保持这种姿势，不知过了多久，累了才缓缓地抬起头，早不见了父亲的身影。

易世耀回到红艳的家，孙女睡着了，红艳趁空去冲凉。秋榕把晒干的尿布尿裤折叠整齐，见丈夫回来，问："找着他了吗？""没找到！"易世耀撒了谎，他既不想让儿媳妇知道，也不想让老婆知道儿子泡女人的事儿。

临走时，易世耀对红艳说："家嫂，原谅志浩这一次吧！下次就随你怎么处理，可以吗？""好吧，我不闹！"易世耀听到红艳的答复后，回家去了。直到天亮他也无法入睡。儿子不顾刚满月的孙女去鬼混，这让他非常吃惊。自己虽也荒唐过，可绝不会连儿女也不顾。儿女是身上的肉，是自己最着紧的人。不管女儿去鬼混，这是人品的问题。

易世耀此刻才觉悟到，从小到大对儿子太过宠爱，无节制地让他花钱。现在给资金支持他炒楼，他不经艰辛轻易赚了大钱，志得意满，难免飞扬跋扈。他之所以对儿子格外宠爱，是希望借此弥补对前妻的歉疚。惯子如杀子，如今看来，溺爱儿子等于是在害他。想到这里，易世耀不禁有点后怕。

八点钟，易世耀父子俩来到柴记大酒楼的大堂，找了张靠墙的茶桌，开了茶位。易志浩为父亲斟了茶后，眼望地面，似乎做好了挨骂的准备。易世耀暂没说话，父子俩就这样默然相对。早上茶市人来人往，嘈杂喧哗，在这嚣嚷的环境中，这父子俩显得特别另类。直到有些茶客起身离座，易世耀才沉声说道："你昨晚的事，我没告诉你妈，也没告诉家嫂。这不代表我对你的丑行不痛心，只是不想让她们知道后感到羞耻伤心，也给你个台阶下，为你保留那张脸面。"

易志浩毕恭毕敬地听着，没反驳，没插话。

"男人成了家，就有了担当，有了儿女就有了责任和义务。从小我都宠着你，放任你！"易世耀顿了顿，又道，"我对你说句心里话，我是对不住你妈，很后悔。可我对你是有担当的！现在，给你资金做生意，是希望你历练历练，慢慢地把生意做大，找到一个能养家糊口的饭碗，并没诸如发达这类的想法。你结婚前，我没有跟你说这些话。你现在结婚了有了女儿了，就应该负起丈夫和父亲的责任，还有义务！"

易志浩依然不说话。

"人穷的时候要有志气，把持得住；发财的时候不能狂，要忍得住，更要守得住。你想想，现在赚钱了是因为你自己的本事吗？说白了，不是我，你不可能赶上这机会。你把资金发挥了最大效益，也证明不了你什么，只能说明你因无知而变得大胆。你站在房地产发展的风口上，用常人的话说，是你好命、好运。即使如此，也不能狂妄啊！谁都难免犯错，但一定要自我反省！"易世耀没说破，旁敲侧击地告诫道。

喝早茶的客人走了一大半，剩下的是继续吃饭的人，环境清静了许多。

"你买那几套房，打算怎样？"

"今天去签新合约！"

顿了顿，易世耀又问："跟那女人签？"

易志浩点头。

"我提醒你，以你眼前的成功，会有很多女人讨好你。除老婆以外的女人，不管她说得多么顺耳、多么动听，目的只有一个——算计你的钱财。只有老婆才是真正为你着想的人！"

易志浩还是低头聆听。

"回去吧，家嫂快煮好饭了！"

易志浩走后，易世耀打电话给红艳，告诉她刚和志浩喝早茶来着，易志浩已经回家了。再次叮嘱，不要闹，给他时间反省。

易世耀回到家，秋榕也煮好饭。他习惯了每顿饭喝一小杯米酒。热天喝了会出汗，冷天喝了增体热，但现在他对着米酒有点发呆。秋榕问："怎么啦？喝酒呀！"易世耀突然问："带志浩进入房地产市场，会否在害了他？"

"这是什么意思？"

"他太年轻啦！二十刚出头就赚这么多钱，这其实是一种压力。不知他能不能抗得住这种压力，按得住自己！"

秋榕不以为然，笑道："你是不是多虑啊？别人朝思暮想自己的儿子尽早发达，出人头地，而你竟这样去想自己的儿子。不要把事情想得太复杂，你以前也去鬼混过呀！那又如何？"

听了老婆的话，易世耀稍觉宽慰。

70

虽然家公说过不要跟志浩闹，给他一次自省的机会，可当红艳看见走到门口的老公，怒意还是不由自主地掠过面庞。易志浩目光游移，不敢正眼望红艳。

"女儿哭了，"红艳说，"哄哄她吧！要不，你来炒菜，我哄女儿！""好，你哄女儿，我炒菜！"易志浩说着，接过红艳的锅铲。过了好一阵，菜炒好了，易志浩端上饭桌，摆上饭菜，说道："和老爸饮茶来着，到十点多才散，肚子不饿。我抱她，你吃吧！"

红艳把女儿送到易志浩手上，女儿又哭了。红艳不管，盛了饭就吃，却发觉易志浩把菜炒焦黄了，忍不住说道："看你！菜不会炒，女儿不会哄！""男人会这些没用，会赚钱就行！""我每天要哄女儿，给她喂奶，要洗菜煮饭，要洗衣服、洗尿裤，晚上也睡不好。你可好，白天黑夜就会去做生意，一点也帮不上我忙！"红艳抱怨道。她差点就把"去鬼混"说出口，最终忍住。"请个家佣吧？五千、六千、八千都行！请两个，一个料理女儿，一个专做家务。这样，你便舒服了！"

"你以为我怕辛苦吗……"红艳委屈得眼圈泛红，又说，"一天二十四小时，你在家有多少个小时！"看见老婆这般委屈，易志浩似乎起了同情心，诡辩说："我是回家时间少，可我能赚钱。若赚不了钱，二十四小时围着你转，也没意思！"

红艳知道老公在骗自己，泪水挂在两腮。易志浩拿手帕为她擦拭，逗道："女人怎会这么多眼泪，不流的时候泪水贮存在哪里？"红艳终于听到让她慰藉的话，不由自主地靠在易志浩胸前。此刻，她太需要这个能让她依靠的胸脯了。

不久后，红艳借故很认真地跟丈夫说到外面鬼混的害处。若染上性病，会传染家人，丢脸不说，还不好医治；万一得了艾滋病，根本就无药可救，赚多少钱也没意思。易志浩听后不置可否，故做呆状，见红艳欲又说，便抢说道："你说什么呢，怎会说这种晦气事，莫名其妙！"

第二十二章

少年怀春

71

旺贵和家辉叔侄俩在龙角村居住已有一个多月了。

福齐给戒毒所的陈所长打电话，将家辉的近况以及他们帮助家辉戒断毒瘾心瘾的计划如实相告，想听听他的意见。陈所长肯定了这个计划，并说一定要坚持三年以上，才知道是否彻底戒除了毒瘾。

这段时间，家辉没有异常的举动。龙角村的信号不好，周一至周五，旺贵开车去云州城里的证券部看股市行情。在这偏僻的山区，一切都是陌生的，加上旺贵有意识地避免交朋结友，在龙角村的生活便显得单调寂寞。不过，这叔侄俩的性格并非外向，到云州城除了去证券部，便是逛书店。旺贵买的是证券期货投资这一类书籍，家辉则对农业种植有兴趣。

很快，龙角村这栋屋子的三楼便成了一个小图书馆。旺贵是大学生，家辉虽初三未毕业，但他在校时年年都是三好学生，也是个读书的料。叔侄俩互相交流，学习上毫不吃力。旺贵问家辉，为何选择农业种植。家辉面色红润了许多，眼神不再飘忽闪躲，已能专注做事。整个人看起来，还是有点未老先衰、老成持重，没有年轻人应有的朝气蓬勃的活力。

家辉刚过了十七岁生日，他的人生还没开始就几经磨难，身心遭受了难以想象的摧残，身不由己地早熟了起来。他沉默一阵，答道："我不可能重返校园了，可我还是想读书，多学点知识。其他学科要具备基础知识，我只读到初三，没有条件学。农业种植不需太深厚的基础知识，学起来容易些！"

"也对！不过，证券投资类有初中文化足够了！"

"我喜欢农业种养！"

"想当个农场主？"旺贵笑问。

"没想那么多。"

望着侄儿与年龄毫不相称的语调神态，旺贵心里泛起一丝苦涩，像针刺般疼了一下。

大山里的太阳迟现早散，比起家乡，这里白天的阳光短了约三小时。夜色悠长，只有风声的陪伴，寂静又单调。散落在山边河旁的各类屋子，有红砖房、泥砖房，也有茅草屋，透出淡淡的灯光，与银色闪烁的仙女峡一道，点缀着深山老林的漆黑和寂寞。这里没有霓虹灯下的街道，没有完整的大街小巷，却有轰鸣而短促的摩托声和偶尔传来的犬吠、牛哞声。犬吠、牛哞声让人对这阒寂无声的深山老林，产生难以言传的安宁和惬意感。

雪花飞舞的电视屏幕，收音机里杂音不断，想得到点儿信息真不容易。初来的时候，旺贵并没寂寞单调的感觉，还觉得这里的宁静太适合自己的懒散性格了。时间一长，这无尽的宁静便令他有点难受了。反观侄儿，倒是在心安理得地看书，没有不耐烦的神色。

聚精会神好端端看书的家辉突然放下书本，猛站起来，急行了几步。旺贵感受到侄儿的异样，忙问："侄儿，怎么啦？"家辉打开编织袋，拿出早有准备的几捆绳索，答道："幺叔，不行！又来啦！快把我捆起来！"说完平躺床上。

家辉早已和旺贵沟通过，一旦出现这种状况时，就把他捆在床上。

于是，旺贵毫不犹豫地拿起绳子把家辉结结实实地捆绑起来。"用毛巾塞住我的嘴，用手按住我的头！"旺贵依照家辉说的去做。这时，只见家辉的身体一阵阵地抽搐，手脚抖动，身子左挪右移，头不停地左右摆动，双眼放光僵视着前方，模样变得狰狞可怕。旺贵使劲按住家辉的头，心里却恐慌不安。他怕侄儿挺不住，会有生命危险。

这是家辉来龙角村两个月后第一次发作！

约莫半小时，家辉渐渐地平静了下来。旺贵见过上次侄儿毒瘾发作时，浑身起鸡皮疙瘩的可怕情景，现在这种反应，也算小事一桩。家辉大汗淋漓，衬衣湿透，喘着粗气。旺贵发现，上次家辉的眼神是崩溃且绝望的，现在目光虽呆滞，但眼睛里却透出坚忍的光芒。家辉的身体还在轻微地瑟缩颤抖，说不出话来。

旺贵看见家辉被绳索勒得发红的手腕脚腕，心有不忍，正要解开绳索。家辉微微地摇了摇头，然后闭上了双眼。旺贵在一旁看着侄儿，不知他真睡还是假睡。他忽然醒悟，给陈所长打电话，问他这种情况该如何处理。

旺贵上了楼顶，拨通陈所长的电话。陈所长告诉他，这是正常戒瘾后的反应，有点像地震过后的余震。现在不管他多么难受，都不能再给他毒品，一经接触，前功尽弃，以后难度更大。家辉平复了就行，不要松绑，直到他挺过来了，然后再松绑。

"以后还会出现这种情况吗？"

"因人而异，说不准的！"

"怎样才能确定他彻底戒掉？"

"连续一年不再发生类似的状况，说明戒掉心瘾初步成功；连续两年没发生，算是相对成功；连续三年没发生，则是彻底成功，已恢复到正常人的状态。这个过程是很艰难的，既需要患者有坚强的意志，也需要陪护人意志坚定。祝你们成功！"

旺贵听完，长长呼出一口气。接着又打电话给福齐，告诉她侄儿的情况和陈所长的建议。福齐连忙说明天来龙角村一趟。

旺贵下楼，看见侄儿真睡着了。他想起陈所长的话，放下心来。倒了杯热茶喝，坐了一会儿，又走上楼顶。

福齐放心不下，又来电话，问起家辉的状况。

半夜时分，黑黢黢的天空下，依稀能分辨出群山的轮廓和山间流淌的蜿蜒泛白的河水。旺贵无心欣赏这月下美景，走下楼打开折叠床，靠在家辉的床边，不知不觉地睡着。直到家辉叫醒他，才连忙解开侄儿的绳索。"觉得怎样？""没事了！"家辉答道，他除掉衣服，冲凉去了。

"刚才看见我爸！"家辉在卫生间换了干净的衣服，走出来说。

"真的？"

家辉郑重地点点头。

尽管这有悖常理，但刚才家辉眼前确实幻化出父亲真实的面容。佛陀舍身饲虎那是传说，父亲为自己舍弃生命却是真实可感的，这种摧枯拉朽的震撼，是任何痛苦和折磨都没法比拟的。戒毒时即使是刮骨般的疼痛，比起父亲的付出，都显得微不足道。

72

又是一个周末，午饭后，家辉提议坐船去仙女峡玩。说起来也是，来龙角村这么久，总是站在河岸看仙女峡，从未去河面上玩过。旺贵问好姐，认不认识在仙女峡打鱼的人。好姐说她丈夫阿财有一艘小艇，可以叫他载他俩去。

好姐带着叔侄俩来到自己家，让阿财拿起木桨，一齐走下艇子。河水清凉透明，家辉用手拍打起水花，还喝了几口"仙女峡"里的水，脸上现出贪玩的童真。

旺贵见状很高兴。其实，叔侄俩都是第一次坐上小木艇在水面上游荡。仙女峡是一条没有潮汐的河流，水面像水库般微波荡漾。泛舟河上，只需稍稍用力划桨，小艇便来回游荡。云霭缭绕在山顶，黛色笼罩着山腰，前面不远似乎看到仙女峡的尽头。其实不然，那只是两座山合在一处截住了河流。当小艇划到"尽头"处，前面却豁然开朗，河流在这里拐了一个近乎九十度的急弯，没有大山的阻隔，河水奔向前方的云州城。

有一艘竹筏漂浮在河面上，一位老渔翁站在竹筏的前头，正在收拢虾笼。这种竹筏是用十多根小腿般粗大的茅竹一根一根地连接而成。竹筏的后头铺上木板，再用茅叶竹子搭起一个半圆的竹篷，前头是站着撒网的地方。

家辉提议道："买点河鲜回家吃！"

旺贵点点头，对好姐的丈夫说："财叔，靠上竹筏，看看有什么鱼虾买！"

财叔应了一声，向老渔翁喊："福伯，有鱼卖吗？"

很快，小木艇泊上竹筏。福伯见有人来买鱼虾，便打开捆在竹筏旁的大网兜，里面有河虾、桂花鱼、北江箭嘴鱼等各种河鲜，生蹦活跳！

"你们买些什么？"福伯头戴竹笠，面颊黧黑，穿一身宽松衫裤，裤腿紧扎，像水牛皮那般结实。他的声音中气十足，深沉有力。

"每种都买一点吧？"家辉的声音仍显稚嫩，与他的成人神态不大相称。福伯下意识地瞅他一眼。

"哎呀，我没有带钱啊！"旺贵叫道。

"没关系，让阿财有空拿给我吧！"福伯说完问道，"买多少？"

"鱼网里有多少？"旺贵反问。

"不多，四五斤！"

"全要吧！"

"好的！玲玲，拿个大点的网兜出来！"

"好！"竹筏后面的竹篷传来银铃般的声音。很快，一个妙龄少女从竹篷里猫腰走出来，站立在竹筏上。

旺贵叔侄俩都看呆了！

这少女叫步文玲，是福伯的孙女儿，一米七的身高，扎着马尾辫。穿一件短袖水绿衬衫，一条草绿色短球裤。她前额饱满，凤眼杏嘴，眸子闪闪亮亮。俏丽的脸上透出露珠般的清纯，那双入鬓的浓眉豪气逼人，过目难忘。她修长的手指捏住网兜，在旺贵叔侄俩面前晃来晃去，浑身上下散发出一种超凡脱俗的气息。

旺贵年纪大些，识趣地把目光移往网兜看着鱼虾，可家辉双目盯着文玲。

文玲用手抠开网兜，让爷爷把捞起的鱼虾放进去。装完鱼虾，她拿起平常卖菜的小秤，麻利地用秤钩钩住网兜称重量，嘴里说道："四斤八两，十三元一斤，六十二元四角，收六十二元吧！"

"好的，明早麻烦财叔给你，好吗？"

福伯答道："好好！不急！"

交易完了，文玲钻进了竹篷，阿财也把小艇划开，说道："回去吧！趁鱼虾新鲜，蒸熟了味道鲜美！"这时候，太阳钻进了山后。

可家辉还是双目凝神，定睛地在看着什么。

又一个周末眨眼过去，家辉再次提议划船去仙女峡游玩。上次买河鲜的时候，旺贵就知道侄儿对步文玲着迷了。少年怀春也正常，连自己都禁不住想多看那女孩几眼。于是，他找到阿财商量，便在午饭后和家辉一道走上小艇。阿财抬头望了望天空，征询道："天色不大明朗，还去吗？"家辉即刻回答："去！若不去，又要等一星期了！"

阿财不大情愿地把小艇划离河岸。划了不久，便看见那竹筏漂浮在前面，福伯半蹲着收拢虾笼。"去买河鲜吧！"旺贵明白侄儿的心思，不待他说，自己先说出口。

小艇划近福伯的竹筏，阿财说："福伯，又来买河鲜了！"

"现在不多，等这趟虾笼收拢完了才知有多少。"福伯答道。这时，天空聚着不散的乌云突然飘动，原先凝固不动的空气发出了强烈的呼呼声。仙女峡被左右两边的高山夹持着，奔向大海江河。大风是一往直前的，但在仙女峡，大风会拐弯。在幽深的峡谷里，风吹到山这边被反弹回来，到了对面又被阻挡回去，狂风在河面上像一头巨龙左冲右蹿。

福伯的竹筏平底宽阔，被风浪吹打得忽上忽下，前头被高高掀起来，眼看就要翻了，就在这紧要关头，另一股狂风吹来将竹筏撞得转了方向。竹筏随着风浪起伏，像个淘气的精灵在仙女峡与风魔斗法。福伯蹲在竹筏上，麻鹰般犀利的双眼扫视着呼啸山风掀起巨浪的河面。

阿财的小艇经不住狂风巨浪的肆虐突然翻沉。阿财沉着冷静地伸手搂住身旁的旺贵，家辉吓得双手乱舞拼命挣扎。阿财把木桨捅到家辉身前，家辉挥舞的手臂碰到木桨便本能地抓住，暂时不再下沉。

狂风搅动着相互冲撞的浪涛，翻滚的浪花溅起雾状的水汽，福伯透过水雾目睹家辉身处险境，大声喊道："文玲，快去救那小哥，他快不行了！"文玲闻声走出竹篷，双眼迅疾一扫，跳入河中。几秒钟后，文玲潜游到家辉附近，变换了优美的泳姿到了家辉身旁，左手揽抱家辉的腰身往竹筏游去。

小艇在江河中遇到风浪，只要迎着风浪的方向前行，风浪会被三角形的艇头劈开往两边散开，浪涛涌不进艇子里。在仙女峡风浪是没有方向的，从艇头、艇尾到左舷、右舷，任一方向都会有风浪涌过来。小艇经不住折腾，五六个浪涛便把小艇打翻，随着风浪漂远了。

文玲搂紧家辉腰肢的下段，这样家辉的头自然高出水面能够呼吸，可文玲的负荷就加重了。她的右手只能保持浮力，没有前行的动力，全靠双脚蹬水得以前行。文玲泳技了得，没一会儿就游到竹筏旁，福伯把家辉拉上竹筏。阿财随后也到了，福伯又把旺贵拉了上去。旺贵叔侄俩算是有惊无险。

"多谢，多谢！"旺贵、家辉不约而同地连声多谢。

说来奇怪，阴沉沉的天空上，阳光偶尔从厚重的云层罅隙中照射出来，肆虐的风浪竟然停歇了。江面风平浪静，像什么也没发生过一样。不远处，阿财的小艇时隐时现地漂浮着。阿财游了过去，欲把底朝天的小艇翻转过来，但力气不够，便呼喊文玲过去帮忙。文玲飞身一跃，噗一声直插水中，溅起很小的水花。她游到小艇旁，和阿财一道用力把小艇翻转过来，把艇内的水舀干。因没了木桨，阿财手拽小艇游向竹筏。文玲站在艇上，迎着碧蓝的天空，双手把额上湿漉漉的头发往后一抹，昂头迎着雨后那柔和的阳光……

竹筏上不但家辉看得入神，旺贵也被阳光下文玲的美貌所惊艳，只是他碍于礼貌，没像家辉那么盯着渐近的文玲……家辉流露出难以抑制的心动神态。

文玲神情平静，毫无笑容，散落额前的几绺头发还滴着水珠，胸前的轮廓显得很诱人。她的眼睛清澈明亮，一看就知道单纯善良、心无芥蒂。

"没想到你们不会游水！"

这是文玲在家辉面前说的第一句话！

家辉大胆地盯着文玲看的时候，福伯也在打量家辉。他注意到这个少年对孙女有着不同寻常的兴趣，不禁皱起眉头。旺贵感受到福伯对家辉的戒意，连忙接上文玲的话，说道："以前，我们家乡的男男女女都会游泳。现在不了，人们不再种田，也不用和水打交道，游泳便变得可有可无，家长也不强迫小孩学游水。我们是第一批不会游泳的水乡人！"

文玲没理会家辉的目光，踏上竹筏，从家辉身边走过，家辉下意识地深呼吸。福伯的目光依然停留在家辉身上，像要防备家辉对孙女做出非礼举动似的。

73

吃晚饭时，家辉心不在焉。"家辉，还不吃饭，不舒服吗？"好姐笑吟吟地问道。"没有！"家辉答完，才扒了口饭。旺贵明白侄儿的心思，饭后家辉上了楼，好姐洗净碗筷，等一切收拾妥当，旺贵便叫好姐坐下，问道："福伯爷孙俩都在竹筏上打鱼为生，那女孩不上学？"

"文玲吗，她读完小学就不上学了！"

"这么小的年纪不上学，很少见啊！"

"年纪不小了，应该有十六七岁了嘛！"

"她父母做什么工作？"

"她父母很早去了深圳打工。后来听说她母亲做了老板的二奶，她父母就离婚了！"

"文玲这个年纪，也应该出去工作才是！"

"听说她父亲不准她外出，自小跟爷爷生活，直到现在！"好姐好奇地问，"怎么对文玲这么关心？"

"没什么，见这爷孙俩一起生活，觉得很有趣！"

深夜，旺贵上了楼顶，给福齐打电话，说侄儿应该恋爱了，要她尽早来一趟，商量一下！

福齐听说侄儿有了心上人，非常高兴。翌日一早搭乘六点四十分的头班车，十一点多到了云州城。她来到龙角村，刚好赶上吃午饭。

"大姑妈，早啊！"见到大姑，家辉很高兴。

"是啊！想见你，便来了呗！"

饭间，旺贵讲了昨天在仙女峡遇险的事，福齐听得很紧张。听到是一位美女把家辉救起，更是赞叹不已。说能遇到这一老一少，也是幸事。福齐说："吃完饭，去云州城买点礼物，答谢人家爷孙俩。"家辉听完按捺不住高兴，扒了几口便说吃饱了。旺贵知道侄儿的心思，也赶快吃完，出去把小车开到门口。

在云州城购物过程中，旺贵瞅空把侄儿对文玲的爱慕跟福齐说了。福齐连声说"好"。他们买的大都是吃的东西，还有洗发水、沐浴露、电吹风。回到龙角村，便连忙叫上好姐，请她陪着一道去福伯家里。

"傍晚未到，早着呢，他们还在仙女峡。天黑后他们才在家！"好姐笑答。

"早点煮饭吧，吃完饭去也好！"福齐说道。

可是，家辉一听心情便有些不好。自从看见了文玲，他心里一刻也没离开过她。文玲那一瞥的眼神，雨后阳光下的英姿，搭在前额滴着水珠的几缕头发，不言不语胜似千言万语的嘴唇，一跃直插水中的美态，被她紧挟腰身时触碰到的柔软娇躯，银铃般动听的嗓音……家辉恨不得现在就看见文玲，这种急不可耐的神情溢于言表。

旺贵意会到家辉的心急，伸手把他摁下坐着，道："不用急，要学会控制自己的情绪！"

终于等到夜幕降临了，福齐一行四人来到福伯屋前。这是石头砌成的一间小石屋，二十多平方米，分隔两间。前面摆着福伯制作的竹饭桌、竹椅子，里面应是文玲的房间了。石屋虽然简陋粗糙，但结实阴凉。福伯爷孙俩正吃着饭，见有客人来，忙起身相迎。

饭桌上的鱼虾发散出鲜美味道。"很香哦！福伯，你这鱼放什么作料蒸的？"好姐问。

福伯答道："穷人家，还能放什么，都是姜葱油盐！"

"鱼虾新鲜，这才对！"福齐笑道。

"也许是吧！"福伯点点头道。

"福伯！这是昨天让文玲救起的家辉，这是他叔叔旺贵，这是家辉大姑妈，叫福齐。他们感激你们的救命之恩，带东西登门感谢来了。"好姐介绍道。

"不用了，应该的。你们客气了，拿这么多的东西来！"福伯忙不迭地说。

文玲没说话。家辉见到文玲后，脸色舒缓许多，有了笑容。福齐把礼品一一拿出来，拿出电吹风时，家辉用手接过递到文玲面前，笑道："这是电吹风，送给你的！"

文玲看见，却道："这里没有电！"

大家如梦初醒地四周张望，不禁笑了起来。

好姐解释说："这地方只有福伯一户人家，村里也穷，所以没把电线往这儿拉，我去村委反映一下！"

"不用，多谢你，咱习惯了！"福伯摆手道。

家辉说："这种习惯不好！有电多好啊，煮饭炒菜方便，电灯又亮，你老人家看东西更明朗。还可以看电视，听收音机，很好的！"

福伯看了家辉一眼，说："哎呀，那些东西我们买不起的。不用，不用！"

"通电后就买得起了！"福齐说。

旺贵说："对的，事在人为嘛！"

"福伯，文玲！你俩吃饭啊！"福齐接着又打趣道，"你们不吃我可吃了，这么美味的鱼虾！"

"哎哟，吃得只剩这一点点。明晚吧，明晚多打点鱼虾回来，请你们吃！"福伯客气了起来。

"是吗？好的，我们就不客气啦！"

"一定，一定！"

气氛活跃许多，不过文玲还是不苟言笑，对家辉时不时套近乎表现得不冷不热。家辉有点自讨没趣，但心内那团火并没因此熄灭，反而因文玲的清高慢待更加炽热。这时候，他感到一种从未有过的轻松舒爽，此前挥之不去、若隐若现的焦躁竟然消失得无影无踪。突然，家辉问道："福伯，明天我跟你们一起去仙女峡打鱼，行吗？"

"你都不会游水！"文玲抢先回答。

"掉几次河里，多呛几口河水，就会游了！"福伯笑着回答。

"福伯同意了！"

"还没啊！"

"福伯，就明天一天，好吗？"

好姐帮腔道："让他去吧，福伯，家辉他只是贪玩！"

"咱们也希望让他去锻炼，学会游泳！"福齐、旺贵姐弟俩异口同声说。

最终，福伯点头同意。

家辉喜形于色，情不自禁地拉起文玲的手，说："到我家，教你使用电吹风，很好玩的！"文玲用力甩掉他的手，愠声道："不稀罕！"家辉并不觉得失礼，继续说："那就改天吧！"

回来的路上，福齐拉住好姐，有意放慢脚步。待与旺贵和家辉拉开一段距离后，问道："好姐，文玲的父母呢？"

"她父母很早去深圳打工了。她母亲长得美，让老板看上。女人在金钱面前肯定逃不掉！文玲父亲在厂门口守候那老板的车，见老板下车，走上前一拳打得老板嘴角流血。老板不肯罢休，叫来保安把她父亲打得趴在地上。后来，和他一起去深圳的同乡回来说，那次之后，再没见着她父亲了，不知是死是活。不过，一年多后，村里有人说他寄钱给福伯了。"

"福伯也没他儿子消息？"

"这可要问福伯了！"

山水一体的地方，雾茫茫一片。"好大的雾！"福齐诧异地脱口而出。"是呀！这浓雾，太阳出来了也不能立刻消散。"好姐说。

他们行走在仙女峡的岸边，山影雾霭中看得见仙女峡水银似的河水缓缓流淌。岸上一片片不大也不小的菜地，在月色下静谧无声。好姐途中离去，向自家的方向走去。

回到家，刚坐下，福齐直接问道："侄儿，你喜欢上文玲吗？"家辉猝不及防被问得满脸通红，欲言又止。"别不好意思，该是谈恋爱的时候了。"旺贵鼓励着，"明天我问问文玲和福伯！"

好一阵后，家辉才表态道："不了，明天我去打鱼，到时候看着办吧，不用你们操心！"说罢，他上楼去了。"其实，是不用我们操心的！"旺贵笑道。福齐稍作思量，说："还是先跟福伯说说，让他心里有数！""随你吧！明天星期一，我去云州城看行情。"说罢，旺贵也上楼。

翌日，天未亮好姐便来到旺贵家，煮好早餐后去买菜。回来时大家已起床。旺贵吃完早餐去云州城，家辉迎着未消散的浓雾，去了文玲家。只有福齐一人在家。好姐洗完碗筷，提了水桶、抹布、拖把上三楼清洁。这时，福齐喊住了她，把家辉喜欢文玲的事告诉她，问她觉得怎样。

"我看得出你们一家都是好人，这是你们的家事，我没什么好说的。不过，我看你弟弟眉目大气，眼神专注，有贵人相。我倒想把侄女桂兰介绍给他相识，又不好唐突问他。现在提起这事，便顺便问问你。"

"好呀！他还没有女朋友，你为他介绍吧！你跟我弟说行了！"

"你是他姐，还是你跟他说好，他说可以，就让他们见见面！"

"好！若成事，大媒人红包不会少的！"说完，俩人大笑。

"还有，文玲这姑娘，你觉得怎样？"

"我真的不好说！你一定要问，就说说吧。文玲什么都好，就是性格内向，不爱说话。用我们山里人的话说，就是面相不够讨喜。现在是新时代了，这类老套的习俗年轻人不去理会的！"

"是的！家辉喜欢，我也管不了。只是询问一下，知点根底就是了！"

第二十三章

情缘暗结

74

家辉起了个大清早，不是去文玲家，是叫了辆摩托车去云州城。到了云州城不到八点钟，商店还没开门，家辉便和摩托车主一道吃早餐。八点半时候，家辉搭乘摩托车到处逛，寻找有救生衣卖的商店。买到后，回到龙角村九点多，还好正赶上福伯爷孙俩准备出发。

福伯也是命途多舛。他三十岁死了老婆，好不容易把儿子拉扯大。儿子也争气，当了名教师，娶了一位女教师。婚后，有了孙女文玲。儿子和媳妇嫌教师工资低，要去深圳赚钱，他很高兴。却没料到儿媳贪图钱财，跟了别个男人。儿子也不知什么原因，从此音讯全无。

自从没了儿子的消息，福伯脸上再没出现过笑容。后来儿子有了消息，每月寄一次钱给他，也仅此而已，依然消除不了他对儿子的思念之苦。孙女六岁跟他一起，小学毕业就不再上学。孙女耳濡目染跟他一样，少有笑容。孙女长得漂亮，和她娘像是同一个饼印印出来似的。高兴之余他也担忧，担忧她走上娘亲的路。他也曾想过孙女将来的命运，可想得脑壳痛也没好想法，只好带上她打鱼度日。村干部找他说要让文玲上初中，村委会全额资助她，他拒绝了。他怕孙女书读多了会走上她娘的路，又担忧孙女跟着自己前途渺茫。

福伯每天都在想着儿子，想着孙女，可想也是白想！这两天在竹筏上他看到家辉盯着孙女看，心里明白他是被孙女的美丽吸引了。这是好事还是坏事，他照样拿不准，唯一的直觉就是这叔侄俩看上去不像坏人。他俩是东莞人，跑到这深山建房居住，为了什么？其实，不单福伯这样去想，龙角村里熟悉旺贵叔侄的人也有这疑问。

太阳越过东面的山顶，平静的仙女峡河面被猛烈的阳光直接照射，波光粼粼。在水乡，阳光下的风平浪静，会是闷热憋焗的感觉；在这深山河谷，却是清爽宜人。水乡的河流有河岸，岸边有一片向河心延伸的滩涂，滩涂长满密密的随着水流而摆动的茜草。茜草里藏着小鱼虾蟹，水样柔软的滩涂也藏有无数的泥鱼。河水退下露出滩涂，泥鱼便从滩涂冒出来，迎着阳光在滩涂上蹦跳嬉戏。仙女峡没有河岸，一定说要有，那就是河水与山边交界的地方。因年代久远，河水侵蚀进山体，山底有条小河横贯山腹，在山脉的某个地方冒出，也是常有的。

乘船在水乡的河面上，堤岸上随着河流向远方延伸的随风摇摆的竹子，会冲淡人在深不见底的河流上的恐惧感；在仙女峡抬头是高耸入云的高山，低头是倒映着山体深不见底的墨绿色的河水，一种幽幽的神秘的恐惧涌上心头，就像面对不可预料、难知生死的秘境，令人不寒而栗！

站在竹筏上，竹筏四周没遮没拦，更增添了与险境俱来的那种惊惧惶恐。家辉打开旅行袋，拿出救生衣要穿，正在放着虾笼的文玲不言不语，突然把他推落河中。家辉挥舞双手拼命挣扎，文玲依旧绷着脸放虾笼，正眼也不看他，待家辉快要支持不住了，才跳进水里把他捞起。

"咯咯咯……哈哈哈……"

文玲忍俊不禁，笑了起来。最初她压抑着咯咯咯地笑，见家辉在水里扑腾的狼狈相，忍不住哈哈大笑。

家辉被笑得很是尴尬，站在竹筏上弓着腰，有点不知所措，文玲一脚又把他踹进水里。一番挣扎后，文玲又把他捞起，待他喘顺气了又推他下去……连续了四次，在第五次的时候，家辉手脚并用终于能浮起来了，但还不会游动。文玲在竹筏上看着他，让他在水里待了一段时间。

见家辉行将喘不过气时，文玲纵身一跃，游到家辉身旁，抱着他腰身往筏旁游去。前几次家辉被溺得意识模糊，任文玲摆弄，经过这几次的摔打，渐渐对水性熟悉了一些。他生出恶作剧念头，双手把文玲的身子紧紧抱住，手不自觉地碰到文玲柔软的胸部，文玲倏觉全身触电般颤抖了一下，忙用力甩开家辉，自顾自地游回竹筏旁。说也奇怪，家辉不但能浮起身，还能慢慢地游动。河水没有流速，有足够的时间让家辉在水里浮沉游动……

几个来回后，家辉竟然能够游回竹筏旁。他手抓竹筏，对着文玲咧嘴而笑。文玲还沉浸在刚才既舒服又羞赧的感觉中，见家辉戏谑般的坏笑，不禁恼了，抓起身旁的一段鱼网扔过去，把家辉兜头罩住。刚学会游泳的家辉让鱼网缠住，手忙脚乱在水里扑腾，福伯见状走出了竹篷，把家辉拉了上来。

"谢谢你教会我游泳！"上了竹筏，家辉才想起要说多谢，但文玲似乎不领情，绷着脸嘟起嘴。"刚才我不是故意的，我惊怕得厉害，所以……"家辉连忙解释，他说了谎话。文玲相信了，脸色缓和下来。

午饭在竹筏上吃。一个土制风炉，这种用红土烧制的暗红色风炉，在今天难得一见，在家辉眼里这炉子又老又土。福伯先点着旧报纸，再把木柴放进炉内，一边用葵扇扇一边用嘴吹，好不容易才点燃了木柴。一阵风吹来，刚燃着的木柴被吹熄，福伯又重复一遍刚才的过程。饭煮好，鱼虾蒸熟，菜炒熟，福伯的肩头和满头花白的头发上，沾满了暗灰色的灰烬。他拿了条毛巾走到竹筏前头拍打着全身，抖落干净了，走回竹篷里把饭桌摆开，说道："吃饭了！"

"很香哦！"家辉闻着新鲜味美的鱼虾，赞不绝口，又道，"买个双炉头的燃气灶，买一瓶燃气，煮饭就方便多了！"福伯喝了口酒，边夹菜边说："我也知道方便，可风炉一分钱也不用花的啊！"

"用不了多少钱，明天我买回来！"

文玲只顾吃饭，不说话。家辉恭维说："文玲，你跃起跳水的姿势真好看！明天我带部相机来，你再跳，我拍下来给你看，保准你喜欢！"

"明天谁欢迎你来！"

"你不欢迎吗？"

"不欢迎！"

"我来了，你就欢迎的了！"家辉又道，"你的笑声好听呀，笑脸更美！记得读书时有句成语，叫'美若桃花'，说的就是你啦！"

对着开心快乐的家辉，文玲故意显出爱理不理的神情，心里却是蛮舒服的，还带着点暖洋洋的快乐。"夹菜吃呀，你口水多过茶！"文玲边说边把一只大虾夹到家辉的碗里。"多……多谢！多谢！"家辉高兴得说话有点口吃。其实文玲并没有想太多，也许她只是将家辉当作客人。

长长的仙女峡只有四五条竹筏在河面上打鱼。文玲的笑声，袅袅的炊烟，在深谷清流之间回响缭绕。哪个少女不怀春，哪个少男不多情，年轻人因好感诱发出埋藏在心底的美好向往，传递着只可意会不可言传的情愫，在烟波浩渺的江面上，在红尘纷扰的世间，萌动的爱情显得弥足珍贵！

75

晚饭时候，福齐再次问家辉，是否真喜欢文玲。家辉脸色臊红，答道："真的！"

"叫好姐为你做媒，吃完饭去她家，好吗？"

"好！好！"看得出，家辉全部心思都放在文玲身上。他又说："我应承福伯，明天去买燃气灶和一瓶燃气给他们。"

旺贵高兴地说："还可以建一栋三层楼房给福伯住！"

福齐却说："不用急，待福伯答应了再建也不迟。这么快建房子，万一中途有变，怎么办！"

旺贵说："贵在有诚意。算计这样，算计那样，没意思！退一步，若真的不答应，就算送给他，也没所谓的。我看福伯不是贪图便宜的人。送给他，他也未必要！"

家辉忙说："怎么会有变，没变的！我感觉文玲对我也有意思。不用你们操心，我找机会向文玲表白！"

众人一时无语。好姐原先觉得若当了大媒，一定会赚个大红包，家辉自己去表白，她便没机会了。

"侄儿，你表白你的，但福伯的意见也很重要。这样吧，好姐今晚带上礼物去福伯家一趟吧！"福齐又问旺贵，"小弟，好姐要介绍个女朋友给你，你觉得怎样？"

"好，这样看来，咱叔侄俩在同一地方谈恋爱，也算是双喜临门啊！"

好姐忙着附和："对的，祝贺你叔侄俩都成功吧！"

旺贵笑问："什么时候让我们见面？"

"明天带你上她家！"

"好的！刚好，明天是星期天！"

接着，好姐拿了礼品，去了福伯家。

晚上，叔侄俩在三楼睡在各自的床上，虽然想的都是找女朋友的事，但心情不同，感受也各不相同。

家辉的心情是不安的，又是甜蜜的，还有急躁。他现在有了美好的想象，那是一种甜甜的、美妙的思念。文玲动听的笑声，拒人千里的矜持，柔软身体散发出的体香及柔和的眼神，让他魂牵梦绕。尤其是文玲将大虾夹到自己碗中的那一刻，他感受到了来自异性的幸福。

从懂事起，父母对自己无微不至的照顾，爷爷对自己的宠爱，姑姑对自己的疼爱，幺叔与自己的亲密无间，这些都很让人舒服和留恋，像阳光照耀天地那样自然和幸福。跟文玲在一起不同，那是一种朦朦胧胧、依依不舍的情感，躺在床上，回味着文玲的一举一动，心头涌起如丝如线的甘甜。以前，他犯瘾时火灼般的不顾一切的躁动已荡然无存；现在，他全神贯注地搜索着与文玲有关的点滴记忆，在心里一遍遍闪亮和回放；他急切地盼望着天亮，尽快与文玲相见。

旺贵却是心平如镜，初恋的味道他早尝过了，与红艳的恋情已是刻骨铭心。虽然他和那个桂兰还未谋面，但再来一次轰轰烈烈的恋爱是不可能的了。男大当婚，女大当嫁，他们走的不过是千百年来的婚姻老路罢了。想到这，旺贵情不自禁地一声低叹。他拍了几下胸口，"心呀心，不去想她，好不！不想她，不要想她！"越是强迫自己，旺贵的心越是飘向红艳那里。

好姐要给旺贵介绍女朋友，一点也撩拨不起旺贵对明天的憧憬，他反而陷入对红艳的惋惜和思念之中。虽身处百里之外的龙角村，思绪却回到了江东镇永盛村。他一厢情愿地觉得，他和红艳依旧心心相连。

"现在她怎样？可好吗？"

呼——一阵山风吹来，窗棂发出响声。他想起在大学宿舍里写给红艳的一封信："让烟圈带上我的思念随风飘进你屋里，你床头，抚摸你柔软的披肩发！"他用手搓摸起胸口，试图舒缓一下心中的难受。作用似乎不大，于是他起身，倒了杯热水喝。拿了几份报纸走下一楼，打开光管，浏览起报纸，想借此摆脱苦相思的纠缠。

这份证券报有十二开张，两版评论，都是编辑精选出来的部分个股K线图。这些股票走的是上升通道，但上证指数走的却是漫漫熊途。自上次把股票清仓后，再没买进了。漫漫熊途又不知何处是底，股票清仓了虽再无亏损，但也无收益。股市何时才能牛起来……

侄儿情况的好转虽令旺贵欣喜，但一想到红艳，想到股市，想到自己自大学毕业后一事无成，心里便五味杂陈，不是滋味。红艳父亲庆良那句"你能发达，沟渠也能翻波浪"就像肉刺深深扎在心里，时不时想起隐隐作痛。他时而豪气干云，时而迷茫沮丧，这注定又是一个不眠夜。

同样睡不着的还有福伯，他听完好姐的传话，没作答复。好姐走后，他一夜难眠，瞪着石屋凸凹不平的墙壁，心里七上八下，拿不定主意。

儿子失踪前托同乡捎给他唯一一句话：不要让他女儿踏进广州、深圳那些地方。这叔侄俩正是东莞人，他不想违背儿子的交托。虽然孙女对这事还不知晓，可他扪心自问，自己是否愿意？答案是，不愿意！

他对这叔侄俩一点儿都不了解，他们为何放弃东莞那么好的环境，跑来深山建屋居住？作为爷爷，他当然希望文玲嫁个好人家，她不能总跟着自己生活。这叔侄俩，看上去很顺眼，不像坏人。两种想法各有道理，思量一番，他觉得先不跟孙女说，也不反对他俩的交往，观察了解一段时间再作定夺。

76

眨眼间天已大亮。福伯吩咐孙女，自己到竹筏整弄鱼网虾笼，她来煮早餐，便出屋去。

早晨的仙女峡，浓雾重重，就近的河面波光潋滟，河水清澈。福伯走近河边，低头拿起系着竹筏的绳索，看见水中自己的倒影，禁不住一阵阵的哀愁涌起。看见自己整张脸就像一张被揉皱的硬纸皮，颓然坐在石磴上，长长地叹了口气。他已年过七旬，还有多少日子活？自己死后孙女如何生活？以前就有此类想法，因心里抗拒，不愿往深处想。现在不同了，有年轻小哥喜欢文玲，看上去人还不错，家境也好，他不能毁了孙女的幸福啊！

想想命苦的儿子和绝情的儿媳，福伯心里生出埋怨。这个狠心的女人，不顾丈夫也罢，连亲生骨肉也不闻不问。整整十二年了，她连给女儿的口信也没有，天底下怎么会有如此无情的母亲？

福伯再无心思整弄鱼网虾笼，他望着雾气弥漫的河面，一阵阵无能为力的沮丧在心里游走。唉，做人是这么艰难。老伴病死的时候，他除了伤心难过，却并不悲观，因为儿子是他的希望和寄托。儿子离婚后，一蹶不振，甚至离家出走，他又将希望寄托在孙女身上。

福伯明显感到自己衰老了，面对苍老得面目全非的自己，他再也说不出硬气的话来。自己和儿子命不好，横遭厄运。孙女还小，含苞待放，她的命运将会怎样？他突然醒悟，自己没什么本事，摆脱不了一生的霉运，有何资格指点或是决定孙女的命运呢？他们父子俩吃尽了苦头，也许上天可怜他们，时来运转，将好运气汇聚在孙女身上，也是有可能的呀！这样一想，他的心情便好了许多。

这时，家辉兴冲冲地拎着燃气瓶，手拿燃气管，文玲右手拿着燃气灶，左手拎着盛早餐的竹篮，走了过来。

招呼过后，家辉把燃气瓶放在合适的地方，用绳子固定好，再放稳固燃气灶，把气阀、气管安装接好，问道："钛煲在哪儿？"文玲找出钛煲递过去，家辉接过放在燃气灶上。文玲舀了一瓢水倒进煲内，家辉叭一声拧开燃气灶开关，蓝幽幽的火光蹿了起来。

"看，方便又快捷！"家辉笑道，文玲看了，禁不住也笑了。

坐在石磴上的福伯，看着家辉专注地摆弄着燃气灶，留心观察孙女的反应，两个年轻人的欣喜欢悦感染了他，他也顿时轻松起来。文玲打开饭桌，端上早餐，三人围坐一起吃。

福伯看得出，这小伙子对孙女喜欢得很，他与孙女比较，也算得上是郎才女貌。不过，他心里那团疑云始终存在。饭间，他问家辉："小伙子，你们东莞容易赚钱，生活条件也好，干吗和你叔一道跑来这穷山沟里建房居住？"家辉不假思索地答道："幺叔是因为陪我才来的，我来这里是为了戒毒！"接着，家辉把这事的前因后果说了一遍。

"你二婶真该死！"文玲脱口而出。"我二叔跟那女人离了婚，她双腿被人打断，也算遭报应了！""你父母呢？"福伯问。提到父母，家辉眼圈泛红，但没流泪。好一阵后，他才沉声答道："父亲因为我，自杀了！"气氛顿时凝固，各人的心情都沉重起来，早餐无法继续下去。

对于家辉来龙角村的原因，福伯曾设想过许多种，怎么也没往这方面想。此刻，他既为家辉父亲的亡故而心情沉重，也为家辉的勇气和诚实品格感到欣慰。他对家辉有了新的认识，一个人毫不隐瞒地将自己犯大错的事告诉你，说明他本质上是个诚实可信的好人。况且，他是遭人陷害，让人同情的受害者。谁人无过？浪子回头金不换嘛。福伯对家辉有了好感。

而文玲呢，没有爷爷那么多的考量，她只是觉得自己孤寂得索然无趣的心，因家辉的出现变得欢快而轻松，她因这而开心大笑，放飞自己。那天在竹筏上，她笑得畅快淋漓，心底像有一股泉涌冲破了压抑已久的束缚。她觉得家辉真是可怜，父亲亡故不说，还远离家乡生活；自己比他幸运多了，父母都健在，虽然名存实亡，但起码心灵上有所慰藉。

其实，这个善良的女孩子也有不为人所知的心痛，心里的疼痛远比肉体的疼痛更持久，更难以忍受。身体受伤了，伤口会愈合，会结疤；心里的伤痛却永远不会愈合，什么时候触碰，什么时候就会流血。青春期的时候，在月明星稀的夜晚，狂风暴雨中与爷爷龟缩在洞穴般的石屋里，她第一次来月经，慌了手脚忙问爷爷是怎么一回事。爷爷说不出个所以然来，一脸紧张手足无措的样子，使她更加思念父母。这种强烈的思念随着时间日渐枯萎，但抱怨之心日渐强烈。原先总以为自己是世上最不幸的女孩，听了家辉这番诉说，惺惺相惜，两人之间的距离拉近了一大截。

"文玲，你和家辉去吧，放虾笼行了，不要撒网。我好久没去云州城，今天去一趟买点东西！"

福伯说完，解开绳索，用脚把竹筏蹬离了河岸。

这时候，福伯仍有些犹豫不决。他虽然觉得家辉是诚实之人，但毕竟有过不堪回首的过去；自己时日无多，孙女也是时候找个可托之人。然而，谁才是可托之人？儿子自暴自弃有家不归，孙女她妈杳无音信……

活了七十多年，福伯觉得自己越活越糊涂。对这世事，他看得清又看不清，想得明白又想不明白；既想孙女早点嫁出去，又不想孙女真嫁人；明知自己行将就木，又觉得孙女在自己的庇护中最安全无虑。就像此刻，既不想孙女与家辉相好，又希望孙女早日找到心上人。在这些混乱矛盾的思绪下，福伯一脚把竹筏踹往河中，转身往岸上走去。

福伯感慨自己这一生，只有辛劳，没有快乐；只有哀愁，没有欣喜。人，大都是从自己的身世去感知世界。像他这种中年丧妻、儿遭厄运、老年与孙女为伴的人生经历，找不到哪怕是些微的幸福感受！

第二十四章

风 雨 做 媒

77

竹筏被福伯蹬离了河岸，直向河中冲去。与男孩单独相处，文玲是第一次，她感觉别扭，羞得脸红。昨晚，她在石屋里面的房间，听着外面爷爷和一个女人说话，似懂非懂地听出他俩谈的好像与自己有关，但真实的内容听不大清楚。如今，爷爷丢下自己独自上岸，他究竟要干什么？她心内犯疑。不过，她很快被家辉难以掩饰的兴奋所感染，情绪好转了起来。

有机会和文玲独处，家辉眉开眼笑，情不自禁地双手上举，仰面大喊："哇呜……"

"不要喊了，放虾笼吧！"文玲说。

"我不会干这活的！"

"我教你！"

文玲抓着家辉的手，说："虾笼堆放得很有次序，你拿着，顺着竹筏的漂流速度一圈圈地放掉绳子，不要让虾笼互相缠绕就行！"

文玲走回摇橹的地方，悠悠淡定地控制竹筏的航速。家辉开始有点忙乱，很快就习惯了，干得似模似样。文玲看见他进步很快，赞道："行！"

"是吗？咱们换一换，你放虾笼，我摇橹！"

"摇橹没这么容易学的。也好，你来试试！"

家辉走过去抓住橹杆。船橹的构造简单，橹的中段有一个橹盘，竹筏尾部中间凸起一根橹针，橹针插进橹盘，橹桨伸进水中，橹杆的尽头用麻绳与竹筏连接。人抓住橹杆来回用力，水中的橹桨便左右摆动。家辉握紧橹杆刚用力，橹针就滑出了橹盘，看得文玲不禁哈哈大笑。家辉一筹莫展，问道："怎么会这样？"文玲搬起船橹把橹针重新插进橹盘，说："摇橹技术不容易学的，待以后我爷爷教你吧。可以收虾笼了，我来收，你在旁看吧！"

竹筏随着文玲收拢虾笼的进度而缓慢漂行。家辉抱着盛河虾的木桶，蹲在文铃旁边，看着她把虾笼里的河虾倒进木桶。突然，文玲哇一声大叫，这个虾笼里有一只近二两重的特大罗氏虾。家辉没见过这么大的罗氏虾，连声叫好。收完了虾笼，文玲不大满意，说道："这趟收获的河虾不多，煮饭吧，吃完饭到前面峡口河段放笼。那里的虾源比这儿多得多！"于是，把铁锚抛进水中，动手煮饭。

文玲拿出那只特大的罗氏虾正要把虾爪折断。家辉看见叫道："不要，留下和爷爷一起吃！""好吧！不过，虾不多，不够咱俩吃啊！""我买了猪肉、鸡蛋，够了！"

文玲煎蛋，家辉切肉，然后又一个蒸虾，一个洗米，一顿鲜美的午饭很快煮熟。

树梢摆动，山影黛绿。山上的禾雀花点缀枝头，岸边的夹竹桃花艳红一片；仙女峡像一面硕大的梳妆镜置放在两座山脉的中间，映着蓝天，映着山上的植被。一只乌黑的老鹰在上空起伏盘旋，飞得几乎贴着水面。"你看老鹰的眼珠，像猫眼那般黑白分明！"家辉道。"你能看见它的眼睛？""能看见啊！"老鹰盘旋了几圈，顺着山势翱翔而去。

这天是个阴天，中午时分也没有阳光照射，山风阵阵带来飕飕凉意。饭后稍作休息，文玲便走到竹筏前面，拉起铁锚，摇着橹，对家辉说:"来吧,现在是学摇橹的最好时机。"家辉走上前,站在文玲对面,手握橹杆,顺着她的脚步,前后前后地走着。有时一个猛力后仰,家辉也顺势前倾,几乎贴上文玲的脸面。家辉后仰,文玲也顺势前倾,几乎贴上家辉的脸面。有时脚步轻踏,如室内踱步。开始俩人不习惯,随着这一来一往,尴尬渐失,话题也多起来。年轻人有了共同语言,三天三夜也说不完。尽管一些话题重复,但并没有说得累赘之感。

山顶上的云层走得很快,山风也大。风吹进河道更加复杂多变,像是失去了控制。天空转瞬变了脸,乌云翻滚,河水在狂风吹袭下泛起波浪。山高隘险,浪花四溅,河道里让人感到险峻阴沉,加上黑云压顶、恶风横吹,对于第二次踏足险境的家辉,不免心生恐惧。他怯怯地问:"不会有事吗?""这有什么大不了,没事!"文玲的豪气壮大了家辉的胆子,但他面对让人感到压抑的山势和被横风吹打上竹筏的浪花,依然心慌。

家辉因心慌放虾笼的手脚便显得生硬。一阵横风吹来,把竹筏吹得掉头转向。盘绕在竹筏上的虾笼另一端沉落水中,虾笼随着转向的竹筏被拖拽得快速往水里掉,家辉蹲在旁边不知怎的让连接虾笼的绳索缠住了双脚,身不由己地随着虾笼滚落河中。

天空乌云乱滚,风在如墙的山壁间毫无方向地吹,雨随风至,河面白茫茫一片。人一慌张,更是手忙脚乱,缠在家辉左脚上的虾笼绳索越缠越紧。文玲看情势危险,连忙拿起菜刀跳入河中,割断绳索,抱住家辉游回竹筏。家辉此刻已六神无主了,手脚在水里乱划。

眼见着就能触到竹筏,一阵狂风吹来,把竹筏吹得漂离而去。文玲见势头不妙,改变主意,朝山崖边游去。崖边虽远些,却可以暂避危险,竹筏在狂风中左右打转、漂移不定,很可能会倾覆。文玲这个主意是对的,当她游到崖边攀上山岩,回头看时,竹筏被狂风横扫到仙女峡的中段,只隐约可见。

家辉被灌饱了水,若非文玲年轻有力,水性也好,始终抱住他腰身往上托举出水面,他早被河水呛晕过去了!他们吃力爬到一个平坦处,累得气喘吁吁。

文玲把家辉俯卧在自己的膝盖处，她的膝盖不停地上下起伏，半昏迷状态的家辉吐出了几口河水。这时候，文玲才感到浑身乏力。

刚才笼罩山顶的乌云没了踪影，天空蔚蓝，白云朵朵，一片祥和。山中的狂风像强盗似的打劫一番，说来就来，说走就走。远处的竹筏孤零零地随着流水晃动。家辉吐出河水，清醒了。他从文玲怀里支撑起身，看见影子似的竹筏，想起刚才的险境，余悸未消，说道："好险！"

文玲没有回答。"怎么办？"家辉问道。"你说怎么办？""我没主意！""我也没了主意！"乌云散了，河面上风平浪静。家辉歉意地说："都是我不好，连累了你！"文玲站起身，伸手往空中划了几圈，弯腰摆动了几次，踢了踢腿，道："咱们游回竹筏！""不了，想起刚才就害怕！""我独自游过去，再把竹筏划回来！""也不行，你这么疲乏，竹筏那么远，万一……不行，不行！"文玲感受到家辉发自内心的关怀，心里好一阵温暖。她望望家辉，说道："你说，咋办？"家辉环顾四周，答道："这山没路走吗？""我也是第一次到这儿，不知道。听爷爷说过，这群山中有个宝晶洞，洞很大，很少人去。去找吧，会有出口的。"

"竹筏里那只罗氏虾还在不？"家辉突然问。

"看路吧，要不让藤蔓绊倒，又要我扶你！"文玲笑着答非所问。

两人边爬山边说话。眼前野草丛生，枯枝遍地。"你的手机呢？"文玲醒悟地问。"刚才在水中没了！"不但手机没了，俩人的鞋子也在水中蹬掉了。脚底被坚硬的石棱和带刺的枝蔓刺得伤痕累累。家辉见状又道："这不是办法，漫无目的地走，天黑也走不出去！""现在是沿着河岸走。拿条树枝把前面的枯枝藤蔓清走，不要再让脚底受伤。要不，真把脚底扎伤，走不动，天黑也回不了家！"于是，俩人各折了一条大脚趾般粗大的枝条，把遮挡路面的枝蔓清理掉，看清路况后再走，脚底才舒服了些。

下午时分，天空万里无云。俩人走了一段路，离竹筏渐近。文玲说："我还是游回竹筏，这是最便捷的！"家辉连连摇头："离竹筏还这么远，遇上不测，太危险了，慢慢走吧，走近些再说！"

家辉的话让文玲心里暖意盈盈。6岁那年，父母离开她去了深圳。

记忆中父母回了两次家，以后再没见过他们了。爷爷对自己的关心虽也感温暖，却是长辈带着强迫性的关爱，既没有触动心灵的兴奋，也没有为之一振的心动。家辉的话自然而然，毫无做作讨好的语调。她感觉眼睛有点湿润，动作因此而迟疑下来。"你怎么啦！快跟上！"家辉说着向她伸出手，她也把手伸出，俩人齐用力，她一下子扑到他跟前。此刻，少女与生俱来的撒娇意识突然涌上心头，她多想扑进家辉怀里。这种意识，记忆中未曾有过。若说有，或许6岁以前在母亲怀里有过。如果家辉大胆些乘机抱住文玲，她或许不会拒绝，或会冒涌出甜蜜的幸福感。这肯定是终生难忘了。家辉想不到文玲的感触是如此丰富，也不知晓情窦初开是人类共有的天性，没有地域之分，没有条件所限；不分贫富，不分贵贱，只是各有各的不同罢了。仙女峡里的阳光和狂风就像一对仇敌，有阳光，没狂风；有狂风，没阳光。河面上平静如镜，山上的野草被晒得热气腾腾。被河水浸泡湿透的俩人，都显出近乎裸体的轮廓，能看见对方最原始的异性特征，陷入想入非非的朦胧冲动。

漫山遍野都是野草和攀爬植物。它们共生纠缠在一起，像动物界的雌与雄、大自然的阴与阳，谁也离不开谁。前面有个被长长的草蔓覆盖住的山坡，被狂风撕开了一个口子，露出不大不小的洞口。家辉眼尖，忙说："前面有洞口！"说罢，上前察看。"是个山洞！"家辉又说。文玲走近道："爷爷说过这座山下有个很大的地洞，这会不会是其中一个洞口？""进去看看？""有什么好看！""或许是个出口！"文玲探头观看，这是个地洞无疑，但黑漆漆的，令人惊怕。"有点怕！""两个大人，怕什么！没老虎就行了！""从未听爷爷说起过有老虎！""不怕，进去！"这种环境下，男人便显出英雄胆色了。

家辉带头钻进去，一阵阴风，身后的文玲情不自禁地抱紧家辉。家辉的表现与落水时大不一样，表现出了男人的担当和责任。他安慰道："别怕，一阵风而已。"俩人摸索着前行，山洞越来越大，转了两个急弯，前面有光线射进。"有光了，应该是出口！"家辉欣喜道，加快了脚步。前面真是个洞口，站在洞口看到一个比江东镇文化广场还要大的洞穴。不过，这洞口却悬在洞穴的洞壁上，下面六七米才是平地。怎么走下去？家辉探头张望，巨大洞穴的左边深沉黑暗，右边有光线照射，估计前面是洞穴的出口。洞下面有一条两米宽的小河，河水缓缓流淌。走到下面才有回家的路，可怎样才能走下洞底？刚燃起的希望被淋熄了。

俩人坐在洞口的石头上，一时无语。

"文玲，还记得你爸妈的模样吗？"

"十多年没见，记不清了！"

"你想他们吗？"

"哪能不想，可想也没用！"文玲言语间流露出了悲伤，家辉更甚。他说："我爸为了我连生命都舍得付出，而你爸妈十多年也不回来看你，不明白他们是怎样的人！"

"爷爷说，我爸寄过钱回来！"

"有你爸的住址吗？要不我带你去找他。"

文玲摇头道："没有！不说这了，还是想办法走下去吧！"

"只能用这个办法！"说完，家辉脱掉衬衣和裤子，再撕开想办法弄成布条，相隔五十公分打结连成一根长布条。他把布条放下去，到达洞底了，又拉上来，说："玲，你先下去吧！"文玲第一次被人称作"玲"，这亲昵的称呼令她心里不由得甜意荡漾。她转身道："我下去后，你怎么下去？""把布条绑在这石磴上，我就能下去！""好！"文玲说完，拿住布条走到洞口。

见家辉不站起身，文玲催促着："快点呀！"可家辉满面通红，没有站立起来。原来，他胯间的器官硬挺起来，不好意思站立。"怎么啦？快点！""那好，我站起来了！""站起来呗，快点！"家辉缓缓站起，羞得满面通红。文玲猛见他短裤里横顶出半截竹竿似的东西，愣怔了片刻，便明白是怎么回事，忙双手捂面，嗔怪道："你坏！"家辉自责道："我也没办法！"

过了好一阵，家辉靠近了文玲，轻声道："你先下去吧！""嗯，你坏，你好坏！"文玲的右手下意识地往下一甩，原意是不让家辉靠近，无意中竟然触碰到他坚挺的器官。

家辉再也按捺不住，从背后抱紧了文玲。文玲的身体麻酥酥在家辉怀里，软成一团泥，羞得半闭上眼睛。一种朦胧的渴望，一股缓缓的气流从丹田处涌了上来，家辉的手有意无意地抚摸着文玲的胸脯……

78

家辉和文玲处于热恋之中，福伯愿意也好不愿意也罢，是没法阻止得了的。

福伯有条最基本的底线，绝不让文玲嫁到繁华的地方。他问家辉能否入赘龙角村，家辉爽快答应了。他说到做到，与旺贵商量，在龙角村建一栋三层楼房，让自己、文玲和福伯居住。

楼房建好后，福伯告别了捕鱼的生计，入住新屋。几个月后，文玲怀孕了。家辉和文玲摆酒结婚，婚宴很简单，只有秀芬和福齐过来参加。自此，秀芬、福齐和旺贵心里悬着的大石终于卸下。不久，旺贵和女朋友桂兰一道返回永盛村。

这期间，秀芬多次来往龙角村，看见儿子重现往日容颜和笑脸，不禁满心欢喜，笑逐颜开。她多希望来龙角村和儿子媳妇同住，一家人齐齐整整地生活。福齐却另有担忧，怕秀芬留在龙角村会否影响家辉夫妻间的感情和生活。婆媳间的关系毕竟很微妙，两者不经历一些磨合，是很难达到和睦融洽。若因磨合不顺对家辉造成困扰或烦恼，很有可能诱使他发病，毕竟他的病根还在。听福齐如此说，秀芬便打消了一家人同住的想法。

旺贵和桂兰的恋爱故事很简单。旺贵一表人才，单凭东莞这地名就对桂兰产生足够吸引力。第一次见面，桂兰很高兴地同意了。旺贵经历了感情的颠簸，有"曾经沧海难为水"的感受，对情感上的追求不再吹毛求疵。俩人的关系发展很快，回到永盛村不久，把屋子重新装修了，接着又在龙角村为桂兰的父母建了幢三层楼房，便进入举办婚宴的倒计时。

这阵子，桂兰感觉比浸在蜜糖罐里还甜。她做梦也想不到，今年会是自己的转运年。旺贵在桂兰深深的爱恋包裹下，尝到了缱绻缠绵的真味。两颗年轻的心融合在一起，旺贵隐藏心底的对红艳的依恋，也似乎消失了。他还觉得红艳的隐忍含蓄比起桂兰的大胆直接，犹如盐水比酱油，不是一个层次！

79

一年的时间，对于一些地方的人而言，或许只是日出日落、风来雨去，行走的白云、静止的山脉，树木、野草的春生秋萎，江河的潮起潮落；但对另一些地方的人，却是敢叫日月换新天的变化。有的人固执己见，因走了弯路而长嗟短叹；有的人与时共进，与势共舞，跟上了时代的步伐，成为舞台上的主角。丁家已站在命运的十字路口，将何去何从？

从龙角村回家后的第二日，旺贵开车带着桂兰，上午去江东镇游逛了华阳湖，饭后去见父亲。他看着父亲，还是一副似傻非傻的状态。广西大姐告诉旺贵，近一阵子他父亲特别爱唠叨，也听不清在唠叨些什么。他还常发脾气，脾气一来，便要像哄小孩那样哄他。看着父亲婴孩般的笑脸，旺贵忽有所悟。他打电话给福齐，提出把父亲送去龙角村的想法，福齐连声说好。于是，旺贵决定在自己婚宴后把父亲送去龙角村生活一段时间，看效果如何。

如今，以华阳湖湿地公园为核心的江东镇全域旅游商业镇已经形成。早上十点至晚上十点，游客熙攘如鲫，可以把这里看作都市中一条繁华的商业街。与洪梅镇隔海相望的江东新城，能容纳几万人的几个大楼盘已经封顶。随着高铁、地铁的相继开通，与水乡新城一道成为一河两岸的东莞新城市中心，前景无可限量。

旺贵开车前往被搁置的商业城旁边，下车走进去。工地上杂草没膝，一片荒凉。在周围正兴建着文化中心、江湾新城、江湾新城医院、水乡金融大厦的衬托下，这块荒地显得格外引人注目。向着陈旧的桩柱顶部攀爬着老鼠拉瓜草，指甲般大的叶子青绿油腻，下面挂着大米粒似的果子，缝衣线般纤细的茎蔓不惧狂风暴雨拉着果子向上爬行，多么固执和顽强。旺贵看着这种植物，陷入沉思。

"你怎么啦，不舒服吗？"旺贵走进车里，桂兰见他神色有异，问道。"没什么！"旺贵再没说话，把车往柴记大酒楼的方向开去。

华阳湖"创客坊美食城"人头攒动，围绕华阳湖而建的酒店林立。不过，这些饮食企业对柴记大酒楼构不成威胁。柴记大酒楼虽不在华阳湖商圈，但它坚守本土饮食特色，始终吸引着当地食客，也吸引着好奇尝新的外地食客。从外表看，柴记大酒楼没有豪华酒店那般气派，但里面一至三层的餐饮大厅，从早茶到宵夜，生意仍如以前那样兴旺。年头年尾是嫁娶婚宴的旺季，生日寿宴分布在全年。柴记大酒楼实在、本色、贫富皆宜的经营特色包揽了当地大部分的嫁娶寿宴，丰厚的利润供养着丁家几十口人的生活。

福齐胖了些，比以前显得珠圆肉润，富态十足。她对丈夫已然绝望，一点也不因他的无能和背叛而伤心，她看透了男人，心胸变得豁达而乐观，已达某种至高境界。这种境界自然而然地浸润着她的心态，她活得很通透，心境清澄，面善心慈，其乐融融。尤其是侄儿家辉戒了毒瘾、娶了妻子，她不负大哥重托，去掉了一块心病，感觉到人生的幸福，心宽体胖便是自然而然的事了。

福齐原本就宅心仁厚，这种境界改变着她待人接物的方式和态度，潜移默化地影响到酒楼的员工，他们感受到老板的宽容大度，尽心竭力地做好本职工作。行恶有恶果，行善有善报。老板顺心，员工开心，酒楼生意焉有不好之理。

福齐虽是酒楼老板，几乎无事可做。她和儿子一起住在酒楼六楼，原先那个家因吴景富住着，她已很久不回去，不知景况如何。她让旺明每月给吴景富一次钱，尽量避免见他。偶尔有人在她面前提起吴景富，她便摇头摆手，不听不问。儿子吴灿光再过一年大学毕业，很懂事，从不在母亲面前提起父亲。

旺贵和桂兰的事，福齐早已知晓。对小弟的到来，她很是高兴。桂兰主动地冲茶递水，家人似的熟络随便。

"辉仔近况怎样？"福齐关心的还是家辉。

"他很好，文玲快生了。她什么也不懂，我让好姐去照顾她！"

"好，是要这样！"福齐赞同道。

"姐，刚才去商业城那地块看过，照这发展速度，不用一年，江东新城就变成第二个华阳湖了。我们应该把商业城建起来，要不会坐失机会！"

福齐沉思了好一阵，才答道："我想过了，第一，没人才。家辉肯定胜任不了老板的位置，也不知你是否愿意当那个老板。第二，即使你愿当，也没有足够的资金去建设了！"

"姐，人才不是问题，可以雇请经理。资金方面可以动员旺祖、旺明、旺强他们加入，把资金重新集聚。"

"不了，现在不同了！旺祖的钱早让那狠毒女人拿走；旺强花钱大手大脚，分回去的钱怕已花掉大半；旺明虽精打细算，也有一间小厂，可他贪图高额利息，把钱放贷给永盛水泥厂。现在水泥厂破产，资不抵债，几千万的资金收不回，他那几百万打了水漂。你有多少我不知道，就剩父亲、我和小妹这几份还存在银行！"

"大哥的话是对的，钱一分下去，很难再集拢起来。大哥不是早走，商业城早已开业了！"一提起大哥，姐弟俩顿时无语。桂兰不知情况，没有插话。过了很长时间，福齐才问："你俩什么时候摆酒结婚？"

"商议好了，明天去领结婚证。你为我们择个吉日吧，听你的！"

"好！十天后的农历初六吧，大吉之日，婚嫁迎娶都适合！"

结婚日期择定了，旺贵和桂兰在福齐处吃了午饭，满心欢喜地回去。

第二十五章
痛染花柳病

80

易志浩参加完旺贵的婚礼，心情却是微微地痛痒酸麻，讲不清是什么感觉。

在水乡地区的房地产界，易志浩已相当有名气。他投身房产生意时间不长，便大包大揽、毫无顾忌地投资，正好赶上行情的主升段，自然赚足了一波行情。

一般人不具备这种条件和胆量，主升浪总是在人们的犹豫猜度中进行，当人们幡然醒悟蜂拥入市时，行情或许到了尾声。这波房产价格的涨升就像专为易志浩准备似的，房价从两千多涨到五千元，比起两年前的房价每平方米已涨了近一倍。易志浩赚得盆满钵满，他胸藏成功者的底气去参加旺贵的婚宴。庆良跟在女婿身后，就像个跟班随从，他不以为意，反倒因女婿的光环显得神采奕奕。

易志浩踌躇满志，那凛然的气势、凌厉的眼神以及毫不掩饰的得意神色，像在宣示他是"王者"。客人都向易志浩热情打招呼，庆良堆着笑脸相迎。远处的客人挥手向易志浩示意，庆良也挥手回应。不过，他挥出的手是弯曲的，无法像女婿那样恣意张扬。

权力也好，财力也好，人一旦拥有便显得与众不同。因人们仰慕成功者，抱着有朝一日能沾他一点光环的想法，极尽去讨好。婚宴上的主角好似不是旺贵，而是易志浩。直到旺贵带着桂兰、带着亲人逐桌向客人们敬酒致谢，易志浩近距离看见桂兰的那一刻，他的张狂气焰顿时烟消云散。

水乡的女子婀娜柔弱，温润如水，本性内敛；而山中的女子，粗直张扬，野性彰显。一般人很少做比较，更不会如此细心地去体察。易志浩是风月场所中的老手，阅女人无数，培养了只可意会不能言传的第六感，女人除了花容月貌外，销魂蚀骨的媚术更令男人痴迷。易志浩眼神刚瞥见桂兰的身影，就被她清新质朴的气质所吸引，就像看遍了浓艳绚丽的花朵，冷不丁见到空谷幽兰，体内立时便涌起一种想占有的贪欲。

"谢谢大家的光临！干杯！"桂兰跟着旺贵，鹦鹉学舌般随着旺贵招呼客人。人如其声，同是粤语方言，没有水乡地区那种有意拖长让人觉得低调谦卑的尾音，而是豪爽清朗、干脆利索。易志浩眼前一亮，心里蠢蠢欲动。

"呵呵……干杯，干杯！"众人应声而起，举杯庆贺。有的祝新人早生贵子；有的祝他们白头偕老；有的祝他们幸福永远。易志浩没有说话，肆无忌惮地盯着桂兰看，后来觉得过于显露，便移开了目光。他的眼睛好像不受控制，始终追随着桂兰，越是隐忍越是心猿意马，难以把持。在婚宴的尾段，易志浩再不言语，只是频频地喝酒。他这样子，给人造成一种成功生意人成熟稳重、深谋远虑的假象，没人能猜到他心里龌龊的想法。

从柴记大酒楼出来，夜色笼罩了大地。天上的月虽明亮皎洁，却再不是以前的"明月光，照地塘"。街道的霓虹灯，公路上流光溢彩的汽车灯，一幢幢高层建筑窗口透出的或明或暗的灯光，临街店铺五光十色的广告牌……其亮度远远盖过了天上的明月，没人去留意"十五的月亮升上了天空哟"那么美好而浪漫的意境。

易志浩开车进入广深大道，明月像一块硕大的镜子悬挂在他的上前方。此刻，他心里回味着桂兰的一颦一笑，色心再次蠢蠢欲动。最近这几年，他三次动了色心，第一次是初见红艳，第二次是陆小姐，现在这是第三次。前两次虽不光彩，违背人伦，现在却不同了，桂兰已经是旺贵的老婆。如果再做非分之想，这可是道德沦丧、遭人唾骂的丑事。"算啦！"他自言自语了一句，"命也！"

回到家里近九点钟，红艳还未睡，正扶着女儿学走路。易志浩的父亲易世耀为孙女取了个很传统的名字——易凤金。"爸爸回来了，叫爸爸！"小凤金在母亲的引导下，抬头望着易志浩。她刚满一周岁，还不会说话，只是咧了咧嘴，发出"咿呀"的声音。易志浩神情落寞地坐着，例行性地扬了扬手，然后取了一个茶包，起身拿起热水壶，往茶杯斟满开水泡着。他无聊地呆了呆神，忽地想起了什么，掏出手机："喂，莫总吗？这几天的行情怎么样……哦……这样吗……好，让我考虑一下再答复你。啊，好的！"

易志浩踏入房地产行业，顺风顺水，不知不觉地几年过去了。他从开始入行时的愣头愣脑，到今天对行业比较熟悉，经历了一个学习相关知识、寻找行业信息、倾听专家分析、形成个人见解的复杂过程。眼下，有两种观点针锋相对，一种认为因房价与居民收入脱节，房价的上涨是不能持续的，买楼的人随时面临接最后一棒的风险；另一种认为国家现代化的进程不可逆转，一线城市对人口的吸附效应还只是处于初始阶段，二线城市的羊群效应也跟随着一线城市而水涨船高。截至目前，后一种观点被市场证明是对的。这种意见就像个引路人，引领着市场的发展方向。

刚才地产中介的莫总告诉他，近一阵子房价稍有回落，他上个月签约的一手楼房价已回落了3%，问他的处理意见。易志浩都是购进一批房，房价升了，便卖出，瞅准时机再买入。总之，有钱赚就卖！即使买进的价格比上次卖出价高了些，他也不在乎，最重要的是每一批生意能有钱赚。

买进后房价便跌的情况，易志浩还是第一次遇到。不过，他思前想后，觉得这种跌价是正常的回调。有升便有跌，有跌便有升，主要是看大方向。易志浩立定了心意，回电莫总："莫慌，捂盘！"他在心里说，市场敢跌，若跌到某个低位我就敢再买！反正手上还有 50% 的备用资金。

沉思片刻，他转念又想，既然还有低价可见，何不现在把这批房卖掉，再在低位买回！他随即又不禁笑了。跌到低位再买这只是自己一厢情愿的想法，市场毕竟不是自己开的。

"什么事，这么开心！"红艳看见丈夫忽呆忽笑，也不知道他在想什么。

"开什么心，这批房子购进了没几天，楼价便松动了，还在跌！"

"跌价了赶紧卖呀，卖了吗？"

"没事！慌什么，不要紧的！"易志浩不在意地答道。

女儿哭闹起来，红艳抱起她回房睡。易志浩冲完凉，也回房睡觉。他不是回红艳的房，是往二楼走，回自己的卧房。

红艳和易志浩分房睡的起因，是她生下女儿三个月后的一件事，她竟然被老公传染上"脏病"。

红艳万万没想到，当初对自己极尽痴迷、百依百顺的易志浩，在她生了女儿后，来了个一百八十度的转变。每个晚上半夜才回家，倒头便睡，直睡到第二天早上十点才睁开惺忪的睡眼。稍作漱洗，他又出去了。有一次，红艳质问他，这是干吗，什么意思？易志浩说找生意，赚钱呗！要不，哪来钱给她花！红艳看他对自己毫无歉意，还摆出一副冠冕堂皇的样子，涌上喉头的恶言恶语硬是咽了回去。

红艳管不了老公，便跟家公家婆哭诉，易世耀对儿子严厉斥责，易志浩这才稍有收敛。过了不久，又故态复萌。她曾想向父母诉说，又不忍心让父母为自己担心。她明白了，江山易改本性难移，一万头牛也拉不回易志浩。她也曾有过离婚的念头，可这念头一冒出，便自动蔫了。当初抛弃旺贵，和易志浩爱得轰轰烈烈，莫非现在离婚也要离得轰轰烈烈？想想便觉得丢脸！

更恼人的是，在家中她的悔意、无趣、怨愤都可写在脸上，每天早上去菜市场买菜或走在街上，她却要装出一副快乐幸福、无忧无虑的样子给别人看。旁人都说，她嫁给一个发达了的老公，是几世修来的福气，哪会有不幸福快乐的道理。如果把不幸福的神情显露出来，没人会同情自己，甚至还会有人指责自己是身在福中不知福。每天演戏似的强装笑脸，令红艳更加憋气难受。

最近这段时间，红艳感到下体痛痒不适。在一次洗澡中，红艳发觉下体起了几个凸起的红点，又不是水泡。她很惶恐，连忙去医院看病。医生检查完后，问她做什么工作。红艳说她没工作，在家带女儿煮饭。医生听后有点厌恶的神色，说道："你得的是一种叫'尖锐湿疣'的性病，治疗好容易，但你要继续现在这行当，则永远治不好！"

"我真的在家带孩子，没工作呀！"红艳惶惑答道。

"那肯定是你老公传染给你了！"医生开了药单丢给她，喊道，"下一位！"

医生周围站满了人，都对她露出不屑和厌恶的眼神，忙不迭地让开一条路给她走，生怕她把性病传染给了自己。红艳羞得满脸通红，只恨地上没裂开一条缝让她钻进去！这种羞愤伴随着她在医院排队计价、拿药、回家，真是羞愤难当、无地自容。红艳掏出手机拨通易志浩的电话，说道："你快回来，女儿发高烧，烫得很！"她虽不惯撒谎，但现实迫使她撒谎！不撒这个谎，他不会回来。

"凤金发烧吗？抱她上车，去医院！"易志浩人未进门，声已进来。待易志浩走近，红艳翻出今天的病历，放在台面上说："你看我这病历，托你的福，我得性病了！"

易志浩怔了怔，忙下意识地辩解道："这与我有关吗？"

"与你无关，难道是我在外面惹了性病？"红艳怒了，大声斥责。

易志浩无言，好一阵后，才低声说："去医院吧！"

红艳见他一副无关痛痒的样子，更加气愤："我不会去医院吗，要让你提醒？当初，你怎样待我？现在，你怎样待我？你其实对我毫无感情，只是贪恋我的身体！若不是怀了女儿，你早把我踢开的了！"

小凤金被吓得哇哇哭叫，可她父母并没理睬她。

"你如果想老公对你始终如一，就找一个泥水工、摆地摊的，或是承包农田种菜的男人当老公！"

"放你的狗屁！"

"狗什么屁？你父母因为我这个女婿赚了多少钱？你嫁给了我，辛苦过一天吗，缺钱花了吗？你既要我有本事赚钱，又要我只守你一个女人，你就不觉得自己太自私了吗？"易志浩比红艳更大声，小凤金又是一阵哭声。

"我嫁给你是因为爱情，不是因为你的钱！"红艳近乎绝望地号叫。

"爱情是什么？爱情就是爱欲，爱情就是做爱！不是吗，还能是什么？那时候我为什么不喜欢其他女人，只喜欢你？是因为我只想跟你做爱，明白吗？"

红艳抱起女儿哄着。

"美味佳肴有人说不好吃吗，可吃多了都会厌的啊，要转尝口味的呀……"

"哼……狗屁……"

"你怎么不明道理，一味要求我迁就你，你就不能迁就我……"

红艳不答话，将背带放在女儿的腋窝处，把女儿一个翻背，翻到背上，再把背带的四条带子在胸前拧绑结实。

"看看你那些同龄姐妹，有几个能像你不用干活，日子过得这样滋润的？人家不都是要么朝八晚五地去打工，要么摆地摊让城管追赶得鸡飞狗走，要么在大排档洗碗洗菜把手指浸得起皱……"

红艳拾掇着衣服，女儿的奶粉、尿布……

"你应该庆幸自己命好，才嫁给了我！竟然还在这里诸多埋怨……"易志浩继续数落。

红艳把东西塞进小皮箱，抽出皮箱拉杆，拉着皮箱边走边说："离婚吧！"

将出门口时，红艳又回头说："你愿意就协议离，不愿意我去法庭起诉，不用担心我分你多少钱。一分钱我都不要你的！"

易志浩冷漠地听着、看着，言语和行动上都没去挽留，默默注视着红艳消失在视线之外。

81

　　尽管老婆的体味、女儿的尿臭还在屋内弥漫不散，老婆的怨声、女儿的哭声还在耳畔回响，但没了女儿的哭喊，没了老婆的怨声，易志浩心里突然间变得不安了起来。其实，红艳在不在身边，易志浩都是一样赚钱，一样交际。他点燃了香烟，思索着。挂钟嘀嗒作响，他下意识地抬头望向挂钟，十三点四十分。红艳走了该有五分多钟了，他继续思索着，此刻有些心绪彷徨，这是否某种暗示或者某种先兆？是好抑或是坏，对自己意味着什么？

　　易志浩心烦意乱，瞎琢磨了一会儿，他站了起来，自言自语道："罢了，毕竟是自己不对，向她认错吧！"他关上大门，朝车库走。启动了小车，向岳父家驶去。

　　庆良的住宅不再是昔日小巷内的二层小楼房了。他高价收购了联利水泥制品厂后不久，市道回落，正当他为合兴水泥制品厂的产品滞销苦恼之际，亲家易世耀关照了他，介绍他与市里的建安公司拉上了关系。城市的市政建设规模大，单是建安公司的生意，合兴厂也供不应求。水泥制品和房地产是一对孪生兄弟，沉寂了不到半年，房地产行业又再度兴旺，水泥制品也跟着水涨船高。今年春节前，庆良购买了城区的江东新城二幢十八楼一个单元，搬了进去过春节。易志浩考虑到红艳没那么快到她父亲家，便先把车停在商场，进去买了两瓶"飞天茅台"，才朝江东新城驶去。

　　易志浩到了岳父家，还不见红艳，放心多了。赶在红艳前头到岳父家，她便没机会向岳父岳母诉苦。"志浩，这么有空？怎不先给个电话？"

　　"不必了，自家人，来去随便，妈你说是吗？"

　　"对的！就该这样，随随便便，就当在自己家里一样！"

　　易志浩一声"妈"，叫得红艳妈欢天喜地，忙不迭地拿零食出来，放在易志浩面前。"妈，我买了大白兔奶糖给你！"说着，他从购物袋里拿出大白兔奶糖、蓝带曲奇放在桌面，又拿出茅台酒递给庆良。就这当儿，红艳拉着皮箱进来，骤见易志浩，她愣了一下，把皮箱往墙边放，二话没说走进卫生间。她打开水龙头，洗去眼眶的泪痕。一路上，她越想越气愤，越想越委屈，泪水都蓄在眼眶。快到父母家门口时，泪水已在眼内打滚。不想进门却看见易志浩，她原想发怒，硬是忍住了，泪水倏然收住。

在卫生间里，红艳让一路积蓄的泪水尽情地流，让懊恼无比的心情慢慢地舒缓，但红红的双眼无法快速恢复。她不想在父母面前和易志浩吵架，只能将愤怒硬压下去。她走出卫生间，把背带松开，让女儿落在母亲怀中。

易志浩打开红艳的皮箱，取出奶粉、奶瓶，用汤匙把奶粉放进奶瓶，加热水冲调好，递给红艳，道："女儿饿了！"红艳接过奶瓶，把奶嘴插进女儿口中。俩人虽没说话，但配合还算默契，让人感觉不出红艳压抑的愤怒。红艳妈抱着外孙女，接过女儿手上的奶瓶，聚精会神地看着外孙女吸食的快慢而调整奶瓶的倾斜度，以防把外孙女呛着了。

庆良边泡茶边问："志浩，房产的市道有所回落，你怎看？"

这时候，易志浩巴不得岳父找话题跟他聊。他知道红艳心里的主意，也扪心自问过，自己实在不愿意离婚。并非是他对红艳情深，而是在他接触过的女人中，都是贪慕金钱才愿意和他在一起；只有红艳自始至终，都没有贪图过他金钱。他对女人的喜欢，仅仅是异性相吸的动物本能，是一种原始的占有欲罢了。他从来没和哪个女人有过情投意合交流，更没和哪个女人在精神层面有过共鸣。在他看来，除了金钱、肉欲能让双方产生感情，再没有第三种原因了。

红艳不贪图金钱，结婚后对易志浩嘘寒问暖，这些他都能切身感受得到。尽管对红艳提出离婚不以为然，但他心里跟明镜似的，离婚再娶未必能找到像红艳这样安分守己的好女人。维持这段婚姻，是目前最好的选择。

基于这种心态，易志浩害怕红艳在岳父岳母面前数落他的丑行。因为在岳父岳母面前揭丑，等于将原本属于夫妻俩的矛盾升级了一个层次，有可能使红艳正处襁褓中的离婚念头火上加油。他要找话题和岳父聊，不让红艳有插嘴的机会。岳父提的问题，正好迎合了易志浩这心思。

"说真的，爸……"易志浩把"爸"字的尾音叫成加长版，显得格外亲切，"从开始炒买炒卖房产，一路走来，直到今天，我是真正的'死鬼不怕黑'。不过，回头看，重要的是第一次买卖取得成功，给了我胆量和底气。头次赚了五万元后，当时就抱着一种心念，有五万元让它亏，怕什么！可第二次又赚了……靠这些利润作胆，炒到了现在，我也没想到会这么成功。要问我对房产行业的看法，我也说不出原因。总之就这么简单，有利润垫底我敢跟，都是形势推着我走，推着我发达。"

"若当初你买的楼不卖，捂到现在岂不赚更多。没必要买来卖去，瞎折腾！"

"这不对！爸，不是这回事。您以为一幢楼房永远能跟上时价吗？不是的，一个楼盘的开盘价决定了这个楼盘的终身价值。当然，也会升值，但只有可比价值，没有绝对价值。比如当初二千五百元一平方米，到现在能和最新价五千元一平方米一样价吗？不一样的。它只能跟涨，但涨幅有限。您那种思路炒房，赚不了多少钱的！"

红艳妈在旁插话道："你这脑筋死板兼胆小，又年老，不要再逞强了！"

"我怎么啦，当初丁守正不都是跟着我开厂才发达吗？怎么就死板胆小！"

说到丁守正，刚才说得热烈的气氛有所冷场。庆良继续说："说起他，真让人叹气！丁守正有本事，可成了失忆人。他大儿旺财也有本事，可是太胆小。吸沙行业那么好的光景，稍微有些回调，便慌怕行情转淡，赶紧把吸沙船卖掉。这可肥了树朋，收购了旺财的股份经营到现在。看那行情，一路畅旺，树朋赚到盆满钵满了！"

红艳妈接上话："旺财让他儿子害死了！"

"其实，就算他儿子吸毒，也不用寻短见。他死了，他儿子就戒得断尾了吗？真不知他死的时候是怎么想的！丁守正那些生意只剩下酒楼，若守正醒过来，看见这样子，哭也没眼泪了！"

易志浩接着说："听说啊，卖掉了吸沙船的股份，他们七兄妹摊分了！"

庆良掰着手指道："旺祖让前妻骗光了钱；旺明够精明，因贪图水泥厂的高息，几百万有去无回；旺强好赌好饮，早败光了；那个旺贵，听说炒股票亏得很厉害；旺财的儿子走上那条路，应该没剩多少钱了；就剩下福齐和那个傻妹两份，估计还保住当时分得的数额。其实，我刚知道旺财儿子吸毒的事后，就预料到丁守正的儿女守不住他的钱财，玩完了！"

"现在看来，旺贵还有点抱负，看他能不能成气候！"易志浩接着说。

"他入错行了，靠炒股票能发达？"庆良嗤了一声说道，"炒股票的人不少，可听说过有人赚钱的吗？更别说发达了！我看透他，他要发达比'沟渠翻波浪'还难！"

"哈哈哈……'沟渠翻波浪'，这话说得也够绝的！"

"不能把人看得这么低。人家还年轻，多少有些本钱！"红艳妈道。

庆良不以为然地说："本钱？会使用，本钱就是好处；不会用，本钱便成害处了。你们女人知道些什么！"

"走，回家！"红艳突然说道，拉起皮箱要往外走。

"怎么了，这么急！"庆良问。

红艳不回答，也不回头，易志浩见状忙跟着出去。

女儿女婿走后，过了好一阵，红艳妈说道："你看红艳，怪怪的。"

"怪什么怪，年轻人就算吵几句，也属正常。咱们以前吵得还少吗？"

红艳妈又说："听人说，志浩经常去洗浴沐足那类场所……"

"哎，你不要管年轻人的事啦！没事发生都让你管成有事发生，懂吗？"

"看红艳那样子，肯定有事发生！"红艳妈忧心忡忡地说。

82

易志浩追上红艳，抢过她的皮箱拉到小车旁，然后把皮箱放进后备厢，对不肯进车的红艳说："进去啦！"一来二去，红艳拗不过上了车。

回到家，红艳对易志浩说："不离婚也行，但要分房睡。艾滋病有十年潜伏期的，我想长命百岁！"

"是吗？你不要吓唬我啊！"

"谁吓唬你，我说我自己罢了！"说完，红艳把女儿放下婴儿床，自己走进房间，把易志浩的衣服找出来放在沙发上。她又说："你睡哪里是你的事。还有，你明天买一台洗衣机回来，专洗你的衣服！"

"你疯了……"易志浩说完，头也不回地走了出去。

红艳不怒也不忿，平静地倒了杯开水，拿出药片吃。

这晚上，红艳想了很多。事到如今，悔也悔过，恨也恨过，什么都想过，尽管明白道理，更明白多想无益，但这些都阻挡不了她的万千思绪。想来想去，少女怀春的日子，和旺贵十多年的同学情、初恋情最美好、最难忘。结婚前憧憬着结婚后的幸福生活，没想到结婚后一地鸡毛，让她大失所望，婚房成了伤心、痛苦、悔恨的集聚地。她想找人倾诉，想找少女时的女伴，问问她婚后的生活过得怎样，这类念头只是一闪而过。

去父母家，本想向他们大诉苦情，说出自己的离婚念头，可尾随而至的易志浩使诡计让她没机会说话。现在想来，跟父母说也是白说。他们一定是劝说自己忍耐迁就，嫁鸡随鸡，嫁狗随狗，然后别无他话。稍觉暖意的是易志浩的举动，看得出他不想和自己离婚。男人真心挽留往往令女人感动、欣慰，红艳也不例外。给他一次改错的机会吧，她抱着这种心态，原谅了易志浩。

分房睡后，易志浩好转了。白天在家吃饭，晚饭后再不去外面。他和红艳的话题也多了些，还帮她做家务，抱女儿。两人相约一起去医院看病，按照医嘱吃药治疗，一段时间后检查报告显示他们的各项指标正常了。家庭的幸福很简单，言无不尽的话题，笑脸相对，欣赏对方的好处，宽容对方的不足。说起来容易，真能做到并非易事，红艳和易志浩现在似乎做到了。

这天，正欲下楼回自己房间的易志浩听见老婆叫他，转身面向红艳。

"新娘美不美？"红艳把女儿哄睡了问。

"呵呵！美！肯定美啦！"

"美成什么样？"

"比香港小姐还美！"

"你怎么啦，惹你不高兴吗？"红艳感觉到易志浩神色不悦。

易志浩这才意识到自己因得不到旺贵的老婆流露出了不当的醋意，忙辩解道："没有，刚才想着房价回落的事，分了神！"

"怎么办？"

"没事，近两年都在涨，现在回落一点，正常的！"

"用不用稳妥一点，卖掉再说？"

易志浩有点不屑，答道："旺财那死鬼投资吸沙船时，赶上了经济腾飞，也算他有眼光，敢在低迷期投资。市道稍有回落他就把吸沙船卖掉，不想没到半年时间，市道又兴旺起来了。他这叫做守不住，懂吗？"

红艳一时无语，忽然说："回房睡吧！"

这个晚上的云雨之欢，似乎没有"久旱逢甘雨"的狂热，原因在于易志浩。他脑海里离不开旺贵老婆直率的目光和身上散发的野性气息，她像是充满着野性的诱惑，挑逗着他的神经，向他发出暧昧的暗示。此刻虽然和妻子交欢，脑子里总想着别的女人，难免分心走神。

看见老公顾家了，转性了，红艳格外高兴，她充满激情，很是投入，丈夫却好像力不从心。"你怎么啦？"红艳敏感地察觉到丈夫的变化。"唉，我都生疏了！"说完，易志浩一个翻身，把红艳翻转成俯卧……

第二十六章

各展宏图

83

今年，股市旱地拔葱式地涨了十一个月，跟着直插式跳水了四个月，反弹了三个月，又下跌了一个月。这种大幅度上蹿下跳的癫牛式行情，要想赚钱难度太大，因此而亏钱的大有人在。旺贵根据120天均线选择买卖时机，非常恰当地滤去了这种癫牛行情，不会再亏损了，但他买的股票的涨幅却远远落后于指数涨幅，在指数下跌时跌幅又远大于指数跌幅。尽管股价跌破了120天均线时果断卖出，不至于亏损，可也赚不了多少钱。重要的是要能赚钱啊，把时间和精力投入在股市上，却没有收益，眨眼近一年又过去了……有多少光阴可以虚耗。

旺贵初进股市时怀揣的发达梦想，此刻他坐在椅子上，一张张翻看着以120天平均线组合的股票K线图，试图找出有疯牛或长牛行情先兆的股票。在牛短熊长的股市里，在几千只股票中，怎样甄别其中的真牛股票，自己真的一点把握也没有。想着这几年亏掉了的钱，想着不要说赚钱，能把亏掉的这些钱赚回本，也是遥遥无期……初进股市时的万丈豪情、百倍信心，被销蚀得近乎一干二净！

他站起自身，双手叉腰摇了摇有点僵硬的腰身，手肘碰到了转椅的靠背。突然想起，投身股市以来，旋转椅子换了三把，电脑也换了两台，就连这椅子和电脑的钱也没赚回来！

片刻之后，他重又坐回椅子上，双目微闭，索然无趣地沉思着。这时，桂兰走到椅背，双手圈住他的颈脖，问："什么事？很烦吗？"

旺贵缓过神来摇摇头。所谓新婚宴尔，对他来说没什么值得惊喜的。从和桂兰相亲到现在，他都甩不掉红艳的身影。他明白这对桂兰不公平，可是没办法，红艳的一颦一笑时不时浮现出来，消解着他对新婚妻子的柔情蜜意。股市无望，精神空虚，他重新陷入苦闷之中。

"这股市，把我亏得好惨！"

"也不用太悲观，失败乃成功之母，谁没有失败过？"

旺贵的心动了动，随即说道："说是容易的！"

"现在怎样？"桂兰接着问，"认输了？从亏损到不亏损，这不是很大的进步吗？"

旺贵默不作声。"这样吧，我去工作，赚够日常家用的钱。你继续炒股吧，反正不会亏钱，只是赚多赚少而已！"桂兰见丈夫心不在焉，自顾自地说着。

"酒楼还有分红，不用你去工作赚家用。不必了！"

"虽然有分红，可我能干，也想去见识一下世面！"

"去哪里干？"

"去大姑妈的酒楼干！"

"随你吧！"

"十一时了，你不是说今早去酒楼吃饭吗？"

"这顿饭不会吃得轻松！"

"怎么不轻松？"

"去了你就知道！"

原来，旺明联络了旺祖和旺强，提出要把建商贸城的地块卖掉，分钱！

起头闹事的又是旺明，这几年服装行业不景气，他从早忙到晚也赚不了多少钱，正是"忙死自己羡煞旁人"。他看见易志浩炒楼容易赚钱，萌生了转行的念头，但他贷给水泥厂的几百万收不回来，资金不够，自然而然地想到那块地。不知他用什么道理说服旺祖和旺强，认可了他的卖地计划。

一星期前，旺明向福齐提出要卖地，福齐不同意。昨天，旺明又把这件事提出来，很强烈地表态，如果福齐不愿卖地，就出资把他们三兄弟的份额按市价收购。福齐被迫无奈，召开了这次家族会议。为防止人多口杂，会议只允许秀芬和弟妹们参加。

去年初江东镇一下子新开张了两家星级酒店，华阳湖也冒出一条美食街，可江东镇的饮食主流始终集聚在柴记大酒楼。传统地道的各种水乡美食，醇厚味正的水乡味道，只能在柴记大酒楼才尝得到。四楼以上楼层则围绕着时势而转换经营品种。从刚开始的主营住宿，后来主营沐足。现在交通、通信的便利使传统的城乡概念消失，福齐看到了做生意不分地域的趋势，把沐足阁关了，按写字楼和中小型会议室的规格重新装修了四楼以上楼层。租用写字楼的都是老板，他们对饮食美味有着独特的专注，地道的水乡美食满足了老板们的需求。酒楼的声誉助力写字楼的招商，写字楼的满租让酒楼的饮食生意旺上加旺。转换经营品种的效果异常好，福齐真是又惊又喜。

父亲丁守正、福齐和弟妹们坐在四楼1号厅，气氛稍显沉闷，大家都明白这是因卖地心口不和引发的。

旺贵问："怎么不见大嫂？"

福齐说："通知她了，她说再不管俗事了！"

旺贵皱起眉头："她干什么？"

旺强抢答道："大嫂每天都去黄旗山观音庙拜观音，一去一整天，好诚心的！"

"不说她了，这样吧，无谓多说，旺明、旺祖、旺强你们主张卖地，把理由说出来，一个一个轮着讲！"福齐是大姐，她主持家庭会议。

"好，我先说！"旺明率先说，"从老爸创业之初到成功，到大哥经营吸沙船成功，后来大哥转让所有的实体生意打算专营商贸城，丁家成功的诀窍就是四个字‘顺势而变’。我们的商贸城地块从老爸购买到现在，已升值了上百倍。那地块现在周边形势怎样呢？让高层楼宇包围住。那面积建商品楼太小，建私人楼宇太大，一句话‘大资金容纳不了，小资金啃它不下’。随着周边大型楼盘的相继落成，大型的商贸城肯定有人投资。到时咱们这地块的价值就因面积太小，不适宜建大型商贸城而极有可能大打折扣。大哥在生时，建商贸城的计划是对的，我们也向大哥承诺过，要把地块建成商贸城。然而市道变了，从发展趋势看，那地块的升值空间已经触及天花板了。如果我们还死守着对大哥的承诺，而不考虑发展趋势，会造成很大损失的，对或错不是一目了然吗？想想老爸创业时的灵活手法，想想大哥因势利导的转营思路，大家暂时不要说话，静心想一阵子！”

众人面面相觑，真的谁都不说话。

旺贵忽然甩出不冷不热的一句：“三哥你还是那种主张，钱攥在自己手上总比让别人攥着放心！”

好一会儿，旺明答道：“这有错吗？”

“没错，可三哥把几百万让别人攥着，又是什么道理！”

旺贵此话一出，引得大家一阵哄笑，连丁守正也跟着傻笑。

旺明脸色微红，说道：“小弟，你不要取笑我，我的钱虽然收不回，但水泥厂还在，贷给水泥厂的钱也有凭有据，赖不了账的。倒是你，炒股不要炒成饭焦才好！”

“各位大哥大姐，我不是取笑三哥，是借事说事。很多时候，不知跑步快还是走路快。刚才三哥的分析似乎有道理，但细想一下，事情有两面性。比如卖掉地，分了钱，大家心里都安逸了。如果把这些钱亏完了，不知又有怎样的想法了！”

“你的意思，我们只会亏钱，不会赚钱！”旺明说。

“我只想提醒大家，大哥生前分下的钱，到现在还剩下多少！”见众人不出声，旺贵又道，“只有老爸、大姐和兴妹这几份还在，其他都剩不了多少了吧！大哥那份因家辉的原因花掉了，我在股市上也亏了不少。三哥有炒房的打算，需要资金，自然地打商贸城的主意了。可强哥你有什么打算，祖哥你呢？"

福齐接过话说："旺祖，你说说！"

"我没有打算，只想着现在能卖个好价钱，把钱存银行生息也算是有收益！"

"旺强你呢？"

"跟着三哥，炒楼！"

"我说说不卖的理由！"福齐顿了顿，喝了口水，"说来说去主张卖地的就只你旺明一人！先不说你撺掇两位兄弟的私心，单凭你卖地的理由也不对。你打算去炒房，肯定是认为房价还会升，可房价升地价能不升吗？我的理由就这么简单，地价和房价还会上升，卖它干吗？"

"姐，那块地没有升值潜力的了，怎么说你都不愿接受这事实。在大型楼盘的包围中，那地块承载不了大投资，小投资又没意思，这是明摆着的。即使现在卖出，也未必有人肯接盘，你以为那是块黄金地吗？"旺明不屑地说。

丁守正在自己的儿女中不停地走来走去，他的神情随着儿女们的争吵而变化。儿女们吵得大声时，他专注听；儿女们心平气和的时候，他又变得轻松。有时候似乎听懂，有时候傻笑。福兴见父亲不停地走动，上前按他坐下。他听从了，坐了下来，不再走动。

福齐明白自己说服不了这三人，可她实在不想把地块卖掉。这时，她想到一个不是办法的办法，说道："一方要卖，一方不要卖，谁也说服不了谁。这样吧，投票决定，按赞成票多的办吧！"她想着现在是三比三，家辉还没表态，相信家辉会支持自己。

听福齐这么一说，旺明当即便明白她打什么算盘了，可也拿不出更好的方法，唯有同意。

福齐拨通家辉的手机，把情况说明，征求他的意向。然而，家辉的回答令福齐大感意外！家辉表态支持旺明卖地的主张。

旺明高兴道："姐，其实我是对的！"

"这事先搁着，明天去问清楚家辉的真实想法再说！今天就这样，后天再集中商议。"

广西大姐进来带走了丁守正，旺明他们几个也走了，剩下旺贵、福兴和福齐。福齐自言自语地唠叨着说："小弟，我不是担心家辉赞成卖地，是担心他要那么多钱干什么。"

"明天去龙角村吧！"旺贵不无忧虑地回答。

84

翌日晨曦时分，福齐、旺贵和桂兰驱车上路。公路上行车稀少，没有堵车，十点钟便到达了龙角村。福伯在家门前散步，见到亲戚上门，格外高兴。

"福伯，家辉俩公婆呢？"福齐问。

福伯向上指了指，小声答道："还未起床，叫醒他吧！"

"不用了！我和桂兰先去岳母家一趟，回来吃饭！"说罢，旺贵和桂兰去了。

福齐问："福伯，家辉这阵子忙什么呢？"

"他是有点忙，不知道他忙什么。昨天去村委会，前几天去镇政府，去了两趟广州，又去了一趟广西。"

"他一个人忙？"

"是，他一个人忙。我去买菜了，回头说！"

听说家辉一个人去广州、去广西，福齐心中的疑虑顿时加重，焦急地在屋里踱着。环顾四周，没发现不对眼的东西。家辉的寝室在三楼，她欲抬腿上楼，又收了回来。坐了坐，起身走到屋前，来回走动。

"姑妈！"

福齐抬头看见家辉在三楼的窗边喊她，应声道："哎！"

家辉跑下楼，走到福齐身边，问："我妈呢，幺叔呢？都来了吗？"

"今晚赶回去，时间太短，没叫你妈。你幺叔来了，见你还没起床，去了他岳母家，待会来吃饭！"

家辉拉着福齐的手进屋，边冲茶边说："昨天你说明叔他们要卖那块地，我赞同。你今天来，一定是问我原因，对吧？"

福齐和家辉几个月没见面了，她仔细打量着侄儿，胖了点，气色也好。

"我计划在龙角村投资建一个种植蔬菜的农场！"

福齐知道侄儿是这个原因，先前的忧虑烟消云散。"是吗，干吗要建农场？想赚钱，有很多门道！"

"文玲不愿意出远门，我在这儿要找点事干。想来想去，龙角村最好的项目还是种养。我投资建设的是无土种植智能化大棚农场，棚内按有机食品的规定严格要求设计，利用自动化科技，将空气的温湿度、水汽循环、养殖栽培、室内无害虫等设计制造成一个完整的循环系统，实现无土种植蔬菜、循环养殖高附加值水产品的生态链种养大棚。不需人工翻土，无须喷洒农药，无杂草可除，自动喷淋，不需用二氧化碳生成器，只要有种子，即可自行茂盛生长。加上龙角村山清水秀的地理环境，我有信心能成功！"

"有这种高科技种植？我可是第一次听到！"

这时，文玲从楼上走下，挺着孕肚，拖鞋与楼梯摩擦发出踢踏声。她因怀孕身形前凸后仰显得婀娜多姿。"姑妈好！"她亲切地叫道。

文玲怀孕的消息，福齐早听说了。如今，看见款款而行的侄媳妇，按捺不住高兴的心情，起身上前应声说道："文玲，见到你真高兴！不知不觉你怀孕了，很快就当妈妈的了！哈哈哈，恭喜啊！"

"是呀，想起来也很期待啊！我什么都不会，担心真当母亲了，会手忙脚乱呢！"文玲面上漾着幸福的笑容。

"不用怕，我跟桂兰她妈商议过了，到预产期那个月，让她来照料你！加上好姐，没问题的！"

"好啊，多谢姑妈！"文玲嫁给了家辉，生活方式发生了翻天覆地的变化，她再不用去河里打鱼，不再窝居在潮湿阴暗的石屋里睡觉。新婚那晚上，望着从未见过的温馨舒适的寝室，室内光洁明亮的沐浴间，绛红色自动开合的蚊帐，桃红色被单，绣着一对鸳鸯的深红色枕头，还有啡黄色的大衣柜，深啡色的床头柜，旁边是一个青绿色的保险柜。她看着家辉把一大摞百元的人民币放进去……

所有这些，文玲做梦也不曾梦见过。家辉对她照顾周到，如影随形地不离左右，她更觉得自己比公主还幸福百倍。偶有不快的是想起父母，不过因家辉无微不至的照料，不快之情迅速消散。

"煮开水冲茶呀，家辉你怎么啦？"文玲边嗔边拿起电茶壶走向厨房，家辉一个箭步上前，拿过文玲手中的电水壶，道："刚才只顾说话，厨房地滑，你坐下，让我来！"

福齐看在眼里笑在心里，这对小情人似的小夫妻，真的是幸福美满了。只是大哥为了成全侄儿的今日，付出自己的生命。这个念头涌上来，她的情绪不由得低落下去。这时，旺贵夫妻俩、桂兰母亲和福伯一起有讲有笑地从外面走着进来。福伯拎着猪肉、一条鱼，福齐看见说道："不用煮了，去外面酒楼吃吧！"

家辉忙说："不，不，上次文玲产前检查，医生嘱咐她走路不要太颠簸，多点休息。去镇上吃饭，道路不好，还是在家煮好。爷爷养了鸡、鹅，好吃呀！"

"哈哈哈！辉仔你只顾老婆不顾幺叔啦，连酒楼也不跟我去！"

"是又怎样！"家辉故意说得严肃。

福伯说道："这样吧！你们去，我和文玲在家！"

"不要管他叔侄俩，小的不正经，大的也不正经。福伯，去看看你养的肥鹅、肥鸡，捉两只大的，酒楼的菜不如福伯的好吃！"福齐说着拉上福伯朝屋外的菜园走去。

菜园很大，种满了白菜、菜心、茄瓜等时令蔬菜。有两个竹子搭的茅棚，养着鸡和鹅。福齐说："福伯，不要干活了。辛苦了大半辈子，也该享享福了！"

"享什么福，想起儿子就憋闷！"

福齐见福伯顿添愁绪，问道："听说你儿有钱寄回，是吗？"

"有的，她母亲也寄过，一年有三四次，每次二三百元！"

福齐听后稍作思索，说："去邮政查一下，便知道包裹的寄出地，然后按地址寻找，说不定能找到。不过，他俩有心不回，一定有不回的原因。或许他们过得很好呢，不用担心。你为他们养大了文玲，也是问心无愧，对不？"福齐一番话，说得福伯眉头舒展开来。

吃饭时候，福齐问道："家辉，你说的无土种植农场，是怎么一回事？"

"现在的大棚种植蔬菜只是在地上搭一个棚，蔬菜还是种在地上。我这种无土种植智能大棚，大棚内挖一圈水沟，水沟周围和水沟里面分成几十个长两米宽两米的方格，方格内填充一层十公分厚的陶粒。这种陶粒满足植物对土壤的各种物理要求，又摒除了土壤对植物的普适性能。即是说，在它上面撒什么种子，就生长出什么植物。撒菜心种子绝不会长芥兰花，更不会长野草。种植某种植物，棚内各种自动化机器根据仪器给出的植物不同时期的养分指引进行施肥和浇灌。比如太阳灯，和大自然的太阳一样，让棚内保持和外面一样的光照和温差。也不用喷洒农药，不用除草，实现生长过程全自然化和自动化。"

"真的还是假的？"不但旺贵，其他人都不大相信，放下了筷子。

"你们夹菜吧，听我说！"家辉呷了口酒，又道，"这种陶粒可种植豆类、水果和中药材，还有鲜花。叶菜类一个月收获两次，因为叶菜类出菜快，效益也好，大多以它为主种。至于中药材，时间虽长，但经济价值高。水沟可养殖四大家鱼，也能养殖名贵鱼。水是每天循环过滤的，很干净。这是真正的无公害有机食品，品质高，能卖得起高价；产量高，能以低价抢占市场。"

"一个大棚的建设成本需用多少？"旺贵提出这关键的问题。

"单棚一亩一个的六十九万元左右，两年内可回本。若多棚连接，形成规模，回本时间缩短至一年半，建棚成本也相应减少八九万元。"

福齐问道："我也是旺贵的问题，真的这样神奇？"

"我去华南农业大学咨询过有关专家，也去了广西主持这个项目研发的南宁嘉兴食品科技公司实地考察过，也吃过大棚里种的菜、养的鱼，没有假！"

"若是真的，也是项超前的投资项目。好，敢吃螃蟹，我支持！打算怎样开展？"福齐表态。

"首批投资十个大棚！我去龙角村村委会和云洞镇镇委联系过了，政府表态大力支持，还透露政府计划把仙女峡开发成旅游景点。年内修建一条双向四车道的龙角村连接省道的县级公路，希望我能带动东莞的资金进来投资，和政府一道帮助村民脱贫致富。"

福齐饶有兴致地说："对啊，找树朋商量，他或许有兴趣。"

"问题是有没有吸引他们的投资项目！"旺贵说。

"回去后找树朋，请他来龙角村一趟。他或许会有新的思路，待他有兴趣了再去找村委、镇委甚至县委洽谈项目！"福齐说完，想了想又说，"一次建十个大棚，是否心急了些？刚起步不要这么大规模，稳妥些！"

"姑妈，南宁那边的技术很成熟。一两个大棚，产品少，销售成本肯定大，反而未必能赚钱。从建棚到出产品，南宁那边都全程参与，还承诺建棚资金不用一次性支付，分四期支付。"

"他们倒很有信心！"福齐点头。

"怎么分期？"旺贵问。

"开始建棚付四分之一，建好后付四分之一，成规模出菜了付四分之一，生产销售成规模，常态化后付四分之一。他们说，为表诚意，以及对自己公司研发技术的信心，愿和我共担风险！"

"签合约了吗？"

"缺资金啊，怎敢签合约，所以我赞成把爷爷那块地出让！"

"十个大棚，六百九十万。首期一百七十多万，也不见得要卖地嘛！"旺贵商讨道。

"还要地租、工资、销售渠道的前期投入，没一点资金储备不行的！"

"好吧！既然家辉有这宏图，支持你！"福齐道。

旺贵举杯，说："侄儿！好样的！祝你马到成功，大展宏图！干杯！"

不知不觉，这顿饭吃了两个多小时。

回东莞的路上，天空晴朗，黛绿的群山白云缭绕。车驶进加油站，三人下车，迎着阵阵山风，呼吸着清新舒爽的空气。福齐问道："旺贵，对家辉的投资，你怎么看？"

"山里的空气好，水质好，这是种养产品品质好坏很重要的因素。祝愿他成功吧！这时候，成不成功当然重要，但更重要的是他有这抱负和追求，才是他……"因为桂兰在场，旺贵没有往下说。福齐会意，此时，她想起了大哥，想到自己不负大哥的重托，有太多的感触和小弟倾诉，也有太多的喜悦要和小弟分享。满肚子的话语都因桂兰在场不便多说而作罢了。

第二十七章

恶向胆边生

许淑兰的房子靠西,夏秋两季被后半晌的阳光烘烤着,闷热难耐。尽管窗帘遮蔽,空调不停,但走近窗边还是能感受到烘热了的墙壁散发出来的热气。用手指撩开一点窗帘,眼睛被阳光照得刺痛。

自从赶跑了吴景富,用人兼司机也换了两个。她气愤用人太贪心,每天给五十元去买肉买菜,吃的都是鳊鱼、鲤鱼、肥瘦肉这类价格便宜的食材。她怀疑用人一天至少贪了她十元钱,如今她只请做家务的用人,早上坐市残联送给她的残疾人代步车去市场买菜。若出远门,一个电话便招来代驾。

许淑兰上次和吴景富去黄旗山观音庙拜观音娘娘后,心内便有了放置观音的地方。她每天都在聆听观音的声音,反省自己的过往,心态渐渐地变得豁达,能接受得了"自己错了"这样曾令她反感的说辞。这段时间是她自离婚以来内心最宁静的日子。身随心转,虽然她不时缅怀和丁旺祖相处的日子,想起抱养的儿子,难免懊悔,但观音娘娘却一直在心里开导着她。

当她去市场买菜或是到商场购物，一些人经常厌恶地对她指指点点，她可谓臭名远扬。她为此伤心难过，懊悔不已，这时内心便响起观音娘娘的声音："食得咸鱼抵得渴！恶行就是恶行，别人憎恨恶行是理所当然的事。"有果必有因，自己实施恶行本身就是逆天的事，遭受别人的憎恶也是很自然的。从恶则众罚，从善则众亲。这一刻，她像是有所感悟。

一日，好友惠萍登门拜访。许淑兰既感意外又觉高兴，带她去酒楼吃饭。她俩是小学同学，年轻时是好闺蜜。婚后，两人便少了来往。同学来访是有好事介绍，她说有家财务公司以月息十五厘承揽存款，问她有无兴趣把存款搬家。

许淑兰不等惠萍说完，便摆手拒绝："不，不，你没听说水泥厂破产的事吗？"

"早听说了，可这次不同，水泥厂是村集体所有，对那些管理者来说，一人管一条线，每条线都有油水捞，厂里赚钱也变成不赚钱。借钱给水泥厂，就如把钱扔进大海。这家财务公司不一样，有完善的财务制度，有严格的业绩指标和提成，又有律师坐镇监督，很稳健的！"

"一万元一个月支付一百五十元利息，他们借这些钱做什么生意？一个月很快过去……我不相信！"

"老实说，他们做什么生意我也不懂。不过，我借了八万给他们，快两年时间了，每个月都收到他们一千二百元利息，不知多么甜！我知道你有钱，想着让你赚点自在钱也好，就来跟你说。随你吧，信不信由你，反正我信！"

惠萍说这话的时候，一副事不关己却又有点怆惜的口吻。事后，每个月她都找淑兰，说收到利息，请她去酒楼饮早茶。饮茶的时候，总吃一些高档点心。淑兰劝她能吃饱肚子行了，吃那些贵且不饱的东西不划算！"管它划不划算，这钱又不用力去赚！""嗬！口气倒挺大，饮一次茶一百多，你一千来元，能饮了多少次？""什么一千来元，我把全部家产投进去了，一月有三千多利息！""是吗？这也倒妥当！"许淑兰露出欲试的神色。惠萍察觉了，便打蛇随棍上："你又不相信，有什么办法！存一百万就有一万五进账，只一个月啊，多滋润！""好吧！先存四十万，凑够一个月六千的收入！"许淑兰脱口而出，但话一出口便有了悔意，却又不好意思反悔。

每个月六千元，5 号收上个月利息，不劳而获，真的很滋润。连续半年都准时收息。这时，许淑兰放了心，便有了胆量，赚多了还想赚更多。她一步一步地往前走，终于把银行里的存款大搬家，把几百万和大半年收到的利息全投了进去。想着每月有几万进账，她心里乐极了。然而，存进了几百万后的第一个月，10 号了，银行卡还没收到利息到账的提示。她拨了公司的电话，听到的是忙音；打惠萍电话，已关机。这时，她隐隐有点心慌了，连忙叫来代驾，到夏水村找她的老同学。惠萍的家是找到了，那是一间泥砖老屋，屋前长满青苔，屋墙爬满了鸡屎藤、老鼠拉瓜等攀爬植物。村里人告诉她，那个惠萍离开村子十多年了，也不知搬哪里去。她又驱车去那家公司，人去楼空。

许淑兰心寒了，几百万说没就没了。她第一次感受到叫天天不应的无助。现在只剩下这套楼房和一部小车，想到以后的生活，她深深地感到对生存的恐惧。

许淑兰想起自己一路走来的历程，这一次是真的凄凉无助。她无奈找到吴景富，能说上话的只有他。当她把这一切告诉吴景富时，他大声问："这是真的？"从许淑兰微微发抖的双肩、近乎发黑的嘴唇、惊惧的眼眸里，他找到了答案。

"这种事你也相信，没听说水泥厂破产的事吗？你同学就是冲着你这几百万去的，一步步诱你入瓮，这都看不出？

"现在才想起找我？

"只给我一个电话，你就留住那几百万哪！"

面对吴景富一连串的质问，许淑兰无言以对，身不由己扑进吴景富怀中，双肩簌簌抖动，哭喊着："我怎么办呀……"

吴景富也不知道怎么办。

86

　　农历五月十二，是江东镇一年一度的龙舟竞赛盛景，也是民俗节日
"关公诞"。传说每逢"关公诞"这日，上天定会下雨让关公磨刀，故把
这天下的雨称作"磨刀雨"。十一点，阳光如火般热气逼人。十二点刚
过，天空响雷，乌云翻卷，豆粒大的雨在艳阳中说来就来。太阳把地面
晒得烫脚，刚开始打落地面的雨水也被烫得温热。半小时不到，雨停歇
了，阳光又毫不留情地灼热起来。

　　许淑兰自从被骗后，心情再没好过。用人已辞退，日用品柴米油盐
都让客户送货上门。有胃口就做饭吃，没胃口吃面条，有时不想动手干
脆睡到腰酸腿麻才起床，冲杯即食麦片算是吃了一顿。

　　从早到晚，龙舟锣鼓声从河面上传来。人们听到这喜庆的锣鼓声，
心里便不由自主地随着锣鼓声的节奏而兴奋跳动。对于许淑兰，欢快的
锣鼓声像是催命符，懊悔沮丧的心情雪上加霜，了无生趣。

　　龙舟比赛的河道离新鸿花园不远，锣鼓声震得人耳膜嗡嗡作响。许
淑兰关严了窗户，被子蒙住了头，传进来的锣鼓声很小了。因她抱着
"不听锣鼓声"这主观念头，即使是微弱的锣鼓，也比平常放大了几倍，
令她焦躁难耐，寝食难安。后来干脆一骨碌起床，掀掉了被子，索性走
出屋子。

　　街上游人如鲫，摩肩接踵。为了不让人认出，许淑兰戴上墨镜，置
身于烈日下、人潮中。受到喜庆氛围的感染，许淑兰对锣鼓声的抵触情
绪淡化些许。她意欲走到江东大桥中间，这是最佳的观看龙舟竞赛的位
置。然而，腿有疾患的她，挤不赢腿脚灵活的正常人。无奈只好往回
走，转入江东大桥桥底，穿过桥底的横路，进入沿河西路，从侧面观
看龙舟竞赛。她看见前面有一空当，便加快了脚步，上前占据了一个
空位置。

　　龙舟竞赛时间设定十二点半正式开始。这时，"磨刀雨"刚过，天
气更加闷热。观众戴起帽子，摇拨着颜色各异的扇子。河面上的龙舟来

回穿梭，鼓声震耳。许淑兰不能久站，只好走回路边，找了块干净的石头坐下。忽然间，身后有人叫了声"大姑"，她觉得声音耳熟，侧头回望，原来是秀芬、福齐带着福兴有说有笑地慢行，正寻找有空的地方。"大姑，前一点有空位置！"接着，姑嫂三人从许淑兰身旁走过。许淑兰透过墨镜注视着秀芬，见她穿着白底红色小花短袖衬衫，深蓝色长裤，面色红润，神态安详，凸起的小肚和丰腴圆润的腰身看上去胖了许多。许淑兰吃了一惊，心想莫非她那宝贝儿子恢复正常了。许淑兰不得其解，妒意顿生。这时，她似乎听见观音娘娘说，人各有命，妒忌他人，不如做好自己。

许淑兰想了想，自己将秀芬一家害得够惨了，她这叫损人不利己，还反受其害。遭报复双腿被打断，声名狼藉，钱财被骗光。这不就是报应来了，还不清醒，还执迷不悟？

龙舟竞赛开始了。锣鼓声、呐喊声和鞭炮声震天响。许淑兰提不起观赏兴趣，想着秀芬时来运转，而自己却境况悲惨，心里一阵难受，眼睛湿润。她拿下墨镜，用手揉了揉眼睛暗道："还是斗不过她！"此刻，秀芬无意中回转身，看见了许淑兰。

秀芬自从上次在黄旗山观音庙撞见许淑兰至今，已过去好几年，心里的恨意一直未消。正所谓"仇人相见分外眼红"，秀芬怒气冲冲走过来，用尽全力一巴掌掴在许淑兰脸上。许淑兰还没反应过来，被掌掴得眼冒金星，面皮发麻。"你这害人精，全江东镇的人都知道你阴险恶毒，还有脸出来看龙舟，趁早投河死掉算啦！"

许淑兰本不是善男信女，怎么甘心被打被骂。她扑向秀芬，秀芬一个不防被她扑倒地上。许淑兰双腿无力，很快被秀芬反压身上。秀芬积蓄了几年的仇恨凝聚在拳头上，向许淑兰的头、脸、身上一阵挥打。许淑兰双手护着眼睛，只有挨打的份。福齐见状连忙拉起秀芬，"你让我打，打死这害人精才解恨！让我打！"秀芬想起死去的老公旺财，伤心地哭了。

这几年间，农历每月的初一、十五，秀芬都上黄旗山观音庙上香拜观音，一去就是大半天。上完香，跪拜完了，去斋堂盘坐合掌，为儿子还神，为儿子求观音赐福。几年来，不论起风下雨，从没停歇。渐渐地，她因丈夫去世、儿子戒毒而坚硬起来的心，慢慢变得柔软。有时想起许淑兰也没以前那么憎恨，不知为何，今天看见许淑兰，不由得火冒三丈。一瞬间，她想起儿子曾经的惨状，想起了死去的老公，恨不得活吞了许淑兰。

看见许淑兰被打，乡亲们不但不劝，反而拍手称快。秀芬被福齐劝走后，也没人上前扶许淑兰一把。许淑兰又羞又气，过了许久才缓过劲，慢慢地起身，慢慢地走回家。

回到家，她往床上一躺，脑子里全是仇怨。因空调未开，她一身的热汗，满腔的仇恨，周身疼痛难忍。行善比作恶太难，观音娘娘好像已从心里消失，不再规劝她，恶魔悄然而至，再次附身。

黑夜降临了，屋里死气沉沉，墓地般沉寂。肚子不饿，身上的热汗消失了，许淑兰只感到心腔焦灼和喉头干咽。她起床倒了杯开水喝，呆坐片刻，突然想起了什么，拿起镜子照：脸上有几处被打得瘀黑肿胀，摸摸胸前，一阵疼痛泛起。

打蛇打七寸，秀芬的七寸是她儿子丁家辉。这些年，丁家辉音讯全无，人间蒸发了一样。他现状如何？在干什么？到了哪里？一连串的问号接踵而至。

向善有何用？纵使她知错愿改，却没人相信她。她被秀芬骑在身上猛打，没人上前拉架；她倒在地上起不了身，没人过来劝慰一句；一些熟悉的面孔不仅鄙夷地看着她，有的还向她这边唾唾沫……她犯了众憎，惹了众怒，她就是被打死，也没人可怜她、原谅她。

自己这一生注定是孤独凄凉的。"同归于尽！"许淑兰在心里发狠地说，"既然没人容我，我也不容他们！坏女人就坏到彻底，坏得轰动，坏到他们听见我的名字就心惊、就发麻！"

许淑兰上网找了一家搞调查咨询的公司，打算请他们调查丁家辉和惠萍的行踪。她盘算着变卖小车和这套楼房，能套现两百多万元。回永盛村花十万元左右买间平房居住，花几万元给调查公司，手上还剩两百万元。

"反正我这辈子完了，不跟秀芬母子拼个鱼死网破，活着也没什么意思。"许淑兰喃喃自语。许淑兰现在活着的唯一动力就是与秀芬和丁家辉母子俩同归于尽，哪怕花光了这两百万元，也在所不惜。

主意拿定，许淑兰拿起手机，拨通了调查咨询公司的号码。

87

一星期后，有关丁家辉和惠萍的详细资料放在许淑兰面前的桌子上。

丁家辉，男，二十二岁，现居住在粤湘交界地区云州市云洞镇龙角村，他与龙角村女子步文玲结婚，生下一子。现在龙角村经营龙辉农场，种植蔬菜。

凌惠萍，女，四十七岁，查无此人消息。

许淑兰倒吸一口凉气，凌惠萍渺无踪迹，这就意味着她的几百万追债无门；没想到丁家辉竟然躲进粤北山区，戒掉了毒瘾，还娶妻生子当上老板。

面对这样一个历经磨难、走出死路再次活出光彩的男人，要想再次扳倒他，谈何容易！扳不倒丁家辉，就伤害不到秀芬。想到这，许淑兰心头一阵沮丧和不甘。冷静下来后，她觉得还是先去龙角村看个究竟，再作打算。

为了筹措钱，许淑兰先把小车卖掉，房子她暂时还不打算卖。连吴景富也不通知，悄悄乘上东莞至云州市的班车。

听口音，车上旅客大部分为东莞本地人，他们是去仙女峡旅游。一路上他们都在谈论仙女峡风光如何秀美，那条河流如何蜿蜒流淌；仙女峡旁边的宝晶洞如何神奇，洞内有河，河中有桥……许淑兰戴着墨镜，不敢说话，生怕别人知道她的真面目。

这时，手机响起了信息提示音，她打开看，是吴景富的信息："你到哪里去？怎么啦？不要干傻事啊，请回信息！"许淑兰没有理睬，人在一边倒的思维定式中，九头牛也拉不回，即俗语所说"打了死结"。连她自己都解不开这个死结，旁人更难帮她打开这个死结，她要一条道走到黑。

如今，龙角村成立了仙女峡旅游有限公司。公司有两大旅游项目，一是仙女峡山清水秀玉带飘；二是丁家辉和步文玲因风雨迷路进入过的地洞，被改造成"宝晶宫"。仙女峡沿岸建设了度假养生别墅群，城里人在别墅里让山风水雾浸淫一宿，翌日再进宝晶宫体验珍珠般晶亮的洞中河水，品尝野生的深山河鱼，畅饮洞中藏酒，就如进入了天堂般的感受。

许淑兰混在游人中，当晚租了间便宜的村中老屋住。龙辉农场的位置基本探听清楚了。第三日，她走到龙辉农场大门外，门卫不让她进去。徘徊半日，她也想不出进入的良策，情绪低落无奈地回到出租屋。

仙女峡吹来的风，清新凉爽中带有淡淡的香甜。从窗口望向仙女峡，明亮的月色下，河里泛着波光。对于一对恋人或心情好的游客，这是个美丽浪漫得让人充满遐想的夜晚。而许淑兰却是满脸乌云，眼藏恨意。正是"相由心生"，她在害人的恶念主宰下，整个脸变得狰狞可怖。

她曾设想去找步文玲的父母，把丁家辉不光彩的过去告诉他们；也曾想着在龙角村中散布丁家辉的吸毒史，让他斯文扫地难以在当地立足；她甚至还想花钱雇人狠狠揍丁家辉一顿，给他点颜色看看……思前想后，她都摇头否定了。现在的丁家辉强大起来了，这些小伎俩不足以撼动他。

许淑兰实在想不通，这个小子因祸得福，为了戒毒躲进深山峡谷，不但戒掉毒瘾，娶妻生子，还开办了龙辉农场，变得更加强大。"小伎俩不成就整大伎俩吧！"她在心里恶狠狠地说。小伎俩小代价，大伎俩大代价，准备好了吗？她又不禁自问。

华灯初上，沿岸的灯光与河水交相辉映，更显得幻彩迷人。

肚子终于饿了。许淑兰走到公路上，进了一家大排档，找了一个位置坐下，点了两个便宜的菜。这是她来仙女峡的第三个晚上，单是住宿和吃饭，每天要一百元的费用。小车卖掉了，套现十多万元。她盘算着付了几万元给调查咨询公司，剩下的十来万也用不了多久，希望那套房屋能卖个好价钱吧。

　　这时，旁边桌上有人坐下。"就在这里，好吗？""靠近路边，好大灰尘！""路边明亮啊，夜晚很少有车驶过，没灰尘的！""好！就坐这里！"对话中，男的是家辉，女的是文玲，他们手拉刚会走路的儿子，在许淑兰旁边的饭桌坐下。

　　晚上还戴墨镜，谁都觉得许淑兰是个怪人。丁家辉已是成人，模样大变，走在路上许淑兰都不认识他。许淑兰背对着丁家辉，又戴着墨镜，家辉也没认出她。

　　"家辉，你点几个菜吧！""好，多要一个菜，打包回去给爷爷，什么菜才好？""还用问，山坑螺嘛，他喝酒最喜欢这道菜！"

　　这时候，许淑兰才知道坐在旁边的正是丁家辉。

　　"丁总好，宵夜吗？"

　　"是啊，一起吃吧！"

　　"不了，你们慢吃！"

　　许淑兰偷偷侧脸望向丁家辉，发现他身材魁梧，高了，胖了，一脸老成稳重，那神态像是三十多岁；再看旁边的女人，青春漂亮，小鸟依人，怀里抱着小男孩，一脸幸福美满的神情。许淑兰也享受过这样的幸福和满足，初婚时旺祖对她百依百顺，无论是烧火做饭、打水洗脸、洗衣晒衫还是冲凉擦身，旺祖都细心呵护，服侍周到。尽管她对旺祖不是十分满意，但当掌上明珠和"女皇"的感觉实在是太爽了，身上每一个感官细胞都陶醉在无微不至的关怀中。家辉夫妻俩的幸福感唤醒了她尘封已久的记忆……

　　"妈，我要牛奶！"孩儿清脆的嗓音格外响亮。许淑兰倏地难受起来，触景生情，不禁想起自己的养儿家兴。她不想再看，扭回了头。

　　家辉买了牛奶饮料给儿子和文玲喝，他要了一盘清蒸鲢鱼、一盘炒山坑螺、一盘盐水菠菜。儿子伸手要抓菜吃，家辉伸出筷子打儿子手指。儿子被打疼了"呜呜"地哭，文玲把儿子拉回怀里，嗔怪道："看你，小孩不都是贪吃吗，你小时候或许更贪吃呢！"

　　家辉笑道："这么小就宠他，不该呀！"

　　文玲拿起筷子，假装要打家辉的手："打你的手指，看疼不疼！十指疼入心啊,何况他这么小!"说罢又为家辉夹菜,边夹边说:"吃多点呀,你近一阵子瘦了点,很辛苦吗?"

听着老婆疼爱的口吻,家辉笑道:"这段时间出货量大,工作压力也大了。"

"多请点人嘛!"

"想过了,打算请个总经理,负责全面的工作,我才能腾出点时间学习。我的知识应付不了现在的生意,再说这个总经理也不容易请。"

家辉夫妻俩的一颦一笑、一言一语,旁边桌上的许淑兰听得清清楚楚。她叫了一盘葱头蒸鸡,土鸡味道鲜美,飘溢出鸡肉特有的诱人肉香,可她就像久病初愈,毫无胃口。她目标明确却又无从下手,自叹命苦却又不甘罢休。明知来龙角村是在糟蹋钱财,害人必将害己;明知安分守己地生活,可以把余生过得很舒服,但她偏偏就要往死里作。

"我想衰不想好,不行吗?我就这么贱格不行吗?"许淑兰在心里这样给自己打气鼓劲。

丁家辉一家走后,许淑兰才把那盘蒸鸡吃完。夜深人静,她走回深山老屋,把门打开,一阵阴森霉潮的气味扑面而来。她拉亮了昏黄的灯泡,坐在咿呀作响的床沿,情不自禁地想起以前和旺祖常常拌嘴的情景……

第二十八章

最后一劫

88

这一天是 2011 年 4 月 29 日。

沪深股市经过 2005 年至 2007 年这三年的大牛市后,迎来了从 6124 点跌到最低点 1664 点的大熊市。中间反弹到 2009 年 7 月的 3412 点,转头向下,又开始了没有尽头的漫漫熊市。

丁旺贵尽管在这轮大牛市中资金翻了一倍多,实际上他还是亏了不少本金。他虽找到了在熊市中清仓离场持币观望的方法,避免了继续亏损,但也赚不到钱。面对一泻千里往下延伸着的 K 线图,旺贵陷入了不知所措的迷惘境况。记得以前大哥跟他说牛市进场,熊市离场。他现在已能分辨出牛市熊市,不再亏损了,可是以前亏掉的钱如鲠在喉,让他心情极为不爽。

旺贵急需一波牛市,赚回亏掉的钱,既要给自己一个交代,又要给别人一个证明。否则,这些年他埋头研究股市有何意义?股市里有句谚语,"熊市中不亏钱是最大的成功",然而不赚钱算是哪门子的成功?环顾四周,这十年八年间跻身百万身家的人多了好几倍,可他还是日复一日地在蹉跎岁月。

他否定了过往是蹉跎岁月，但这种无所作为的日子何时是尽头呢？比起别人每天都在进步，连家辉都创办了现代化农场，他这样下去也对不住自己啊，还有垂垂老矣失忆的父亲、兢兢业业操持酒楼的大姐及兄弟小妹。

现在，他苦恼的不是股市里的买卖技术不行，而是股市只有牛市才能赚钱，熊市难以赚钱。股市又总是牛短熊长，这才是最让人郁闷的。

交易方式和盈利方式与股票完全不同的股指期货半年前推出上市，这意味着不管牛市或熊市，只要参与股指期货的交易就有赚钱机会。这个消息让旺贵心情大好，像是打了一针兴奋剂。他把上证指数、沪深300指数与股指期货上市第一天至现在的日K线图统计对照一番，发现三者之间的走势基本是同步的。若把自己对股市大盘的技术应用到股指期货的交易中，一定能有所斩获，旺贵动起了在股指期货跃跃欲试的念头。

旺贵对股指期货完全陌生，它与股市其实是双通的。用了不到一天的工夫，旺贵就弄清楚了股指的特性。他吸取之前股市失败的教训，暂缓参与股指期货。这期间，他参加了各种股指期货的研讨会、培训班、模拟交易实训班……他以沪深300指数为参照标的，再在对应的股指期货的主力合约上套用各种K线图，结果是采用任何一种均线程序，都是能够赚钱的。关键在于跟踪一个交易品种，跟踪一个均线程序，差别在于赚多赚少而已。

"老公你干吗？半夜了，还拿着计算器计算！"桂兰一觉醒来，问道。

"我正兴奋着呢，你睡吧！"

对股指期货有着新发现的旺贵兴奋异常，他全无睡意，对未来交易的成功率充满憧憬。旺贵选择股指期货的远期合约，日内时间周期套用5天、120天均线程序这个交易系统进行实盘交易。他计划先投入五十万元，交易一手赚到一手保证金后，再开多一手仓位。

这个交易系统是一个中线趋势组合，相比那些超短线、短线、短中线的交易组合，不是最大赢利的交易组合，但交易频率少，滤去了许多短线风险，是最稳健赢利的交易组合。

昨天收市的日线图上，5 天、120 天均线刚好死叉，收市点位在 5 天、120 天均线下面，收了个十字星 K 线图，他计划明早开市后开一手空仓。至此，梳理投资思路，制订好投资计划，他的心情平和了起来。旺贵下意识地看了看手机，凌晨三点了。看着睡意正浓的妻子，那张有点稚气未脱的脸上，透出不谙世事的率真和清纯，他的性冲动骤然而起……

翌日早上开市，旺贵在 3193 点开空了一手。这天全天市场震荡反弹，收 3210 点，亏损 17 点。股指期货的一个点等于三百元，浮亏五千一百元，对这他毫不担心。盘面上看，120 天均线就像泰山压顶似的压制着日 K 线，10 天均线也如瀑布般向 120 天均线倾泻而下。开仓后的第三天，期指倒水似的跌了 81 点，收在 3129 点，跌幅 2.54%。至此，浮盈 64 点，他赚了一万九千二百元。股指期货初战告捷，吃晚饭的时候，旺贵满心喜悦地对妻子说起这回事。桂兰去福齐那里干活有几个月了，月薪三千多元。如今见丈夫这么厉害，十二天赚了自己半年的工资，既惊喜又欣慰。

"明天卖不卖？"桂兰问。

旺贵把鼠标箭头指向两条均线，解释道："按我的操盘技术，白色（5 天）黄色（120 天）两线向上交叉叫金叉，开多仓，白色黄色两线死叉则平多仓获利，接着反手开空仓。所以，现在持仓不动，能看懂吗？"

"不就是盯着这条线，这么简单我也能操作！"

"是的，可以的。不过，这是易懂不易做的事情。看似很简单，这可是我在股市上付出了大量时间和资金成本才发现的。"

"真的还是假的，这么简单明白的图表如此厉害？不要唬我啊！"

旺贵没有回答，微笑着，过了好一阵，反问道："电脑也简单，教上一会儿便会操作；电灯也够简单，安装上灯泡就会发光，可你知道研究过程多么艰辛、多么复杂！"旺贵把屏幕上的 K 线图变换成另一种均线图，又说，"这是期货公司的交易原图，你能看明白吗？从中能找到你认为简单明白的 K 线图吗？”

看着密集纠缠的均线图表，桂兰茫然哂笑。

"任何科研成果看上去都是简单、容易的，问题在于成功前那段研究过程。研究成功了，收获巨大；失败了，血本无归。要不然专利时间怎么会那么长，收益那么巨大！”

桂兰喜上眉梢，说道："你可以去申请专利啊！”

"这个不能算是专利！”

"那岂不没用？”

"怎会没用，用它去赚钱就行了！”

桂兰半信半疑没有说话，旺贵说："你不懂的，也不用去懂，等着享福就是了。去看老爸，这星期没去，叫上大姐！”旺贵掏出手机，拨通福齐的电话。

旺贵走进丁守正的屋子，福齐已经到达。丁守正还是跟以前一样，除了吃饭就是睡觉。广西大姐说，丁守正胃口差了点，但气色比以前更好，看他红光满面的。"兴妹没什么事吧？”"没什么，终日对着电视。不看电视就是睡觉，她现在睡着了，到了十二点左右睡醒了就又开电视，看两个小时又睡觉。”

福齐看着父亲，想起了母亲。一晃眼，母亲去世好多年了。当时，她相信父亲并非特意找女人。柴记大酒楼从大排档的时候她便参与，来光顾的什么人都有，当然也有美女。父亲不管遇上什么顾客都是热情招呼，真诚对待。父亲为了打造自己酒楼的味道特色，到处学习取经。比如黄焖牛肉这道菜，当地饮食界把这道菜叫红焖牛肉。烹饪时，熬焖时间短，虽保持了牛肉的膻香味，但肉质坚韧，啃得牙齿痛；熬焖时间长，又失去牛肉的原味，肉质太松软。既能保持牛肉特有的膻香又不能太松散，有嚼劲，这是红焖牛肉的至臻原味。他没法掌握这道菜的制作技术，后来得知全中国最好吃的牛羊肉在青海西宁，立刻乘机飞往西宁，向回族厨师学习牛羊肉的烹饪技术。柴记大酒楼也因父亲学回来的这道"黄焖牛羊肉"而享誉江东镇。

父亲的宏大理想，脚踏实地的敬业精神，对饮食质量不达目的不罢休的追求，还有锱铢必较的勤俭习惯，福齐都继承下来，父亲是她心中的榜样。父亲的风流传闻她根本就不信，没想到母亲偏偏就信了，以自杀这种最极端的手段报复父亲；父亲因负疚出了车祸失忆至今，智力低下；大哥呢，因儿子吸毒上瘾绝望上吊。如果没有这些事，一家子是多么幸福美满！

福齐见父亲虽红光满面，但精神却差了很多，特别是眼神明显地木讷，缺少灵气。她把广西大姐叫到厨房问："我老爸睡觉时还对你毛手毛脚吗？""没啦，他好像转了性，蛮正经的！"福齐听后，明白父亲身体已加速衰老退化。她心里一阵难过，后来又一想，生老病死是自然规律，谁都无法抗拒。

"姐，你想什么？"

"想起母亲！"

福齐这么一说，气氛顿时沉闷了起来。

过了一阵，福兴走了出来，看见姐和五哥，高兴地叫道："姐，哥，你们不来很久了！"其实，福齐和旺贵只是一个星期没来。福齐把妹妹搂过来坐在身旁，为她梳理睡乱了的头发，忽然想到妹妹已三十岁了！

旺贵结婚后，福兴搬回丁守正这边住。她虽三十岁了，却如二十岁出头似的娇嫩。她问福齐："辉仔呢，我很久没见他了！"

"他去外地做生意，很少回来。有机会带你去他那里玩，好吗？"福齐答道。

福齐看着桂兰，问她对工作习惯吗。桂兰笑着说："多谢大姑妈关照，很轻松，很习惯。"

"慢慢来，待你熟悉了，再调你去财务那边。其实财务比服务员的工作还辛苦，但工资高些，也体面些。"

"我是粗人，文化低，不希望能赚多少钱。老公今天赚的钱就抵得上我半年工资了！"

"是吗，很顺吗？"

"是的，会越来越顺的！"旺贵笑答道。

福齐很认真地问起股票和股指期货的事情，旺贵因首战告捷，兴致勃勃地向家姐解释。十点左右，姐弟一行告别父亲和福兴，各自回家。

第二天开市，期指跳空低开20点，并继续向下延伸。旺贵看着期指向下，利润上涨，心情好极了。这时，期指与120天均线迅速拉开了距离。旺贵突然冒出一个念头：平仓获利，再等期指反弹回抽到10天均线处重开空仓，这样就能多赚上百个点。对！他食指一动，近四万元的利润到手了，期指也按他的设想回抽反弹，并冲破5天、10天均线。再看看，期指有可能向120天均线处回抽。正当旺贵心情轻松等待期指向120天均线反弹时，期指一波下跌，在10天均线处暂获支撑。稍作盘整，又开始下跌，向下突破5天均线后很快创了新低。

这时候，追空怕期指跌多了会真反弹；不追空，又怕期指义无反顾地往下跌……犹豫之间，期指继续向下，远离了他今早的平空点位。他在小聪明和患得患失的思维主导下，痛失良机，又一次踏空。

89

天未亮，桂兰便去上班，旺贵睡到八点起床，吃完早餐，迎接新一天的开市。

股指期货是一个与沪深300指数有直接关联的交易品种。丁旺贵之所以选择股指期货，在于他觉得自己对沪深300指数的波动规律胸有成竹。他研究的那套均线系统尽管错失了无数次的短线获利机会，但也避免了无数次的亏损机会；虽错失一波行情底部和顶部的获利空间，却能实实在在地获得一波行情里面最大的获利空间。这便是股市谚语"不吃鱼头鱼尾，光吃鱼身"，是最高超的投资技巧。

在这一波下跌趋势的初始阶段，旺贵把握住了开空时机，却因贪图期指反弹回抽的利润，抵不住期指短线回吐利润的诱惑，违背了这一交易系统纪律，错失了"鱼身"这一大段利润。此刻，旺贵处于极度的懊悔之中。这种失误以前在股市交易中也经历了无数次，他就是跳不出这种失误的怪圈。成功不外乎是一次又一次的重复，失败亦是一次又一次的重复，他终于有了这种痛彻心扉的感悟。痛定思痛，这次既然踏空了，让它踏空吧！等待，等下一次的开仓机会！

在接下来的日子，期指一路下跌不回头，到了6月23日，期指一根中阳K线，涨了63点；第二天又涨了78点，横盘了几天，再涨73点，收在3122点，距离这天的120天均线价位3145只差50点。

这时，丁旺贵的情绪有点反复，他的心跳跟着期指分时线的起伏而起伏。他的盘面感觉是120天均线就像喜马拉雅山把期指死死压着，可是期指却在逐步走高。突然，他啪一声把笔记本电脑合上，说道："不看了，以前做股票亏那么多，现在只是赚少点而已，慌什么，不看！"

旺贵走出阳台，迎着烈日下的南风把头发往后捋。树梢动也没动，他却感觉有风吹来，这只是心理上的感觉。从令人躁动不安的室内走到空旷明丽的阳台，开阔的视野、灿烂的阳光使他的心胸豁然开朗。收市时，期指没有进一步的上扬，收在120天均线之下，5天均线和120天均线还有95点的距离。接下来的走势会怎样？他自问道。随即他又否定，预测明天的走势是没意义的。

"当局者迷，自己太投入了！"他自言自语地唠叨着。

接下来连续两个交易周，他都没临场看盘。第三个交易周的周一，期指终于摆脱贴在120天均线之下的盘缠，冲不破120天均线的压制，重回跌势。

直至2012年2月23日，5天、120天均线终于金叉了，旺贵在临收市前对远期合约的2606点进行开多仓操作。他依然不看盘，只在收市前5分钟看盘，但接下来连续三个波段都是亏损，合计亏了八万四千六百元。

连续亏损让旺贵怀疑起他研究的这套均线程序。

经过一番研究与操作，亏损越来越严重，旺贵失望地发现，投入的五十万元保证金已亏到不够开仓，他整个人瘫软在椅子上。

"旺贵，这阵子你怎么啦？又忙又没心情！"桂兰见丈夫心情低落成这样子，不禁问道。

"这阵子亏得我都想死了！"

"你不要吓人啊，亏就亏呗！不做不就行了！"

"不甘心啊！自从做了股票和期货，已亏了几百万元，这可是父亲的心血！"

桂兰愕然了，几百万对这个深山女子可是天文数字。她与旺贵相睇时只知道旺贵是东莞人，东莞经济发达、繁华富裕常有所闻。婚姻是穷山沟女子摆脱贫穷的一条捷径，她庆幸命运赐给自己一段好姻缘，找了一个有钱的东莞老公。至于旺贵其他的事，旺贵没有说，她也没去问，总之直觉认为东莞人有钱。有钱才有幸福是人尽皆知的道理，直到这一刻她才知道丈夫有几百万身家。当听丈夫说亏掉几百万时，她心痛啊！娘家近千人口的龙角村，合起来也拿不出几百万啊！短时间她转不过弯来。

"什么时候才能赚回几百万？"她心里想着。本该安慰一下丈夫，可她对损失了几百万痛惜得如刮骨切肉，哪有心情去安慰他？

这天晚上，夫妻俩睡得不好。直到天快亮了，桂兰上班时间快到了，才起床洗脸，朝柴记大酒楼的方向走去。

福齐看见桂兰一脸疲惫，忙问："贵嫂，你怎么啦，没睡好？"桂兰轻声答道："大姑，快去看看你小弟，他亏得一塌糊涂了！"

"怎么一塌糊涂？上次你不是说他赚一天抵得上你半年工资吗？"

"不懂他，一会儿说赚，一会儿又说亏，问你小弟吧！"

福齐听后连忙向旺贵家走去。

旺贵还没起床，懒蛇似的俯卧床上。福齐摁响门铃，他才极不情愿地把门打开。看见旺贵头发散乱，双眼露着红丝，一副呆若木鸡的神情，她笑道："又输钱啦？"旺贵低头不语。"快去洗脸吧！越是颓废越没气势，钱财都让你这副样貌吓跑了！""姐，不是这样的！""是什么样子？上个月桂兰都说你做一天抵得上她半年工资，现在又不行了？"

旺贵心里动了动。这几天，他撞邪似的寻找短线操作的均线程序，想也没想5天、120天这个程序组合。现在，输得只会睡觉和乱想，连原因也懒得找，真是输惨了！想到这儿，他打开电脑，调出这阵子股指期货短线交易的日线图，套用5天、120天均线程序对期指跟踪。蓦地，他眼睛放光了，5 天、120 天均线在第三次 2510 点平多仓止损，死叉后一直延续至今 2261 点，还没有金叉。若当时平多止损后反手开空仓，至今一手浮盈 249 点，就赚七万四千七百元。

旺贵心里一沉，垂头无语。"怎么啦，旺贵！"福齐见状关切问道。旺贵摆了摆手，表示没事。沉默了许久，旺贵缓缓地抬起头，嘴角带着笑意说："其实还是重复，又让贪心捉弄了一次。这次应该是最后一次的了，放心吧，姐！黎明前的黑暗让我挺过来了！"说完，旺贵走进卫生间洗头冲凉；出来后，他面貌焕然一新。福齐看见不禁笑道："你究竟怎么啦？"

"没事，以后都是好消息！"

"那好，我走啦！"

福齐走后，旺贵喝了杯开水，把银行里剩下的钱都转进期货账户。这天收盘价离 120 天均线还有 52 点，但 5 天、10 天、30 天均线相继叉，在 120 天均线之下呈发散状。看短线势头，这几天会继续上涨，5 天、120 天均线金叉将很快到来。他明白这只是预测，正确的操作不是预测，是等待 5 天、120 天均线金叉这开多仓信号出现。他心里暗自祈祷，千万不要再来一次。

接下来期指继续不温不火地横盘，旺贵又心急起来了，他发觉只要自己的心让期指走势牵着就会坏事。经验告诉他，心浮气躁是大忌，心态一旦变坏，操作注定会失败。"不看了，去龙角村！"

旺贵对老婆说一起去龙角村玩两天，桂兰说要上班，让他自己去。旺贵想了想，打电话给福齐，说要和父亲、小妹还有大嫂一起去龙角村，问她去不去，福齐答应去。

桂兰是二楼贵宾厅的服务员，她和另两位服务员负责"近春""迎春""接福"三个贵宾厅的接待工作。接福厅昨天下午让客人预订了，十一点时来了一位三十多岁的客人，他要了一盘黄焖牛肉、半只白切鸡、一瓶茅台酒。这位客人一直喝到两点多才起身要走，临了吩咐桂兰帮他保管喝剩的茅台酒。桂兰有点惊讶，这人吃饭好阔绰，一顿饭吃了一千好几。"东莞人富裕没有假！"桂兰边收拾桌面边在心里说，她发现客人坐过的椅子上有一包东西没拿，连忙走出房门看看四周，不见那人踪影。

桂兰回来细看那包东西，黑色购物袋里有个深蓝色方形纸包。她心里犹豫着，心想该如何处理呢，按工作规章应该交回前台，等待客人回来寻找。桂兰既好奇又起了贪念，忍不住打开纸包，吓了一跳，惊讶得张大了嘴巴，里面装着两万元。

桂兰在深山里没挨过饿，却挨过穷。她曾出外打工，在流水线上一坐就是六个小时，吃饭休息一个小时，接着一干又是六个小时，一个月工资才四百多元。她吃不了这个苦，跟同乡去了一个大排档洗菜、洗碗、端菜。

上班第一天，一个客人给了同乡十元，便在同乡身上摸上摸下。一个客人给了桂兰二十元，嘴里说："够新鲜，加一倍价钱。"没等她拿稳钱，便把她拉进怀里，把手伸进她胸部，抓得她疼痛难忍。她挣扎，但男人的手劲特别大，捏得特别狠。她觉得蒙羞受辱，难过得流出眼泪。那男人见她哭起来，兴致顿消，放开了她。晚上冲凉的时候，她看见乳房上几条粗大的抓痕，心情更是灰暗。

比起进工厂，大排档的工作轻松些，一个月有六七百元，可她忍受不了有些客人的骚扰和凌辱。她对同乡说不干了，同乡却开解她说，没技术、没本钱的女人，想赚点钱，不靠这靠什么！她今天让十一个臭男人摸了，赚了一百五十元！只是让他们摸，又不是做那事。她打算干上几年，赚到几万元开个小商店，再找人嫁。桂兰没想到老乡是这样的想法，第二天便回乡了。后来遇上旺贵。

去龙角村前一晚，旺贵因找到这阵子亏损的原因，重新进入临战状态，心里异常宁静，不像以前兴奋得睡不着觉。桂兰却因拿了那两万元心虚，难以成眠。

"你睡不着？"旺贵问。

"一人做两人的工作，累得骨头痛！"桂兰撒谎道。

"不要干了，明早一起去龙角村！"

"你又亏了钱，不赚点小钱补贴一下怎么行？"

"你放心，不会总是亏的。怎说你也不相信，待我赚钱了再跟你说！"

不久，旺贵睡着了。桂兰心乱如麻，怎么都睡不着。今天这事要不要告诉旺贵？告诉他，他肯定要把钱交回失主，这可是两万元啊，实在舍不得。有钱在手，心里格外踏实，感觉比嫁给旺贵还踏实。旺贵炒股亏了这么多钱，鬼知道他还有没有钱，有没有向别人借钱。"不还了，对也好错也好，反正钱拿回家了。他们也没有我拿走的证据！"

桂兰从下班到回家一直想着这两万元的事情，拾金不昧是传统美德，她昧了人家的钱，心慌意乱，寝食难安。迷迷糊糊中桂兰睡着了，她感觉手似乎还在抖。

天蒙蒙亮，旺贵起床要去龙角村；桂兰要上班，心里依然慌乱。

90

深山里，大都是沟壑峡谷，一片片鱼鳞状的平地依附在沟壑峡谷上面。云连公路与仙女峡之间有片开阔平坦、连绵成片的平地，不知是多少代山民不断开发形成的。小平原和仙女峡是龙角村村民赖以生存的宝地圣河，家辉和村委会洽谈租地的时候，有些村民还不愿意出租土地呢。然而，一年的租金和一年的种植收入两笔账一算，村民们心动了，租金收入竟高出很多，相当于躺着收钱。于是，村民们满意了，家辉和村委会签了二十年的租地合约。

自从云州市政府把仙女峡开发成旅游景区，龙角村变了模样。旅游船需要驾驶员、水手，旅游车需要司机、售票员，旅馆需要服务员……摆地摊卖山货、开餐馆、开士多店、开小食店的络绎不绝，龙角村应付不了市场的用工需求，向外村招聘人手。当地没人愿意再吃苦受累去耕作，因此村民们都很感激家辉。

丁守正和丁福兴是第一次来龙角村，第一次见到连绵大山和蓝天白云挨得这么近，第一次看见步文玲和她的儿子丁龙光。福兴和家辉几年不见，如今见他娶了一个这么漂亮的老婆，又生了一个可爱的儿子，高兴极了；丁守正还是那副傻憨憨的样子，秀芬抱起孙儿亲了又亲。小龙光一下子看见这么多人，有点怕生，却和秀芬亲密无间。福齐笑道："奶奶就是奶奶，看龙光和奶奶多亲！"众人开心大笑，丁守正也跟着哈哈大笑。

"亲家，你好呀！"福伯走近丁守正，拍着他肩头，问候道。丁守正一脸傻笑地不置可否，弄得福伯有点尴尬。

"辉儿呢，怎么不见他？"秀芬问道。

文玲说："他很忙，大清早去农场，到傍晚才回家吃饭！"

"贵弟，树朋，咱们现在去农场！""好，好！"树朋答道。

几天前，福齐邀请树朋去龙角村，树朋不假思索就答应了。树朋知道丁家二代摊分了他们父亲的遗产，深感遗憾。这段时间里，他与丁家生疏了，和秀芬还有联系。他隔一段时间便去看秀芬，聊天也好，解闷也好，他觉得自己有义务关心旺财的家庭。秀芬最终忍不住嘴，把儿子的行踪告诉了他。

家辉知道幺叔来了，放下手头的工作，到门口迎接。树朋看见家辉像极了旺财，变得成熟稳重，不由得卸下了心头的大石。旺贵向家辉介绍了树朋，并说树朋来龙角村考察投资机会。家辉对树朋印象模糊，知道他是父亲的好友，便要带树朋到处逛逛。"不急不急，先参观你的农场吧！"树朋客气道。

旺贵问："文玲说你很忙，忙点什么呀！"家辉笑道："幺叔，你以为炒股票吗？农场有十个大棚，近百名员工，一个总农艺师，三个技术员，还有三台货车，能不忙吗？"这时，家辉的手机又响了。文玲告诉他，妈妈和福齐姑妈正在来农场的路上。

于是，三人折回农场门口，接上福齐和秀芬，再一道进入农场。

旺贵他们最感兴趣的是无土种植。进入农场后，迫不及待地进入其中一个大棚。只见棚内中间有一个小岛，岛上种着蔬菜。一条用红砖砌成的两米宽的水沟环绕小岛，养殖着娃娃鱼，沟外四周也种上蔬菜。

旺贵看见，略有些失望地说："我还以为是什么样的高科技种养，原来这么简单！"

家辉说："幺叔你先不要下结论，待会儿吃饭时再说！"

福齐却说："种蔬菜能赚什么钱，养娃娃鱼最好。"

"姑妈，不是这样的。这些无土种植不用化肥，不用农药，是绝无污染的环保蔬菜，市面上比平常的蔬菜价格贵几倍。更大的好处是不受季节影响，种植反季节的蔬菜品种，每一天都是高产效益。为何水沟养殖娃娃鱼，技术经理说这是他们公司的秘密，不能透露。"家辉答道。

"你说无土种植蔬菜，没有土，用什么种植？"旺贵问。

"是这些！"家辉蹲下身，从菜地里抓起陶瓷状的粒土，继续说，"我只是投资方，整个公司的种、养殖技术、具体的运作我不大懂，都是雇请专业公司负责！"

"这行不行啊，你不怕让人骗？"旺贵问。

"有能力的人不会搞这些邪门歪道的！"

福齐笑道："你忙得这么厉害，不如请个总经理！"

"对，早有这想法。计划把农场扩大一倍后，实行经理人管理架构。以前，我觉得为了节约成本，亲力亲为是最应该的。其实不对，我曾犯了两次管理上的错误，造成的损失比节约的成本大得多，公司付出很大代价。高薪聘请内行人管理，犯错的概率会降低很多。种植、养殖、营销、财务各方面都由顶尖的人管理，连小小的疏忽也排除了，这为公司节约多少成本？节约了的这些成本，足够付给他们的高薪。公司在他们的管理下，能发挥出最大效益，这笔账很好算的。"

"有道理，有道理！"旺贵连声赞道。

"他们会不会尽心尽力为你办事啊？"秀芬疑虑地问。

"妈，有真才实学的人不会使小心眼的，使小心眼的人也不可能掌握真本事。他们是凭本事吃饭，高薪可以让他们把全部心思放在专业技术研究上。所以，他们是信得过的！"

"侄儿，你这么行，我也甘拜下风了！"福齐道。

"大姑妈言重了！我也是经过教训才意识到，一个人不可能是全能的。从行业大格局上去掌握公司的方向和运作，吸引和留住人才，这才是我应该做的事。"

农场里的人各司其职，井然有序。

农场外不时有走动的人，都是路过。许淑兰的身影在农场大门外出现了，她穿黑衫黑裤，戴墨镜，还在脸上涂上几处黑色。她在农场大门外逡巡，看上去像一个行乞之人，又像一个精神失常的人。

第二十九章

贪婪的女人

桂兰如常上班。尽管她心里有鬼，忐忑难安，表面上却并无异态。直到下班，也没人询问丢钱的事情。

回到家，桂兰心里安稳了些许。这事情随着时间的推移，被追究的可能性越来越小。万一有人追究，如何应对呢？思来想去，矢口否认是最好的方法，即便是老公询问，也要否认。

桂兰给旺贵打电话，问道："老公，农场好玩吗？""不是来玩，是参观农场，见识一下侄儿的高科技养殖。"说完，旺贵介绍了一下农场的情况。"一个人在家，怕黑不？""不怕，我通宵开亮光管壮胆，没事。不用记挂我，也不用急着回。"她挂了电话，心里像是踏实了很多，很快进入梦乡。

酒楼茶市从早上七点开始，一直到午饭都忙忙碌碌，午饭后稍事休息，又要准备晚饭和夜宵，生意兴隆到火爆。初来上班时，员工们不知桂兰的真实身份。不久后知道了，对她另眼相看，老板前老板后地称呼。

这天桂兰上夜班，没多久就来客人了，是旺明、旺强两位大伯和一位三十多岁的男人。"幺婶，上夜班吗？"旺明问。"是啊，两位大伯吃饭吗？点什么菜？"桂兰边答边拿起菜谱，忽然她脑里一闪，对了，这男人不就是前天遗落两万元的失主吗？他一进来就装模作样地四处寻找，桂兰见状心跳加速，脸颊发热。这男人是易志浩，他心中暗自得意，鱼儿咬钩了。

"咦，好像是忘在这里，咋不见了呢？"易志浩自言自语地说。"志浩，你找什么？"旺强问。"没事！前天在这里吃饭，有一包东西落在这里忘了拿。靓女，你看见一个黑色塑料袋吗？""没见啊！"桂兰本能地撒了谎。"罢了，一点小意思！点菜了吗？今晚点几个好菜，要一瓶茅台酒，好吗？"旺明兄弟点头同意。易志浩又道："你俩和这位靓女认识？""她是旺贵老婆啊！""哦，很美啊！"桂兰一身素装，胸前围了条写着"柴记"字样的淡黄色围裙，戴着一顶服务员小白帽，前额宽大发亮，看上去娇憨飒爽……易志浩望着桂兰，久久也没把目光挪开。

丁家最终还是把那地块卖了，旺明、旺强拿着分到手的两百万元，跟着易志浩做起炒房生意。他们刚一下手，房价不升反跌，虽然跌幅不大，兄弟俩却是整天揪心，寝食难安。他俩商议着，把楼房卖掉，亏一点点，认输出局算了。然而，房子卖掉了房价继续跌当然好，若止跌回升，岂不悔断肠子？卖与不卖都心乱如麻。于是，他俩邀易志浩吃饭请教。这顿饭局几天前便议定，直到今日易志浩才说有空。

兄弟俩说了自己的担忧和想法，问易志浩怎么看。易志浩全部心思都落在桂兰身上，对他俩的问题毫不上心。桂兰出去后，易志浩才回过神来，看见这兄弟俩一副忧心忡忡的样子，心里着实看不起，丁家真是后继无人啦。他想起岳父曾骂旺贵"你还能发达，沟渠也能翻波浪"这句话，看来很有道理。旺明看似算计精明，实是小算盘式的周瑜小计；旺强看上去额头饱满，下颚方圆，却是典型的头大无脑。他不假思索地答道："旺明，你做的是房地产生意，不是摆地摊买卖。地摊生意当然算到一分一毫，可地产生意是要研究国家的经济政策，要有大局观，要算大不算小，才行！"旺明听后问："你手头有多少套房？"

"这怎么能告诉你，这是商业秘密。"

"你有卖掉的打算吗？"

"开玩笑，卖什么？不卖的！若价格再跌，我还要出手低位收货呢！靓女，斟茶！"

易志浩看见桂兰进来，一口喝完茶水，忙叫桂兰斟茶。桂兰闻声上前，刚才她怕易志浩追问失物借故出去，但又不能出去太久。桂兰走到易志浩旁边，易志浩突然说："靓女，你怕我吗？"桂兰忙说："没，没有啊！"这时候，连旺明也感觉到桂兰不同寻常的神态和举动了。

"幺婶，旺贵还没回吗？"旺强问。

"还没！"

易志浩问道："对了，你老公炒股票，该赚到盆满钵满了！"面对易志浩咄咄逼人的目光，桂兰更觉难堪，脸上时红时白，答道："我不懂，也不清楚！"

"他又亏到入肉！"旺明回答说。

"你意思是现在地产市道很正常，不用怕了？"旺强问。

"反正我的态度是这样，至于你们怎么看、怎么办，你们决定，与我无关！"易志浩敷衍答道。

易志浩很讨厌旺明患得患失、锱铢必较的样子，想起自己初入行时的那种勇气，两相比较证明他们不是一路人。"自以为很会算计，哪像赚大钱的人？"他心里暗讽道。

实际上也是，易志浩接触过的地产大佬，都是豪气干云、一掷千金的豪爽之人，连自己也自叹不如！伸手不打笑脸人，他俩请自己吃饭，何不趁机利用一下……

易志浩又瞥了桂兰一眼，非礼勿视，这么频繁地偷瞥人家，实在有些露骨，他告诫自己要收敛些，可眼睛不听使唤。桂兰感觉到易志浩肆无忌惮的目光，神色渐显羞涩。旺明是聪明人，见易志浩一直心不在焉地敷衍他俩，又对弟媳桂兰不怀好意，便有了要走的意思。

易志浩很会察言观色，忙出言想留，心想不谈点真经这对草包要溜，便说道："旺明，投资生意没有十拿九稳的，其实你也明白。实话告诉你，我没有那么多的顾虑。就认一点，深圳和广州的楼价比东莞高得多，你说东莞楼价还能往哪里跌？总之，想得越多，算计越多，胆子越小，越不敢做。楼价升了一年多，现在歇一歇，喘口气，不也正常吗？"

旺明茅塞顿开地笑了，拍了拍脑袋说："对的，我也该想到这一点呀，怎么就没想到！"旺明刚才对易志浩的异常表现起了警觉，现在一门心思想的是"取经"。"不用太多算计了，算不赢市道变化的。就看大方向，大方向就是东莞比深圳、广州的楼价便宜得多！"旺明兄弟俩对易志浩很是佩服。旺明叫桂兰再拿一瓶茅台进来，易志浩却道："我喝够了，还有事，你俩喝吧，我先走了！"说罢起身离去。

易志浩出了酒楼，夜色笼罩，街灯闪烁。他开车回到家，逗弄了一下女儿，对红艳说："待会儿要出去一趟，陪朋友宵夜，可能要十二点才回！"

"好，尽量不要太晚啊！"

"知道了！"易志浩答罢，又待了一阵才出去。

红艳自从上次易志浩把性病传染给她，闹了一场后至今，夫妻关系融洽了很多，老公的确浪子回头，很少夜不归宿。红艳对他转变了态度，放下心来，只是叮嘱他不要喝太多的酒。

易志浩坐进车内，把车启动后，看了看表，想着还没到时间，便打开音响，躺在座位上，妻子的叮嘱言犹在耳。

易志浩心中纠结着，理智一遍遍地告诫他不能去。他右手好几次伸向钥匙孔，要熄掉发动机，又一次次缩了回来。他明知桂兰是别人的老婆，不该对她动邪念，但桂兰毫不扭怩作态，苗条结实的身材、质朴热情的音容笑貌、粗野挑逗的眼神，使他心中燃起熊熊欲火。一个声音告诉他，易志浩，你得不到这个女人，就是窝囊废。他也知道，漂亮女人多是空皮囊，脱了衣服都一样。桂兰这样的女人，他很少接触，她就像深山密林里的妖女，散发着原始的狐媚气息，尝不到他寝食难安。他下意识地看了看手表，时间差不多了，于是把心一横，朝柴记大酒楼方向驶去。

92

天空漆黑如墨，似要下雨的迹象。树影斑驳，霓虹灯影透过稀疏的树叶照射下来，罩在桂兰身上。她回家的步速不紧不慢，但坚实有力，这应与她走惯了山路有关。一条马尾辫扎在脑后，随着她的步伐左摇右摆……易志浩开着车缓慢地跟在后面，女人摇曳生姿的样子看得他喉咙干涩。

待到四下行人稀少时，易志浩右脚一踩，车子瞬间到了桂兰身边。他打开车门探头问道："靓女，顺路送你回家吧！"桂兰看清楚是易志浩，顿感心慌。"不用，前面到家了！"桂兰说着加快了脚步。

轿车在桂兰身边往前开了约一分钟，横在她前面停下来，易志浩推开车门说："上来吧，我不会吃人的！"在易志浩又拉又拽之下，心中有愧的桂兰最终犹豫着上了车。易志浩关上车门，立即质问道："前天我有个黑色塑料袋忘在二楼包间里，里面有两万元，你拿了！"

桂兰如雷轰顶，想抵赖不认，但她心慌意乱，说不出连贯的话语。易志浩知道她拿走私藏，认准她是贪财之人。经验告诉他，女人贪财就好办，拿下桂兰他已有七成把握。易志浩开门见山地说："告诉你，发达了的人当中，没有一个是靠炒股票发财的，别指望你老公能赚钱养你。我估计，你老公连他父亲的钱都已亏光了，只是不敢跟你说实话！"桂兰原本因拿了易志浩的钱而惶恐，老公炒股亏了几百万又被他说中，她心里倏地气馁。易志浩继续说："我跟你老公很熟，他开始炒股的时候，我劝他不要碰股票，跟我一起炒楼。他自以为是大学生有文化，听不进我的劝告。你看，现在的楼价比几年前升了一倍多，股票呢？跌到贴地！'女人最怕嫁错郎，男人最怕入错行'这句话珍珠也没这么真！"

桂兰莫名其妙地觉得易志浩这话倒顺耳，还想听下去。

易志浩拿出一个红色塑料袋，说道："里面有十万元，送给你！"说着，他把钱拿出来。桂兰看见这十万元，惊愕得倒吸一口凉气，心在怦怦乱跳。她从没有见过这么大一笔钱，不明白他为何送巨款给自己。突然，她联想起在深圳大排档当服务员时，食客借给钱吃豆腐在她身上乱摸。这人无端端给她十万元，肯定想睡她。于是，她去推车门，想要下车。

"我来开门吧！"说着，易志浩假借开车门，顺势倒在桂兰怀中。右手伸向桂兰腹部，然后直插向胸部，气喘着说："十万元一次！"说时迟那时快，他起身跨到副驾驶座，屁股压在桂兰大腿上，动手脱桂兰的裤子。易志浩是情场老手，明白贪财女人这时候的心思，反抗肯定会有，但不会激烈，当把她的裤子脱掉，她便会半推半就的了。

正在进行的时候，突然不远处传来"喂"一声大叫！

易志浩倒是不慌，但桂兰慌了，是真正的慌！这种惊慌引起的力量蛮大，她左右转了两转，把易志浩甩掉后迅速整理好衣衫，推开车门下车往家里走去。

易志浩意犹未尽，开车回到家，依然沉浸在不甘的兴奋之中。红艳睡着了，他拿起衣服要去冲凉。转念一想，不去冲凉，让桂兰的体味尽量在身上多留一点时间。

桂兰回家后立即冲向卫生间冲凉。冲完凉出来后，才看见桌子上那袋人民币，她猛然醒觉，自己不应拿回这笔钱。她想不起下车时是怎样把这袋钱拿走的，恐惧像决堤的洪水从脚底漫上头顶。桂兰忍不住拿出人民币数了数，一共十小扎，一扎一万元。她想起老公，耳边又响起那一声"喂"。

若让人发现了，如何是好？她自言自语地问。上次拿了两万元，心里忐忑不安了好久；看着这十万元，她心慌得更厉害，没法沉静下来。真让人发现，老公知道了，结局会怎样？她一次次地问，越问越心慌。"不错也错了，就一次！没有第二次！"她狠狠地说。桂兰试图用这种强制性的自我原谅的话语来抵抗心里的慌乱。

93

凑巧，旺贵这次龙角村之行，五天后才回家。

桂兰有三天的时间调整心情，熟人没发现她有何异常，她稍感心安。怕出意外，她特意打电话问旺贵，什么时候回。旺贵告诉她明天傍晚到家。桂兰的心怦怦乱跳，她不知道明晚如何面对老公。怎么办？怎么办？她坐卧不安，彻夜难眠。

这天上班，临近中午，桂兰崩溃了。她坐在椅子上，脸色发白，全身冒汗，手脚不停地抖动。同班的服务员问她怎么了，病了吗？她点头称是，趁机托病提前下班。

还有三个小时，就要见到旺贵了，怎么办才好？桂兰明知道保持平常心是最好的办法，可她实在平常不了，安静不下来。手足无措之际，她想起了母亲。回娘家，避得一天算一天。于是，她给旺贵打电话，告诉他说，母亲刚刚来电，要她回娘家一趟。"我昨天看她来着，她很好啊！能有什么事？"旺贵不解地说。

"不知道，我现在去汽车总站乘车！"

"我正在回东莞途中，你等我回去了，再和你一起去见妈。"

"不了，不知妈有什么事，等不及了！"说完，桂兰挂了电话。

桂兰搭乘下午三点的班车，到达云州城汽车总站，已是晚上七点。她雇了辆小车去龙角村，到了母亲家已近八点。

母亲甚觉惊讶，忙问女儿有什么紧要的事。桂兰说，没什么事，突然想见她，就回来了。

汽车进入云州地界时，娘家的山水、空气熟悉又亲切，桂兰的心情逐渐变得平稳；到了母亲家，扑入母亲怀里的心安、温暖感受，使桂兰彻底放松，她基本恢复正常了。

自己这次犯了大错，娘知道了能原谅自己吗？会不会将她赶出家门？桂兰坐在那里胡思乱想，烦恼重新浮上心头，她起身道："妈，我乏了，去睡啦！"

"好，去吧！"

桂兰虽觉疲劳，但全无睡意。她脑子里混乱，怎样在老公面前说得过去？那人还会纠缠自己吗？想到这些，上次那半途而废的情景又历历在目。"他不忿气，还会来纠缠的！"桂兰自言自语。她又从内衣里掏出存折，上面清清楚楚的数目是十三万五千元，其中十二万是他的。那晚是谁"喂"喊了一声，是真让人发现了还是哪个酒鬼随意叫喊？这时，楼下有人喊"妈"，是老公的声音。桂兰连忙下楼，问旺贵："你怎么又来？"

"是呀，你走得这么急，我以为妈病了。妈，你没事吧？"

"没有，能有什么事！刚好，饭煮好了，你们吃吧！"

旺贵如往常一样，夹菜大口吃饭。桂兰刚扒了一口，要找菜汤拌饭。旺贵道："你怎么啦，平常吃饭不用汤拌着吃的？"

"离开妈久了，对她煮的饭不大习惯！"面对旺贵的质疑，桂兰紧张得口干。

桂兰母亲出去，旺贵便问："你有事瞒着我，是吗？"桂兰最怕老公这句话，就真来了。她曾想过如何应答，但理由都不是很充分。她瞥了瞥老公，心里一急，张口便答："我不干了！"

"为什么不干了，很辛苦吗？"

桂兰沉思片刻说："那些男人很咸湿的，动不动扔几百元过来，要给他摸身摸腿。时间久了，不干那种事人家都说你干啦！"

旺贵听完不禁朗声大笑："都叫你不要去，你不听！"

"以为有大姑妈照看着，没事的嘛！"

"那也不用连夜往母亲家跑啊！"

"你以为呢，我羞得连上街也不想上了！"

"住妈这里也好，反正你也不用去上班了！"

桂兰急中生智，编出一个圆满的理由把旺贵搪塞了过去。

这阵子不见桂兰上班，也不见旺贵，易志浩心中生疑。那天晚上的事真让人发现了？难道她怕别人知道没脸见人，躲得远远的？为何连旺贵也不见？或许她怕我再次找她，避开我？易志浩满脑子都是问号。"找旺明问！他会知道的。"于是，他立即给旺明打电话，相约到柴记大酒楼吃饭。

旺明巴不得易志浩找他，因为楼价还在跌，一元一角都是真金白银。他心里没着没落的，烦恼像不散的阴云笼罩着他，急需易志浩指点迷津。

旺明一早就到了酒楼，还是上次那间房。易志浩心急打听桂兰的去向，也比平时提前到达。"靓女，怎不见上次那个靓女？"易志浩一进包间看见换了个新服务员，着急地问。"她回家了！"服务员答道。旺明见易志浩这么关心桂兰，觉得有点不正常。此刻，他心里只想着房价："志浩，楼价还是跌啊，你怎么看？""哎呀，我说过多少遍，这是楼价呀，止跌转升也需要时间的。没耐心是炒不了楼的，你要脱手就卖掉吧！一见面就问这，你不烦我也烦了！"易志浩根本无心关注楼价。"好的，喝酒吧！"听见易志浩这样说，旺明心里反而笃定了些。

"这样吧，你卖掉房子，回笼资金跟你小弟炒股好了！"易志浩又说。"不行，不行！他理想远大，我小富即安。若跟着他，钱亏光了也不知是怎么回事！""对了，近一阵子不见旺贵，不会是转行吧？""没转什么行，跟他老婆去了他外母家！""他老婆是哪里人？""云州城的。""怎么会到那么远的地方找老婆，本地的不好吗？""我怎么知道，不说他了！志浩，我还是把楼卖掉，认输算了，谁知道跌到什么时候！"易志浩答非所问："喂，这两年都没有你大哥儿子的消息，他怎么样，还吸那东西吗？"旺明答："都不知道！只听说他结婚了，还生了儿子！"

易志浩脑里飞快地转着，他把旺财儿子结婚生子跟旺贵的结婚串起来想。好一阵后，似乎想明白了，旺贵和旺财的儿子肯定有故事。

"志浩，我真打算卖楼，你怎么看？"

"你又问，反正我不会卖！"说罢，易志浩说有急事，走了。

其实，易志浩哪有心情关心楼价。他打听到桂兰的行踪，心里再难平静。回到家，红艳见他顿感诧异，问道："你不舒服吗？"

"我哪里不舒服了，没有啊！"易志浩神情低落，目光散乱，全然不见他一贯的凌锐不羁做派。他感受不到自己的变化，老婆却体察入微，红艳问："楼价跌了很多？""少唠叨，都说没有事，你怎么就不信！"易志浩不耐烦地说完，直上三楼，砰一声反手关门。红艳越想越不对劲，便打电话告诉易世耀。易世耀知道楼市行情，也知道儿子炒楼生意的现金充足，估计应无大碍，回答道："应该没什么的，不用担心，过一阵子便没事的。"

易志浩确是出事了，是他心里出了问题。

此刻，他躺在床上，满脑子都是桂兰的身影。她的声音、味道、体温都触手可知，那晚上意犹未尽的过程，魔鬼似的紧紧攫住他，就如人们常说的"撞鬼"。他体内每一根神经都让鬼魂捏拽得紧紧的，动弹不得。

易志浩自己也弄不明白，对桂兰的思念和情感，在泡女过程中从不曾有过。对红艳的思念，对陆小姐的心动，都不是很强烈，现在他精神恍惚、魂不守舍，对桂兰像是敲骨吸髓般迷恋。思念只是一种牵挂，心动只是一阵子的涟漪，迷恋却像兴奋剂、营养液，离开了便六神无主，了无生趣。

"怎会是这样？"易志浩一次次地自问，他觉得自己不可理喻，为何总是想抢丁旺贵的女人。情感是疯癫的，理智在它面前太渺小了，任何的说辞似乎都显得苍白无力。这时，红艳走了进来，看见丈夫依然神情萎靡，不禁问："你肯定遇上了什么事！""都说没有事，怎么不相信！"红艳拿着镜子放在他面前，又说："看看你自己，有没有事？"

镜子里的易志浩眼眶深陷，眼圈发黑，眼珠无神，面色灰暗。"遇上什么事，嗯？"红艳温存地问。易志浩不再说自己没事了。他深知自己的非分之想极不道德，没勇气对视妻子关切的目光，愧疚的意思也油然而生，他轻声说："真没什么大事，你出去吧，让我静静心！"红艳见如此，只好出去了。

其实，易志浩这阵子的反常言行，早引起红艳的警觉了。生意上没问题，资金上没问题，没有人际关系上的冲突，生活如常进行，可他的变化实实在在呈现眼前。排除其他原因，剩下的只有一个选项，就是情感的原因了。老公活动如常，并无异样，只是晚归了两次……红艳脑海里回忆着丈夫变化的前前后后，也找不到不对劲的地方。

翌日早晨，易志浩对红艳说："这段时间很憋闷，我想出去散散心，现在就动身！"

"去哪里？"

"没有目标，想到哪儿走到哪儿。"

"好啊，带上女女，一家子去。"

"不了，我是天马行空的命，喜欢独来独往。"

红艳无语，想起婚前那阵子，易志浩带着她到处游玩，若自己说没空去，他就脸色阴沉。如今，他却说喜欢独来独往，岂非对自己生厌！望着老公渐远的车影，红艳无可奈何，不由得心情黯然。她隐隐觉得，老公一定有瞒着自己的事情。

94

易志浩去了龙角村。

他刚到时租了间客房，把车停在旅店车场。中午两点多，他待着无聊，便走出旅店，到市场、村中街巷和旅游点逛来逛去，希望凑巧遇上桂兰。遇上了怎么办？打招呼还是不打？万一旺贵在场如何处理？他心里乱糟糟的，想不出个头绪，只觉得遇上了就行。

龙角村很小，几百人的村庄和新开发的旅游点，用不了两个小时就溜达完了。易志浩逛了几个来回，都不见桂兰和旺贵。他买了饼干充饥，继续瞎溜达，他不相信，这么一小块地方，就碰不上桂兰！除非她不在这儿，除非她待在屋里不出来。

这时，桂兰和旺贵正待在屋子里，旺贵盯着电脑屏幕看股市行情。昨天，一根中阳线向上突破 120 天均线，5 天均线也与 120 天均线重叠。今天，只要在昨日收市位收个十字星，两线的金叉就确认了。今早开市时，旺贵先开了五手多仓。若今日收市两线有效金叉，再加开五手多仓。

"现在怎么样？"桂兰走近问。

"行，没想到又来一根中阳！"

"共赚了多少？"桂兰耳濡目染，也能说上点皮毛。

"到现在为止，共赚了360点！"

得知旺贵开了五手，平仓就能赚五十四万元。桂兰既惊喜又懊悔，她贪图易志浩的十二万元，惹下大麻烦。错已铸成，只祈求他不再纠缠自己。桂兰催促说："平仓获利吧！"桂兰因歉疚底气不足，说话有些走调。旺贵感觉奇怪，问道："你怎么了，说话这种腔调。"桂兰干咳了几声，说："没有，见你这阵子赚这么多钱，高兴引起的！"

过了一阵，桂兰又说："落袋为安吧！"

这时，分时线一个猛跌，盘了两分钟又是一个猛跌，相对最高点下跌了50多点。"跌回去了！"桂兰喊道。旺贵盯着盘面，随着两小波急跌，股指已跌回临近5天均线处，他心里也一阵急跳。暗自盘算：连续两根中阳，明天怎说也要向10天均线回抽。先平掉，若继续下跌并在收市前收在10天均线处再重开多仓！他右手食指一动，鼠标一响，眨眨眼便平掉了！

"唉，又在重犯错误！"旺贵懊恼道。

"平了？"桂兰问。

旺贵没回答。此时，股指反身向上，很快创出今日新高。

这次的多仓踏空跟上次的空仓踏空，操盘思路一模一样，都是预测期指回抽。旁边的桂兰看得目瞪口呆。

旺贵闭眼不动，也不知过了多久，才缓缓坐起，拍了拍台面道："都是小聪明惹的祸！""什么小聪明？""本来就不需要动，贪小便宜，偷鸡不成蚀把米！"

"明天咋办？"

"翻来覆去犯的都是同样的错误，怎么就改不了？"

……

第二天，股指高开20点，沿着四十多度的斜率一路升了半个多小时，才横起盘来。"没脸看！"旺贵说罢关了电脑，对桂兰说，"去外面吃饭！"

　　一连几天，旺贵疯子似的不言不语，独自嘀咕着让人听不懂的话语。桂兰见状既不解又无措，唯一害怕的是他要去外面吃饭。每当旺贵叫她一起出街，她心里就怦怦作响，无端端一阵慌乱。她不知为什么会这样，心里总是莫名其妙地发慌。或许，她感应到了易志浩正在发疯一样地想念她、寻找她，并追寻到龙角村。桂兰是不可能没有感应的。

　　功夫不负有心人，这天旺贵夫妇俩走在龙角村旅游大道上时，猎豹似的易志浩终于看见了桂兰……

第三十章

钱 财 如 水

95

丁旺明急得像热锅上的蚂蚁，他和旺强买的楼一直在小幅下跌。从签约到现在，大半年的时间里，楼价比他买入时下跌了几百元。从账面上计算，旺明这三套楼房损失了近十万元。

旺明曾咨询易志浩，表态要把楼房卖掉，认输出局。那时候，楼价还挺在每平方米五千二百元。后来犹豫了半个月，才下了决心要卖，没想到楼价跌得更猛了。有买楼意愿的人见房价跌了，立即观望，正所谓"宁买当头起，不买当头跌"。

旺明、旺强兄弟俩抛不掉手中的房，眼巴巴地看着自己的资产在缩水！

旺强还没那么难受，因为他拿旺明作胆。倒是旺明，饭难啃，酒难喝，只是一个劲地喝茶。

福齐知道些消息，这天早上到了旺明家，一是了解一下情况；二是安慰一下弟弟，也是人之常情。

当她听旺明说账面亏损近十万元时，笑道："我早说了，做生意有时候不知是跑步快还是走步快！现在你看见了，那地块若不卖，价值还在，还升了点。卖掉后，钱就缩水了，是不？"

"你还笑，我亏损你得意了！"旺明见福齐咧嘴微笑，有些气恼。福齐不想笑，但却忍不住。她不是幸灾乐祸看弟弟的笑话，只是觉得一个人赚钱与亏损时两副不同的脸孔，在弟弟的脸上太明显了。她说："细佬，做生意有赚有亏，就这两个结果。赚钱亏钱都是正常的，何必这么计较！'食得咸鱼抵得渴'，难道你签约的时候心里想的只有赚，没有亏！赚钱时赚得清楚，亏钱时亏得明白。倒是你贷给水泥厂那三百万元，不清不楚，才是真正的晦气！"

"他妈的，这几年行的都是衰运！"

"这跟运气无关，是你自己的问题！不反省自己，把错误归咎于运气，这才是最不应该的。你现在紧要的是冷静下来！"

"疮疤不长在你头上，你当然冷静得下来！"

"不跟你辩了，我请你们吃饭吧。还有强弟，好不！"

旺明没有回答，过了好一阵子，问道："你说，跌成这样，还卖不？"

"你现在都在放盘，但没人买啊！"

旺明的手机响了，他拿起一听，神色大变。为他放盘的中介告诉他，有人愿出现价接盘。旺明毫不犹豫地说："好的，卖吧！"福齐问："有人买吗？"旺明点点头："是！"福齐稍作思量，说道："不用这么急嘛！"

"两月前决定卖了，犹豫了两个星期，楼价就跳水了！不等了，卖掉！问问强弟怎样想。"

"不用问，我给他打电话。"

旺强也接到中介的电话，有人要买他的房。他正要打电话问旺明，却接到福齐的电话。福齐叫他不要急，等等再说！他说要问三哥的意见，福齐说不用问，听她的，不要卖！

"楼价继续跌咋办？"

"算我的！"

见福齐说到这份上，旺强无话可说，作罢了！

"你噎着热饭吗，叫强弟不要卖！"

"不是不卖，是等等再说！"

旺明的手机又响了。"喂！哦……好的，好的！现在去，好的！"旺明挂断手机，转身对福齐道，"你神经了，这个时候不叫他卖。跑得快，好世界啊！卖！"说罢，一溜烟跑了出去。

福齐真想跑出去追他回来，想了想，掏出手机，拨通旺强的电话："强弟，你不会也卖吧？""三哥要卖了，我还是要跟他啊！""就算卖也不用急成这样子！我现在回去，你到酒楼找我！"旺强支支吾吾地没有回答。"到我那里去一趟，行不？""好吧！"旺强勉强答道。福齐又拨旺明电话，可他没接。

旺强急呀，他比福齐还先到酒楼。福齐见他急成这样子，心里不禁感叹："他这副样子，怎么是做生意的料！"她招呼弟弟进来，不慌不忙地冲茶，递一杯给他，自己也呷了口，没说话。

"你不说话我走了，中介刚才说客人在等我去签合约！"

"你用脑想想，放盘了几个月，没人问，现在突然有人买？还买得这么急，慌怕你反悔了？对方越催得急，你越要故意拖延，看看是什么原因让他们买得这么急！"

旺强本就是个急性的人，平时一言不合便大声嘶喊。他跟着旺明买了三套房，账面亏了近十万元，把他放进冰窖里也冷静不下来。他不耐烦地起身道："我说不过你，走了！"

"回来，不用去！我原价接你的房！"

旺强转身问："是真的？那就不去中介了！"

"是的，我买！你告诉中介说不卖了！"待旺强打完电话后，福齐又说，"钱怎样给你？"

"不用急，现在是四千七百元一平方米，就按这价钱算吧！咱们去中介办手续吧！"

"手续不着急办，下午转账给你！"

"随你。定了，我走啦！"旺强走出门口后又转回来说，"姐，你还是写几个字吧，要不真又跌了怎么办！"福齐拿笔在便签上写了几行字递给旺明，旺明看了看，说："好的，回去找出存折账号发你手机上，你方便了就转钱给我吧！"

福齐笑道："信不过姐了！"

"不是，不是！人情归人情，数目要分明！老爸教导的。"旺强说罢便走，还边走边嘀咕，"他妈的，亏了近十万元，胡吃海喝也吃不掉这么多！"

福齐见弟弟一脸的不忿，心中暗笑。她对地产市道不熟悉，近来报纸上也没有政策变化的消息，房价却跌得这么急，跌了这么多，多年的经商经验告诉她这有悖常理。

旺强走后，福齐想了想，再次给旺明打电话，打算连他那三套也买下，可旺明就是不接。隔一会儿又拨，他还是没接。福齐估计他或许正在签约过程。旺明这人有太多的小聪明，对钱财患得患失，做小生意是高手，房产买卖这类大进大出的生意，他是不行的。福齐想到这儿，在心里说，让他失败也有好处，能明白自己的斤两，今后少在家族事务上说三道四。

福齐吃过午饭，找出存折要去银行给旺强转账。手机响了，是老公吴景富打来的。不知怎的，他这么快就得到她接手旺强房子的消息，大为不满，质问她为何这样做，还声称这钱自己也有一份！

福齐转完账，回到酒店。吴景富拿着手机满脸焦虑地坐在大厅，看见她进来，站起劈脸就斥责："这时候买旺强的楼，不如把钱掉进大海！"

福齐夫妻俩不和人尽皆知，在大庭广众吵闹还是第一次。吴景富得理不饶人地说了很多难听话，福齐没有回骂。吴景富再三质问："为何要接盘旺强的房？"福齐说："这跟你没关系。"

这时，旺强拿着买楼房的相关文件，走了进来。看见吴景富骂得凶，上前问："你干吗，骂谁？"

"我不是骂，是说服老婆不要买你的楼！"

"钱不是你的，骂什么？你再骂，信不信揍你！"

"你揍吧！这时候把楼房卖给家姐，房价升的时候你肯卖给她？这明摆着占家姐便宜，还说要揍人！"

旺强本因亏钱而满脸晦气，吴景富刚好撞在气头上，他伸手"啪"地掴了吴景富一巴掌！"他妈的，得了便宜还打人，打吧！打死我才算你有种！打呀，打呀！"吴景富边说边凑近旺强。旺强伸手又打，福齐把他的手拉住，然后对着吴景富说："你这人，除了捣乱，什么也做不了。我把他的楼房买过来，是能赚钱的，你懂什么！"

"骗鬼食豆腐吗？楼价正在跳水，还说有钱赚！"

"家里的钱是你赚的？"

"不是！"

"知道就好啊，我的生意决定用得着跟你商量？"

吴景富觉得理亏，气焰稍熄。"拿去吧！"福齐拿出五百元递给吴景富说，"你吵来吵去，为这才是真！"吴景富拿了钱，真不再吵了。

"你快走，看见你就心烦！再不走我还揍你！"旺强怒道。

吴景富不再还嘴，瞅着少人不注意，溜走了。

在吴景富跟许淑兰相好的日子里，福齐不再给他生活费。许淑兰莫名其妙消失的这段时间，吴景富又变回以前的样子：好食懒做，但不近女色。他的这一优点，还是重新感动了福齐，她恢复了给吴景富生活费用。不过，她独自生活惯了，晚上不再回家。

福齐和旺强上楼回到自己房间，旺强问："姐，你还给大懒虫钱？"

福齐没有回答，却问："你收到转账了吧？"

"收到了！"旺强说着拿出购房合同、首付款发票、相关的购房文件，又说，"姐，这些文件给你，你觉得要转你的名字，就一起去找中介办理。"

福齐笑了，答道："不用了，这些东西我也不要，你拿回去吧！"

旺强脸露诧异，他以为福齐反悔，便问："这……怎解？"

"这些楼房还是你的。不过，以今天楼价为界限，亏了是我的，赚了你再把这笔钱还我！"

"你真这么有信心？"

"别问这么多了，没事情的，就这样吧，我还有事干！"

旺强走后，福齐想起另一件事，这么长时间不见许淑兰踪影，她到哪里去了？虽然早已听说许淑兰让人骗光了钱，她还把小车卖掉，日子过得很憋屈。按说许淑兰是个局外人，她的事跟丁家全无瓜葛。可她对丁家，对大哥一家恨之入骨，好像她活着的目的就是毁掉丁家。自从大嫂当众羞辱殴打了许淑兰后，她就悄然失踪了。这个歇斯底里的狠毒女人睚眦必报，她不可能咽下这口气，说不定潜伏起来酝酿什么阴谋呢，不能不防！

"是的，必须提防，是否要提醒大嫂和家辉一家有备无患呢？"福齐自言自语道。

正当福齐想打听许淑兰的行踪时，广西大姐打来电话，说她父亲摔了一跤，动不了，自己扶不动他，请她过去。福齐连忙通知旺祖、旺明、旺强，随即赶往父亲家。

前阵子旺贵把丁守正和广西大姐带到龙角村，希望龙角村的山、水、空气对父亲的康复能起到好作用。丁守正似乎不习惯全新的环境，总闹脾气，旺贵只好把他带回永盛村。此时的丁守正一身横肉，足有一百七八十斤。广西大姐说，他如往常一样，午觉醒来，便起床开电视，不知怎的就摔倒了。只见他躺在地上左手抱着右手喊痛。旺明和旺强抬父亲上车，前往医院。医生检查后说，老人右肘子骨折，需住院治疗。

"好端端的怎么会摔倒？"旺祖问医生。

"八十多岁的老人，身体怎么可能好端端的，摔倒也属正常！以后你们需注意他，尽量不要让他摔。他这么胖，一摔倒就会断手断脚的！"

为父亲办完住院手续，广西大姐出去买些日用品，姐弟们坐在父亲床前。福齐说："那个歹毒女人半年也不见踪影，你们听说过她的消息吗？"

"她的钱让别人骗光了，小车也卖掉，听说还准备卖房！"旺祖答道。

"这些我知道，我问的是她最近的消息。"

许淑兰剑走偏锋的歹毒人尽皆知，她做的每一件事都与丁家有关，关乎丁家的安危。福齐一想到此，就直冒冷汗。她问旺强："你能查出许淑兰的行踪吗？""能，很容易！她跟咱们没关系了，为啥还招惹她？""不是招惹她，这事不用问了，你去办吧！不能惊动她，查出就行！""好的，个把星期吧！"

"旺明你的楼盘卖出了？"福齐又问。

"卖了！命当破财，亏掉十万元，轻松多了！"

福齐想了又想，还是说了："你不要再做炒房生意了，借给水泥厂的钱收不回，现在又亏钱。不是你提出，那块地是不会卖的，现在怎样？"

"姐，服你了！你接手强弟的楼盘，却不接手我的，分明是偏心帮他！"

"我给你打电话，叫你不要卖，但你死活不接电话！"

"那时正在签约，也不知道你想做这样的好事！"

"旺祖，家兴还好吗？"福齐问的是旺祖收养的儿子。

旺祖听了福齐对许淑兰的猜度后，心情不由得沉重起来。尽管他主动和许淑兰离了婚，但前妻害得大哥家破人亡，他一直深感内疚。离婚后，媒婆上门为他介绍了几个女人相睇，因他对许淑兰旧情难忘，跟其他女人不来电，至今单身。每当夜深人静，一人独处之际，他就情不自禁地想起许淑兰的音容笑貌、温存与恶语，或许他就是贱骨头。

"二哥，姐问你呢！"旺强大声提醒，旺祖这才回过神，答非所问地说："姐，你的担心有道理！我去找她，不管多远，找到为止！"

"也好，你去吧！你儿子怎样？"

"他在学校寄宿，不用担心！"

"你找到她又能怎样？"

"现在也没头绪，找到她再说吧！"

"你儿子成绩可好？"

"初中快毕业了，成绩不好。他说读书辛苦，毕业后不想读，要出来赚钱！"

"哦，他这样想，还行！"家兴还算懂事，福齐为旺祖感到高兴。

丁守正打了针，敷了药，不再喊疼了。广西大姐买了东西回来，拿了面包给他吃。丁守正张口就吃。"他饿了！"福齐说。"是呀，他能吃，你们也不如他的好胃口！他脾气越来越犟，越来越难侍候！"说着，广西大姐把一杯水递到丁守正唇边，他把水杯打开，指着购物袋。

广西大姐又拿面包给他……

"或许这就是'老顽童',辛苦你了,大姐!"丁家姐弟向广西大姐拱手致谢。

96

旺强委托调查公司对许淑兰的行踪进行调查,反馈回来的信息是这段时间东莞市内没有许淑兰的行迹。福齐听后,疑心更重,却又无可奈何。一个在明,一个在暗,怎么防得了!

自此,许淑兰的行踪成了福齐心里的一团阴影。空闲的时候,睡不着觉的时候,许淑兰就像恶魔一样浮现出来。她冥冥之中预感到,许淑兰会像毒蛇一样潜伏着,等待时机狠狠地咬向丁家人,释放致命毒液。

许淑兰一直待在龙角村,经过缜密的观察跟踪,她制定了一个恶毒的计划毁掉丁家辉。目前,这个酝酿了一段时间的计划已接近实施,有可能成功。

福齐的危机感越来越强烈,已到了寝食难安的地步,她让旺祖到许淑兰的娘家打听情况。旺祖回来告诉福齐,许家大哥跟妹妹吵了大架,断绝了兄妹关系,两人没有来往。

种种迹象表明,许淑兰隐匿行踪,断绝跟所有人的联系,就是在图谋不轨,她的目标有可能是家辉。现在,家辉这么忙,压力也很大,她要是把自己的担忧告诉家辉,会不会刺激到他,影响他的事业和生活呢?没有证据,这只是捕风捉影的猜测,因此福齐决定等等看。

这件事虽然把福齐搅得心绪不宁,但旺强带来了房产的好消息。福齐接盘后,房价继续下跌,后来连续上涨,每平方米涨了近一千元。此后房价又跌,还创了新低。在投机客慌张抛售时,房价慢慢地再次回升。

这天,旺强找到福齐,问怎么办,卖不卖。

"你现在去卖,试试!"

"现在卖亏很多啊!"

"叫你放出卖的消息，不是真卖，去吧！"

第二天中午，旺强对福齐说，有人现价加五百元跟他买房，卖不卖。

福齐答："现价加二千，看他买不！"

下午，福齐接到旺强电话，买家接受这个价位，要不要卖？

"不卖，你回来！"

翌日，那买家催促旺强，愿意再加三百元，要旺强即刻去中介。福齐听完，笑道："好，没事了！你去中介撤掉卖楼的信息！"

"不卖了？"

"不但不卖，你放出买楼的信息！"

旺强满脸不解，好一阵后，问道："什么价？"

"现价加五百元，去吧！"

十天过去，没有卖家。旺明闻讯赶来，问福齐脑子正不正常，福齐笑道："这种情势你都看不出，炒什么楼！不要眼红别人发达啦，你不适宜做这类大起大落的生意。还是积少成多，守着不亏钱的底线，加上酒楼的分红，日子还挺滋润的！"旺明听后，默然无语，沉思片刻问："你给我说明白，不行吗？"

"明白又怎样，倒令你不服气！亏掉一些钱，让你明白自己的能耐，当买个教训！"

"亏近十万元啊，你还说好事！"旺明怨气冲天。

外面下着小雨，淅沥作响。

"怎么样？"福齐问。

"我不愿意走！"

"拿酒给你喝吧，吃什么菜，叫厨房拿上来！"

"什么酒？"

"当然是茅台！"

"好！"

整个下午，旺明都因亏钱而抱怨，而抱怨却是喝酒的最佳状态。

早春的晨雾，淡淡如轻纱曼舞；一旦变浓，灰暗蔽日，一团团一块块凝滞不动地挡在面前。汽车毛毛虫似的在路上爬行，这时候，福齐不知怎的心里颤动了一下。她抵不住内心的焦虑，决定即刻去龙角村。

福齐嫌大巴太慢，租了长途小车。"我心里急，开快点，注意安全！"路上，福齐对司机说。

第 三 十 一 章

人 祸 再 临

97

　　福齐紧赶慢赶还是来迟了一步……

　　丁家辉的农场按计划扩大了一倍，起了一个正式的公司名称"云州市龙角村新科种养有限公司"。

　　这一年，丁家辉二十八岁。在这个年龄段，作为富二代，他既保持住父辈的奋斗成果，又能开创一番属于自己的事业，羡煞旁人。他并没有春风得意，更没有高人一等的傲气，而是严于律己、宽以待人。

　　那段黑暗的日子给丁家辉留下难以磨灭的记忆，父亲的音容笑貌，深深刻在他脑海里。他的事业小有所成，可对"毒瘾"的恐惧深入骨髓。是父亲用生命给了他抵御毒品侵袭的意志和勇气，成为一个好人，成为一个对社会有用的人，才不辜负父亲殷切的期望。即便如此，他仍无法彻底摆脱对"复吸"的恐惧，这种恐惧让他沮丧和难过。

　　来到龙角村，认识了文玲，他生命的原始动力再度滋生；与文玲相恋，让他领悟到生命的美好和可贵，他这半条命在爱情的滋润下，重新焕发勃勃生机；儿子的降生，让他意识到男人的责任和担当。从此，他有了人生的理想和目标，有了对幸福的想象和追求。

遇到挫折或困难时，他很容易在沮丧的情绪中，产生逃避的念头，于是"恐惧"便如鬼魅似的时隐时现。关键时刻，有个声音提醒他，作为丈夫，作为父亲，作为老板，他有责任、有义务为他们创造幸福生活和美好未来。没有他们的鼓励和支持，他或许在苦海里挣扎，哪有今天的人生境界和事业成就。

丁家辉站在窗前，神色凝重地望向窗外。今天的雨势小多了，毛毛雨在阴沉的空气中飘扬洒落。他又看见那个穿着破旧黑衣服的女乞丐，在公司大门外那片空地上转悠。不知怎的，每次看见这个神秘的乞丐，他心里就有种压抑烦闷的不祥感。那个乞丐东张西望，转悠了几圈，没入了前面那片树林之中。

"老板，你找我？"

"是的，陈总！"

陈总笑容满面，近期的菜价上涨，供不应求，公司上下都高兴。

"是这样，我计划改革公司的股权架构。初步的构想把我的股权降到56%，另外44%的股权无偿分给公司的员工。这些股权有分红权，没有出售权，也不是终身的。当持有这些股权的员工离开公司，不管是什么原因，他享有的股权自行消失。若公司亏损了，持股的员工也要相应承担亏损。员工接不接受股权是自愿的，一旦接受，就享受相应的红利和风险。按我这思路，你组织设计出一个方案，再慢慢完善。"

陈总愣怔着，怀疑自己是否听错。丁老板与他第一次见面、第一次谈话，彼此印象都很好。直觉告诉他，这个老板值得跟随，随后一系列的事实证明他的直觉是正确的。目前，他和绝大多数员工对公司的薪酬、福利非常满意，自觉地把工作做到最好。老板这么大力度的股权改革，他真的没有想到。

"老板，这种改革会使您的利益损失过半，还是考虑清楚！"

"考虑清楚了。第一，我的投资已收回；第二，股权激励让员工与公司利益挂钩，能激发他们的主人翁意识和内在潜力。能做到这一点，公司业绩的提高、成本的降低都是水到渠成的事。这是相互得益的事，我的短期利益是摊薄了，但用不了多久，大家的收益都会随着公司效益的提高水涨船高！"

丁家辉的一番话，让陈总刮目相看，由衷敬佩。

陈总年逾四十，比丁家辉大十几岁。他也有过创业当老板的冲动，最终都因算计得太多太细、瞻前顾后、不敢冒险而无法成事。现在，面对丁老板的气魄、胆略和境界，他自愧不如。他曾自负深谋远虑，如今看来只是当经理的料。他并不为此而沮丧，反倒因自知之明铁了心跟定丁家辉。唯有鞠躬尽瘁地努力工作，方对得起老板的信任和丰厚的薪酬，他也能实现自己的人生价值。

"在想什么？"丁家辉见陈总有点走神，问道。

"怎么说呢，很感动，多谢老板的信任！我相信，不光我，公司所有的员工都会感动的，大家都会努力把工作做到最好。我立即着手去做您布置的任务，届时有关细节还要跟您商讨！"接着，陈总提出一些丁家辉考虑不周的附带性的问题。整个下午，俩人都在商议。直到文玲来电问回不回家吃饭，家辉才意识到已近黄昏。陈总不愧是人才，他顺着老板的改革思路，事无巨细地提出很多相关的平衡性的问题。"今天工作多了些，不回家吃了！"说完，家辉又和陈总研讨起来。

不过是傍晚五点多，雨天阴沉，看起来比平常黑得早了些。丁家辉和陈总晚饭后各自回家。他走到大门内的停车场，打开车门的时候，心里倏然一动，大门外那个黑衣乞丐的身影好像一闪而过。

"老板好。"门卫走出岗亭跟丁家辉打招呼。

"我去外面走走，散散步！"

门卫开了小门，让丁家辉出去。

新科公司大门外的这片空旷地有几百平方米，四周是树木、藤蔓、野草，这里不是行乞的地方，不知为什么，那个黑衣乞丐总在这里逡巡。丁家辉在既好奇又警觉的心理驱使下，走进这片空地上。环顾四周，没什么特别的。他心里疑惑着，正要回厂，那黑衣乞丐从西面的树林走了出来，走得比平时快多了，丁家辉鬼使神差地迎了上去："你好，你在这里做什么？"

丁家辉是想，跟这个黑衣乞丐聊几句，了解一下情况，如果可能的话，就收留她在公司做点力所能及的事情。黑衣乞丐没有回答，而是走到了家辉面前，手往他脸上一扬，一团白色粉末撒在丁家辉的头发和面部。丁家辉下意识地闪躲，随即闻到一股特殊的刻骨铭心的味道，立即明白这粉末是什么东西。他急忙往大门里跑，叫门卫去抓那个乞丐。他跑到有水龙头的地方，先用水冲洗脸面，再冲洗头发及身上。冲洗完毕，他凝神定思，这次遭人袭击，是预谋已久的。那种熟悉的味道，那种勾魂的想念，像恶魔般在体内蠢蠢欲动。

"抓到那个乞丐吗？"

"没看到人啊！"

丁家辉想着怎样去抓那个乞丐，问问她受谁指使，为何要加害他。久违的焦虑和烦躁不安已无法抑制，丁家辉觉得要坏事，忙打电话给丁旺贵，请他来公司一趟。然后走回他的办公室，关严了门窗。

上次和桂兰到龙角村居住至今，丁旺贵一直没回永盛村。他从家辉的语气里感觉出不同寻常，便赶紧前往新科公司。走到半路，他接到福齐的电话，说她半小时内到达龙角村。旺贵走进家辉的办公室，看见侄儿一反常态，忙问何故。听完家辉的叙述，旺贵立即断定是许淑兰所为。

二十分钟后，福齐也到了，她一脸懊悔地说："紧赶慢赶还是迟了一步，让侄儿受害了！"

"这段时间里，我不能和文玲在一起了，她要是知道，可能经不住这打击！"

"不用急！我给陈所长打电话，征求他的意见！"福齐说完，走了出去。

一会儿，福齐回来对丁家辉说："陈所长叫你立即回东莞，到他那里看情况再说！"

于是，福齐和旺贵带上家辉，连夜赶赴东莞。途中，丁家辉给陈总打电话，交代事务；接着他致电文玲，说自己有桩大生意去外地洽谈，或许需半月甚至一两个月时间。开车走了近一公里，福齐突然叫停，说："不行，旺贵你要留下，防止那女人对文玲不利！"

"你不会开车，要不回东莞后，我再立即开车过来！"旺贵答道。

"不，不！我俩包车回东莞，你一定留在这儿，防着她！"

98

不出福齐所料，许淑兰逃离作案现场后，回到她的出租屋吃完饭，换了身衣服，稍作休息又往家辉家走来。她要把家辉重新染毒这消息告诉文玲，这样才能达到制造矛盾最终令家辉家庭破裂的目的。她在家辉屋子附近来回溜达，寻找作案机会。屋子除了后面没有围墙，其他三面都有几米高的围墙。大门是不锈钢的自动大门，高墙深院，无法进入。她拿着一张写有"丁家辉又吸毒了"的纸，包住一块拳头大小石头，打算扔进院子里。突然，看见有人走来，她只好闪进黑暗处。

来人是丁旺贵，许淑兰心里一惊，决定等等看。月挂中天，丁旺贵在院子四周踱起步来，一点没有离开的意思。许淑兰警觉起来，知道自己可能暴露了。于是，她悄悄回到出租屋拿了点东西，雇了一辆小车，趁着夜色离开了龙角村。

丁旺贵在文玲家外守到拂晓才回家睡了半个小时，起身要去村委会。"你干吗去？整夜不回，现在又要出去！"桂兰不解，问道。"现在没时间解释！"旺贵说罢，向村委会方向走去。

深山里的拂晓，雾霭深深，路边草丛的露珠把裤腿打得湿润。丁旺贵找到村委吴书记，简要说明情况，吴书记即刻带他去派出所报案。旺贵向派出所详细说明前因后果，怀疑许淑兰藏身龙角村伺机作案。派出所立即在龙角村通往外面唯一一条公路设卡检查，丁旺贵在哨卡内辨认，同时搜查村里所有的旅店和出租屋。

然而，除了一家旅店半年前有许淑兰的入住记录，再没有与许淑兰相关的信息。丁旺贵在哨卡内辨认出出村的旅游大巴、小车、骑摩托车、步行，甚至货车里的人，都不见许淑兰的踪影。丁旺贵不相信，继续在哨卡蹲守。

翌日，有位女村民到派出所报案，说有个中年妇女在她的出租屋住了很长时间。还说此人很怪，普通话说得难听，一个星期只到市场买一次菜。总是在下午四点多出去，晚上九点多回来。丁旺贵听到这消息，料定是许淑兰无疑。他和派出所的警察进入这间出租屋，看见屋内各种物品的摆放，旺贵肯定地说："就是她！"

回去的路上，警察对旺贵说："那女人的行踪与案件的发生时间上是吻合的，她可能在作案当晚就逃走了！"旺贵问："接下来怎么办？""虽然那女人有作案动机，但没有直接的作案证据。即使找到她，也奈何不了她！"旺贵急了："怎么能这样，做了坏事不受法律处罚吗？""任何一个案件，不管推理多么合乎逻辑，若没有证据链的支持，是很难指控的！"见旺贵闷闷不乐，警察又说，"如果真是她作案，说明这女人的反侦查能力很强。她再怎么强，也会留下蛛丝马迹的，放心吧，我们尽力侦办此案！"

事情进展到这里，旺贵束手无策。望着渐渐走远的警察，旺贵突然追上去，说道："同志，这件事若被我侄儿的老婆知道，有可能引发不必要的麻烦。我请求你们对这事保密！"

"会的，你放心！"

旺贵昨晚通宵未眠，疲惫地坐在一块大石上，靠着树干打起瞌睡来。他一会儿便醒过来了，想起侄儿的遭遇，就不由自主地心疼起来。他连忙给福齐打电话，询问家辉的状况。福齐回答说："陈所长告诉我，家辉毒瘾复发了，但不算严重。他戒瘾的意志非常强，一到两个月的时间应会恢复正常。"

回到家，桂兰又追问发生什么事。"不用问了，到该告诉你的时候，会告诉你的！"旺贵强迫自己睡觉，越强迫越睡不着。"天亮后我要回东莞，你回不回？""不回，还是这里舒服！"桂兰不假思索地答道。"你不要把我这两天的事情告诉文玲啊！""行，不告诉她！"

这个时候，不管是谁回去，对丁家辉的病情都毫无帮助。旺贵虽然明白，可心里不踏实，眼下他没法在龙角村住得安宁。

99

自从上次傍晚易志浩在龙角村守候，看见丁旺贵夫妇，明白在这里是没法接近桂兰的，便回到江东镇。他不知道桂兰向福齐辞了工，所以每天都来柴记大酒楼一趟。要么饮早茶，要么吃午饭，要么吃晚饭，希望能看见桂兰上班。直到今日他看见了旺贵，却不见桂兰，满怀期待的心情顿时落空。

连续两天，易志浩都能看见旺贵的身影，心里起疑，他们夫妻俩闹矛盾了？易志浩猜到桂兰应还在龙角村。想到此，他心情大好，这岂非天赐良机！

很多次，易志浩告诫自己，对桂兰的非分之想既不道德又让人憎恶。他早已过而立之年，逐渐成熟定性。以前他对于女人的爱慕、情感和追逐，都是基于好奇和性爱，如同孩提时过家家儿戏一般，随意而为。他和红艳结婚是迫于未婚先孕的压力，既不成熟也非理智；他做房屋买卖生意，完全是赶上风口，歪打正着获得成功。

他扪心自问，为何对桂兰如此爱慕，因为他遇到了爱情，这个女人是他真正想娶并愿意跟她共度余生的伴侣。深夜时分，身旁的红艳熟睡着。当初追求红艳的情景历历在目，现在回想才明白，当时是红艳的性魅力吸引了他，占有多于爱恋。她那微胖的身躯，含苞欲放的胸部，脉脉多情的眼神，向他散发着难以抗拒的雌性气息。如今红艳身材更丰满、更圆润，风韵犹存，在别人眼里是个靓姐，却很难吸引他。他两相比较，跟红艳拌嘴、吵架甚至分开，他都没有心酸心痛的感觉。没见桂兰的这阵子，他的心是紧揪的，隐隐作痛，好像魂儿丢了一样……

西窗的月亮不见了，光线暗淡，离天亮还有个把小时。易志浩极力按捺着焦虑的心情，盼望着天亮。然而，越压制反弹越强烈，真正的思念和焦虑是按捺不住的。妻子翻了一个身，向他这边侧睡。女儿睡在中间，天真幸福的脸容，嘴角挂着一丝笑意，或许正做着好梦呢！"难啊！"易志浩在心里一声叹息！他下了床，披上衣服，走出屋外。夜空阒寂无声，月影西移，那是龙角村的方向。刚才的愧疚感又倏地被西移的月影所引起的思念淹没。

"没办法……"易志浩一连说了几声，若终身受这种思念的煎熬，生有何欢？

拂晓前的雾水格外浓重，易志浩斜靠在屋前的龙眼树下，双腿外伸，双手靠在脑后，枕着树干看月亮西移的速度，看雾水渐浓的拂晓夜空。此时此刻，他真切地尝到愁为何味，苦如黄连。即便是万贯家财，也比不上心上人的回眸一笑，一句清脆的呼唤。

"你干吗？半夜三更坐这里？"红艳睡醒了不见丈夫，出来看见躺在树下的他，问道。

"想生意，睡不着！"

"什么生意，复杂到睡不着？"

"这里的房价阶段性上涨可能结束了，就算涨，幅度也小。内陆的市县，比如清远、韶关、云州那些地区，会补涨。我计划把这边的房子卖掉，到那些地区买，博它补涨！"

"那边太远了，人生地不熟！"

"不会！人家去深圳、海南炒房，香港人进内地炒楼，岂不更远！"见红艳没有回答，易志浩又说，"那些地区的楼价不过两千一平方米，便宜得很。我先去考察，看实情如何！"

"什么时候去？"

"天快亮了，即刻去！"

"这么急？"

"没什么急不急的，决定了就干！"

红艳无话可说。能说什么？尽管感觉上不太好，却不好说破。

第 三 十 二 章

后 院 起 火

100

丁旺贵回东莞后的第二天大清早，文玲来到桂兰家找小叔，想问问家辉干吗这么神秘，一声不说就离家这么久。得知小叔回了东莞，桂兰也不知道事情的原委，文玲就感觉不对。丁家叔侄行为反常，一定有什么大事瞒着她。见文玲忧心忡忡，桂兰上前劝慰道："男人有男人的事，不用担心，他们不是小孩呀！"

"我就是担心家辉，不可能装着没事。"文玲没因桂兰的劝导消除忧虑，心情反而更加沉重，"唉，我走了！顺便去买菜，一起去吧！"

桂兰极不情愿上街，因文玲邀请不好意思拒绝。于是，她硬着头皮和文玲并肩往市场走。

易志浩在红艳面前编的那个理由，是他近期考虑的一个投资计划。因桂兰的出现搅得他心神不宁，他一时没心思去实地考察市场。

粤北地区的房价两千元一平方米，两年后涨到近四千元一平方米，这两年的东莞楼价基本在原地踏步。直到三年后，才进入新一轮的涨升阶段。若易志浩当时在清远、韶关以两千元一平方米的价格购入，两年后卖出；再回东莞以五千多元一平方米的价格购入，守几年涨到近万元卖出，那真是投资高手了！可惜，他只是想想，没有去实行。

投资需理性和冷静。投资人一旦陷入狂热，乱了方寸，受损的只能是自己。"情场得意，商场失意"，这跷跷板效应一般人都明白。易志浩算得上是"商场得意"，情场上失意也在所难免。现在，他精虫上脑，昏了头，无法克制欲望的灼烧。

东方刚现出鱼肚白，大地还处于朦胧渐开之际，易志浩开着别克轿车直奔云州城方向。早晨车少路畅，他心急，车也开得快。平时需四个小时的路程，他只用了三个钟多点便到达龙角村了。

易志浩停好车，租了间客房。火烧脚似的走到市场路口旁一间大排档，叫了一碗桂林米粉。他嘴在吃，眼睛却扫向市场路口。九点左右的肉菜市场，正是人们购物高峰期。市场路口客流如织，熙攘的人流中，仿佛每个人的面孔都是相同的。易志浩把所有的心思、精力都集中在眼睛上，远远就看见了人流中的桂兰。"没错，是她！"他站了起来，丢下五元，掏出墨镜，向远处的桂兰走去，然后尾随跟上。

桂兰和文玲买了点菜，在大排档吃完一碟肠粉，便回家了。走到岔路口，俩人分开各自回家。易志浩跟在桂兰后面，看着她进屋关门，才在不远的一棵榕树下坐定，想着如何进去，跟她说什么话。以前追的女人都是未婚，只要肯花钱，脸皮厚，死缠烂打，没有拿不下的。

对于追桂兰，易志浩并不担心。她既然敢收下他的钱，就应该想过后果。只要两人有了亲密关系，就更好办了。钱能办到的事，都不是难事。现在最关键的问题是风险太大，得做好预案。万一旺贵知道，怎么办？老婆知道了，怎样处理？思来想去，也没理清头绪。算了，胡思乱想不如行动，直接登门吧。

易志浩起身迈步，走到桂兰家门口，摁响门铃。

"来啦！"

桂兰以为是旺贵，毫无疑虑地把门打开，看见是易志浩，惊讶得张大了嘴。她没想到这男人会追到龙角村，更没想到他还敢上门。桂兰下意识地双手用力关门，易志浩反应贼快，闪身就进来了。

"我是有老公的！"

"我知道，我也有老婆。"

"你太无耻，脸皮比树皮还厚！"

易志浩打开背袋，拿出一捆人民币，说道："我不想那么多，只知道男人赚得多，而且愿意给女人花，才是真男人。否则，说什么都没用！"说着，他又拿出玉兰油，"这是最好的女人护肤品！"

易志浩一刻不停地拿出一盒盒人参、鹿茸、燕窝、冬虫夏草，盯着桂兰说："这是补气的、补血的、美容的、补肾的！听说过吗，都是送给你的！"

"我老公也赚了很多钱！这些东西我不要，你拿回，赶快离开！不然，我报警了！"

"你老公赚大钱？哈哈哈，你看有谁是靠炒股发达的？你不要再让他骗了！你叫他拿十万元现金给你，看能不能拿得出？"

易志浩这么一说，桂兰脸上有些挂不住。跟易志浩比，老公的确显得小气，她从没见老公拿出过十万元现金。见桂兰眉头皱起，易志浩拿着那沓人民币，在桌面上抽得啪啪作响，说："这么多真金白银，容易拿得出吗？他家姐经营酒楼，现金充裕，也未必一下子拿得出十万元现金！我还有……"接着他又从背袋里拿出四小捆人民币，"让你开开眼界吧，那十万元已经给你了！"炫耀一番之后，易志浩把人民币放回背袋，拿出中华香烟说，"近百元一包，你见过旺贵抽这烟吗？"

桂兰真让易志浩唬住了。不要说那么多钱，那些人参、鹿茸之类也没见过，有些也没听说过，记得老公抽的是十元一包的"双喜"牌香烟。她一时口噎，说不上话。

一个山里的农家女人，平日间出地入田，接触的不外乎一两百元，做梦都不曾梦见这么多的钱。桂兰感到喉头干涩，易志浩很会察言观色，马上从背袋里拿出一瓶矿泉水，递给桂兰，说："你口渴了，喝口水吧！"桂兰岂止口渴，浑身都在发烫。她拧开瓶盖，一连喝了几口。良久，她问："你做什么生意的？"

　　"房地产生意!"易志浩中气十足地答。"难怪这么厉害了!"桂兰暗想。她拿起那瓶矿泉水又喝了几口,今天是怎么了,越喝感觉越口渴,心怦怦直跳,身体有种灼烧感,继而脑袋发晕,产生一种难以名状的欲望。刚才对易志浩的憎恶竟然转变为好感,觉得他大方、有本事、体贴入微,老公要是能像他这样多好啊……易志浩见桂兰眼神迷离,将手伸向她,抚摸着她的身体……

　　易志浩恶习难改,又使用起诱奸女人的老招数,桂兰不知不觉中了招,她还以为自己是真情所至。完事后,易志浩心满意足走了,桂兰从迷迷糊糊的状态中恢复过来,她吃惊地发现,自己不但失了身,还对这个男人产生了货真价实的感情。她心里一阵慌乱,身体颤抖着,上下牙不由自主地磕碰起来。

　　一万元一扎,十万元堆在桌面上勾魂夺魄;高档营养品放在一旁,从豪华的包装便知价格不菲。看着钱和礼品,回想刚才的男欢女爱,桂兰开始清醒了。对自己的荒唐出轨,她既不反悔也不愧疚,更不担心被发现后会断送了婚姻,她觉得这或许是自己命运的又一个转折点。

　　人在做天在看,桂兰知道她出轨这事早晚会露馅,她已经看到了自己这段婚姻的尽头。离婚是痛苦的,如果能跟易志浩这样的大老板在一起,未来的生活似乎可以预期。脑子里虽这样想,可心里的慌乱始终驱之不去。

　　桂兰初识丁旺贵时,心情是非常欣喜的。东莞的富裕闻名全国,能嫁去这么富裕的地方,是她梦寐以求的事情,况且丁家富甲一方。至于对旺贵有无爱情,她并没有考虑得太多。她对旺贵的好感、牵挂和满足,都基于旺贵能给她提供舒适的居住环境和稳定的生活保障。婚后,桂兰并没有过上锦衣玉食的日子,想象中豪门大户人家的财富光环也没见到,巨大的心理落差使她多少有些失望。好在旺贵给大哥建了幢三层楼房,这楼房在龙角村也算得上阔气,赚足了面子。

　　桂兰问丈夫,大哥家的楼房多少钱,旺贵说用了十多万元。十多万元,在当时的龙角村,已是天文数字了。至于丈夫炒股票、炒期指赚与亏,她都弄不懂。只是听丈夫时而兴奋地说赚了多少,时而沮丧地说不该这样或不该那样操作，没完没了地长嗟短叹。婚后，他有空就伏在电脑桌前翻看什么K线图，用计算器计算数据，从不曾带她去广州、深圳逛过商场、进过酒店、买过化妆品。桂兰甚至觉得丁家富甲一方是徒有虚名。易志浩出现之前，这种疑惑在心里不过是一闪而过。

此时此刻，桂兰的心理防线彻底崩溃。她觉得难为情的是，居然对这个陌生的男人产生了强烈的性欲，跟丈夫在一起都没有这种性冲动。她哪里知道，易志浩在矿泉水里下了性药。利欲熏心的女人一旦放下羞耻心，就会变得肆无忌惮。桂兰想，管那男人是什么企图，她得到了货真价实的真金白银。今后他如果还想跟她睡觉，不出血肯定不让他得逞。另外，这个男人让她很过瘾，那种意犹未尽的感受挥之不去！

101

易志浩近一阵子反常的行为举止，早引起红艳的关注。

男人出轨老婆肯定感觉得到，并非要有捉奸在床的确凿证据。尽管易志浩小心掩饰，刻意清除出轨后的蛛丝马迹，但红艳敏锐的直觉还是捕捉到了某种信息。它藏在他的汗毛孔里，闪烁在他的眼眸内，混淆在他的呼吸中。夫妻一体说的是男女结婚后成为一个共同体，一荣俱荣，一损俱损。相处时间久了，夫妻俩的意识和感觉达到某种默契，彼此的言谈举止、一颦一笑若有异样，对方便有所感应。易志浩第一次和桂兰在车内鬼混回家，躺在床上兴奋得翻来覆去，迷迷糊糊中红艳感觉到丈夫的异常，她便起了疑心，后来还责怪自己不该无端猜疑丈夫。易志浩五次三番地以考察生意为由外出，她结合直观感受，断定丈夫有了不可告人的私密。

红艳早已摸清了易志浩办事经商的思路和手腕，多少也学会了点手段，偶尔也要点小聪明。她找到父亲，说了自己对丈夫的疑虑，请他出面找人跟踪调查易志浩。

钟庆良听后脸上掠过一丝不易察觉的表情，沉默片刻说："女，他赚这么多钱，出去应酬几次，也无可厚非。钱多，胡思乱想的事也多。

他毕竟是老板，不要以打工者的言行要求他了。多一事不如少一事，还是算罢啦！"易志浩拈花惹草的事圈里人尽皆知，钟庆良不用请人调查就知道他是出去鬼混了，包养了二奶也未可知，如果闹得以离婚收场，对女儿极为不利。

"这样的婚姻我不能忍受！谈恋爱那时候他向我承诺过什么？我图他的不是钱，是他的心！他的心变了，我也不得不跟着变！"

钟庆良沉吟半晌，才答道："好吧，我来处理！"

钟庆良并没有请人去调查易志浩，而是自己去。他找到镇交警中队的熟人，从四个出镇路口的录像观看近一阵子车辆的出入情况，一下子便看见易志浩的车上了107国道，向北驶去。钟庆良也驾车上了107国道并向北，凡遇上装有录像的地方，便找交警翻查录像。一天的时间，他就按图索骥地跟到云州城的龙角村。

钟庆良下午到龙角村，傍晚时分见易志浩在街上游逛。天黑后不久，易志浩进了桂兰的家。翌日找村人打听，知道了那是东莞女婿丁旺贵的婚房。

钟庆良不急着回东莞，在龙角村待了一天。他不仅摸清楚了易志浩和桂兰的事，还顺带了解到丁旺财的儿子丁家辉的情况。

钟庆良回到江东镇已是中午，他先去莞城找亲家易世耀，向他说明他儿子在龙角村的所作所为。易世耀年近七旬，去年年底中风住院，做了手术，血管里一次便放了三个支架。现在走路不稳，说话不流利。他听钟庆良说完，答道："庆良，我现在是真正地'仔大仔世界'，管不了他啦！""就这样看着他鬼混胡闹？"钟庆良问。易世耀唱叹道："以前，怕他不开心，怕他不会赚钱；现在，又怕他太会赚钱，让钱宠坏。唉，我真的不会当父亲了！"

"你说，我该不该向红艳说实情？"

"说又怎样，不说又怎样。说不说家嫂都能猜到，但她改变不了什么，我明白浩儿的心思！"

钟庆良离开易世耀家，来到女儿家。外孙女上了幼儿班，宽敞的大厅就他们父女俩，显得有点冷清。红艳听后没吭声，神态平和。钟庆良见女儿这副无关痛痒的模样，心痛了。他明白女儿不是无关痛痒，而是痛得麻木。父女俩黯然相对，好一阵后，红艳起身，拾掇起东西。"你要干吗？""还能干吗，离婚！""不要急，考虑清楚吧！""两年前就该离，经不住他的纠缠，浪费了两年光阴！"

钟庆良心里五味杂陈，女儿从一小团肉疙瘩到长大成人，他视若掌上明珠，不知道怎么疼爱才好，原以为嫁了有钱人，可以相夫教子，享受富裕生活，没想到女儿的婚姻走到这一步。离婚后，她带着女儿怎么生活，归宿在哪儿……一连串的问题纷至沓来。

"女，离了就比现在好吗？"

"不知道！只知道现在没法跟他过日子！"

"不离虽然不好受，可起码有个家，即使吵架也权当热闹。要是离了，孤身一人带着孩子，自己寂寞凄苦不说，对凤金也是伤害，你想过吗？"

"他是个没责任感的人，有的是他自己，这算是个家吗？"

钟庆良无语，默默地看着女儿拾掇完东西，搬到他的车上。

"你先回吧，五点多了，要去接凤金！"说完，红艳向幼儿园的方向走去。

钟庆良望着女儿孤独的背影，眼睛一热，泪水说出就出。此刻，他想起了自己曾挖苦嘲讽的丁旺贵，被人戴上绿帽子还蒙在鼓里，他和女儿真是一对苦命鸳鸯。他轻踩油门，车子向前缓缓驶去……

102

钟庆良走后，易世耀给儿子发短信，要他立即回来，到他家。

易志浩十二万分不情愿地回东莞，回复父亲，问有何事。"我快要死了！"看见父亲这短信，他再也不敢怠慢了。

易志浩猜测他出轨的事暴露了，要是传到丁旺贵的耳朵里，他会不会报复自己？做贼心虚，易志浩疑虑重重，遇上小车便定睛注视车牌，看是否东莞的粤S车牌。若是东莞车牌，再细看丁旺贵是否在里面。无巧不成书，云州境内的公路都是两车道，在狭小的公路，易志浩还真看见了丁旺贵的粤S车牌。他下意识地剎了剎车，透过车前的玻璃看见丁旺贵。他心里一颤，心虚气短令他低下了头，刚好路面有道小裂沟，车子一颠簸，他的额头撞上方向盘。他把车靠在路边，摸了摸被撞的前额，一个小肉包冒了起来。

"他妈的！"易志浩骂了句，又拉上离合，继续往前开。

易志浩先到父亲家，走进客厅，叫道："爸！"

易世耀没回答，他拄着拐杖向前几步，怒道："你的额头是被丁旺贵打的？"

易志浩以为自己在龙角村的行为神不知鬼不觉，没想到父亲这么快就知道了，不由得心慌起来。易世耀继续骂："人家有老公的！她老公是旺贵，你知道吗？你不怕丁家把你剁成肉饼？你自己不要脸，也要顾及我这副老脸啊……你真是太可恶了！"他举起手杖，刚举到一半便跌到地上。身边的秋榕把他扶住，忙说："还不过来扶你爸上床！"易志浩忙走过去帮忙。

"志浩，这次你真是不对！出去鬼混也罢了，可怎能混别人的老婆！"秋榕嗔怪道。易志浩最吃惊的是父亲怎么会知道，是谁看见告诉他的？难道他被人跟踪了吗？

易世耀喘着粗气，秋榕指着易世耀对易志浩说："看把你父亲气成这样！再不改正，老爸一定会被你气死！"

"你这衰仔，简直在气死老爸找山坟拜！早知如此，当初不该资助你做生意！"

易志浩脸上现出愧疚神色，但心里却是抵触的。他理解父母的想法，但也埋怨父母不理解自己。觉得愧疚是因为自己给父母带来了不安和忧虑，可没有爱情的婚姻是不道德的，他追求真爱、追求幸福难道有错吗？

自从遇上桂兰，易志浩顿悟了，开窍了。他婚后为何改不了去外面鬼混的毛病，就在于他和红艳之间没有爱情，红艳拴不住他。这种"拴住"的能力，其实就是夫妻间的向心力，就是真爱！这种爱不是性爱，不是因漂亮而生的爱，不是报恩的爱，更不是因怜悯而起的怜爱，而是隐藏在潜意识里面一种精神上的需求。就像婴儿对母亲的依赖，对父亲的信任，是主宰他一生的精神上的东西。

这种东西大多时候是模糊的，却又是实在的。没有人生的经历，没历练到一定的火候，是体味不了的。比如他到现在，才明白自己需要的是纯朴无瑕的爱情。以前，看到漂亮女人他会怦然心动，想入非非。桂兰出现后，他彻底改变了，不再只是玩玩或鬼混的想法，是想跟这个女人生活在一起。

面对父母的责骂，易志浩不想解释，但又不能不解释。如果不跟父母说清楚，这世界就没人明白自己的心思了。于是，他试着说："爸，妈！不知怎的，在我交往过的女朋友中，桂兰是唯一一个令我感到安宁想踏实过日子的女人！"

"那又怎样！你有老婆，她有老公，难道连这你也不懂？"易世耀近乎咆哮地说。

易志浩毫不害怕，继续说："我相信，娶到她，我会重新做人，不会再去外面鬼混了！"

秋榕驳斥道："这只是你一厢情愿！况且，你辛辛苦苦追到红艳，如今又不要她！"

"错在当初！红艳的心从不在我这里，她忘不了旺贵，我能感觉得到！"

"你老是出去鬼混，还要人家一心一意待你？反过来，若她去鬼混，你会一心一意待她吗？红艳对你忍到今天，不容易，你要珍惜才是啊！"

"我跟你说，你若把家庭搞散了，咱俩的父子关系也跟着散了！"易世耀没像刚才那般咆哮，但话说得很重，透出威严。

易志浩走了，看得出他并不在乎父亲这话。他觉得跟父母之间的代沟太深了，他们抱着固有的精神认知，用老旧的传统观念来衡量和规范他的生活方式，根本不考虑他的感受。难道为了满足旁人的闲言碎语，遵从他们的道德标准而压抑本属于自己美好的事情，才是好人，才是正人君子吗？

易志浩就是靠着这个理念来支撑自己行为的，自己错在不该追求红艳，更不应该和她结婚。谁人无错？只要能认错，并踏出纠错的一步，在任何时候都对。父母抱残守缺以老眼光看待他，没意识到自身早已与社会脱节，对他横加指责，弄得父子关系对立，责任在他们。易志浩以自我为中心的歪理邪说，似乎不无道理，但深究起来根本站不住脚，他混淆了道德观念的是非，搅浑了伦理之水。

突然，他脑洞大开，既然红艳和旺贵彼此相爱，他和桂兰暗结秦晋之好，不如一起离婚，他娶了桂兰，红艳嫁给旺贵，重组两个家庭，岂不是皆大欢喜？

易志浩为自己的新奇想法而激动，他回到家，见屋里黑灯瞎火，古墓似的透出阴森荒凉的气氛。"她知道了。"易志浩自言自语说。他开了灯，走上三楼，寝室里一片凌乱。易志浩明白红艳回了娘家，他不会再像上次那样，上门劝慰她回来。当然，他也明白这一次劝也劝不回来，其实这正是他想要的结果。

易志浩泡了壶酽茶，自斟自饮，思考着接下来的对策。走到这一步，除了要处理与红艳、桂兰的关系，还要处理与丁旺贵的关系。丁旺贵知道这事情后态度会怎样？会报复自己吗？他会采取怎样的报复措施？……

易志浩并不怕丁旺贵，因此他心里是笃定的，没有惶恐的感觉。这或许来源于他的财富、他的人脉关系及赚钱能力。最关键的是，真爱给了他自信和勇气。十几年的商海遨游，使他认准一个道理，赚钱能力最能体现一个男人的价值。如果说权力是男人的春药，那么财富就是男人的底气。它看得见，摸得着，让人不怒自威，让人无声臣服。

丁旺贵算什么东西？干啥啥不行，连个女人都守不住，活该被人夺妻。他竟然想靠炒股发财，真是痴心妄想。股市十个进去九个亏，如果不是他父亲的老本，他早去摆地摊了！易志浩想着，顿觉底气更足，腰杆更直。他站起身，两手往空中徐徐地画了个圆，又徐徐地呼出一口气，一切尽在掌握中。

翌日清晨，易志浩洗漱完毕，点燃一根烟，走到窗前。外面一切如

常，一样的阳光，一样的街道，一样的人流如鲫。不同的是远一点靠近
狮子洋的地方，新耸立了两个楼盘。那里面有自己购买的五套房子，他
把那五套房放盘了，每平方米八千元，有近百万的利润，心里的豪气霎
时而起。他在广州有两套房，虎门七套，莞城三套，共十二套楼盘，这
些都是稳赚的……至于把珠三角的投资方向转向清远、韶关一带，只好
暂时放下了。

与此同时，丁旺贵也接到步文玲的短信，要他立即去龙角村。

丁旺贵回到东莞除了看望丁家辉，还有就是寻找许淑兰的行踪。他
一方面雇请调查公司，另一方面利用自己的渠道去寻找。寻找的范围是
东莞市外邻近的市县，可到目前为止，都没有她的消息。按计划，再过
三天才去龙角村。收到步文玲的短信后，旺贵连忙去电桂兰，询问这阵
子文玲和农场有没事发生。他又把这短信转给家姐，福齐看后觉得文玲
一定有重要的事，要他即刻动身。

旺贵不顾夜已降临，驱车前往龙角村。易志浩也驱车从龙角村往东
莞赶，路上他还和旺贵打了个照面。侄儿的事旺贵虽有些担忧，但陈所
长的意见给他吃了颗定心丸。他想的是侄儿何时战胜毒瘾，没他在公司
能否正常运转，期指这波升浪何时有反转信号。

103

丁旺贵到龙角村后，先去新科公司找着陈总，询问公司的事务。陈
总说一切运作正常，丁老板交代的股权激励方案也在逐步地拟议成熟，
并无不妥，请老板放心。丁旺贵随后在陈总陪同下巡视一番，说道：
"我侄儿出去考察，短则一月，长则两月。他让我吩咐你，公司里的事
务你可自行决断，不用请示他。股权激励的方案拟定好后，待他回来再
商讨定夺！"

"行！有老板这话，我不会让他失望的！"

旺贵告别陈总，正要去找文玲，看有什么事情，后来觉得还是先回

家见老婆。

旺贵家门口对正厨房，桂兰吃完饭，正在厨房洗碗。突见旺贵站在门口，心一惊，手一松，瓷碗滑落地上，"咣啷"一声瓷碗摔成几片。"你干吗不出声，吓死人啦！"桂兰大惊失色问道。

旺贵也被这响声弄得无端心慌，说："给你个惊喜啊！"

"吃饭了吗？"桂兰心里有鬼，心跳加快。

"还没，你怎么啦？真吓着你了？"见老婆惊魂未定，旺贵颇觉意外。

"当然了！无声无息地突然冒出来，就不能先叫一声！"

"也不用吓成这样子！"说罢，旺贵忙不迭地走进后厅里，到电脑桌前，打开电脑。

"啊！"他大叫一声。桂兰在厨房，听见喊声，走进来，忙问："什么事？"

"想不到，太想不到！"

"怎么啦？"桂兰凑上前问。

"我在 2355 点开了多仓，期指一直在 120 天均线上面横行。上月初差点跌破这均线，但很顽强，贴着均线上面又盘了一个月，终于再次向上走。5 天、10 天、30 天均线也在向上发散。你看，它走得这么强，抛离 120 天均线这么远，我就放心了。在外面电脑不方便，就没去关注它。可就这五个交易日，它却往下跳水。现在 2171 点了，亏了 184 点，又在专门针对我似的！"

"那亏了多少钱？"

"184 点，一手亏了五万五千二百元！"

"很重仓的了！"

旺贵没回答。他开了十手仓，这次交易亏了五十五万元啊！

"你总说找到获利方法，不会再亏。这不，又亏了！"

"是赚钱的。"他用手指着电脑上的 K 线图，继续说，"2355 开多，最高 2791 点，我这程序的平仓点是 2527 点，赚 172 点；跟着反手开空，到现在 2171 点，浮赚 356 点。实际上一手浮赚 528 点，十五万八千四百元。"旺贵突然止口不说。他明白自己这次能赚一百五十多万元，现在反倒亏了五十多万元。说出来，怕桂兰晕倒地上。

"都是一个讲字，不是又在亏损！"此时此刻的桂兰，对旺贵时赚时亏的说法似乎麻木了。她想起易志浩那句话"没听说有炒股的人发达的"，现在看，这话一点不假。三番五次说能赚钱，三番五次也赚不了钱。见鬼！骗人！她真想说出口。

旺贵听后没吭声。细想之下，桂兰说的也不无道理，自己研发出的这套交易系统，为何看似正确，但实盘交易总是赚不了钱？他闭上眼，深深地反思着，紧跟交易系统……

旺贵坐了起来，把日K线图放大，缩小；再放大，缩小……以120天均线为中心，一波上，一波下，一目了然！他又回忆起这次建多仓后不久，因侄儿的事回东莞。如果不回东莞，每天都在监测交易盘面，结果会是如何？他自问道。在6月6日收市跌破120天均线后，按均线程序的指引，在收市前或在7日开市后在2527点进行平多开空的交易，会实行吗？他又自问。若在场当然会！他心里很肯定地回答。

"哎，老婆！"旺贵突然意识到些什么，问道，"我回家后总是感觉有点不对劲的东西，却又说不出！你有这感觉吗？"桂兰身上不干净，不由得心慌，脸上掠过一丝惊慌神色："你不要炒股了，让它弄得神经兮兮的，继续下去我受不住的！"桂兰转移话题，掩饰自己。"是这样吗？实在感觉跟以往不一样啊！"旺贵说完离开电脑，"你关电脑，我去冲凉！"

说完，旺贵又沉吟片刻，说："还是先去文玲家一趟！""她正常啊，天天早上都和她一起去买菜！""要去，回来后再冲凉！"旺贵边说边往外走。

桂兰不愿意旺贵去文玲家，因为她想着易志浩一连来了几个晚上，不可能没人发现的。若发现的人是本村的，又是个多嘴的，肯定找文玲说是非……这类想法不停地在桂兰脑海里打旋，她因而变得格外多疑。旺贵在家里感觉到的不一样，是因她与易志浩有了肌肤之亲后，不管意识上或身体内都留下第三者的气息，她下意识地变得猜疑而又格外警觉，这些信息恰好被旺贵感受到、捕捉到。

　　桂兰的否认打消不了旺贵的狐疑，或许去了文玲家，她会透露些信息。桂兰心怯不敢去，因羞愧而不愿去。忽地，她转念一想，还是要去！她在场谅文玲一定有所顾忌不好乱说。桂兰忙小跑几步，追上旺贵。

　　桂兰的疑虑是对的，易志浩去找她的第三个晚上，就有村民看见并告诉文玲了。文玲看见旺贵夫妇俩一起来，心想，这个桂兰装得还真像。

　　旺贵注意到文玲不自然的表情，不禁问道："文玲，你没事吗？"

　　"没事，家辉去哪儿？什么信息都没，给他打电话也不接！"

　　"他告诉我，广西有个大客户找他洽谈项目，要待挺长一段时间。反正公司正常，不用牵挂他，放心吧！"

　　文玲想着该如何把听到的消息说给小叔听，眼睛便不由自主地瞥了桂兰几眼。

　　"既然文玲没事，我们回去吧！"桂兰挽起旺贵的手，主动告辞。桂兰从文玲的神态和看自己的眼神，晓得文玲听到风声了，暗自庆幸自己跟上来，起码暂时掩盖得住。她希望能捂久一点，随着时间流逝，风言风语便会逐渐消散。她再次说："回吧，你还没吃饭呢！"

　　文玲也有办法，她去了公司，要陈总给旺贵打电话，让他来公司一趟。就这样，文玲把听到的传闻告诉了旺贵。

　　旺贵听后惊愕得说不上话。文玲说："也许，这也说明不了什么！"旺贵神色凝重地问："怎解？"文玲说："可能是朋友或亲戚来往呢！"

　　"串亲戚用得着晚上吗，一连几个晚上！"

　　这时，旺贵很自然地把回家后跟以往的不同感受，与老婆闪烁不定的眼神、一惊一乍的表现和不大连贯的话语串联起来，那个传闻看来是真的。

　　"会是她娘家的人吗？"旺贵问。

　　"不是，那男人不是本村的。"

　　"你不要把这事说出去，我会处理的。广西的项目规模大，一时半会儿了解不清楚，你不用担心家辉！"

　　"他去多久都没问题，应该打个电话回来！"文玲面露不悦。

"也是的，好，我跟他说吧！"

旺贵回家后，没有质问桂兰出轨的事情。他像巡视领地一样，上到二楼，走上三楼，又回到一楼，他在感觉哪个楼层的气息不一样。他阴沉着脸坐着，桂兰强作镇定，笑问："你干吗？又上又下的，不见了东西？"

此刻，旺贵肯定了自己的判断，二楼、三楼像以前那样舒适安宁，没有陌生男人的气息；一楼则不同，给他一种压抑憋闷的感觉，这是一种说不清道不明的直觉，家被男人入侵了。昨天就感觉异样，听了文玲的话后，让他心烦意乱的感觉加重了。

"前几个晚上来家里的男人是谁？"旺贵单刀直入，双眼盯紧桂兰，让她没有丝毫的时间思考。他看见桂兰吃惊的神情、乱闪的眼眸，第六感告诉他，老婆心里有鬼。桂兰早编好了说辞："哦，那是个远房表亲，他来借钱。他吃喝嫖赌，要借一千元，我没答应借他。谁知他赖上我了，连着几个晚上来，真拿他没办法，只好借了他五百元！"

见桂兰故作轻松，旺贵又问："借钱用得着晚上来？""我怎知道，可能他怕白天来让人知道跟我借钱，脸上过不去！白天也好，晚上也好，没办法不借给他！"回答得天衣无缝，她反问，"你问得这么认真，什么意思？"旺贵不做解释，笑了笑，道："我去公司，不吃饭了！"

从相识到现在，旺贵眼中的桂兰都是个没有见过大世面、粗犷外表藏着纯朴野气的深山少女。自从去了酒楼，桂兰像变了一个人，变得圆滑、势利、巧言令色。

桂兰暗自松了一口气，以为自己的巧妙应对化解了丈夫的疑惑。她错了，正是她精心编造的谎话，让旺贵百分之百地相信，她一定有问题，只是没有证据，奈何不了她。

到了公司，旺贵和陈总一起吃饭，交谈了一会儿，陈总有事要外出。旺贵打电话给桂兰，告诉她，东莞有事，从公司直接回去了。

桂兰知道旺贵又回了东莞，心里才安稳了些。易志浩曾嘱咐过她不用害怕，即使她老公要跟她离婚，也不用怕！

"我娶你！"

"你有老婆的呀！"

"我老婆会主动跟我离的！"接着，易志浩把他和旺贵、红艳各自的底细全说给桂兰听。尽管如此，桂兰也不愿和旺贵闹到这一步。虽然她和旺贵不是因为爱情而结合，现在和易志浩偷情也不是因为爱，说一千道一万，她找男人的目的就是钱。

如果有人问她，哪个男人是她的真情挚爱，她的回答只有一个字"钱"。她过够了苦日子，在她看来，钱就是爱，就是情。手里有钱，心里不慌。现在手上有几十万攒着，旺贵想离就离呗！易志浩娶不娶自己也不要紧，只要每次来给钱就行，她不在乎出卖身体。

第三十三章
生 死 劫

许淑兰那天夜晚搭乘私人小车逃离龙角村，她没回江东镇，也不回莞城，而是到了广州，找了一间偏僻旅店住下。她在卫生间洗了半个小时，才感觉把在龙角村那间低矮泥砖屋沾染的污垢清洗干净。她换上一身时髦的连衣裙，要出去吃顿久违的夜宵，领略一下霓虹下的喧哗和美味。走到服务台时，服务员把她叫住，提醒她，十二点了，最好不要出去。

许淑兰返回房里，望着窗外笼罩在路灯周围雾状的光晕，楼下小食店飘出的缕缕蒸气，随风扑鼻的诱人美味，更令她饥肠辘辘。在龙角村那间低矮的泥砖屋里，她压抑着自己的性情和生活需求，整天不和人说话，穿着黑衣破裤，蓬头垢面，疯婆似的生活了半年多。此刻置身大都市之中，想起几小时之前那地狱般的生活，不由得打了个冷战。如今，她所谓的"使命"完成了，可以长长地出一口气了。

午夜的广州城，车声已稀，人声全无，就剩下灯光的世界！

昨晚还栖身在深山里的木板床，今夜却躺在旅店里松软洁白的席梦思上，真是恍然如梦。她辗转反侧，难以入眠。目的已然达到，心情固然兴奋，但却有些不安。她能想象出丁家人慌乱无措的情景，秀芬哭红了眼睛，丁家辉戒毒痛不欲生，她有种醺醺然的得意。

干坏事是要遭报应的，尽管她暂时逃脱了法律的制裁，但逃不了良心的谴责。"报应就报应吧！只要那家伙一辈子逃脱不了毒瘾的折磨，我不在乎报应！"许淑兰在心里声嘶力竭地喊道，"来吧！死都不怕，还怕你的报应！"不过，越是有着豁出去的念头，心里越是焦灼难平。她胸膛内像塞进一团火，灼痛难耐。她开了瓶冰冻矿泉水，连喝几口，灼痛感依然如旧，甚至把冰凉的水倒在胸前，仍无济于事。

折腾到下半夜，她才双眼迷糊地渐入梦境。梦的开头是美好的，男朋友陪着她乘上莞城至广州的花尾渡去广州玩，又从广州的大沙头码头转乘去江门的花尾渡，再辗转到了上下川岛游玩。后来去了佛山祖庙求神拜佛，然后她还嫁人结婚。不想，她竟然被恶鬼追杀，恶鬼用铁叉把她叉在半空中。她拼命挣扎，但浑身酸麻无力。前面火光冲天，恶鬼想发力把她往火里扔。她惊恐万分，左挪右转，手脚乱划乱蹬，终让她挣脱了，但跌落地上……

天亮后不久，她出去吃早餐。经过大堂，服务员叫住她，问："你昨晚干吗呢，大喊大叫，把床弄得响声不断。隔壁房的客人投诉你，令他睡不着，注意点啊！"

都是那个噩梦闹的，她后怕地耸了耸肩。

早餐回来后，许淑兰退了房，换了一家旅店。

换了旅店的夜晚依然噩梦不断。她一天换一家，连换了五六家旅店，都换不掉噩梦。第七天，她忍受不了噩梦的纠缠，回到江东镇。

105

江东大桥的西侧，耸立起一座全镇最高的"星河城市广场"。几年前的华阳湖湿地公园还只是一张开发蓝图，"创客坊"在还未建设完善的华阳湖湿地公园中显得不伦不类，难成气候。如今的华阳湖湿地公园已建设成型，游艇满湖走，灯光夜市，"拈花寺"广场、"创客坊"游客摩肩接踵，环湖林荫大道、体育馆、足球场、香蕉博览园等与"创客坊"连成一片。游人熙攘，入夜灯光璀璨，水上霓虹如出神入化的魔术师，变幻出多姿多彩的神光幻影。在江东镇东部，一座五万居住人口的水乡新城点石成金似的出现在沙仔海西岸，与洪梅镇的高铁枢纽城隔海相望，为几千年来默默流淌着的狮子洋注入了新的生命元素。

许淑兰下车后惊讶于视域内的变化，并不急着找旅店，背起简易行囊，先在华阳湖游逛。累了坐下休息，体力恢复了又逛。直到下午，又乘镇内公共巴士去江东新城。她戴着墨镜，穿连衣裙。在街上游玩的大都是年轻人，没人认识她。黄昏时分，许淑兰来到柴记大酒楼街对面，恰巧有个以前同在一个生产队的队员去酒楼吃饭，路过时认出了她。那男人狐疑地看着许淑兰，想要离去，却还是忍不住问道："你不就是许淑兰！"

许淑兰早认出这男人，本不愿搭理，可人家认出自己，不得不回应："是的，你是长坤！"

"很久没见啊！来吧，一起去吃饭！今天是我爸八十寿宴，请上你！"

"谢了！我没空，你开心吧！"许淑兰边说边告辞离去。

华阳湖大道上是熙来攘往的人群，刺耳的汽车、摩托车的笛鸣声，将繁华的城市喧嚣得热火朝天。人海茫茫，匆忙也好，悠闲也罢；当老板也好，给人打工也罢，不都是为了赚钱，不都是在欲望的驱使下夜以继日地努力争取幸福的生活。

许淑兰想，人群中是否有像自己这样的人，为了报复丁家，甘愿付出所有。她坐在小食店外的饭桌旁，对着一碟清蒸鲮鱼、一碗白饭，慢吞细咽，苦苦思索。"我是不配有幸福的人。"此刻，她暗自说出一句硬邦邦的话。

太阳还没有完全西沉，晚霞满天，夕照如火。许淑兰看着街边人来人往，听汽笛声响成一片，面色如天空般逐渐阴暗。路灯倏地亮起，街道在双重光线的辉映下，既明亮又热闹，许淑兰掏出有色眼镜戴上。这时，一辆银白色小车停在路边，司机开门钻出来，是旺强。他拉开后座的车门，说："你们在这儿下吧，我把车停好再过去！"旺祖和儿子家兴走出轿车，站在路边等车流过去，然后肩并肩走向对面的柴记大酒楼。

目睹着这一幕的许淑兰脑海突然冒出一个画面：丁旺祖在自己左边，儿子在自己右边，都挽着自己的手，淡定地横过马路……

"本来就应该是这样啊！"望着父子俩渐远的身影走进柴记大酒楼大门，她心里在痛苦地呐喊。胸口又在疼，犹如心绞痛的病人，心脏被一把铁钳狠狠地夹住一点点地收紧、收紧……

"小姐，你怎么不吃饭？快点吃吧，你一个人占了一张饭桌。你看，这几个正等着你离桌呢！"

服务员的话不无道理，可许淑兰的心真疼得厉害，怕站起来会晕倒。她喝了口水，掏钱付给服务员。等待找零的过程中，她又喝了几口水，使劲拍了拍胸口，借此缓解疼痛感。她接过服务员递过来的零钱，试着站起来，确定自己不会晕倒，她才迈步缓缓离去。

106

许淑兰像醉酒一般跌跌撞撞地走，一路上惹得行人凝眸关注，好笑这宁静的夏夜又多了一只醉母猫。走累了，她坐在旁边的一个小木箱上，即刻有穿制服的保安走来，说这是商场大门口的地方，不能坐人。许淑兰无助地离开，环顾四周，遥望满城灯火、满地楼宇，却没一处容纳自己的地方。因作恶而起的心痛无法消除，看见旺祖父子俩后这种疼痛加剧，如水漫金山般一点点地从脚掌往上涌。漫过了大腿、腹部、肩头、脑袋，而她并不能随潮水上浮，像被人钉在海底，随着潮水的继续上涨，水压把她的胸腹挤压得难以呼吸。

从体外渐进传导的挤压感比从心里而起的痛感更难受。从心而起的疼痛令她手脚发麻，心悸心慌，焦干口渴；从体外传导的挤压是全身性的，伴着喘气困难，躯体被挤压得快将开裂，快成齑粉而随风飘散。在两种痛楚的蹂躏下，她突然觉得死掉还舒服，一了百了！她第一次感受到比死还痛苦的滋味，第一次有了求死的意念。这种意念来得是如此迫切，比决堤的洪水还要迅猛。她甚至想象着要是冲向行驶中的汽车，被撞后身体会变成什么样……

"景富吗？我快要死了……"慌乱无助中，许淑兰下意识地拨打吴景富的手机。

"你在哪儿？"

许淑兰艰难地说完所在方位放下手机，意识像是飘出了体外。

吴景富很快赶来，扶起她，招了辆出租小巴，向自己家驶去。

"这大半年，你去哪儿了！我还以为你出国了！"在车上，许淑兰表情难受，她呻吟道："我苦啊，胸口疼得厉害！"

"不舒服去医院啊！"

"不，不用去！"

到家后，吴景富一点也不懒惰。他拿起扫帚把墙壁、天花板打扫一番，然后把床、椅、台、桌、衣柜等清扫一遍，又将大毛巾弄湿拧成半干，把家具逐一抹干净，才招呼许淑兰坐下。

"这么脏，你平时不清洁？"

"单身寡佬，不都这样！"

"她的心也太硬了点！"

"不怪她，是我不对！"

"是我害了你……"

"不说这些了！怎么办，在我这儿住，还是回你家……"

许淑兰没有回答。

吴景富把床单、被套，衣橱里的衣服全都拿出来，说道："不能再用了，要买新的，可我还是吃了上顿没下顿！"

许淑兰掏出几张百元票，说："先买点吃的回来吧！"而后神情苦涩地说，"我也没多少钱了，要卖房才有钱花！"

景富惊诧了，索然说道："我没钱，你也没钱……"

许淑兰明白他的意思，流露出不屑，说："我还没开口向你要钱！"

"我也是实话实说啊！"

"我走吧，让你老婆知道，令你难做！"

"以前你在，她不跟我睡；你不在这段时间，她也不跟我睡。她这么待我，也没道理指责我。她不让我睡，总不能不让我找个伴吧！"

107

许淑兰重现江东镇的消息，像风一样吹遍了每一个角落。

一个农妇在人声嚷嚷的地方，她的离去与回来，是不值得为人所道的事情。问题是现在许淑兰已不再是一个普通农妇了。

福齐知道这事后，第一感觉是非常诧异。自己花钱雇请调查公司的人到处找她都没有结果，她却说回来就回来。早前怀疑许淑兰对侄儿第二次施毒手，现在看这情形她似乎洗脱了嫌疑，就是抓她也没有证据。至于老公又找上了她，对这点她一点也不感到意外。

自从吴景富混上许淑兰，福齐对老公的感情一点点地消耗殆尽。尽管许淑兰消失的这段时间，吴景富没跟其他女人鬼混，但许淑兰一回来，他便蚊蝇逐臭般飞了上去，居然还住在自己家里。福齐气愤不过，打电话给吴景富，要他即刻出来，她在市场前面的银行旁边等他。她能容忍吴景富在外面鬼混，却不能容忍他俩在自己家里鬼混，尤其是那个可恶的害人精！她打算下最后通牒，要么立即把那害人精赶走，要么立即办离婚手续。

福齐老远就看见吴景富走来，依然是那种风中杨柳般的行藏，轻盈飘动的步态。父亲很早跟她说了，看吴景富的走路姿态，轻浮不踏实，就知他是个不成器的家伙。跟他相好，将来要吃苦头的。福齐却认为吴景富这姿态是浪漫潇洒，和他在一起轻松愉悦。若和一步一个脚印、说话慢吞吞、正儿八经的人在一起，自己受不了……此刻，她悔恨听不进父亲的话，为自己掘下了婚姻的坟墓。她把多年来的悔恨、怨恨、愤恨一股脑儿指向吴景富……

"齐！"吴景富还是以前那种柔声细语的口吻，福齐已很长一段时间没和吴景富说话了，骤然听见吴景富这副让人舒服的嗓音，脑海不由自主地闪现出初识吴景富的那一天，那一夜，还有那第一次……

那时候，丁守正把儿子们从深圳叫回来，在107国道旁开张了三间士多店后不久，又卖掉煤球厂，把在外省的香蕉购销部打工的福齐叫回来，在107国道旁开张了"柴记大排档"。父亲当厨师，母亲和妹妹洗菜洗碗，福齐端盘子、收钱。从天未亮一直忙到深夜十二点。辛苦啊！但当打烊后点算一天的收入，大家又是开心快乐的，疲劳也让风吹走了。每个晚上福齐巴不得早点打烊，因为心里有人。年轻人的疲劳经风一吹便消失，更何况是赶去约会。那时候的心里是甜的，用舌头舔舔口腔也是甜的；舔上吴景富的舌头更如舔上了蜜糖……

"齐！想什么，这么入神？"景富的声音把她从遥远的过去拉回来，她才顿然醒悟是自己打电话叫他出来。

"你立即把她赶走！"福齐窝了一肚子气，想起往昔让她对吴景富的恼怒陡然升到最高级别，"她是丁家的仇人，你知道不？"

"知道！"吴景富从未见过妻子这副凶相。他没和她辩驳斗嘴，反而笑吟吟地说道："你又不和我在一起，我单身寡佬，也有闷得慌的时候嘛！"

"不准在家里鬼混！"

吴景富笑道："咱俩很久没在一起了，总不能一见面就吵架吧！你不要凶，跟我一起，什么事也没有！"

福齐看吴景富嬉皮笑脸，更加讨厌地说道："你不赶她走……"福齐话音未落，吴景富突然发疯似的伸出双手将她猛地推开。只听砰的一声巨响，一辆小车撞向吴景富旁边的一棵大树……

吴景富被压在车底，福齐的双脚也被小车前灯撞上。路人见状纷纷上前把小车抬起，将吴景富拉出来，可他早已面无血色、全身软绵，旁边的福齐也昏迷了过去。路过的司机连忙把俩人送往医院……

撞人的女司机原本在对面车道上行驶，她在拐弯时突然加速冲向吴景富和福齐。女司机伏在方向盘上惊慌得全身发抖……

有人在说："不用问了，她肯定踩刹车时踩错了油门……"

福齐右脚小腿被撞断，吴景富当场断气。

当福齐醒过来，从旺明口中知道这一切，说不出话来……

这是真的？

怎么会成这样子？

这是真的？

福齐像是做梦，一会儿清醒，一会儿犯迷糊。清醒的是她正和吴景富吵着架；迷糊的是吴景富突然猛推了她一把。当时，她背对马路，而吴景富面朝马路，忽见那辆小车失控撞来，下意识地推开福齐，救了她一命。

事故过去了将近十个小时，已是下半夜了。

"哇……"福齐的哭声犹如风暴来临时雷公积蓄已久的咆哮，把围在她病床前的几个兄弟吓了一跳，也把旁边熟睡的病人惊醒。这里是医院，哭喊声司空见惯。

福齐大哭一声后，接着是剧烈的干咳，延续了十几秒。旺明递了几块纸巾让她捂在嘴上，咳完后一看，纸巾沾着一团鲜血。旺强慌忙叫来医生……

108

丁旺贵打电话给桂兰说东莞有急事，要赶回东莞，实际并非如此。他没有回东莞，而是待天黑后藏身自己家附近。

易志浩回家后，见家里乱糟糟一片，已然明白结局。既然两人同床异梦，在一起还有什么意思。他心烦意乱，连抽了三支烟，思虑再三拨打了一个手机号码。对方一直不接，他毫不气馁接二连三地打，后来电话接通。

"喂，桂兰，他在吗？"

"你不要烦我了，我不想离婚！"

"他不在，是吗？"

从桂兰毫不避忌的口吻，易志浩感觉到丁旺贵不在她旁边。"他不在，是不？"他重复着问。"他回东莞了！""好的，没事了，你睡吧！"说完，他走出家，上车朝龙角村方向驶去。

知道桂兰一人独处，易志浩心急如焚，恨不得即刻飞到桂兰身边。已是晚上十点，到龙角村估计是下半夜。他扫了一眼仪表盘，盘算着时间，右脚不知不觉地用力、再用力。

农历二十五是个没有月亮的夜晚。车子驶出广青公路进入青连公路，路灯昏黄且稀疏，远非广深一线公路灯火通明。路旁模糊的树影快速向车后闪去，易志浩目不转睛地盯着前面路况。他很清楚自己的行为曝光后会被人耻笑诟骂，可他抵不住心中对桂兰的思念，这种思念像毒瘾发作，他中了邪似的不顾一切奔向那个女人。

车子到了桂兰屋前时，他打电话告诉桂兰。桂兰身披睡衣，没有亮灯去开门。门一打开，易志浩就迫不及待地抱紧桂兰。过了一会儿，桂兰嗔怪道："你这么用力，把人家抱疼了！"就在这当儿，门口嘭的一声，俩人都被吓一跳。这毕竟是见不得人的事，他俩对周围的杂音格外地敏感。易志浩松开桂兰回身转望看，一道强光照得他睁不开眼。

"你是谁？"易志浩手掌挡着光，眼睛从手掌底下望过去，模糊中认出是丁旺贵。

说时迟，那时快，丁旺贵一拳打在易志浩脸面。易志浩猝不及防，被打得眼冒金星，瞬间倒地。旺贵单脚踩在易志浩身上，挥拳猛打。易志浩被打得头晕眼花，身体疼痛难忍，但头脑清醒，因身子被踩着难以翻身动弹，只好用手护住脸面，任旺贵击打。易志浩积蓄着力量，憋足了劲，趁旺贵稍有松懈之时，身子使劲向右滚去，然后爬了起来。旺贵打累了，双手酸痛，他微微弯着腰，全身肌肉紧绷，与易志浩对峙。

桂兰听出是旺贵的声音，慌忙走入房间，穿好衣服，开亮灯，在大厅端坐着。女人红杏出墙，最怕的就是被老公捉奸。尽管她曾想象过这种场面，但事到临头，她还是惊恐万状，身体不由自主地发抖打颤。

旺贵原先设想的是要捉奸在床，可他没法容忍奸夫淫妇在家里、在自己眼皮底下做那事，于是提前现身。易志浩已从慌乱中理出头绪，冷静下来，他心说："深夜探望朋友又不违法，你能把我怎样！"

旺贵怒道："天下这么多女人，你为什么专抢我的女人？"

"你不想想，恋人让人抢，老婆又让人抢，男人做成这样，还不如去死！"

黑暗中，易志浩能感觉到丁旺贵被自己气得头顶生烟，正扬扬得意。旺贵被羞辱后，身体像猎豹一样敏捷，蹿过来飞起一脚踢中易志浩的阴囊，他惨叫一声，疼得晕倒在地。桂兰走出来，吓得面容失色，不知如何是好。旺贵怒斥道："要钱不要脸，拿上你的东西，现在就滚！"

桂兰想说话，但全身发抖，一个字也说不出。

"快滚！我不打女人，给足你面子了！"旺贵怒吼道。

这时候，易志浩苏醒了，说道："拿上重要的东西，咱们走！"

这话提醒了桂兰，可她手脚不听使唤，好容易才哆哆嗦嗦进入屋里，手上拿着存折走了出来。旺贵乘她不备，把存折抢在手里说："就因为这东西偷人，里面有多少钱？"桂兰身体抖得更厉害，双脚发软，快要站立不住。旺贵看了看存折，冷笑道："为这二十多万元就把自己卖了，不出三年，你会把肠子都悔青的！"说完，他把存折往地上一扔。易志浩挣扎着爬起来，借着客厅透出的灯光，捡起存折，扶着桂兰一瘸一拐地上了车。

旺贵脑子里一片空白，他也不进屋，靠着院墙坐在地上。天空蒙蒙亮，逐渐泛起鱼肚白，市场传来商贩开市的喧哗声。他下意识地循着声音往市场走去，在一家大排档里坐下，开了茶位，要了一碗皮蛋瘦肉粥。他肚子不饿，食欲全无，不过是借着这碗粥，占着茶位坐下休息。一般人的理解，老婆给老公戴了绿帽，老公不和那奸夫拼命才怪。没有捉奸在床，没有证人证据，他能怎么样，气愤不过只能揍易志浩一顿罢了。报复易志浩最好的办法就是自己强大起来，在经济上打垮他。至于桂兰，这种见钱眼开、不知廉耻的女人，早离早好。

天大亮了。赶早市的人来人往，大排档陆陆续续坐满了人。旺贵虽然觉得桂兰不值得留恋，但毕竟共同生活了这么一段时间，看着她跟别人好上，说走就走……心里难免憋气难受。

这时候，手机响了，是旺明的电话，告诉他福齐受伤，吴景富出了意外。他对姐夫从没好感，对他的离世没什么感觉，他最紧张的还是家姐的伤情。旺贵先去文玲家,告诉她昨晚的事,请她帮忙把龙角村的屋子卖掉;接着他又去新科公司,跟陈总交代一番后,开车回东莞。

福齐苏醒后一直拒绝食药,也不配合打点滴。兄弟几个守在床边,怕福齐想不开,一步不敢离开。

"我没法原谅自己啊!"

此刻福齐心中懊悔万分,老公婚内出轨,她认为自己也有责任,是自己导演了婚姻的悲剧。丈夫已经认错悔改,可她硬生生地把他往别的女人怀里推。如果她不约老公见面,就不会发生车祸;是她谋杀了丈夫,把自己变成了寡婆。

见福齐如此悲痛,旺祖、旺明、旺强不知如何是好。苦恼之际,大嫂秀芬来了。旺明把大嫂拉到外面,说福齐一味地埋怨自己,陷入深深的自责无法自拔,不肯吃药治疗,希望大嫂劝说福齐走出困境。

兄弟几个出去后,秀芬坐在病床边,一时不知说啥好。她虽然也经历过丧夫之痛,却不知怎么去安慰别人。秀芬拿起福齐的手贴在自己脸上,默默地看着她。不知过了多久,福齐突然说:"怎么也没想到他肯为我去死……我干吗叫他出来!不叫他出来,什么事也没有呀……"

秀芬沉吟再三,说道:"大姑,这几年我想了很多。其实,咱俩都是笨。怎么笨呢,笨就笨在我们以女人的心思去揣测男人的所作所为。旺财过世后,我反反复复地想,若能试试换位思考地去想事情,会有怎样的结果?"过了一阵,秀芬又说,"旺财去泡女,我满腹怨气,不准他上床又不想搭理他,弄得夫妻像仇人一样。我是这样,你也是这样。你说,咱俩是不是都很笨!"

"我怎么也想不到他肯为我去死!"

"其实呀,对男人来说,老婆就是老婆,骨子里有保护老婆的担当。景富还是爱你的,他要是看见你现在这样子,一定会心疼的。你不能糟蹋身体,让景富白付出,错上加错!"

"大嫂,我转不过弯啊!"

秀芬没直接回答,却道:"自从旺财出事后,我几乎每天都去黄旗山拜观音。开始是祈求观音保佑辉儿；渐渐地我就想了，总是要求观音为自己做事，自己为观音做事了没有？观音要求你慈悲为怀，心怀善良，你做到了吗？己所不欲，勿施于人，你做到了吗？你做不到观音要求的，却祈求观音保佑你，这可能吗？人呀，首先要端正自己，践行观音善良的念想，观音才会保佑你的呀……经过几年来不断地践行，我一通百通，恍然大悟了！"

秀芬说这番话时，就连旁边病床的人也都在凝神静听。

四周很静。姑嫂俩人没说话，陷入深深的思索之中。这时，旺贵等几个兄弟走进来，他叫了一声"姐"，福齐听见霎时泪流满面。

"一时半会儿你想不透的，待伤好了，和我一道去拜观音，就会开窍了！"接着，秀芬用手纸擦干福齐的眼泪。福齐问："家辉现在没什么事吧？"旺贵答："刚问陈所长来着，他说家辉康复得比预料要好！"

"辉儿没事的，我知道！"

"大嫂，你怎么知道？"旺明问。

"爸爸也好，咱们也好，从没做过亏心事。钱也挣得堂堂正正，也没有不良心思，观音娘娘护佑的就是我们这些人。我相信好人有好报！"

旺贵沉思片刻，将昨晚捉奸的事情说了一遍。

旺强随即火起，怒道："这不是明摆着欺负你！这样被人欺负到头上，不行！要给他点颜色看看，让姓易的那小子知道丁家不是好惹的！"

"不用，不用！放长双眼看吧，好坏都会有报应的！"秀芬平静地说。

第三十四章
柳暗花明

109

　　旺贵怀着沉重的心情回到家。他打开电脑，看着持续向下的股市 K 线图，心情变得更加郁闷。

　　自从上次错失了期指做空的最佳时机，接着又经历了从赚钱到亏钱的过程，旺贵最终想明白，在每个趋势的途中开仓是危险的。股指的短线波动令你无所适从，左右都挨巴掌。短线亏损每次不是很多，累积起来却是数额巨大。持续亏损会扰乱交易心态，加大短线交易频率，造成更大的亏损。

　　经过上一次的踏空，错失这次的获利机会，旺贵决定歇一歇，待心态平稳后再等机会开仓。股指经过一波猛烈下跌后，跌势趋缓，变得像温水煮青蛙，又似懒蛇爬行，沿着四五度的斜率下行，看来下一次开仓机会遥遥无期。

　　自家婚姻破裂，家姐遭遇横祸，股市不死不活，旺贵觉得自己事事不顺，心情糟糕透了。

　　如今，二百平方米几层楼高的大屋，没有了女人的气息，没有了家庭主妇的声音，没有了下厨声和烹饪食物时冒出的油烟味儿，空空荡荡的房间显得冷清而寂寥。旺贵对红艳蛰伏已久的思念蠢蠢欲动，去找红艳的冲动倏然上涌。然而，理智压制住这种冲动，若此时去找红艳，恰好给了易志浩一个大好的借口，不明就里的人会认为是他丁旺贵破坏了别人的婚姻在先。旺贵在纠结中备受煎熬……

期指以近乎横盘的状态保持下行趋势，点数位置与120天均线还有30多点。若双方保持这样的趋势，不用多久就会发生金叉了。盘面直觉告诉他，金叉不会这么简单发生的，要么一根长阳向上闯关，要么一根大阴棒向下把人们打晕后再来一根大阳，上蹿下跳地构筑令人难挨的水蛇底。这只是猜度而已，构不成开仓理由。旺贵在交易上经过多少次成功与失败的轮回，内心变得钢铁般坚硬：不金叉，不开多；不死叉，不开空。每当期指的变动飘忽引起他这样那样的怀疑或困惑，他心里都在念叨着金叉或死叉的开仓纪律。

开仓点遥遥无期，老婆跟人跑路愤恨难消，如果不找人聊聊会憋出毛病的。旺贵随手翻看起通讯录，拨通了引领他接触股市的钟不凡的电话。

"老同学，你好啊！"

"好啊，你呢？"钟不凡很高兴。

"股市跌得没眼看，你的股票怎样，不会被套吧！"

"不炒股票很久了！"

"是吗，理由呢？"

"转做商品期货了！"

"哦，那是高手才敢做的呀！"

"那是说得玄！其实跟做股票一样，比股票还好做！"

"赚钱吗？"

钟不凡顿了顿，反问道："你赚钱吗？"

哈哈哈！俩人会意大笑！

"股市快把人闷死了，试试炒铜、炒金！有好的方法吗，传授点心得体会。"

"我说可以，但假如你因我的技术赚钱了当然是好，若亏本了怎么办？心态很重要，你还是自己去摸索吧，不入虎穴焉得虎子！这道坎没人能代替得了的。"

"听这话你就是高人！"

"老同学，我这是大实话！"

"也是，好的，再见！"

旺贵沉思了一阵，打开商品期货交易软件一看，与股市无异，与股指期货相同。浏览完所有品种后，把其中的均线系统换成自己用在期指上的那套均线程序，再把K线图缩小、放大地看，选取白糖品种，按5天、120天均线的金死叉作为开平仓时点，再统计半年内的盈亏次数和金额，得出平均一手仓每月盈利一千八百元的结果。

开一手白糖仓需五千多元，按月均盈利一千八百元，四个月可以翻倍。退一万步打五折，八个月可翻倍；再打折，一年翻倍。资金一年翻倍，第一年投入一万元，翻倍成两万元……到第十年便成一千零二十四万元！他自嘲起来，觉得自己又在天马行空、胡思乱想。稍顷，冷静下来，他又为自己的发现而雀跃！

旺贵起身走出阳台，迎着拂面的南风，看见街道上人来车往，心里顿时涌出一种唐僧西天取经终成正果的喜悦和豪迈。

这时，福齐来电说，陈所长告诉她，家辉状态良好，提前戒毒出来，今天可以离开了。福齐叫他开车接家辉。旺贵昨晚彻夜未眠，今早从龙角村开了四个小时车回来，一连串的劳心劳力使他身心俱疲，这会儿头晕脑涨。他在草坪上躺了一夜，身上散发出青涩的野草味儿。旺贵打算冲凉后再去接侄儿。

难道是否极泰来？侄儿提前从戒毒所出来，他在期货市场又有心得和感悟，情绪一好便有了斗志。旺贵在浴室一面涂抹着沐浴露，一面哼着欢快的小调。

洗完澡，旺贵边擦头发边思考：找到最佳的交易系统只是找到了一把金锁匙。然而，能否顺利打开财富大门，能否找到神秘宝藏，一定会遇到这样或那样的障碍，不可能一蹴而就。手握金钥匙，要放眼世界和国内经济形势，有豁达的胸怀、泰山压顶不变色的定力，才能达到预期效果。股指期货5天、120天均线的交易系统自己早已掌握，为何到现在还不能获利，就因为自己没将所学所思融会贯通，在境界、胸怀和定力等方面修为不够。眼下，他感觉像是修炼了《洗髓真经》，有了功力大增、胸有成竹的自信。

这时，家辉来电说，他已经找车回了龙角村，不用来接他了。旺贵如梦初醒，他竟然在电脑前坐到了大半夜，将接家辉这么重要的事情都忘了。追昔抚今，旺贵感慨万千。母亲自杀，父亲遭遇车祸，自己被红艳抛弃；接着侄儿家辉染上毒瘾，大哥悬梁自尽；哥哥旺祖离婚，姐夫吴景富意外离世，妻子桂兰出轨离家……厄运接二连三降临到丁家，他们已到了人生的谷底。

好在酒楼还在，家辉有了新的事业，他丁旺贵一定会在证券期货市场成为"大佬"，丁家也一定会雄起，再创辉煌。

110

一大早，旺贵在大排档匆匆地吃了个快餐，便赶去医院。大嫂在病床边和福齐说话，看见旺贵进来，连忙说道："辉儿回家了！"

"我知道。恭喜你，大嫂！没想到家辉康复这么快。"

"是的，没事就好！"

"家姐好些了吗？"

福齐点点头，声音沙哑地说："没什么。"她看上去脸色红润了些，情绪也好转了许多。

一整天，秀芬都没离开过福齐，给她讲述自己去拜祭观音时，心里与菩萨的对话和领悟。在秀芬眼中，世间所有的好事、坏事都有因有果。老百姓能做到的就是心怀慈悲，心存善良；即使不助人，也不要做损人的事。每个人心中都有一杆秤——就是观音，就看你愿不愿意把自己的所作所为放在这杆秤上称一称。"我以前没有领悟，总是以自己的喜好去称量这世事，烦恼越称越多。后来观音拜得多了，心有所悟，才明白，做人啊，不能有坏心思，夜晚上床后和观音说说话，反省一下自己，问心无愧便很自在。'拜得神多自得神庇佑'就是这道理的啦！"

"景富完全可以避过的，他是救我而死！"福齐还是解不开心结，提起老公不禁悲从中来。

"姑丈是个懒汉，但不是坏人！他既没有坏人的心思，也没有害人的想法。正因为他对你一往情深，才肯舍身相救。姑丈被色欲利诱，遭了坏女人的道儿，才会遇此劫难。如果当初你能原谅他，给他一个机会，或许他浪子回头，从此会变好。唉，这都是命里注定的！"

"你干吗不早点跟我说这些道理？"

"我以为你能想透的，因为以前你也曾这样劝过我。唉，真应了那句'当局者迷'。或许这就是命吧！"

秀芬心宽体胖，越来越富态，越来越像弥勒佛，因洞察世事眼神清澈明亮，浑身散发着一种慈悲的气场。

"我变多了，是吗？"看见福齐注视着自己，秀芬笑问道。

福齐点点头。

"现在，我连许淑兰都原谅了，不记她的仇了，能不变吗？"

福齐见大嫂像大慈大悲的观音菩萨端坐床前，她不再悲痛欲绝，心情逐渐平复下来。

秀芬对旺贵说："幺叔，昨天早晨，我去买菜，看见红艳在市场的蔬菜摊档卖菜。我还买了她的菜呢！"

旺贵心里一动，自言自语道："这么快就离了？"

福齐听后正要说话，秀芬伸手阻止了。待旺贵走后，秀芬才说："大姑，这类事不便多说，随他吧！"

111

旺贵出了医院，来到市场，远远看见红艳站在菜摊上。市场里的光管还未熄掉，日光灯把红艳的脸面照得白净。她整弄蔬菜的动作生硬，一看就知是个刚入行的。把蔬菜码整齐后，红艳打开保温瓶，吃着早餐。

这时，红艳也看见旺贵，可她毫无表示。

旺贵掏出手机，给自家酒楼总经理打电话，让他派人来市场，把56号菜档的菜全买走。

没多久，有人开着人货两用车，把红艳的菜全买了。晨早做成一大笔生意，红艳很高兴。卖完菜，红艳开车出了市场，旺贵尾随她。原以为红艳回父亲家，没想到她开车去了十多公里外的东江农批市场，购满一车蔬菜后，赶紧往江东镇农贸市场赶。前后不用两小时，回到江东市场是十点钟，还赶得上卖菜。

其实，红艳早知道旺贵尾随她了，却对他不瞅不睬。

连续几天，柴记大酒楼都买完了红艳档位的蔬菜。得知是旺贵所为，红艳便不再将菜卖给丁家的酒楼。

这天，期货市场收市后，旺贵驱车去江东镇农贸市场。摊档上的菜都是早市剩下的，叶菜类残缺、枯黄、凌乱。临近四点，红艳摊位上的蔬菜所剩无几。她收摊后，把残破的菜叶清扫进垃圾桶，骑上三轮摩托离开。

旺贵驾车一路尾随，进入僻静的住宅区后，在一个道路宽阔的路段，旺贵超车挡在红艳的三轮摩托前。他下车走到面露愠色的红艳前面，说道："咱们聊聊吧！"

"没什么好聊！"

"以前的事已过去，不谈了。从现在起，我们重新开始！"

红艳脸上掠过一丝哀戚，大声道："快让开，我赶着去拿货！"

"这么多年了，就不能谈谈？"

"都是过来人了，没有以前那些幻想和心情，快让开！"

旺贵心里一沉，迟疑间，红艳倒车从左车道绕过旺贵的车，向前驶去。旺贵望着红艳远去的背影，咀嚼着她那句话。回家后，旺贵上到三楼的卧室，斜躺着点燃了香烟。

二十一点，期货市场夜市开市。

旺贵最揪心纠结的是开仓初期的回撤，过了回撤期，进入趋势明朗期，则是最舒服惬意的，获利带来的快感令他心情愉悦。没来由，他想起红艳那句话，是啊，她说得没错。都是过来人，还纠缠着过去有意思吗？

或许他真的成熟了，面对红艳的拒绝，旺贵显得出奇平静，心里居然没有一丝一毫的难受。难道他对红艳的感情淡漠了？沉思片刻后，他摇摇头。他最牵肠挂肚的人还是红艳，只是这种牵挂和关心像陈年老酒，越放越醇厚，不再像年少时那样盲目和狂热。

对于红艳，旺贵一点也不担心。尽管她冷若冰霜，拒人于千里之外，可旺贵知道，她心里装着自己，只是碍于面子、维护自尊嘴硬罢了。

经过这阵子商品期货和股指期货的交易实战，旺贵更加觉得在期货市场，越计较盈亏得失，越赚不了钱。如果总是既怕赢又怕输，患得患失，只能一次又一次地重复失败。

因此，旺贵做出两个决定，明早开始，不管红艳喜不喜欢，都到她的菜摊帮忙；只在期指开市后五分钟、收市前五分钟去关注，其他时间不再去盯盘。

做出决定后，旺贵再三叮嘱自己：一定要严守纪律，不因股指波动扰乱心态！

第三十五章

幸福在哪里

112

旺祖听说许淑兰回了永盛村，第一个念头就想去找她，可想起她对大哥家的伤害，这念头又被摁下。他知道许淑兰被人骗光了钱，知道她卖了车又要卖楼，她在外面混了这么久突然回来，估计是山穷水尽了。听说她跟吴景富住在一起，旺祖心里说不出是啥滋味，他觉得自己就是个贱男人、贱骨头，否则为何总是牵挂着这个女人。如今吴景富去世了，她又能到哪儿去？

旺祖给儿子家兴打电话，要他去寻找母亲。

"找着了咋办？"

"找着了再说吧！"

家兴不是读书的料，硬挺着把小学读完，初中勉强毕业。旺祖问他，有什么打算。家兴说，想当厨师。于是，便送他去广州的烹饪学校学习了半年，回来后在柴记大酒楼当厨师。家兴读书笨，做厨师却不笨，见习了一个月后升上大厨。做了半年，辞工了，说要自己开一间麦当劳式的中式快餐店。他只有十六七岁，旺祖信不过他，不同意；但家兴执意要开，还要去广州开店。旺祖说不服儿子，便找福齐商量。福齐一听连声赞好。旺祖不无忧虑地说："他还未成年，脑子都没发育好，怎么能信得过他？"

"家兴执意要开中式快餐店，能看得出他是个很有心思的孩子，只是不善表达而已。你应该支持他，放手让他去闯！"

"要不这样，让他先在镇里开，锻炼几年再去广州发展。"

福齐听后连连摇头，说："从这里就能看出，家兴比你有生意头脑。若没有条件去广州开店，当然在江东镇开。可你有条件啊，干吗不去广州开？做生意讲的是人气，江东镇的人气没办法跟广州比啊！"

"广州的铺租贵几倍啊！"

"人气旺生意旺，生意旺还怕铺租贵？广州那么多生意人，他们的铺租照样贵，他们就不怕贵？跟你讲，以你这种水平，千万不要在家兴面前说这说那的。你胡乱指手画脚，对他的发展有害无益。我感觉家兴很可能是个经商奇才，要放手让他自己发展！"

旺祖将信将疑，福齐一再给他打气。旺祖突然想起小时候，抱着家兴去看病，那位阿姨就曾说家兴是有福之人。

十六岁出头，看起来愣头愣脑的丁家兴，居然在广州开了一家名叫"东莞味道"的快餐店，食物制作借鉴麦当劳式的配方化、程序化、机械化。或许是"东莞味道"店名有吸引力，开业后，从早上七点到晚上十点都是顾客盈门，连短暂的磨合期都没有。餐饮业是最简单的行业，也是个资金门槛低、固定资产投入少的行业。家兴出师告捷，跃跃欲试要开第二家店。

旺祖突然想起儿子很忙，又打电话问："兴儿，你那么忙，能离开店铺吗？"

"行，离开几天是可以的！"

十六岁就能独当一面，将饮食生意经营得风生水起，如果不是亲眼所见，没有人相信。当初许淑兰把家兴抱回来的时候，因孩子愚钝甚至弱智，他们还嫌弃他；家兴读书时考试成绩年年班里倒数第一，他们觉得丢人，都不愿意参加家长会。想起种种过往，旺祖心生愧疚，感觉对不起儿子。

毫无疑问，旺祖对许淑兰的爱是卑微的、深入骨髓的。不管许淑兰怎么折磨羞辱他，只要晚上搂着她睡觉，将脸贴着她的乳房，他就觉得白天遭受的侮辱是值得的。甚至许淑兰怀不了孕，明目张胆地跟男人鬼混……世间所有男人都无法忍受的耻辱，旺祖都打掉了牙齿吞下肚含泪忍了。有位朋友义愤填膺地质问他："明知老婆去睡男人也忍得了，你是不是男人！"他低下头，默默无语。

走在街上，一些人指指点点，对旺祖投以鄙夷的目光，他报以唾面自干的心态面对。"能忍常人之难忍才是真男人。"他常自嘲地用这类话为自己辩解，为自己打气，为自己即将倒下的身体注入动力。所有的委屈、郁闷和难受，一见到许淑兰就烟消云散，他实在太爱这个女人了。

后来，许淑兰抱养了家兴，他们的家虽多了磕绊，却有了乐趣。直到许淑兰毒害侄儿家辉的事情曝光，他知道这段婚姻无法再维系了。这个狠毒的女人将他的财产一窝卷走，把弱智的家兴留给了他，望着空荡荡的屋子，他心里打翻了五味瓶。

旺祖感叹，他的人生太失败了。他想借酒浇愁，家兴叫嚷着说："爸爸，我也喝！"不知不觉间，儿子已长到齐腰高了，终于学会了说话。"好，喝一小口，不准说辣呀！""爸爸坏，不要爸爸，我要妈妈！"家兴被酒呛得咧嘴哭了，双手捶打他，不停说着要妈妈。那一刻，他的眼泪掉进酒里，喝起来更加辣口。他情不自禁地把儿子搂抱在怀中！

离婚后，一想起许淑兰害得大哥家破人亡，旺祖就对她充满愤怒、憎恨、厌恶。随着时间的流逝，仇恨逐渐淡漠，旺祖居然回想起许淑兰的一颦一笑和身上风骚的味道。孤独的生活索然无趣，旺祖心灰意冷，性饥渴使他犹如野谷里的饿狼。

这些年，媒婆为他保媒拉纤的女人记不清有多少个，大的小的，美的丑的，高矮肥瘦数不胜数，没有一个入得了他的法眼。为解决生理需求，他频繁进入风月场所，那些女人百般讨好他，用尽花招榨取他口袋里的钱。后来做得多了，觉得无聊无趣，他想起小时候放牛看见雄水牛将前腿搭在雌水牛后背上的情景，他的行为跟水牛没有分别，顿觉恶心。

许淑兰不是个好女人，却是最让他难忘的女人。近来，他对许淑兰的思念越来越浓。人真是不可思议的动物，爱之深，恨之切，爱恨交织。得知许淑兰突然回乡，旺祖动了找她的念头；但理智告诉他，这样做不行。

福齐出院后的第二天，大嫂秀芬叫旺祖去酒楼饮早茶。她像知道他的心事，坐下不久便说："你去找她回来吧，我不再恨她了！"

一时间，旺祖不知如何作答。

"不管她因为什么加害我家，害得我们家破人亡，但她也遭到了报应。听说她回来了，你去找她吧，我看得出你离不开她！"

旺祖默然无语，像泥胎雕塑般直勾勾看着前方，他甚至不知道秀芬何时离开的。

113

吴景富被撞去世后的当晚，许淑兰便离开了江东镇。一连几天，家兴都没有母亲的消息，只好回到广州的店铺。

店内食客人头攒动，一个黄毛小子背着双肩背包，神情木讷甚至有点呆笨地走进来，毫无老板的派头。除了员工，没人能想到他就是店里的老板。新入职的员工知道老板是这么一个傻憨憨的黄毛小子时，或多或少都会流露出惊诧的目光。

家兴回到自己的办公室，丢下背包便忙着翻阅这几天的报表。食材、制作、店面三个经理每日要制作当天工作报表，记录当天收支流水、当天营业过程的亮点与不足、当天每位员工的工作表现等。家兴虽然是初中毕业，翻阅起报表来却驾轻就熟。几个经理看着老板那副专注的神情，不得不佩服。家兴对工作了解得全面细致，对生意运作大处着眼、小处着手的管理方法，对食材价格变动的敏感程度，让大专毕业的经理自叹不如。

家兴寡言少语，神情肃穆，走起路来有点学生哥儿的浮浪，但他坐在办公桌前看报表时，成熟稳重俨然一个老板的模样。各位经理修读的是食品加工，家兴对食材的营养搭配、作料添加、不同味素的混合了如指掌，最神奇的是他能做出一种新的味道。老板在食品方面的天赋和老到，他们望尘莫及。家兴惜字如金，没有一句多余的话，沉默寡言给他平添了几分神秘和威严。

家兴虽发育迟缓，但却不傻。很小的时候，家兴就知道母亲讨厌嫌弃他，父亲的爱也似是而非。读小学时，知道了自己是抱养的，他内心更加自卑。小小的年纪，他就开始考虑生存问题，自卑生发出强烈的自尊，使他过早地进入了成年人的思维方式。别人觉得他傻、笨、憨，却不知他有着超乎常人的生意头脑。

"陈总吗，猪肉的价格还没到供货合约规定的百分之五，怎么会提价？"家兴从前天的报表看到猪肉涨了两角钱，打电话问。

在丁家兴和陈总签订的供货合约中，规定现价不超过上次定价百分之五时，以现价结算，跌价时也同步调价。

"丁总，猪肉价格好像作难我似的，老是在那百分之五下面徘徊不动，已大半年了，我亏死啦！体谅也好，帮忙也好，就这样吧！好吗？"陈总近乎乞求地说。

家兴不为所动，继续说："陈总，我只管合约的事，管不了你赚钱亏钱！你涨了两角钱，我就要少赚两角。我找谁体谅，找谁帮忙？"

"对，你说得也对！可继续合约的供货价，这样亏下去，我承受不了！"

"供货合约以外的事，我不管，只认合约！"

"什么意思？"

"按违约条款，赔偿违约金！"

"小子，不要迫人太甚！拿合约压人！"

"怎么是压你呢！白纸黑字，咱们打指印签名确认的。"

陈总气得挂断了电话，家兴略作思索，打电话给食材经理，要他立即另找一家新的肉类供应商，然后接着看没看完的报表。看完报表，他才想起打电话给父亲，告诉他找不着母亲。

　　家兴走出办公室，现在正是人气最旺的晚饭时间，一百多平方米的店里坐满了食客，店门外的人在排队轮候。他记得小时候，父亲带他去广州的医院体检。吃午饭时，饭店里没饭桌位，便在店门外排队轮候。

　　后来，他在广州学习烹饪技艺，到实体店实操培训，看见快餐店总是座无虚席，一派兴旺景象，心里便有了开一家快餐店的想法。如今，终于得偿心愿。面对生意兴隆，他心满意足。

　　突然，店外传来一阵争吵声，两个客人因先后次序争得面红耳赤，污言秽语也骂出来。家兴观看了一阵后，把正在厨房干活的店面经理叫出来，走到店门口。经理上前把争吵的俩人带进店里，将墙角的杂物搬开，这里还有一张饭桌。那俩人有桌位后便不再争吵。

　　家兴巡视一圈后，把店面经理叫到办公室说："外面轮候的客人太混乱，既影响店铺的形象，也容易让顾客生出烦躁的情绪，影响就餐心情。我们要加装一套像银行里的那种排队叫号设备才行！"经理恍然大悟，答道："对的，对的！老板想得周到，我即刻去办！"

　　经理走后，家兴想了想，又给父亲挂了电话："爸！东莞、广州、深圳我都去过了，找不见她。茫茫人海，很难找的；她有心不回，寻着了又能怎样！"

　　"你安心做事，我去找！"

　　"爸，你很少出外，两眼一抹黑，怎么找？等我有时间再去找吧！"家兴极力劝说父亲。

　　"行了，我知道的！"

　　家兴放下手机，抬头望向窗外，夜幕已降临。家兴想找个相熟的年轻人陪父亲一起去，好有个照应，可旺祖不同意。

　　说实话，家兴对寻找养母的事，既不积极，也不上心。他是个敏感多疑的孩子，养母对他嫌弃厌恶，父亲则是不离不弃，真心爱他。在他看来，对他好的，就是好人；对他坏的，就是坏人。他对父母的印象，他的是非标准，随着年龄的增长逐渐定格。父母离婚的原因，他多少也有耳闻；母亲对丁家作恶使坏，水性杨花，早已声名狼藉，在他心里就是一个坏女人。父亲要家兴去寻母，他很抵触，但父命难违。家兴在广州、深圳、东莞等城市漫无目的地东游西荡，漫不经心地四处打听，他甚至希望找不到母亲才好。

114

两天后，旺祖动身去寻找许淑兰，但茫茫人海，去哪里寻找？

旺祖在脑海里回放着许淑兰喜欢去的地方。想来想去，许淑兰没啥爱好，也没地方喜欢去，她唯一渴望的就是怀孕生子。以前每天在家，她做的事情就是拜神。拜观音、拜祖宗、拜土地、拜灶君，起床后的第一件事是燃香拜神，晚上睡觉前也要为各个神主位上一炷香，屋里雪白漂亮的瓷砖墙壁让香火熏成暗灰色了。

离婚后许淑兰还拜神吗？若拜的话，会去哪里拜呢？"对的，先去拜神的地方找找！"旺祖心里说。

农历初一这天早上，旺祖来到了黄旗山观音庙。

早晨的黄旗山，雾霭重重。扑面的空气也是潮腻腻的，宽大的尤加利树叶上布满了密密的露珠，阳光下闪闪烁烁。

九点钟的时候，上观音庙祭拜祈福的人渐渐多了。旺祖选了一个靠近庙门的地方坐下，戴上墨镜，注视着络绎不断的人流。已近十点，还没见许淑兰。庙门前人头攒动，香火味儿浓烈得呛鼻。

整个上午、中午都不见许淑兰的身影。旺祖从口袋拿出一包饼干啃食，目光不敢从进观音庙的路上移开。一直等到下半晌，也没看见许淑兰，旺祖叹了一口气，白等了一天。他动了要离开的念头，却很不甘心。

下午的阳光柔和，凉风习习。忽然，旺祖无端紧张起来，他似乎闻到一种气息，听到了熟悉的脚步，他下意识地望过去，果然是她，她来了。

许淑兰戴着墨镜，一身黑衣紧裹，走路有点瘸拐，她已不是原先的模样，更没了以前的气势。许淑兰走到大殿的台阶前，扶着台阶侧边的矮墙艰难地往上走。

许淑兰不像其他的信众先祭拜观音，再逐个祭拜别的菩萨。她只是在观音大殿前的大香炉里插上一根一米长的大香，对着慈眉善目、洞察一切的观音娘娘叩拜了三个响头，便起身离开了。

许淑兰下台阶很吃力，极为不便，旺祖明白了她为何在信众稀少的时段来祭拜了。他连忙走过去，扶许淑兰往下走。许淑兰连看都不用看就知道是旺祖，她恶声道："滚开！不稀罕你的好心！"

旺祖不理会，闷声不响地抱起她走下台阶。歇了歇，硬把她背起走到停车场出口处，扬手招了辆出租车。两人进去坐稳后，司机问去哪儿，许淑兰不答话。"去哪里？"司机又问。"你说，到哪里！"旺祖催促道。

许淑兰却说："我下车！"司机立即打开车门，不满道："快点！没心上就不要耽误我时间！"

"不下车，去广州！"旺祖肯定地说。

"好，去广州哪里？"

"开车吧，待会儿告诉你！"

"我要下车！"许淑兰大声喊着。

"不管她，往前开！"说完，旺祖拿出手机拨通儿子电话说，"兴儿，找到你妈了，你的店在广州什么地方？"

家兴知道父亲找着了母亲，不管怎么说这都是高兴的事，说道："在老城区，西关龙水东路78号东莞味道快餐连锁店。"

许淑兰听说要去见儿子，就不再说下车了。

旺祖揣度出许淑兰此时的心思，便说："兴儿初中毕业时，说读书辛苦，不读高中了。他去广州学了半年厨艺，回来后在福齐那里当大厨，干了三个月又说不干，要去广州开餐馆。我和福齐商量后，支持他。餐馆开业至今，生意都很好，去到你就知道啦！"

许淑兰没答话，司机说道："初中毕业，十几岁就当老板，不简单！"

"都是他自己拿主意，我只是资金上支持他！"旺祖像是回答司机，又像是解答许淑兰的疑惑。

"老哥，你儿子有本事，你生了个能干的儿子。"司机赞道。

　　旺祖和许淑兰听了这话，身体不约而同地颤抖了一下。司机又说："我那儿子大专毕业两年了，转了好几个行业，要么说辛苦，要么说工资低。唉，他不烦我也烦了！"

　　"现在年轻人有文化，心气高；高不成低不就，也不知怎么说好！"旺祖答。

　　"所以说，你生儿有本事，教儿也有本事。对了，你们到底怎么施教的？"司机好奇地问。

　　"老弟，我们没刻意去教育他。不过，古人说得好，'好儿不用教，丑儿教不乖'。"

　　说话间，车子驶进了龙水东路。抬头望去，前面有一块"东莞味道"的大招牌闪烁夺目。"前面那家店就是家兴开的！"旺祖说。

　　出租车在店门前停下。正是晚饭高峰期，店内人头攒动，店门口是排队等候的男女老幼。家兴走出来，喊了声："爸，妈！"出租车司机被眼前的景象惊呆了，脱口而出道："这么兴旺的生意，不是亲眼见，怎说也不会相信！"

　　司机收了钱要走，旺祖挽留他吃饭。家兴连忙进店拿了份快餐出来，说："不好意思，没座位了，在车里吃吧！"司机接过连声道谢，他带着一脸的羡慕和佩服开车走了。

　　"爸，妈！咱们去广州酒家吃饭！"家兴说道。

　　旺祖也好，许淑兰也好，从孩童时就听说广州酒家是如何高级和气派的省城大酒楼，那是农村人做梦都想去却又没钱不敢去的地方。现在，儿子要带自己去，高兴之余更感到自豪。旺祖喜形于色，担心店里生意忙，儿子是否有空陪自己。许淑兰与家兴十年没见，强颜欢笑，心里感觉既陌生又疏远。此刻，她心绪烦乱，各种各样的想法在心里翻滚，一声不吭地待着。

　　"兴儿，不去了！吃顿饭要两个多钟头，你这么忙，别耽误你的事。还是吃快餐，吃完就回去了！"旺祖说。

　　"也好，我为你们订了旅店。在广州玩几天吧，你们愿意在广州长住，最合我意，不愿待就回去。一个是我爸，一个是我妈，求你们不要再分开了，好吗？"家兴言辞恳切。"不分，不分！"旺祖应声答道。见许淑兰不说话，家兴走近叫道："妈，你好吗？"家兴脑海里依稀留存着对许淑兰的记忆，他对养母抱有感恩之心。许淑兰依然不说话，家兴见状不再说啥。他回到店里拿了两份饭菜，招呼父母一起往对面的旅馆走去。

"爸，妈，你俩吃饭！店里打烊后我再来！"家兴安置好后，告辞走了。

"吃饭吧！"旺祖把饭端上桌子，走到许淑兰旁边说道。许淑兰不走也不说话，旺祖用手插进她腋下，架她起身。她恼道："要吃你吃！"

"你不吃我也不吃！"

"你不吃关我鬼事！"

"家兴关不关你事？"

许淑兰无言以对，她这时想得最多的不是家兴，而是被她害得很惨的丁家辉。家辉吸毒时年纪比现在的家兴还小，连他父亲丁旺财都因儿子戒毒无望而自尽；丁家辉戒毒成功后，她忍受不了秀芬的再次羞辱，千方百计又一次狠狠报复了家辉，弄得自己背井离乡，人不人鬼不鬼。如果家兴被人家接二连三地毒害，她会是什么心情？现在看来，她许淑兰真是畜牲不如啊！

"兰！"旺祖坐在许淑兰身旁说，"景富过世后不久，大嫂找我了，说她不再记恨你。她还说恨着你不放，她自己也不好过。她叫我找你回来，一家人过团聚的日子。"许淑兰还是一言不发。"难道你还不肯原谅大嫂？"许淑兰冷着脸不理睬旺祖。旺祖又说："没了你，我也惨！这些年有十个以上的女人跟我相睇过，可我一想起你，就接受不了那些女人，我离不开你！"

"不要说了，你去买条毛巾吧！"

"好，现去买！"说罢，旺祖出去了。

旺祖前脚离开，许淑兰后脚便下楼离开了旅馆。

旺祖买毛巾回来，不见许淑兰，他像没头的苍蝇无所适从地在屋里走来走去，一直到天黑家兴到来。对于母亲不辞而别，家兴也是满脸无奈，旺祖说："兴儿，还是你去找她吧！找着了你和她一起待在广州，她或许会接受！"

"也好，等明天吧！"

"你看着办，我心里很乱，不舒服，躺一会儿！"

家兴心里很清楚，母亲走路有点瘸拐，不会走多远。广州虽是人海茫茫，登个寻人启事找到她也非难事。关键是母亲有心逃避，她有自己的盘算，这就难办了。

许淑兰出了旅馆，走过三条街道，在大明路一家高档宾馆住下。翌日，她在房间里待了一整天，没走出房门半步。晚上九点半，许淑兰退了房，到街上招了一辆出租车驶回她在莞城的出租屋。待到天亮后退了屋，招了辆出租车离开。从此以后，再也没人知道许淑兰的去向。

家兴请餐厅员工们帮忙，找了一整天，附近的旅馆也询问过，都没有许淑兰的踪影，只是他没想到去高档宾馆查询。

在见到养子丁家兴之前，许淑兰的负罪感并不强烈。虽然家兴是抱养的，她跟养子的感情也并不深厚，但当她看见孩子脸上还没褪尽的黄色绒毛，不由自主地想起备受毒瘾煎熬着的丁家辉。舐犊之情是人类都拥有的情感，她真切体会了丁旺财和秀芬夫妇的绝望、痛苦和仇恨，并因此深深自责。听到旺祖说，秀芬不计前嫌已经原谅了她，她更是羞愧难当，无地自容，感觉生不如死。

旺祖恳求许淑兰回去，如今儿子这么有出息，一家人生活在一起多好啊！许淑兰清醒地知道，她不可能再回到过去了，她有什么脸面对丁氏家族？她身负着几重罪孽，早已心如磐石，再也柔软不了，更不敢祈盼什么幸福。她的余生只能到处流浪，把钱花完，客死他乡算了！

出租车在广深高速公路上以一百二十公里的时速向前疾驰。车外的景物往后闪去，向东行驶的车子迎着刺眼的阳光，驶上江东镇大桥，很快驶进江东镇的地域。

坐在副驾座位上的许淑兰双手拢在胸前，耷拉着脑袋。突然，她心有所感，微微张开了眼睛，发现前面就是江东镇。秋季的东江河，不像夏季酷暑时节奔腾咆哮，如娇声细气的姑娘缓缓流淌。大跨度的弧形河岸线，再不是她记忆中栽满了竹子的堤坝，是一条闪亮的水泥堤坝。周边有工厂，有沙场，稍远处有好几幢几十层的住宅楼。

河流的尽头估计是东江口，是永盛村。那里有自己的童年、青春和婚恋……记忆中的往事是多么温馨，多么亲切啊！和旺祖的吵闹拌嘴，也变得逗笑有趣，他将她宠到天上去了，那时多么幸福啊！

许淑兰悔不当初，心情变得更黯然、更糟糕。是她亲手葬送了自己的幸福，捣碎了自己美好的家，一步步地走上作恶多端的不归路。即便是别人能原谅她，她也没办法原谅自己。

回不去了啊……许淑兰重重地长叹一声！

第三十六章

好人有好报

115

"早呀，旺贵！"

"刘老板，早上好。"

"我要一百斤河南菜心、五十斤油白菜、三十斤包心芥菜、十斤芋头、二十斤萝卜、生姜二斤，送到我店里吧！"

"好的，九点送过去！"

"红艳，请帮工了吗？"又一客人问道。

红艳埋头干活，没回答。

"对啊！"旺贵答道。

"工资多少？"

"随老板给吧！"旺贵一边说话一边把刘老板要的几种蔬菜分拣着，一摞摞在箩筐里码整齐。红艳突然说："喂，你把河南菜心跟宁夏菜心弄错了！"

"不一样吗？看着差不多少嘛！"

"河南菜心三元一斤，宁夏菜心五元五角一斤，你说能一样吗？"

"差这么远，你得教我分辨才行啊！"

红艳凑近旺贵，左手拿着宁夏菜心，右手拿着河南菜心，说："颜色、长短差不远，宁夏菜心的茎是从尾到头像金字塔一样，上细下粗；河南菜心的茎像一根竹子那样，上下一样粗。"

旺贵拿起两种菜心稍作比较，说道："仔细看是不同。"说罢，他把箩筐里两种菜心分拣处理。

"喂！称两个椰菜花、一斤奶白菜！"

"我要三斤马铃薯！"

"我要一元生姜！"

红艳身边围满要买菜的顾客，有顾客见红艳忙不过来，便走到旺贵身边嚷着买菜。旺贵正忙着分拣刘老板要的菜，又得应付前来买菜的顾客，有点手忙脚乱。红艳见了，忍住笑，说道："靓姐，他是新来的，不熟悉。你过来，我称给你。"

"我先到的，给我称！"

"轮到我了呀！"

……

市场的吵闹嘈杂声此起彼落，热热闹闹充满了人间烟火。天蒙蒙亮，丁旺贵都会准时出现在永盛市场 56 号菜档。开始时红艳故意抵触他，不瞅不睬。旺贵不在乎她态度如何，只管尽心尽力去做，不懂时就模仿红艳。时间长了，旺贵就学会了。有长舌妇人见他俩互不说话，便道："你们俩公婆整个早上贴错门神似的，不会是吵架了吧，俩公婆床头打架床尾好呀！"红艳顿时脸红，旺贵也腼腆起来，嘿嘿嘿傻笑。

认识旺贵和红艳的人打趣说："哇！旺贵，俩公婆夹手夹脚，好合得来啊！"旺贵也不介意，大声应道："是啊，老友记，关照一下生意好啦！""好的，买几斤番薯做早餐吧！"

这样尴尬的场面每天都发生。

"你不要来了，好不？我求你啦！"这天红艳主动说话了。

"你不当卖菜婆，就没这事啊！"

"这是我的事，明天不准来！你再来，我用扫帚撵你出去！"

旺贵像什么事都没发生过一样，走到红艳身旁，掏出手机把期货公司的交易软件打开，让她看手机。红艳顺眼一看，持仓盈亏一栏是红色的七位数字，心里禁不住怦怦直跳，脱口而出道："赚这么多，还不赶紧卖掉！"旺贵若无其事地答："不急，没到卖出时候。"

期指经过这段时间的运行，到今天已经是 3600 点。一手合约浮盈1402 点，盈利四十二万元，他持有十手。看着四百二十万元的盈利数字，红艳惊得目瞪口呆，看得出，她心动了。她是因巨额盈利心动还是因旺贵心动，不得而知。

"真的……还是假的……"红艳怯怯地问道。

旺贵把交易软件里的查询、持仓、银期转账、交易统计逐个打开给红艳看，又转到交易界面，期货市场还未收市，盈利数字随着期指点位的增减而变化。

"你自己判断，我是否在骗你！"

"买一斤宁夏菜心！"顾客的叫声唤醒了懵懂的红艳。

"我只要一斤，别给我称多了！"顾客提醒道。

不知怎么搞的，直至早上收市，红艳像个刚入行的卖菜新手，频繁出错。

以前，每天收市后红艳都不言不语，独自回家；旺贵也不多言，说几句惯常话，然后告辞而去。这天，红艳主动说："你真不计较我的婚姻背景？""当初是我粗心大意，只顾自己的情绪，忽略了你的感受。你婚姻不幸，我是有责任的。我的婚姻状况你也知道，这或许是上天对我的惩罚！我只怨自己当年没有好好地珍惜你！"

红艳不想谈感情，转移话题说："我现在什么都不想，只想多赚些钱！我给你本钱，你为我操盘，行吗？"

"好！"旺贵一听高兴了，"不用你出钱，我存三十万元为你开个账户！"看见红艳疑惑的神色，他又说，"你不会嫌少吧？第一年翻倍，三十万变成六十万；第二年翻倍，六十万变成一百二十万……"

"那个市场是你开的吗？"红艳不大相信地说。

"现在嘛，可以这样说！"旺贵微笑着答得很平静。

"真的行？"在红艳记忆里，旺贵炒股就没赚过钱。

"我在股市里扑腾了十几年……说多了没意思。你现在拿上存折，我们一起去银行把钱存进去，再去市区的东豪期货开户，晚上便可买卖交易了！"

"还是用我自己的钱，存五万吧！"

"不成的，万一亏了点，会让你不开心。况且，五万开不了一手期指仓。"

红艳接受了旺贵的帮助，依照他说的存钱开了期指户头。

旺贵不再提感情和结婚的事儿，照常来市场帮红艳卖菜……

知道易志浩勾搭上桂兰的那一刻，红艳便义无反顾地跟他离了婚。她并没有多伤心，因为上次易志浩将性病传染给她，她已哭得撕心裂肺，知道他们的婚姻快到头了。她早就做好了离婚的准备，或许是哪一天、哪一刻，这把悬在她头顶的利剑就会落下。

做出了决定后，红艳绷紧的心一下松弛下来，她不用再提心吊胆像防贼一样，担心老公泡女人、包二奶了。以前，她对易志浩又爱又恨，既厌烦又惦念，心里五味杂陈……日子过得一点儿也不开心快乐。

红艳知道，旺贵和桂兰一定也会离婚，但她没心思和旺贵再续前缘。她满脑子都是要在五十岁之前，尽量挣多点钱，培养好女儿，买一间小屋……人生几十年，为人女，为人妻，为人母，不过如此罢了。她明白旺贵的心思，却不想再涉足感情，男女之情是不切实际的幻象。曾经沧海难为水，她经历过丁旺贵的冷落漠视和易志浩的绝情背叛，对异性伤心绝望，对婚姻失去了兴趣。

眼下，赚钱是红艳最大的动力。当她看到旺贵期货账户里的浮盈后，觉得自己起早贪黑经营的菜档生意太微不足道了。她不由得重新审视起自己的人生规划，她排斥新鲜事物，拒绝认知以外的东西，已远远落后于这个时代；而易志浩和丁旺贵都在跟资本打交道，他们站在时代的风口浪尖上，因此能赚得盆满钵满。

离婚时，红艳没提分割财产的事。易志浩曾主动提出把房产生意30%的利润分给红艳，可她抿嘴昂头，大义凛然地拒绝了。有人风言风语说，钟红艳平时掌管着家里的财政大权，肯定私藏了不少钱。红艳心里苦笑，家里的财权一直由易志浩掌控，平时花钱都要跟他要。她离婚后，账户里只有区区十来万。树活一张皮，人活一口气。红艳并非与金钱有仇，她只是想告诉易志浩，当初嫁给他什么都不图。

红艳原先认为，自己有手有脚，摆摊卖菜，干上十年不愁没钱；可旺贵账户上的盈利数目将她的梦想击得粉碎，这种量入为出的小本生意是没有前途的，她必须做出改变，为了女儿，也为了她自己。

116

在丁家辉离开龙角村这几十天里，龙角村发生了他意想不到的变化，易志浩在距离新科公司不远的地方，正在兴建一个新农场。家辉回到家，文玲来不及嘘寒问暖，首先向他说了这一情况。家辉立即赶去农场，陈经理正好在，听了家辉的询问，不急不忙地答道："那边的情况我清楚，老板也是东莞人。他找我来着，开出年薪三十万，请我过去！"

"是吗，你没去？"

陈经理淡定地说道："不要说三十万，一百万也不过去！"

"为何？"

"我虽不是老板，可我在高科技种养行业做得久了，很清楚里面的门道。我们从起初的不断试验研究，到获得市场认可，一路走来合作默契，酸甜苦辣尝了个遍。那个易老板虽很有魄力，但办事不够稳重，太急功近利。据我观察，他不是做这行业的料，即便强行上马，也可能失败。我跟了你这些年，彼此相知，你觉得我是见利忘义的人吗？"

当初，丁家辉找到陈经理，向他阐述自己要办高科技种养的初衷和宏图时，陈经理眼睛放光，可以看得出他很兴奋。陈经理是国内最早涉及高科技种养研究的人，尽管高科技种养在理论上相当成熟，试验也获得了成功，但很少有老板愿意投资。因为这是一个新兴种养产业，相对于工业、工程建筑等行业，存在回本周期长、价格起伏大等风险。为此，陈经理苦闷、彷徨甚至动摇过，没想到貌不惊人的丁家辉找上门来，想聘他为经理。经过一番深入交谈，两人一拍即合，达成默契。

"你放心，那边经不起折腾的！"陈经理笃定地说。

"我不担心竞争，就怕那个老板经营观念不纯，使出一些下三烂的竞争手段，导致两败俱伤。其实，从做生意的角度看，多几家这类农场，形成一定的行市，使龙角村成为全省乃至全国闻名的高科技种养产品基地，对产品打开更大的市场是很有益的。"

接着，家辉把易志浩是同乡以及他的底细、为人和所作所为和盘托出，陈经理听后，思索片刻说："高科技种养不是做房地产，他要是抱着投机心理捞一把就走，肯定没法搞。"

"心术不正的人会有很多使坏的手段，咱们防不胜防，比如在市场上、销售上、供应商方面，挖墙脚、败坏咱们的声誉……只要他想捣乱，就能找到机会！"

陈经理摇摇头："不怕的，做生意以诚信为本，靠好产品说话，总想着玩花招、耍小聪明，只能是搬起石头砸自己的脚。经过人们嘴巴品尝过的东西，好吃就是好吃，假不了。只要不让他进到咱的农场，他就没法捣乱。"

"有钱能使鬼推磨，姓易的可以收买别人来捣乱，以他的为人，是能做出这种事情的。"

"好的，我会考虑这问题，想一些防范的措施！"

"我不在这段时间，公司正常吗？"

"正常，若有不正常的，就是挖我墙脚了。其他人有没有被挖，我不知道！"

"出去走走吧！"家辉提议。

现在的新科公司已发展成一个自动化的农业工厂。虽然没有高层厂房，但一个接一个的种养大棚错落有致，每个大棚都涂着不同的颜色。农场内大道两旁栽种着夹竹桃之类的繁花树木，放眼望去，几百亩的土地俨然是一个花卉农场。道路上行驶着电动车，大棚内自动化控制，悄无声息，静谧如夜。

"股权激励方案，弄好了？"家辉问。

"成了，待会儿拿给你看。"

家辉干咳了两声，陈经理望着面色枯黄且消瘦不少的老板，不禁问："这阵子，你没什么不妥吧！"

"没有！前阵子感冒，现在还没痊愈！"

陈所长嘱咐家辉，出去后还要服两个月的药。这段时间休息是最重要的，他回来后没法不来看看农场。如今，见农场运转正常，陈经理也弄好了股权激励方案，都在自己的计划内运行，放心了。他说："陈总，股权激励方案我没时间看了，你落实吧！这两个月我不大有空常来，你按咱们拟定的计划进行落实！"

"好，你尽管放心！我有个新的发展设想，汇报给你，让你思考。"

"好啊！说吧！"

陈经理伸手指着北面傍着仙女峡岸边延伸的那片低矮的山脉，说："那片山脉当地人叫盘仙山，那里的土壤我采样化验过了，和农场这里的土质差不多，具备大面积种植的条件。因大多是斜坡、陡坡的地貌，没有大规模种植的基础，但能种植果树，特别适宜种植柚子。"陈经理顿了顿，又伸手指向仙女峡，"你看仙女峡。"

家辉顺眼望去，游人们沿着仙女峡岸边的栈道，悠然自得地欣赏沿岸山与水的美景，两岸峭壁回响着游客的欢声笑语。与家辉初来时相比，仙女峡变化太大了。陈经理激动地说："仙女峡已是远近闻名的旅游风景区，我们可以把盘仙山开发成一个观光农业区。"

家辉没有立刻回答，他一边沉思，一边不紧不慢地走着。回到办公室，家辉坐下来后，才说："观光农业是个新产业，听说过，没参观过，你有方案了吗？"

"有呀，观光农业是把观光旅游与农业结合在一起的旅游活动，可以让游客摘果、拔菜、赏花，享受田园乐趣，会受到携家带口游客喜爱的。"

"你这个想法是对的。不过，柚子从种植到收获，需要两三年的时间。前期资金投入巨大，我担心资金应付不来。"

"仙女峡这么兴旺的人气，农业观光旅游这项目一炮打响是毫无悬念的，可以补贴种植项目上的资金消耗。"

不知不觉间，西沉的太阳被群山遮挡。群山的四周被夕阳笼罩，恍似一个燃烧着的天体，发出耀眼而柔和的暗红光晕。家辉站在窗边，无心欣赏眼前的美丽景象，满脑子想的都是陈经理的扩展计划。在戒毒所的这段日子里，他也想过新科公司如何继续发展壮大。公司的发展一是内部管理和科技能力的挖潜，这两方面公司早已挖掘到极限；二是扩大面积规模，公司从当初的三百亩扩大到现在的五百亩。新科公司这套体系监控五百亩面积已满负荷，增加一套监控体系，至少要增加三百亩土地与之配套，才能达到盈利的硬性条件。因为易志浩的介入，龙角村已没有三百亩面积的平地，扩大规模这条路被堵死了。陈经理另辟蹊径，拓宽了家辉的思路。

家辉沉思良久，告诉陈经理："这计划可行！我回去再好好想一想，找东莞的老板商议一下，看看谁对这项目有兴趣，然后咱俩再沟通！"

陈经理说："这事要抓紧，要在春节前落实，明年春冻过后立即动工！"

"行，我会的！"

回到家，文玲已炖好了西洋参田七乌鸡汤。她把参盅端到家辉桌前，家辉把参盅移到福伯面前，说："爷爷喝吧，我年轻，一觉醒来便龙精虎猛，不需要补品。""爸爸喝，爸爸喝！"儿子在旁边嚷着，惹得一家人哈哈大笑。"不用急，每人一盅！"文玲说着，为福伯和儿子各端上一盅。

福伯年届八旬了，依然硬朗。听见重孙儿护着他父亲，笑道："现在的小孩真聪明，知道爸爸比爷爷亲。"

"爷爷，现在有电视看，有手机玩，跟以前住窑洞不一样呀！"

听见孙女说起以前的光景，福伯脸上掠过一丝哀愁。文玲感受到了，明白自己的话惹起了爷爷对亲人的牵挂。她也想念父母，可他们的模样已模糊不清，想不起来了。儿子调皮逗趣、活泼好动，转移了大家的注意力，饭桌上的氛围变得热闹而和睦。

家辉陪着福伯喝酒，看着美丽的老婆，可爱的儿子，一家人其乐融融；跟戒毒所里备受煎熬、死去活来的环境相比，有天壤之别，仿佛做了一场大梦。在一般人看来，老婆孩子热炕头是稀松平常的生活，家辉却视如珍宝。他深切地体会到，是文玲拯救了他，是他幸福的源泉。没有文玲，他的生命毫无意义。

家辉之所以能这么快戒掉毒瘾，跟文玲是他的精神支柱有莫大关系。夜深人静，他因生理和精神需求得不到满足辗转难眠，他便一次次重温回味与文玲在一起的美好日子，他想念她的体味、她的呼吸、她的滑嫩肌肤以及两人抱拥而眠时宁静温馨的感受……

轻呷了两口酒后，家辉便对福伯说："爷爷，你喝吧！我喝好啦！"家辉急着与文玲亲热，巴不得福伯早点吃完饭回屋休息。福伯虽每日不离酒，但他喝得有节制。他像是明白家辉所想，只是喝了几口酒，扒了碗饭，便走上四楼自己的房间。

熬过了炼狱般的三十五天，家辉目光灼灼，恨不得立刻将文玲搂在怀里。见爷爷上楼，他和文玲心有灵犀般三扒两口吃完饭，进入程序似的洗碗、冲凉、上床。然而，儿子却似在故意捣蛋，迟迟不肯睡觉，拿着家辉刚买的玩具拆了又装，装了又拆……

文玲睡醒后，天还未亮。她仔细地端详着丈夫，以前圆润的两颊微现棱角，熟睡中的脸庞透出与年龄不相仿的忧伤疲倦。"是否说穿他？"文玲又一次自问。

家辉走后电话总是关机，文玲为此心绪不宁。她拨打大姑和旺贵的电话，明显能听出他们在为家辉遮掩。她又给婆婆打电话，问她家辉去了哪里，发生什么事儿了，为何要瞒着她。秀芬现在慈悲为怀，已大彻大悟。她觉得不能再对儿媳隐瞒儿子不堪的过往，应坦诚相待。

放下电话，秀芬就独自一人去了莞城，搭乘班车前往云州城，再转车到了龙角村。看见满脸愁容的媳妇，秀芬心疼了。她敞开心扉，将家辉遭人引诱吸毒上瘾的往事和再次被人毒害去戒毒的事情，一五一十地说给了文玲听。

"乖女，你知道真相后一定很痛苦，觉得我们骗了你。说实话，我们真的有顾虑……家辉也是受害者，他没有沉沦，积极配合治疗；跟他父亲一样，是个有责任、有担当、有头脑的好男儿，希望你一定要相信他。辉儿是受观音娘娘护佑的人，肯定会遇难成祥，你不用伤心，不要害怕。过不了多久，辉儿就会毫发无伤地回到你身边！"

文玲回想起跟家辉在一起的日子，确如妈妈说的那样，他白天黑夜都在农场和家里忙碌，别说鬼混了，都很少外出。家辉尊重爷爷，疼爱儿子，更是将她宠爱到无以复加，是难得一见的好男人。至于染毒的原因，家辉早就告诉过她。这次家辉瞒着她，是怕她担心影响到儿子和爷爷。

想明白之后，文玲心下释然。老公回家，她最想告诉他的是，有事情不该一个人硬扛，要和自己说，她可以为他分担。此刻，看着备受磨难、历尽沧桑的丈夫，文玲又爱又怜，还是给他留点自尊别戳穿了。可是，她转念一想，家辉把这事藏在心里，会不会成为一个沉重的包袱，时间长了会闷出心病……

文玲犹豫不决，难以决断。

第三十七章
发达靠女人

117

易志浩与钟红艳离婚后，明显感觉到旁人别样甚至厌恶的目光。父亲斥责说，若与红艳离婚，休想得到他一分一毫的遗产。易志浩辩解道："老爸，现在不是我要离婚，是红艳要离，你怎么能手肘拐出不拐入？"

易世耀一掌掴过去，怒道："你这打靶仔，简直是无衰不做。你知道撩别人老婆是多么下贱，不反省自责，反而怪红艳？"

易志浩被掴得眼冒金星，心里冒火，却强装委屈地说："事情已经做了，还能怎样？难道我去死你才舒服！"

"总之，你休想再得到我一分一毫！快走，我没你这样的儿子！"

易志浩向外走了几步，自言自语道："一分一毫要来干吗，我要你的一千多万！"或许是听到了儿子这句话，易世耀一阵晕眩差点倒地。易志浩见状连忙将父亲扶上车。到了医院，易世耀脸色才红润起来。

"老爸，你莫要上火，要是有过好歹，还不是我照料你！"离开医院的时候，易志浩说道。易世耀没有气恼，双眼无神地睁着。

易志浩离婚又结婚的事，在一个月内完成。他感到头疼的是，桂兰死活不肯回东莞。没办法，易志浩只好在龙角村的"兴龙花园"买了一套房。

桂兰跟着易志浩走进漂亮的新居，心禁不住怦怦地跳响。这两年，她感觉日子过得如坠云雾。先是跟旺贵结婚，现在又嫁给易志浩，生活就像芝麻开花节节高。她晕乎乎的，连自己是怎样走进屋子的都想不起来。其实，不是她想不起，是不愿去想，尤其是不愿触碰旺贵这个名字。

易志浩定睛望着逡巡打量新房的桂兰，桂兰回头不经意遇上易志浩的目光，笑问："你盯着我干吗？"

"过来，坐下！"

桂兰坐在易志浩身旁，他伸手把桂兰揽进怀里，左手捋着她的头发，抚摸她的额头、眼睛、嘴巴、颈脖，喃喃地说："没想到为了你，我要付出这么大代价！"

"你不是说她净身出户吗，还有什么代价？"

"我父亲说一分一毫钱都不留给我，东莞的朋友疏远我，乡亲讨厌我，我成孤家寡人了！"

"你既然在意这些，当初就不要硬来嘛！要不是你硬来，我也不会成这样！"

"后悔吗？"

"后悔怎样，不后悔又怎样，我没想那么多。只是希望几年后你对我腻了，不要抛弃我就行！"

良久，易志浩突然问："你爱我吗？"

桂兰扑哧一笑，答非所问道："爱不爱，我也决定不了自己。女人只有命，没有爱！"

"现在，我相信爱情了，我真正爱的人是你。女人重要的是命好，有好的命，才有机会遇上好的男人，对吗？"

"唉，反正我走到这一步，都是你操弄的……"桂兰没往下说，但心里却在祈祷。

"前阵子有一个很好的投资计划，因为你没顾上。现在，咱们的事弄好了，我也要回东莞实行我的投资计划了。"

"你回吧，我会添香拜神，求观音保佑你的！"

"哈哈哈！女人就会迷信。告诉你，我是不迷信的。做生意靠头脑，靠眼光，不是靠观音。我出道做生意以来，不知道'失败'二字是怎么写的！"

桂兰发现，旺贵在股市上赚钱时傲气十足，亏钱时则显得沉默不语，情绪消沉；而易志浩的脸上、眼睛里、嘴角都充满着傲气，似乎连头发都竖起来了，有种不可一世的神情。发达后的人和以打工为生的人精神面貌截然不同，不知为何，桂兰心里总觉得不踏实。她忍不住说："你是否太骄傲，能不能低调点！"

"怎样才算低调？你教我呀！难道要我像摆摊卖菜的、开小店的、骑摩托车兜客的人那样，垂头低背，趿拉着鞋跟，走路都怕踩死蚂蚁，就叫低调？"易志浩的一连串问话，把桂兰问哑了。

"哎呀，我也不会说！"她眼里闪过一丝慌乱。

"你当然不会说，因为你没道理。一个人失败太多，就会变得消极、失落和无趣，把谨小慎微当成低调。跟你讲，我这里没有低调，没有谦虚，只有进取和成功。霉气和衰运看见我就怕，自动避开，绕路走！"

桂兰明白他的意思，他是暗指旺贵，便不再作声了。

"你知道吗，村里的人怎么说旺贵，'旺贵能发达，沟渠也能翻波浪！'哈哈，这话真说绝了！为什么没人这样说我，因为我从没有失败过。"

"不要再说他了，好不？"桂兰摆脱不了提起旺贵心里就慌乱的毛病。

"好，不说，不说！"

这一夜，是入住新屋的第一晚，两人免不了鱼水之欢。易志浩志得意满，格外卖力；桂兰虽感兴奋，但也有点失意，因为婚后易志浩不再给她钱。

118

　　易志浩回到东莞，把广州、虎门、莞城合共的十二套房挂牌卖出，不用半月，全部成交。

　　易志浩原先的计划是卖掉这十二套房后，再到粤北地区买楼。那时粤北的房价二千元一平方米，现在已涨到近三千元一平方米了。正当他慨叹错过粤北这轮楼市涨价潮时，却意外碰到一个更具投资价值的价格洼地——龙角村。

　　桂兰不回东莞生活，要待在龙角村，说什么龙角村山好、水好、空气好、人好，没有东莞那边的市侩势利。易志浩知道她不愿回东莞的原因，是不想面对丁家人。于是，在龙角村买楼就是顺水行舟的事了。

　　兴龙花园是龙角村村委会利用仙女峡旅游景区的收入和上级部门的无息贷款支持建成的。初衷是为村民脱贫解困，改变窑洞、窝棚的居住环境，因而售价低廉。即便是售价低，困难户也买不起。村委会改变办法，把一部分楼房免费提供给困难户居住，剩余的一半楼房以每平方米八百元公开售卖。兴龙花园只需建筑材料和人工成本，虽然是平价卖出，但村政府已回笼了建设成本。

　　易志浩得知兴龙花园的售价后，可以用"狂喜"来形容他当时的心情。他立即掏了十万元现金买下一套一百二十平方米的房屋，走出村委会，他便去兴龙花园看楼。这些楼房与东莞动辄一百多万元一套的楼房质量相差无几，居住环境却好得太多。他觉得自己发现了一个大金矿，立即向管理处询问还剩多少套房没卖出。得知不到十套时，易志浩快步离开，前往村委会把剩下的房子全买了。半路上，他突然心生异念。

　　原来，易志浩第一次来龙角村时，得知丁家辉在龙角村投资建设了现代化的农场。他特地到农场外围察看一番，对丁家辉心生佩服。这小子眼光独到，找了这么一个好地方娶妻生子，办场赚钱。他看见农场外围有一大片农田近乎丢荒，心里一动，有了一个好主意。

　　易志浩来到村委会，提出购买那一大片农田。村委会石主任说可以，但购买年限不超五十年，只能用于农业用途，租金跟新科租金相同。易志浩没有犹豫，很快就与龙角村村委会签了租地合约。紧接着，他便紧锣密鼓地寻找农业科技公司合作，后来还要挖新科公司的墙脚……

易志浩租地是醉翁之意不在酒，他有个大胆而冒险的计划：在那块使用期限五十年的土地上建楼房出售，岂不是要发大财？让人头疼的是，这块地只限于农业或与农业相关的产业。

不管怎样，这念头一旦冒出，他心里已没法平静。来到仙女峡旅游区，易志浩进了一间茶室，坐下来要了壶酽茶，轻呷一口。浓重有点苦涩的口感使他的神经更加兴奋，他认真地思考着这一计划。若将整块地都建楼房，肯定过不了关，但可以打擦边球。大部分地搞种养，只在地块的东北方建两幢十三层的楼房，对外称是农场自己使用，每平方米售价二千元……至于销售对象，回东莞做一轮宣传，不愁没客源。二三十万元一套房对那些富豪们不值一提，就算买来周末度假也值得。

"关键是在那地块的使用限制上要有所变通！"易志浩心里说道。他想过好几种变通方法，几番衡量，觉得打擦边球最可行。

119

易志浩急火火带着卖楼套现后的全部家当回到龙角村时，太阳已高悬在头顶。他先到自己新成立的龙发旅游农业有限公司，和陆经理绕着农场转了一圈，再次确认心中的投资计划后，便回了家。

晚饭后，易志浩带着从东莞买的礼品，走进龙角村村委石主任的家。

石主任家刚脱贫，入住一套一百多平方米的房屋，里里外外还没装修。屋内简陋到只有一张饭桌、几条凳子，连电视机都没有。易志浩心里一诧，心想礼送错了。究竟买什么礼品送给石主任，易志浩颇费了一番心思。衣食住行的东西，现在不稀罕了，能打动人心的东西应是非贵则稀。于是，他买了鹿尾巴、冬虫草、高丽参这类补品。进入石主任家，他才明白，衣食住行类的礼品才是石主任一家最需要的。他没把礼品拿出来，而是改变主意请石主任出去宵夜。石主任婉拒道："不了，别人看见我跟老板一起吃饭，影响不好。""知道我带你去什么地方吃饭？放心吧，我明白的！"他连拉带拽地把石主任请进车里，开车往云州市方向去。

晚上，在云城大酒店，小学还未毕业的石主任大开眼界，包间里金碧辉煌，面对满桌子的山珍海味，在一杯又一杯茅台酒的攻势下，他醉倒了，早将村委工作的规章制度和防贪反腐纪律忘在爪哇国。

第二天晚上，易志浩开车带着人再次来到石主任家门前，把电视机、冰箱、燃气炉、桌椅板凳一并搬进石主任家里。易志浩望着凸凹不平的墙壁说："明天我去公司调几个泥水工来，把这墙壁批荡翻新。"

"不，不，不！易老板，你太客气了，影响不好，你的好意我心领了！"石主任真有点慌了，忙不迭地谢绝。

接下来，易志浩安装好燃气炉。电视没有天线看不了，他说道："明天派个人来把天线安装好，就能看上电视！"

石主任虽然文化有限，却也明白天下没有免费的午餐，谁会白白送好处来？他怀着忐忑不安的心情收下了重礼。电视天线安装好，一家人围在电视机前吃饭、喝茶、聊家常，比以前热闹许多，别提有多惬意了。此后几天也不见易老板的动静，石主任不由得纳闷，这个易老板葫芦里卖的什么药？

地处粤湘交界的龙角村，有山有水，有平原，有丘陵，有雨有雪，有深山野味，也有海鲜珍品。从自然资源上看，比珠三角丰富得多，只是平原占比太少，粮食产出率低。除了粮食，其他东西是填不饱肚子的，贫穷也就由此产生。珠三角地区平原稻田占总面积的80%，农耕时代老百姓便相当富裕。改革开放后，粤湘交界地区与珠三角的贫富差距拉得更大。让人头疼的是，龙角村的自然灾害一点也不比珠三角少。龙角村下雪的时间不长，只是个把月时间，仅仅三四场雪就足以让香蕉、荔枝、叶类蔬菜等作物悉数冻伤或冻死；伴随大雨暴雨而来的山洪，更是防不胜防。

大雨滂沱，连绵数日，仙女峡沿岸山脉的雨水全往峡谷里倾泻，清澈见底的仙女峡一夜之间变得混浊泥黄，水位暴涨，急流激湍，漩涡遍布。原本优哉游哉、游人如鲫的旅游区一下变得冷冷清清，路上枯枝遍布，满地泥泞和积水。一些爱冒险的游客选择留下来，他们住在岸边的旅店、别墅里，体验着难得一见的自然景象。

连日暴雨把石主任累坏了。他发烧上吐下泻，住进了云城人民医院。易志浩闻讯来到医院，把他安排住进单人病房。

过了两天，得知石主任好多了，易志浩便带着礼品来探望。寒暄一番后，易志浩聊起了龙角村和这几天仙女峡的山洪。提起这些，石主任一个劲地摇头，慨叹穷山沟一年里的一场雪一场山洪，就能把人们的美好愿望和全年努力都毁了。

"其实，在仙女峡两岸用钢筋混凝土浇筑防洪堤，不就一劳永逸地解决这一难题？"

"山洪不只是河水泛滥，对山地的冲刷、对农作物的毁坏也是致命的。"石主任说话间，露出无望又无奈的眼神。

"依我说，你们山里人老实有余，灵活不足。一场山洪把农田毁坏，一场大雪把作物冻枯冻死，不耕田不行吗？政府建设仙女峡旅游区，你们就应该顺应形势搞活旅游经济，这才对啊！比如兴龙花园卖得好，能赚钱，干吗不继续建？和我签约的那块地，难道只能干与农业相关的项目？"

"你不明白，兴龙花园是以消灭茅房窝棚的名义向市里申请资金建设的。现在楼房卖完了，市里也把资金收回了，赚的一点钱放在银行里，用利息维持村里的日常开支，再也不担心没钱给干部发工资，这已经很好了。你租用那三百亩和新科租的五百亩，都是龙角村最好的土地，被划为国家十八亿亩农田保护区。这是条红线，谁也动不得的！"

"没有一点变通的办法？"

易志浩像是守株待兔，终于等到石主任自然而然地谈起这个话题。

"还怎么变通？租了给你，是你在用，村里已没权过问呀！"

"其实，我的种养项目只需两百亩地就够了，剩下的一百亩我计划建办公大楼和宿舍大楼。"

"什么大楼？多少层？"石主任有所警觉地问。

"最少六层！"

石主任听后，稍作思索，说："建高楼不行的，平房可以。新科公司建的也是平房。"

"这深山大岭，上级不会太认真的，都是睁一只眼闭一只眼。反正签了五十年的使用期，到期拆掉不就行了？像我的家乡，也说不准建小产权房，不也在建！"

"不同的！你那地块是国家十八亿亩红线里的，没人敢马虎。你是不是计划在龙角村建楼房卖？"

"是有这打算。"

"找别的地建嘛，只要不触碰十八亿亩红线就行。如果建小产权房，现在看是没有问题！"

"又要花钱买地啊！"

"肯定要买的。不过，买其他地段的地使用期可达七十年，这是照顾经济欠发达地区的政策。"

易志浩突然发现，自己的脑子反不如石主任那么灵通。买七十年使用期的土地，即使不建房也不愁不赚钱呀！他豁然开朗似的伸手打了个响指，说道："是啊，你说得有理！不过，要买的话就买兴龙花园旁边的地块！"

"这个没问题！村委会研究过了，那块地可以作为地产用地出售，就看谁先看上！"

"什么价钱？"

"还没定，有老板愿意投资再商讨价钱！"

"这样吧，那三百亩地不租了，我把兴龙花园旁边那块地买下来！"

"根据合同，你若退租，合约押金是不能退的！"

"你们通融一下嘛，我又不是抽资离去，还是在龙角村投资！"

"你要考虑清楚！"石主任面色稍显凝重。

"现在看来，租地建农场才是头脑发热。那也不是我擅长的，房地产才是我的本行！"

"我可以把你的要求在村委会上提出来。依我看呀，他们是不会同意的！"

在易志浩看来，只要石主任主动提出就行了，其他的事情他来搞定。接下来，易志浩分别请四个村委委员吃饭，饭后送礼。最终，村委会通融了。龙发旅游农业有限公司的土地租赁合同作废，退回押金。紧跟着易志浩和龙角村村委会签了土地购买意向书，等把那块地的实际面积丈量了，再签买地合同。

这晚，月儿高挂，把人的身影拽得长长的。易志浩步行来到石主任家，把上次买的鹿尾巴、冬虫草等高档礼品拿出来，放在桌子上，说："石主任，前阵子你病得厉害，要补补身体才行！"

"不，不！心领了！头晕身热的事，算不了什么！"石主任口说手不动，易志浩看出了石主任的心思，又说："我父亲当干部，做生意，从没失败过，但败给了自己的身体。没生病之前，也跟你一样，病一次没事，病两次还没事，直到病倒了，才重视起来，但已经迟了！他现在是'钱在银行，人在病床'。成了'三不'之人，吃不多，睡不了，走不远。有那么多钱却没福消受，心里多难受啊！所以，人不是有病才重视身体，要在身体强壮的时候去重视才对！"

这番为石主任量身定做的肺腑之言，他听了觉得非常受用。石主任明白自己的状况，说道："易老板，我们农民贱命一条，没想这么多。大病当小病，小病当没病，顾不了太多！"

"也没那么复杂，一年吃两次这些东西就行了！"

石主任不再言语。易志浩的关心虽令他感到贴心温暖，但也明白他是有目的的。他也想过易老板有什么企图，明天早上去丈量那块地的面积，今晚就来送礼，莫非他让自己尺下留情……

兴龙花园和易志浩要买的那块地以前是山丘，紧靠仙女峡旅游区。现在，仙女峡旅游的牌子叫响了，游客兴旺。村委会看到这里面蕴藏着的商机，很自然地打起这片山丘地的主意。他们用炸药把山丘地炸平，弄出一大块平整的土地。这片开发出的土地实际有多大面积，村委会没去丈量过。所以，石主任心里盘算，如果易志浩真要他尺下留情，优惠一点点，也不算难事。

出乎石主任所料，易志浩并无所求。

这天清早，易志浩电话约请了丈量土地的工作人员石主任、会计和两个村委吃早餐。吃完便去了那块地，刚到没多久，正要拿皮尺丈量的时候，其中一个村委突然说肚子又胀又痛要去厕所。新开垦的土地没有厕所，他便朝大老远的庄稼地走去。

太阳高升，阳光热辣。易志浩说："石主任，不等了！看这太阳要把人烤熟才罢休，早量完早回！"说罢，他叫自己的一个随从拿起皮卷尺，石主任见了也只好同意。丈量到中段时，那个村委有气无力地回来了。石主任叫他拿皮尺，他却说肚子又疼了，再次朝庄稼地走去，众人见状忍不住大笑。

丈量完土地面积，那人的肚子也拉完了。回去时，那人边走边骂："他妈的，早餐下了毒药！"另一个村委笑道："下什么毒，我们都没事！"

120

丁家辉看见易志浩转移投资，当上房地产老板，不得不佩服。他对陈经理说道："咱们是否太执着，看对面那个姓易的，一下子就当上房地产老板。建好房子再卖掉，赚得盆满钵满！"

陈经理听后，许久才答："怎么说呢，说不准！凭我的直觉，这种投机行为……唉，总之我学不来。"

晚上，易志浩请几个参与丈量土地的人去云城大酒店吃大餐，宴罢回家时，桂兰睡着了。看着老婆眉宇间隐隐的忧虑，他不由自主地将红艳和桂兰两相比较。其实根本就没有可比性，从身材、相貌、气质到性格，她俩都毫无共同之处，唯一相同的是这两个女人都"旺夫"，在他事业发展的节骨眼儿上为其助力，带来了滚滚财运。娶了红艳，他投身楼市炒房从无败绩；如今娶了桂兰，则促成了他从炒房转做房产开发。

易志浩燃着烟，起身踱步。深想一层，真心向着自己的还是红艳。

她净身离婚这一点，真叫人感动；而桂兰较为势利，纯粹是被他用钱给砸晕了。这也是没办法的事，谁叫他爱上了桂兰呢？

易志浩下意识地扫了一眼手机，凌晨一点了，他却毫无睡意。今天只略施小计，那块地的面积就少丈量了几百平方米，令他兴奋异常。他想象着计划中的楼房售价，仿佛打开了通往发财之路的大门……

他更加坚定了自己的人生理念：做人一定要进取！若当初不在红艳身上进取，炒房未必有那么顺利；若不在桂兰身上进取，就不会华丽转身成为房地产商。什么仁义道德，什么慈悲善良，我才不管这些羁绊人的东西。只要与法律不冲撞，不违法，就要去争取。成功了再去做仁义道德的事情吧！

第三十八章
再展宏图

121

丁家辉电话里跟福齐说了陈经理的扩展计划后，福齐很自然就想到树朋。她给树朋打电话，推荐这个投资计划，树朋却表示兴趣不大。因为上次他和福齐去龙角村考察，觉得地处深山老林中的龙角村，除了旅游没有什么好的投资项目。

"树朋，观光农业不也是旅游经济！"福齐力邀树朋再次去龙角村。

"福齐，农业项目的回报周期太长了，耗时费力，地方又那么远，不划算。"

"对这个项目，我也不大了解，说服不了你。我觉得家辉认定的投资项目肯定有他的想法。再去一趟吧，玩两天也好，就当陪陪我，怎样？"话说到这份上，树朋真没有理由拒绝。

龙角村面积最大、最完整的两块土地，一块租给了丁家辉，一块易志浩已退租。其他的土地分散在各个山坳之间，被山洪冲积成分散的小地块；一些平缓的山坡被世代农民改造成小梯田。这些零散的农地只能种植如玉米、大豆、木薯之类的旱生作物，谈不上经济效益。

丁家辉和陈经理带着福齐、旺贵和树朋走进盘仙山，陈经理用锄头在地上刨了几下，被锄头翻起的土壤呈锈红色。陈经理指着平缓而上的盘仙山脉，说道："我走遍了盘仙山，整个山脉的表层都是这种土壤。我拿着这种土壤去市里科技部门化验，这种富含矿物质硒的土壤，最适合柚树种植，结出的柚子微酸偏甜。如果在种植时往土壤里加入豆渣，可以增加柚子的甜度。若沿着仙女峡建一个露天的柚子树观光区，与仙女峡旅游景点互相得益，形成一个新景点！"

福齐认真聆听，树朋抬头四处张望，家辉说道："陈经理，那天你对我提出这个建议，我仔细想来着。龙角村的农业都是零散而没有科技含量，靠天吃饭的农业。即使盘仙山栽满了柚子树，都要靠人工管理。所以，我对这项目的利润不抱多大期望。只希望它既能增加龙角村的旅游资源，吸引游客的同时，为龙角村旅游产业做点贡献。能帮助村民脱贫致富，不亏本就行了！"

树朋走到前面种着大豆的地块，摘下一个豆荚，把它掰开后，几粒黄豆滚落掌心，他说："这些黄豆个头挺大，也饱满！"

陈经理接话："这与此地的山、水、空气、光照以及富含硒的土壤都有关。这里的农业太粗放了，如果有条件集约化经营，引进先进的农业技术，可是非常好的种植基地。"

"适合什么作物种植？"树朋问。

"豆类、木薯、玉米这些旱生作物都行！"

"陈经理，你说的集约化经营是怎么回事？"

"就是把零碎分散的地块整合成区域地块，便于现代化种植、管理、再加工。"陈经理边走边说，"我们站着的这块地，前面不远是条大沟，沟对面也有一块地。可以用石头填平大沟，在上面铺一层十多公分厚的土壤，两小片地连成一大片。然后把土地整合、平整完，架设灌溉系统，把仙女峡的水引流上来，该有多好啊！"

福齐见树朋如此认真，不禁问："树朋，你很感兴趣啊！"

"朋叔，你有新的想法？"家辉也问。

树朋点点头，兴致勃勃地说："在龙角村投资一家酱油厂，整合龙角村的农地种植大豆加工酱油。龙角村山清水秀，空气质量好，肯定能生产出与众不同、味道鲜美的酱油。酱油厂的下脚料豆渣是柚子上好的有机肥，这个构想成功的话，这便是一条龙的产业。龙角村零碎分散的农地变成了产出率极高的大豆种植基地，收入会比以前多好几倍……"

"对啊！"陈经理兴奋地大叫。

家辉赞道："是啊，没错。陈经理，没想到你种植柚子的构想，成就了一番大事业！朋叔，好嘢！"

"办事都是这样，大家畅所欲言，你的想法，他的想法，各有所长，集起来就成一个好的方案，没想到今天能有这么大的收获！"旺贵高兴道。

福齐一直默不作声，待各人都表态了，才说："我说点扫兴的，整合农地有个绕不过的问题，每年雨季的山洪怎么办？"陈经理答："砌水渠，每年都暴发山洪最厉害的是盘仙山，用水渠将山坡分割成块状的坡面，雨水便从水渠往下流，再在山底砌一条大的水沟把洪水引流到仙女峡。"

旺贵接着说："这样的规模投资金额很大！"

"整合农地，砌防洪水渠，灌溉系统的铺设，这些都是一次性投资。酱油厂、柚子种植是五十年的投资……把一次性投资摊分进五十年，几乎可以忽略不计！"

陈经理的回答很有道理，得到了众人的认可。

一行人有讲有笑地离开盘仙山，走上仙女峡的岸边小道。小道上是红男绿女，仙女峡里水面如镜。游人们悠然自得地欣赏着阳光下的美丽风景，享受着山谷的清新凉爽。

一行人中最开心的是树朋。眼下，他仍经营着与旺财一起建造的那艘吸沙船。这些年来人们对河沙无节制地抽取，使河沙资源几近耗尽。国家对环保越来越重视，出台的环保政策逐步地完善和严厉。时至今日，树朋亟须转营其他行业。他一直在考察寻觅，始终没遇到如意的项目。

对这次龙角村之行，树朋是不抱希望的。直到他发现盘仙山种植的大豆异常饱满优质，加上陈经理无心说出的那番话，使他茅塞顿开。他从大豆联想到了千家万户每餐必吃的酱油，这不就是他和旺财以前商讨过的没有兴衰周期的行业吗？

"树朋，这次满意了！"

"是的，福齐。看来，我丁树朋还是要托你们家的福啊！"树朋不无感慨地说。

福齐语重心长地说："这个投资方案牵动着龙角村的家家户户，工作很不容易做的，咱们要有思想准备！"

易志浩拿下兴龙花园旁边的那块地后，马不停蹄地找人设计图纸，接着找施工队。两个月后，这块地上竖起了十几台桩机，静谧平和的深山大岭响起刺耳的金属碰撞声。

家辉、福齐一行人走进龙角村村委会，看见石主任正接待易志浩。易志浩看见丁家人进来，识趣地避开丁家人的目光，只和树朋打了个招呼。

石主任不认识福齐和树朋，但认识旺贵、家辉和陈经理。"石主任，这位是我姑妈，这位是我老乡！"家辉介绍道。

"哦！这位易老板也是你们东莞的。你们先去对面房间休息一会儿，待我跟易先生谈完后再找你们，好吗？失陪了！"

易志浩有约在先，丁家人说来就来，石主任说话办事合乎情理。旺贵他们通情达理地走进对面的房间坐下等候。

旺贵与易志浩是情敌，在这种情况下碰面说不出有多尴尬，"夺妻之耻"使旺贵难堪之余更添恨意。树朋打破沉默说："易志浩已把东莞的房产卖掉了，听说要到粤北炒楼。"

"到粤北炒楼？是到这儿炒楼吧？"福齐轻蔑地说。

家辉说："姓易的原先要在我们公司旁建农场，不知怎的突然撤资，搞起房地产了。"

陈经理说："这人干事很有魄力，不过转得也太快了！"

树朋说："我认识他父亲，他家是靠表亲关照才发达起来的。怎么说呢，有人办事果断、抓住机会而成功，也有人胆大妄为、判断错了形势而失败。"

你一言，他一语，尴尬的气氛渐渐消散。有人走进来，请他们到石主任的办公室坐。

石主任开门见山地问，找他有何贵干。在家辉的授意下，陈经理向石主任讲述了他们打算建酱油厂、大豆种植基地、柚子种植基地和观光农业园等一揽子投资计划。石主任听完，兴奋地起身与众人握手道谢："多谢你们啊！近来，村委会正在研究如何响应党和国家对贫困地区'脱贫致富'的号召，落实上级'脱贫致富'的政策，听了你们这番话，我对龙角村摆脱贫困充满信心。不过，大豆种植基地是涉及每家每户的事，等我向村委汇报研究后，和村民讨论协商出一个大家都能接受的方案，我们再细谈。这明摆着是好事，应该没有问题，村委会和上级领导部门肯定大力支持。"

走出村委会，树朋提议到易志浩的建筑工地去看看。众人没说话，等待旺贵的态度。过了一会儿，旺贵才醒悟过来，连声说："去吧，去吧，没事的！"

易志浩投资兴建的"龙腾花园"小区距离村委会约三十分钟的路，工地上竖立着巨幅广告牌，大老远便把人们的目光勾住。十几台桩机发出短促刺耳的锤击声，建筑工人用铁铲把水泥袋戳破，拎着水泥袋往上提，水泥粉尘向四周散开，灰蒙蒙一片。福齐一行看见易志浩正在工地上逡巡察看，桂兰站在工棚前四周张望。"别再往前了，回头吧！"福齐说完，大家转身回头。旺贵却加快脚步，朝工地走去。

桂兰戴着一顶桃红色草帽，她明显胖了，壮实的身材穿着连衣裙显得不伦不类，毫无美感。易志浩看见旺贵朝老婆走去，立刻紧张起来，忙奔了过来。福齐等人见了，担心旺贵跟易志浩打起来，连忙转身加快脚步向工地走。

树朋明白其中的微妙，主动上前跟易志浩搭讪。易志浩把桂兰拉进工棚，避免刺激旺贵，发生不必要的冲突。安置妥当后，易志浩出来笑着向大家问好，称赞丁家辉的农场开得很成功。树朋夸易志浩后生可畏，易志浩说："东莞房价是这里的几倍，在这儿投资建房，是赚多赚少的问题，不存在亏钱的可能，为啥不干呢！"

易志浩的思路明确，条理清晰，胸有成竹。树朋频频点头，表示认可。福齐看不惯易志浩的做派，拉着旺贵离开……

"好走，不送了哈！"易志浩挥手说道。

回去的路上，树朋说："这小子人品差极了，但做生意的确有点能耐，让人不得不服！"

陈经理说："这么重大的投资，说干就干，我觉得有点草率。"

福齐说："不说他了，回去商议制订咱们的投资计划，尽快启动吧！"

122

从龙角村回来后，旺贵几次向红艳提出，去探望她父母，都因红艳不同意而作罢。半个月后的这天晚上，红艳才同意和旺贵一道回父母家。

水泥制品厂的生意时好时坏，形成不了稳定的盈利期。钟庆良顶不住贷款的利息，不得已把新建的楼房卖了还债。他和老婆、女儿重新住回了深巷老屋。旺贵再度挽起红艳的手，走进这条闭着眼睛都能摸到红艳家门的小巷里。时隔数年，一切如旧，恍然如梦。走到红艳家门口，旺贵停住脚步，他眼前浮现出当年被庆良赶出屋门，骂他"你若能发达，沟渠也能翻波浪"的情景。

"我父亲说的话是难听，当时我也难受。他太势利了！"无须察言观色，红艳便知道旺贵仍对父亲的那句话耿耿于怀。

家里只有红艳的女儿凤金和她妈在。红艳妈看见旺贵颇为尴尬，旺贵叫了一声"妈"，她应答得不太自然。"婆婆，他是谁？怎么会叫你妈？"红艳女儿这句话使气氛更显尴尬。"我是你叔叔，叫我贵叔叔吧！"旺贵一边把礼品拿出来，一边说。

"爸呢，他不知道我带旺贵来吗？"红艳问。

红艳妈顿了顿，答道："他知道，所以才出去了。"

庆良懊悔当年把话说得太绝，觉得不好意思见旺贵，索性躲了出去。

红艳和旺贵破镜重圆，但那道看不见的裂痕还在。因角色转换得不太合常理，红艳妈实在提不起兴头。当年见准女婿的喜悦和亲切不复存在，气氛始终不那么融洽。坐了一会儿，旺贵便说要走了。

漫步在遍地银光的月夜，偶尔一阵南风，无声无息地扑面而来。两人傍着河涌岸边行走。春末夏初，正是红荔枝挂果枝头的时候。徜徉在荔枝树下，听着流水，闻着荔枝花果的酸甜，谁都不说话。

月亮由头顶往西移动，旺贵看见红艳身上网状的月光，不禁笑道："你看我身上有什么不同？"红艳不答，走过来拉着旺贵的手说："还不是一样的月光，回去吧！"

"还早，不急着回！"旺贵说着，伸手把红艳揽到怀里，轻声说，"咱们结婚吧！"

"说真的，我再也回不到以前了，找不到恋爱时的感觉。"

"我们爱过，散过，将最真最纯的情感奉献给对方，这还不够吗？还记得我写给你的信吧。但愿我吐出的这一缕烟圈，随风飘到你的屋里，你的床前。代我轻吻你的脸面，你的嘴唇。你是不是看完我的信后，把信放在胸口。那种感觉回味一下，那种感觉……"接着，旺贵用嘴唇封住红艳的嘴唇。

福齐从龙角村回来后非常高兴，她从旺贵、家辉、家兴身上看见丁家重整旗鼓的希望，她已经老了，与时代脱节，是时候退下来了。

侄子家兴在广州投资快餐厅获得成功，使福齐明白了一个道理，搞饮食行业，人气旺，生意就旺，江东镇永远没有广州的发展空间大。当年父亲要是在广州经营酒楼，柴记大酒楼的生意不知道火成什么样子。

这日，福齐通知旺祖、旺明、旺强、旺贵、家辉、家兴赶回永盛村，在柴记大酒楼开个会。她提出自己酝酿已久的全新的丁家生意布局计划，征求大家的意见。等计划落实后，她就辞掉柴记大酒楼总经理一职，到各地游览美景。

福齐的计划是将丁家利润最丰厚的餐饮业转移到广州发展，增开三家东莞味道快餐店，和树朋等老板一起在龙角村投资酱油厂、大豆种植基地和观光农业基地。在永盛村靠近狮子洋沿岸物色地块储备下来，等时机成熟了再兴建商业城，完成大哥的遗愿。

大家都同意福齐这个布局，但家兴有不同意见，他说："商场生意关键看人气，讲到人气江东镇绝没有广州的人气兴旺。商场和饮食业一样，酒楼餐饮转移到广州发展了，商场投资也应该去广州发展才对。"首先赞同的是家辉，他说："关于父亲的遗愿，我觉得不必拘泥。如果他在，也应该能意识到这一点，顺势而为，灵活改变。农场的主业是种养，因受规模限制，利润积累和资金回笼比较慢。观光农业那一块更慢，三年内都是净投入。酱油厂的投资、土地的整合平整、灌溉系统的铺设、山上洪水分流沟渠的建设都需要大量资金，所以我赞同狮子洋地块的投资暂缓！"

家兴接着说："我这边的资金再开一家快餐店没有问题，再开两家就腾不出资金了。现在看来，快餐店的利润很好，每年增开一家是最稳妥的。当然，若不是投资酱油厂，连开两三家也行！"

福齐笑道："你俩的想法都对，但江东镇的发展势头也很好啊……资金问题想过了，由旺贵解决。他答应拿一千万出来补充发展资金，还表示这一千万摊分成七份股份。酱油厂的投资额现在还说不准。过两天，我和树朋、陈经理到广州食品科研所咨询一下，然后才能确定酱油厂的投建规模，结合自己的资金状况做出选择！"

"这不成！"旺明说道。众人愕然，以为他又要反对。旺明接着说："你们肯重新接纳我和旺祖加入，已很好了。如今要分薄小弟的钱，我俩心里不安！"

旺祖笨嘴拙舌，说："要不这样……唉，还是不说了！"

"你不说我说，大家把自己能拿出的钱和资产都拿出来，不论多少。统计后，再分成七个股份。若以后再扩资，再按认购数量来增加股份数量！"秀芬说。

旺明随即反对，说："不成！难道我和小弟一样多的股份？总之，怎样分我和旺祖都是占便宜，占一点便宜就好了，占多了不行！我提议，我和旺祖、小妹各占一个股份，福齐、家辉和家兴各占三个股份，小弟出钱最多，占五个股份。一共十七个股份，这样才合理！"

"这样吧，我占四个股份吧！"旺贵表态道。

"也好，就这样吧！一共十六个股份！我辈分最大，决定了。现在不计较谁占便宜谁吃亏，但往后则要斤斤计较。因为好兄弟，勤算账啊！"秀芬表态说。

众人齐声赞同。

福齐接着又说："大哥在时，坚决不分家产，就因为他明白'兄弟同心，其利断金'的道理。后来因为不得已的原因，把老爸的家产分掉，结果如何大家都亲眼看见。以后谁也不能提分家产，谁提就把谁踢出去，永不准再回来。这些都要用文字记录下来，大家按上指印确认！"

各人纷纷表态认同。

福齐又说："我也老了，思想跟不上时代，继续赖在这岗位上会拖累大家的。所以，我提议由旺贵接替我的岗位，我退下来！"

对福齐这番话，大家都猝不及防，不知如何是好。"论文化高低，论赚钱能力，论对全局的把握，当数小弟！旺贵，你不要推辞了！"福齐掷地有声地说。

当初，旺贵大学毕业没多久，已意识到父亲看似四平八稳、衣食无忧的行业布局隐藏着很大的风险，他向大哥旺财建言，要改变父亲缔造的产业布局。今天回头看，当时的建言是正确的。尽管因众所周知的原因散伙，但他坚持初衷，最终取得成功。旺贵能力强，号召力也强，这是有目共睹的。不过，旺贵却有自己的看法，他说："宏观上的东西我有所洞察，但实际的办事能力我是弱项，比如一个新项目从酝酿到推出，再到具体的管理，这种能力家姐是强项。因此，家姐要多掌几年舵，起码要等龙角村那边的投资落实了，投入运营了，再考虑退休的问题。至于在狮子洋岸边布局买地，需要认真考虑，那里离镇经济中心远，中短期并无利益，长期也难言回报。我赞成家兴的意见！家姐，你是怎么考虑的？"

"我那是凭经验。第一，那里的地价便宜；第二，从深圳到虎门再到沙田港、新沙港，这一长弧形的湾区，已经发展成繁荣的湾区经济了，只剩下新沙港至寒水河口这一段狮子洋沿岸区域还没有开发。这一段开发后繁荣是明摆着的，是迟早的事；第三，咱们的资金启动商业城建设虽不够，但购买一块地还是绰绰有余的。购入狮子洋岸边这块地，从各方面的考虑都吻合咱们的发展现状，也符合一个企业短、中、长期的发展方向和后续潜力。家兴的意见也对，但现在去广州发展商业城项目，又要在龙角村投资，咱们还没有这个经济实力。若在狮子洋岸边购入地块，先不管建不建商业城，从大湾区经济发展的前景和后劲看，买入升值是板上钉钉的事。"

福齐分析得句句在理，众人听得也很认真。静默片刻，旺贵笑道："从这个角度去考虑，家姐的计划既有长远的考虑，又有现实考虑。这杆旗子还是得让家姐扛着才行，也只有她有这能力！"

第三十九章

团 圆

123

　　旺贵结婚摆酒的前一天，家辉带上老婆、儿子和福伯一起回到永盛村。文玲和儿子第一次回老家，当然高兴。福伯一生从没离开过山村，这是第一次出远门，到富裕的东莞，心里充满着期待，也是笑意满盈。

　　秀芬昨晚就知道儿子一家要回永盛老家了，她在先夫的灵位前上了炷香，再拿湿毛巾把灵位擦拭干净。她兴奋得睡不着，想着先夫的音容笑貌，想着他生前嘱托；如今儿子不负他所望，终成好汉一条；儿子曾经走过一段弯路……每当脑海里浮现出儿子毒瘾发作时的非人惨状，她心里就痛楚难禁。日复一日，心痛便成了她的慢性病。去医院检查，心电图、心脏彩超、心脏 CT 都做了，显示身体状况正常。医生问她上楼梯或负重行走时有没有喘气，她摇头说都没有。医生确诊说，她这是周围神经痛，不用治疗。

　　后来，秀芬坚持逢三、六、九的日子上黄旗山拜观音菩萨，随着她从观音菩萨处领悟到"慈悲为怀"的真谛，随着儿子好好做人、成家立业，心痛病渐渐消失，不治而愈。明天是农历初八，是拜观音的日子。

尽管一夜不眠，一想到拜观音，秀芬立刻精神了起来。

秀芬上黄旗山拜观音与众不同，她不像别人那样在观音像前三跪九叩。她只是在观音像前上炷香，然后走到人少的地方静坐合十，冥想两个钟头后方才起身离去。

天刚亮，秀芬坐出租车到达黄旗山。观音庙还未开门迎客，秀芬便坐在庙堂门前，静坐合十。冥冥中，她似乎看见了观音菩萨，听见了菩萨的声音，心中一片宁静，头脑一片澄明，就像练武之人打通了任督二脉，一股柔和的气流从丹田处向头顶涟漪般扩散，她有种羽化登仙的舒爽感。

其实，很多时候，人都是自寻烦恼，小到吵架打架，大到争权夺利，都是被欲望驱使着自掘坟墓，自我毁灭。己所不欲，勿施于人，才是人应该遵守的行为准则。

人们潮水般涌来朝拜观音菩萨，他们在向菩萨索求些什么？会得到菩萨的承诺吗？他们参悟到了什么？身体里有跟自己一样的气流在涌动吗？秀芬恍惚之间，看见了奶奶，看见了大姑丈，还看见了许淑兰……

许淑兰头发散乱、衣衫褴褛、踯躅街头，满脸污垢地躺在桥底下……秀芬心里一沉，心头泛上了隐隐作痛的怜悯。她向观音菩萨喃喃自语，祈求菩萨原谅许淑兰，给她一条生路，她遭受的报应已足够了，足够了。

现实情况是，许淑兰过得还不错，她是个很会享受生活的女人。她卖掉了那套房子，在银行存了一百万元的十年定期，剩下的钱留作日常开销。她在东莞味道快餐厅不远处租了一间平房，日子过得虽孤单寂寞，但想着离儿子很近，万一遇到难处还有个依靠，心里便觉得温暖和踏实。闲得无聊时，她盘算来着，等有了孙儿，就回到儿子身边，享受下孙儿绕膝的老年之乐！

突然，手机铃声把秀芬从冥想中拉了回来，接听电话知道儿子一家已回到永盛村，便起身回家。

124

　　丁家辉眼中的永盛村，除了东江河还有苔迹斑斑的老屋屋墙，虽已久违，却清晰如昨。发黄的记忆把他拉回到童年，童真和童趣于他毕竟太短暂了，他身体的所有触角本能地伸出，他太缺少关爱和安全感了。他下意识地拉起身边旺贵的手，童年最快乐的日子就是和幺叔在一起玩耍。文玲看见老公的作态很是诧异，不由自主地唤道："家辉，你干吗？"妻子急切的口吻，一下子让家辉清醒了，他知道自己现在已是一家之长，顶天立地的男子汉。

　　家辉问："咱们去华阳湖玩，好吗？"

　　旺贵说："你妈正往回赶呢！"

　　家辉的儿子丁龙光叫嚷说："要去玩，跟爸爸去玩！"

　　这种场合小孩说话起决定性作用，家辉一家四口和旺贵、红艳驱车前往华阳湖。一直玩到福齐打来电话，说秀芬已回到柴记大酒楼，要他们十二点前回到酒楼吃饭。听完电话，家辉看了看时间，是回家时候了，但儿子意犹未尽，嚷着不肯回。"随他玩吧！"福伯看见重外孙玩得开心，提议道。玩到十二点，家辉才把小龙光拉上车。

　　"爸爸，你说鱼儿藏在水里，但水里一条鱼都不见？"

　　"爷爷，几个人用力踩的车好玩，我们去玩，好吗？"

　　"妈妈，那辆长长的车里有很多人，咱们能上去吗？"

　　在一个从大山里出来的小孩眼中，五光十色的华阳湖既神奇又新鲜。在车上，小龙光还嚷着不走。"要吃饭了，明天再来，好吗？"家辉说。"不走，不走！"小龙光跺脚喊叫。"不吃饭，会把爷爷饿坏的！"老人和小孩天生有一种特殊的亲近感，小龙光听了爷爷的话，才不再吵闹。

　　这一行六人，旺贵和家辉不过是作陪，福伯和小龙光才是主角。这一老一少，一个心智初开，一个返老还童，对大山以外的世界充满好奇。福伯听儿子嘱咐过，不能让文玲去大都市工作，更不要嫁到珠三角。那时候，他还真以为大都市、珠三角是什么不好的鬼地方。来到东莞，他竖起汗毛，瞪着双眼，想探究这地方到底藏着什么可怕的东西，让儿子如此避忌、害怕。

来了几个小时，福伯所看到的、接触到的、感觉到的都让人既舒服又愉悦，人们比山里人有礼貌，还和善。儿子言行偏激，他早已隐约感觉到，却不愿轻易承认他性格上的缺陷。儿媳出轨跟儿子多疑偏激的性格有关，作为一个父亲，他肯定偏向着儿子。婚变后，儿子离家出走，把文玲扔给他抚养，十几年不回家与骨肉团聚，这种行为常人很难理解。然而福伯宅心仁厚，儿子什么缺点他都能包容。他盼着能早日见到儿子，一家人和和美美地团聚。

小龙光对沿途景物兴致勃勃，家辉夫妻俩默默地看着儿子，跟着他一起开心欢笑；旺贵和红艳在前面驾驶，不言不语；福伯依然想着何时能见到儿子。

旺贵在停车场停稳车，说道："到了，下车吧。"他打开车门，抱起小龙光问："好玩吗？"

"好玩，下次去玩船好吗？"

"好，好！吃完饭带你去玩船。"

"叔公好，叔公好！"小龙光说着突然在旺贵脸上一吻，大家不禁哈哈大笑。

从停车场前往柴记大酒楼，要经过一片空地。众人有说有笑，开心不已。福伯虽是笑声朗朗，心里却因惦念儿子，有一片驱之不散的阴云。忽然，福伯停住脚步，下意识地回头看了看，空地上有个男人在收集废旧纸箱。他佝偻着腰，背对路人，拿着绳子把折叠成形的废纸捆绑好。福伯边走边回头，这个男人的背影似曾相识，有种说不清道不明的亲近感。大家觉得福伯举动反常，只见福伯突然往回走，来到收废品的人旁边，叫道："你是永前吗？"那人没答应，却倏地站起，抬头望了望福伯，忙把头低下，快步离去。福伯大声叫道："玲女，玲女！他是永前，是你父亲！"

众人听见连忙走上去围住那人，旺贵上前把他的鸭舌帽摘下，撩起遮住脸的长发。福伯与他正面相对，情绪激动起来，抱住他老泪纵横地叫道："儿啊……"

步永前这个中年汉子，一米六五的个头，因长期佝偻着腰身，脸庞乌黑，戴着一顶脏兮兮的鸭舌帽，衣服又脏又旧，看上去就像是一个迟暮老人。

文玲拉着父亲的衣角，抚摸父亲粗糙皲裂的手指，说不出话来。家辉很镇定，说道："爸！我是文玲的丈夫，这是你外孙，咱们是一家人！"

福齐闻讯赶来，了解情况后哈哈大笑，说："你这个废纸佬呀……他在酒楼收了六年废纸了，怎么也没想到你是我侄儿的外父！哎呀，缘分，缘分呀！快进里面休息，然后吃饭！"

此刻，步永前不再推辞了。六年前，他向酒楼经理提出承包废纸收购，但被那经理拒绝了。一年中废纸价格起落很大，有资金的收购者往往采用囤货方式应对价格的波动；没有资金优势的只能现收现卖，利润则微薄多了。步永前属于现收现卖这类，虽然他报的收购价比即时收购价还高一点，但酒楼经理看他衣衫不整的模样，连听都不愿听他报价，便拒绝了他。看那经理的拒绝态度，就知道他想要回扣，步永前无奈只好离去。

事后步永前越想越不甘心，在一天中午，他在酒楼大门前候到福齐，说明来意。没想到福齐不假思索一口答应让他承包，一直承包到现在。酒楼的废纸让他有了稳定的货源，也等于有一份稳定的工作。其实，他与福齐并不熟络，也不明白她怎会这么干脆答应了自己。自此，日复一日，他对福齐滋生出一种莫名其妙的臣服感。所以，福齐现身说话，步永前便跟上家辉朝酒楼大堂走去。

"福伯，高兴啊！"旺贵笑道。

文玲也说："是的，爷爷，咱们高兴才是！"

福齐感叹说："难怪有人说，世界很大，也很小。看，废纸佬竟是文玲父亲，谁能想到！"

秀芬回到酒楼听说了这回事，连声称奇。

福齐又说："回头想，这是有先兆的。六年前你父亲找我说了承包废纸的想法，他还没把话说完，我就对他就有了好感，很干脆答应了！"

"大姑，多谢你了！"福伯终于破涕为笑。

"善有善报。有善因必有善果，这是肯定的！"秀芬又说起她那一套了。

"也许真是，对吧！"旺贵附和着。

众人也齐声称是。

125

旺贵和红艳婚礼举行后的第三天，福伯父子俩和家辉一家回到龙角村。

步永前告别了收购废纸的行当，不管福伯和文玲怎样迁就他、顺着他，都没法和他沟通。他既没有和亲人久别重逢的喜悦，也没有因女儿生活幸福倍感欣慰，整日板着脸，沉默不语。即使外孙的调皮举止多么逗笑，他都是双唇紧闭，神情木讷。家里轻松快乐的氛围因他变得冷清，给人一种如坐针毡的感觉。

整晚的大雨天亮时也没有停止的迹象，天空本已阴沉，家里近乎凝固的气氛更让人难以忍受。家辉开车离开，说是去检查大山那边的观光农业基地会不会出现山体滑坡。文玲知道这是丈夫的托辞，他借故离开家透透气而已。

文玲走进父亲的房间，他正在抽烟。他一天要抽三包香烟，烟似乎成了他的人生伴侣。"爸，抽少点烟吧！"步永前不言不语，抽完一支又拿起一支，烟头对着烟头点燃。父女俩相对而坐，挨到步永前抽第三支烟，文玲再也忍受不了呛人的烟雾，起身要走。这时，步永前拿出张字条，说道："你母亲应该在这里，去找她吧！"

文玲怔了怔，回身接过父亲的字条。字条上写着深圳市的一个地址，她望了望父亲，说："你去找妈才对呀！"步永前继续沉默着。见状，文玲很无奈地走出房间，然后打电话给家辉，告知他这回事。

家辉回到家，看见文玲呆鸡似的坐着。他拿起桌面上那张字条看了看，稍作思索，说："他俩弄成这样子，谁也不知道什么原因，不用为他们犯愁！"

"他们是我父母啊，怎能不犯愁？换了是你，你能放得下！"

"我不是这意思。我是说他俩分开有十年了，看来你爸始终放不下你妈。他给你地址，是希望你去找你妈，对不？"

文玲点点头。

"先找着你妈再说吧！"

这个晚上，家辉夫妻俩睡得不好，整晚的话题都围绕步永前。他俩十年前为什么离婚，离婚后为何没回龙角村看望过文玲；文玲爸有文玲妈的地址为何不去找她，反而要女儿去找；即便是找到文玲妈，他想达到什么目的。说来说去也没理出头绪，不知不觉到了深夜，他俩累了，呼呼睡去。早晨醒来，家辉夫妇俩拖着疲乏的身躯，驱车前去深圳。

126

从龙角村开车，需要六个钟头才进入深圳市区。路上，文玲无暇顾及沿途的风景，脑子里全是和父母有关的问题。她拿出母亲的照片，母亲很美，自己的眼睛、眉毛、脸庞都像她。母亲的神情端庄，笑容温婉，看不出丝毫的轻佻风骚。

家辉把车停在路边，把文玲的座椅调低，说："你躺下打个瞌睡，不要想太多了！找到你妈再说！"

文玲勉强躺下，禁不住胡思乱想，焦灼和怨恨在心里溅起火星，烫得她疼痛。

迷迷糊糊中，文玲不知道过了多久，只听家辉说："到了！"

文玲起身走出车外，外面是一幢接一幢的居民楼。十年前后的深圳变化巨大，凭一个地址和一张照片怎么找人，俩人甚觉希望渺茫。

下午三点的深圳，没有龙角村的风轻水秀、犬吠鸡鸣、闲散宁静，映入眼帘的是匆忙的身影和脚步。两人拿着字条向附近商店里的人打听地址，连问了几个人都回答不知道，又去别处打听也一无所获。正在茫然之际，家辉灵机一动，这是十年前的地址，应物色年纪大些的人打听才对。

他俩走了很长一段路，终于看见前面一家士多店里有位年约五十岁的妇人，便向她打听。妇人说，那家工厂早搬走了，那条路也改了名字，叫"深荣"路，去那儿找吧！这时候，文玲终于现出了笑容。

家辉驱车到了深荣路，才知这是一个居民小区。低矮颓旧的居民楼散发出老旧气息，与深南大道的生机勃勃截然不同。随处可见小商店和临时摊档，或许这里可以找回深圳十年前的模样。家辉专找年纪大的人询问，走完了深荣路，问了几个年纪大的女人，都说不认识照片上的人。

文玲很是失落。

奔波了一天，没半点消息，看着高楼背后夕阳的余晖，家辉也感到茫然无助。正在彷徨无计之时，传来一阵此起彼落的拉闸声。家辉循声望去，原来是诸如"潮汕砂锅粥"之类的小食店准备开门迎客。

"去小食店问问。"家辉说道。于是，两人又逐家探听，依然没有消息。突然，文玲推了推家辉的手肘，指着前面最后一家店里女人说："你看她，像不？"不等家辉回答，文玲已快步向那家小食店走去。

文玲走到那女人身边，拿出照片比对了几次，脱口叫道："妈！"

那女人和其他几个女人一道蹲在地上拣着蔬菜，不知道文玲在叫谁。"你叫谁呀？"那女人不禁问。"你啊，妈！"文玲说着，拿起照片，"爸让我来找你！""你真是我女儿，文玲？"文玲点头，又拿出身份证。此刻，分别十年的母女俩相拥在一起，喜极而泣。

十几年前，步永前夫妇辞掉龙角村的教师工作，怀抱发财梦想来到深圳，进了一家电子厂，当上装配工。不久，厂里贴出了招聘办公室女文员的告示，步永前二话没说替老婆海珠报了名。就这样，海珠告别了累人的装配工作，进入整洁舒适的办公室，俨然是一个风姿绰约的白领丽人。

不久后，海珠升任厂长秘书。于是，厂长的身前身后少不了海珠苗条动人的倩影，传得更多的是各种闲言碎语。步永前忍受不了，他明确表态，要妻子辞掉这份工作。

海珠很委屈，据理力争："我行得正站得正，你难道不相信我？我一个月的工资比装配工两个月还多，干吗为了那些闲言碎语丢掉这么好的工作？如果真计较别人的闲话，就去当清洁工好了，或许那份工才没有闲言是非！"

面对妻子的连声质问，步永前说："那些闲话说得有鼻子有眼，我不得不相信！"

"你忘了我们在仙女峡岸边的誓言吗？忘了你的承诺吗？忘了我们的理想吗？那些捕风捉影、没安好心的流言蜚语会毁掉我们的感情。"

"就是为了我们俩的夫妻感情，我希望你辞职。你体谅一下我的自尊心，给我几分薄面，不行吗？"

"我没有玷污咱俩的爱情，更没有做对不住你的事。你为何就不相信？况且，没人不尊重你。你以为丢了面子，其实是你不相信自己，自己丢自己的脸！"

窄小的双职工宿舍里，风扇在呼呼作响，还有故意调大音量的收音机。"你舍不得辞掉那份工，我也没法待在这里，我到其他地方找工作吧！"

沉默了一阵，海珠答道："也行，等你冷静下来了，相信我没背叛你，再来找我吧！总之，我一直在这儿等你！"

谁知步永前偏执到了无以复加的程度，他不相信妻子，却选择了逃避。

这一等，足足等了十几年。

127

这时候，文玲才知道父母根本没有离婚！

在回龙角村的路上，文玲电话通知了父亲。想到父母终于团聚，文玲心里很高兴，但想起父亲的冷漠，又不禁心生顾虑，猜不透他对母亲的态度如何。她偷偷瞥了母亲一眼，母亲似乎抑制着激动的心情，她眼睛里闪烁着期待。

文玲听母亲说，父亲醋意太浓了，甚至见不得她跟别的男人多说几句话，这种病态的爱让人窒息。海珠委屈地说："那时候我没有任何出格的行为，不过是陪厂长洽谈业务。谈妥了，便一起吃个饭，有时候会晚一点回宿舍。每次都有同事和我一起陪厂长谈事，我从没有单独和厂长吃饭或外出。他就是不相信，对我疑神疑鬼，唠叨个没完没了！我工资比他高一倍多啊，怎么舍得辞工呢？"

翌日回家，一路上海珠说个没完。对母亲所说的话，文玲是相信的。除了母女连心、心有灵犀的原因外，就是父亲阴郁沉闷，一点也不近人情，让人可怕。

到家了，只见步永前站在家门前，海珠下车后走到他身边，说："永前，女儿把我接回来了，咱们不要再赌气，重归于好，好吗？"她说着朝步永前伸出双手。步永前一动不动，板着脸说："玲女，进屋打一桶水出来！"文玲睁着不解的眼睛，用胶桶从厨房打满了水，拎到步永前身旁。步永前二话没说，用脚把胶桶踹倒，水洒在地上，他用冷冰冰的口吻对海珠说："你把这些水收起来了，再和好吧！"

海珠一听，气血上涌，脸涨得通红，扭头就走。

"妈，不要走！爸不要你，我要你！家辉经济还行，不愁养不起你！"

海珠回头说："女，你嫁了个好老公，我高兴。我嫁了这种老公，没希望了！我不拖累你，我回深圳去，在那里也不愁生活。"文玲望着渐渐走远的母亲，无奈地往回走。福伯无言地走进屋里，家辉也带着儿子回去。剩下步永前站在门外，似怒非怒，似愁非愁，眼里的怨气如箭般射出。

"爸，你让我把妈找回来，就为羞辱她一番！"文玲对父亲的所作所为非常不满，质问道。

"这与你无关！"

"妈跟我说了，她没做对不起你的事。都是你疑心生暗鬼，害了妈，害了自己，也害了咱们一家！"

"她说的话你也相信？她和厂长一起从宾馆走出，她跟你说了吗？

上夜班整晚不归，她跟你说了吗？"步永前怨气冲天地大声说。

"你是不是亲眼看见？"

"有人看见了。"

"爸，这种事情不是亲眼看见，相信不得呀！"

"那人不会骗我的！"

"那人在你面前说妈的是非，为什么？为你好吗？他为什么为你好？就凭那人的几句谎话，你就忍心抛下爷爷、妈妈和我？"

"我没有抛下你和爸！"

"十几年没回家一趟，你知道爷爷多辛苦吗？知道爷爷白天黑夜都想念你、担心你吗？知道我有多想你和妈妈吗？你为了一个外人的是非话，害苦了我们！"

"老婆在外面跟人鬼混，我没脸回来，懂吗？"

"妈是清白的，是你的心让狗叼去了！"

"她为什么不回来看你们？"

文玲倒让父亲这句话问住了，回答不上来。

"她更加没脸见你们，知道吗？"

"你又为什么不回来看我们？"文玲突然反问道。

步永前拒绝回答，猛然转身回家。

这时，陆陆续续地围了一些人来看热闹。家辉上前劝文玲回家，说这样吵没意思。看见盛怒之下的父亲那股蛮不讲理的倔劲，文玲感到一阵阵寒意。父亲宁愿相信别有用心人的话，也不相信自己妻子的话，这样的夫妻关系还有存在的必要吗？文玲开始同情怜悯起母亲，跟父亲这样的男子在一起，简直不敢想象她的日子是怎么过的。父亲的形象在她心中完全坍塌了！

晚上，文玲辗转反侧，怎么都睡不着，家辉劝解说："不要去想了，他俩的结没人能解！"

"如果你的知心朋友在你面前说我的坏话，你会怎么样？"

"我才没那么笨，信别人不信老婆！总之，不管别人怎么传闲话，我只相信自己的眼睛！"

　　翌日清晨，吃早饭时迟迟不见父亲，文玲便去他房间里找，根本就不见人。只见桌上有一封信，文玲打开看，信的大意是他不再麻烦女儿之类的话。她和家辉商量，父亲想干什么就随他去吧，但要把母亲接回来住。她又和福伯商量，福伯却说："我现在跟死人一样，不用管我！"

　　早餐后，家辉和文玲开车去深圳，决意接母亲回家住。

第四十章

痛定思痛

128

易世耀躺在医院的病床上，已近三个月。

此间，易志浩来探望过几次，背地里还找医生询问了病情。他对父亲说了些问候、叮嘱之类的套话后，再也没话可说了，父子之间客客气气，感情并不亲切。

看见人家父子俩亲密无间，易世耀便心生羡慕。他自然而然地想起儿子上学前，他们父子俩相处得也很融洽，感情很深。离婚后，孩子妈离开了易家，儿子的性情逐渐改变。他一直忙着做生意，不知父子之间的隔阂是何时出现的。因为儿子跟钟红艳离婚，他们父子的矛盾激化，隔阂像一座大山般横亘在他们之间，谁都不肯让步，移走这座山。

易世耀现在有大把的时间回忆过去。儿子出生时，怕儿子营养不良，发育迟缓；少年时，怕儿子不够强悍，被其他孩子欺负；读书了，怕他成绩不好，上不了大学；出校门了，怕他误交损友，难以成才；没结婚时，怕他滥交女友，贻误终生；工作后，怕他人太老实，难操生意；现在，儿子能独当一面，生意兴隆了，却怕儿子走得太快。总之，对儿子的担忧，并没随儿子长大而减少，反而增多。

儿子年纪不大，便将生意经营得有声有色，他应该高兴才对，不知何故，他的担忧越发浓重。儿子抛弃红艳新娶了桂兰，令他愤怒，甚至拿断绝父子关系来威胁儿子。然而，这并不是他担忧儿子前途命运的缘由。听说儿子做了房地产商，他的担忧呈几何倍数增长，他隐隐感觉到巨大的风险将至。

这天，易志浩带着投资房地产的协议书征求父亲的意见时，易世耀不假思索地表示反对。

"你仔细想想再表态好不好！"易志浩不满道。

"你垫高枕头想想吧，这是违法的，知道不？"

"你先听我把话说完再表态，好不？"

易志浩把龙角村那块地如何便宜、七十年买断期、建筑费用低廉等优势说了一遍，又从国家城镇化的政策角度阐述农村房地产的潜力，来论证龙角村在旅游资源的推动下，一定会有一个"井喷"过程。

"说完了？"易世耀问。

"是的！"

"发改委的'立项批复'，国土局的'用地预审意见''国有土地划拨决定书'和'国有土地使用证'这几种关键的文件拿到手了吗？"

"没有！"

"没有就是非法建筑，懂吗？单这一项，便把你所有的利好都否定了！"

易志浩被说得一时语噎。

易世耀又说："浩儿，搞房地产开发既要懂政策知识，又要懂专业知识，而你现在的条件还不够。我的意见是把那块地卖掉，或者囤起来也行，千万不要建楼房卖。机会有的是，不急的！"

"迟则生变，趁现在这些落后地区的发展规划还没完善，还有漏洞，必须尽早完成这项投资。我计划一年把楼房建成，一年半时间售完。"

"你说售完就能售得完？"

"售价比城里便宜一半，向富人们推销。三十来万元一套，他们买来用作周末度假也挺划算，不愁没人买。况且，人家买楼了，入住了，难道政府会把它收回？"

"你这是违法建筑，违法！懂吗？难道其他地产商看不到这种机会？不是看不到，是人家不去冒违法建筑的风险。你这么进取我很高兴，也希望你把生意壮大，但前提是一定要合法合规。特别是生意规模大了，更加要注重法律法规。"

易世耀苦口婆心地劝导儿子，但易志浩听不入耳。他觉得自己入行以来，都是凭着自己的本事取得成功，父亲只是资助了头笔资金而已。若一路走来都听他的，就没有今天的成就。他把转营计划告诉父亲，是希望以此打动他，再次助他一臂之力。看父亲的态度，他的目的怕要落空了。

129

是雷总会爆的，易志浩的"雷"就爆了。

易志浩的房地产项目进入内部装修时，在国土局一纸违法建筑的指控下，暂停了运作。交了全款和首付款的业主知道这个消息后，纷纷闹着要求退款……

易志浩向父亲求救。儿子的话还没说完，易世耀便昏了过去。

易世耀目睹着儿子在生意场上一路走来，儿子炒楼时，他曾提出过一些建议，儿子都没采纳，事后多次证明儿子是对的。然而，这次投资失误是要伤筋动骨、大出血的。他多么希望像往常一样，错的又是自己；残酷的现实是，这回儿子错了，或许今后都很难翻身。

易志浩既没有钱退还已购房的业主，也没有起死回生的办法，毫无悬念地宣告破产。他眼睁睁地看着自己十年的心血变成几幢八层高的钢筋混凝土和灰沙砖头，屹立在空旷的大地上，任由凛冽寒风的吹打，任由滂沱大雨的冲刷。自己的人生却像在迷宫中转了一圈，又转回原点。

唯一变了的是生命的年轮，刻上去了就永远也抹不掉！

易世耀一病不起，不久撒手人寰。他给儿子留下一笔不菲的定期存款，指明十年后才能动用。

易志浩面对高速运转的变局一筹莫展，更令他伤心气愤的是老婆桂兰离家出走了。她留下一张字条，大意是她不想也不会和穷光蛋过一辈子。易志浩气得七窍生烟，立即去了她娘家，岳母也不知女儿去了哪里。

易志浩料理完父亲的后事，把江东镇和龙角村的房子放盘出售，回到父亲家居住。继母秋榕说整天睹物思人，徒增伤感，回了广西老家。二百多平方米的三层楼房，眨眼间变得清冷幽深。易志浩感叹，所有的变故全因自己一次失败的投资……

父亲的遗像挂在墙上，冷静地在看着他。他与父亲对视良久，终于感受到父亲发自内心的关爱和忧虑。不经历伤痛，哪知道健康的可贵。易志浩面壁思过时，才明白父亲的良苦用心，属于他的亲情、爱情以及财富，都一去不复返了。

痛定思痛，易志浩总结失败的经验，一是没有依法依规办事，对政策风险视而不见；二是太急功近利，让成功冲昏了头脑。冷静下来后，易志浩依然认为房地产是利润最丰厚、最暴利的行业。要重返这个行业，除了资金，还要改变经营方式。

易志浩打算成立房产中介公司，自己掌握交易主动权，这样才能灵活地应对市场变化。他现在最迫切的是资金短缺。因为申请了破产，银行贷款是不可能的。即使把江东镇和龙角村的两幢房子售出，也解决不了资金紧缺的问题。他想把父亲的房子卖掉，父亲似乎早预料到他会有这种想法，在遗嘱中规定，这栋房子和存款，十年后他才有处置权。

易志浩感叹说："或许父亲是对的！"不管怎样，他都要想尽办法筹措资金，这样才有机会重返地产市场，才能将自己"不经一事，不长一智"的投资智慧施展出来。一想到资金问题，易志浩便泄了气。卖掉自己那两栋房子，回父亲屋里住，日子过得也挺滋润，何必再折腾？

易志浩漫无目的地走上街头。福临金银珠宝、美晨家寝专卖、金域通信甚至柴记大酒楼，这些在江东镇叫得响亮，在自己眼里不屑一顾的店铺，如今仍生意兴隆，而自己却变得捉襟见肘。

两幢楼房放盘后还没有人向易志浩询价，那辆小车他暂时不想卖，将来开办房屋中介，还要靠小车充门面。眼下小车没钱加油，也没钱开饭……莫非要开车上街头兜客赚钱？易志浩在心里暗道。

绵绵悔意像过多的胃酸涌上喉咙，他不明白当初为什么听不进父亲的一言半语，哪怕听进一句也不至于落魄到这般境地。他边行边想，边想边感叹。突然，他看见一个行人很眼熟，仔细打量竟然是利宝金。他衣着普通，含藏收敛，笑容谦卑，连最难掩饰的眼神也被隐藏得毫无锐气。他可是年产值过亿元的纸厂老板，却是如此低调。自己只有区区几百万，又是泡女，又是换老婆，飞扬跋扈，旁若无人，成了江东镇的闲谈明星，惭愧啊！

"利老板好！"易志浩迎上前，主动打招呼。"唔……"利老板本不愿应答，但又不能失礼，便含糊不清地应了一声。易志浩感觉利老板一瞬间目光锐利，眼中似乎流露出一丝嘲讽的意味。易志浩知道，跟利老板这样的人相比，他差了好几个级别！

要向利宝金学习，发达后要沉得住气！可是失败了，怎样从头开始？

易志浩自问的同时，又冷静客观地自我检讨了一番。他认为自己在房地产生意上的经营方式、手段及思路都没错，若不退掉兴龙花园那十几套房，按计划把农场建设好，把资金投入到粤北地区的房产市场，现在依然过得很风光。父亲生前那句"单是违法建筑这一项，就把你所有的利好都否定了"在耳边响起，他意识到自己的认识还不够深刻。

易志浩走进麦当劳餐厅，要了一个草莓新地。他本想再要一个汉堡，可发现口袋里的钱所剩无几，便计划着傍晚时去街边吃碗汤米粉。冰凉甜腻的圣代味道真好，他边吃边梳理纷乱的思绪，大脑高速运转起来，很快一个新的行动计划便形成了。

搞房产中介，首次必须推出二至五间中介公司，才有规模效应，对潜在的客户群产生影响力和吸引力。为了稳妥起见，推出一间也可以，但这是维持生计的做法，怎么能快速发达？有了二至五间的规模，才有抱团取暖、互相支撑的基础，才具备抗风险的能力。

易志浩"运筹帷幄"之际，旺贵和红艳走进了麦当劳。易志浩看见红艳微微隆起的肚子，心里不禁一阵难受。旺贵牵着红艳走向门的右边，没看见坐在左边的易志浩。易志浩无地自容地把脸拧向一边，他无颜面对旺贵。两次抢夺了人家的女人，对于任何一个男人而言，这都是不共戴天的仇恨和耻辱，易志浩第一次滋生愧对丁旺贵的感触。他很想走到这对夫妻俩跟前真诚道歉，却没有勇气。

易志浩在麦当劳里一直待到天黑。这里空调恒温，客人鱼贯出入，人声嘈杂；家里人气尽失，如黑夜里的墓地，阴风飕飕。"他妈的，一子错，满盘皆落索！"他心里骂了一句。这样消沉是不行的，想办法才行！即便把两幢楼房卖掉，拿到手的钱也不够运营新计划。找谁借？谁肯借钱给自己？易志浩在心里一一排队物色。很快，丁旺贵的形象浮现出来。

在易志浩的印象里，丁旺贵从穿开裆裤伊始到初中毕业，一直都蠢得像头猪。他常常对旺贵搞恶作剧，旺贵却毫无察觉，有时候还傻乎乎地呵呵笑。后来，他变本加厉，夺了旺贵的恋人，抢了旺贵的老婆，旺贵也只是被动应对，都没敢报复他。说实话，他骨子里一点儿都看不起这个男人。

风水轮流转，谁能想到丁旺贵竟然在股票、股指期货上闯出一番天地，修成正果，成了赫赫有名的"牛散"大佬。在他认识的朋友中，有利宝金这样的大老板，也有如旺强这类的俗夫酒鬼。凡投资过股票的，无不铩羽而归，旺贵却成了股市中"一赚二平七亏损"的翘楚，说明他在投资方面的确有一套，是个大智若愚的人。

反观自己，明知违法依然逆行而上，一贯喜欢耍小聪明，算计别人，恃强凌弱，这种处事风格不知得罪了多少人。每个人都有他的因果关系，成功也好，失败也罢，冥冥中都在累积着因果报应。

130

晨曦时分，易志浩站在狮子洋岸边，面朝东方，黑暗的天际像给什么撕开了一道裂缝，现出一条暗灰色的缝隙。黑暗随着缝隙的扩散不断收缩，慢慢地在水天一色的远方出现一大块灰白色的"布帘"。这时候，天际线出现一圈光环，接着变成小半个"蛋黄"、半个"蛋黄"，直至成为一个圆圆的、鲜嫩的"蛋黄"。随着"蛋黄"逐渐蒸腾熟透，一道光像红色彩带从水天一线的远处，渐次延伸到伶仃洋、南沙口，越过屹立在伶仃洋与狮子洋交界处的大虎山、小虎山，再顺着狮子洋海面延伸到广州新沙港。这条闪烁夺目的彩带驱散了沉沉的黑夜，带来了满天的霞光。

易志浩目睹着这神奇的大自然景观，赞叹不已。其实，在他的青少年时代，这是常见之景。因生活经历和心态发生巨变，十多年后触景生情，便有了截然不同的感受。

为了这次会晤，易志浩做好了充足的铺垫，连会面地点都选择在儿时经常嬉戏玩耍的地方，期望唤起丁旺贵小时候的美好回忆。

晨光普照之时，旺贵也到了。他走下河堤，用手捧起狮子洋带点咸味的海水洗脸。过了一阵，他走上堤岸，没主动跟易志浩打招呼，而是眼望前方，看着远处鲜红而柔软的太阳。面对给自己造成莫大伤害、曾经不可一世的破产发小，旺贵心里打翻了五味瓶，百感交集。

"旺贵！"

一听就知道这是有求于人的谦卑口吻。

"你想我怎么帮你？"旺贵懒得说客套话，直接问道。

易志浩拿出父亲遗留给他的存折、房产证以及两份遗嘱递给旺贵，说："我到了这步田地，都是咎由自取。我要东山再起，缺的不是能力、项目和机会，缺的只是启动资金。我父亲怕我把他的遗产亏掉，锁定了遗产使用期。我已把两幢楼房卖掉了，可钱还是不够。希望你能帮助我，借给我两百万。第六年还本付息，如果到期还不了，我父亲留下的遗产就属于你了。"

旺贵边看易世耀的两份遗嘱，边听易志浩说话。

易志浩又说："人不可能不走弯路，一星期内我等你的电话！"说完，他毅然决然地转身离去。

尾　声

红艳一觉醒来，见旺贵还在电脑前忙碌，时而传来键盘的敲打声，时而传来翻纸的窸窣声。她望了望墙上挂钟，是凌晨四点多。

"贵！"

"嗯！"旺贵一脸兴奋，毫无睡意。

红艳起床，见电脑桌上放着几张写满一行行数字的白纸，走到旺贵身旁，问："你计算什么？这么好兴致！"

"我有了一个新发现，把商品期货的 3 分钟、5 天、300 天平均线交易程序套用到股指期货的交易程序，从统计数据来看，它比日线 5 天、120 天均线的交易程序赚得更多。3 分钟程序比日线程序的交易频率高了几倍，特别当期指在 3 分钟、300 天均线上下盘整的时候，更要盯住盘面，要辛苦很多！"

"现在舒服又赚钱，不就很好吗？你看，为了这又是一个通宵没睡。睡觉吧！"红艳微嗔着拉起旺贵，旺贵一把抱起红艳⋯⋯

旺贵这一觉直睡到太阳从窗户照进来，烘热了室温还未睡醒。

敲门声、门铃声还有手机声一齐响起，旺贵夫妻俩被吵醒，以为发生什么大事。"啊呀，开市了！"旺贵一骨碌起床，顾不上敲门声，先将电脑打开，进入股票交易系统，然后才走出大厅去开门，几位大哥火急火燎地一拥而入。

旺强劈面就问："你真借钱给那个衰人了？"

旺贵笑着没答。

旺明说道："小弟，你是真蠢笨还是假蠢笨，那个衰人帮不得的呀！他三番五次地伤害你，你不担心帮他重新站起来后，又反咬你一口？"

"有能力帮人应该帮，但要看是谁。难道你还看不清那衰人的本性？帮不得的！现在还来得及，找他把钱收回来！"

"各位大哥，多谢你们关心！股市开市了，没空跟你们聊这事。这样吧，中午去酒楼，我请客。现在你们请回吧，我要工作了！"

大哥们走后，旺贵走进卧室看着电脑，只见股指期货近月合约的3分钟K线图的5天、300天均线已经金叉，正在相向平行地延伸。这时候，在日线图上，5天、120天均线自上次死叉后至今继续向下延伸，两线的间距继续扩张。盘面直觉告诉他，反弹即将来临。按照日线程序，不用理会期指的这种低级别反弹，但按照3分钟程序，应是平空开多。

旺贵盯着3分钟程序的5分钟、300分钟这两条均线金叉后近似平行的走势，盘感告诉他，期指突破在即。他果断地平空五手合约，反手开多五手合约，剩余五手空单继续按日线程序操作，然后走进卫生间漱洗一番。等出来看时，期指如他所料，向上突破，比他的开仓点升了十多元。他想把这五手多单获利了结，并反手开空。这样做，符合日线程序，违反3分钟程序。稍作思量，他还是决定这五手多仓继续按3分钟程序操作，不动摇。

"贵，吃早餐了！"

旺贵看了看呈十度角盘升的期指，放心地往大厅走。

"贵，你真借钱给他了？"

"是的！"旺贵点点头，随即他又解释，"他将他父亲的一大笔银行存款和房产证给我作抵押！"

"他诡计多端，害人的事你干不了，可他敢干，你会吃亏的！"红艳不无担忧地说。

旺贵沉思片刻，说："管他呢，我握有他的抵押物，不怕他鬼滑！"

"即使这样，也不该帮他！"

"算了，他这次失败得够惨了，或许是对他以前恶行的报应。我和他毕竟是从小玩到大的同年郎。圣人也有错。况且，你最终还是回到我身边，这才是最好最美满的！"旺贵情不自禁地把红艳搂抱入怀。

"他再次发达起来，对你忘恩负义，会重新伤害你，你想过吗？"

"经过这次破产的教训，他会反省的，怎么会一条黑道走到底？"

"你真是善良，太善良往往吃亏！"红艳抬手摩挲着旺贵的下巴，用指甲择着刚冒出头的胡子楂。

这时，红艳的电话响了。红艳听完后说："姑妈说，家辉一家，还有家兴都回来了，叫咱们早点去酒楼！"

"好，现在去！"旺贵答完，走到电脑前看了看，期指还在缓慢盘升，比他的开仓位升水了二十多元。

楼下一阵喧笑声传来。家辉边推着坐在轮椅上的丁守正，边朝楼上高叫"幺叔"。旺贵和红艳走下楼，家辉的儿子丁龙光跟旺贵打招呼。旺贵很是高兴，上前抱起龙光，说："让我看看像谁，还是像家辉多一点！"

"像大哥，看他的额头、眼睛跟大哥一模一样！"

福齐说罢，朗声大笑。

丁守正看见福齐大笑，也跟着仰头大笑。众人见状，也都身不由己地哈哈大笑。一会儿，家辉止住笑说："幺叔，去酒楼吧！"说罢，他把轮椅调转方向。突然，家辉发现丁守正神情不对劲，忙用手摇晃着他大喊："爷爷，爷爷……"

丁守正笑得喘不过气，含笑去世了！

起稿于 2017 年 3 月

成稿于 2020 年 11 月